Stephanie Grace Whitson

Die durchs Feuer geht

Roman

Stephanie Grace Whitson

Die durchs FEUER geht

ROMAN

GerthMedien

Die amerikanische Originalausgabe erschien im Verlag
Thomas Nelson, Inc., Nashville, Tennessee,
unter dem Titel „Walks the Fire".

Aus dem Amerikanischen übersetzt von Karoline Kuhn

Best.-Nr. 815 068
ISBN 3-89437-068-8
1. Taschenbuchauflage 2005
Umschlaggestaltung: E. Ramos / I. Grapentin
Satz: Die Feder GmbH, Wetzlar
Druck und Verarbeitung: Ebner & Spiegel, Ulm
Printed in Germany

Kapitel 1

Er hatte mitangesehen, wie die Cholera die Reihen der Pelzhändler auf dem Weg von Bellevue bis hierher dezimiert hatte; er hatte das Gespött der rauhbeinigen Männer aus den Bergen ertragen; er hatte sich mühsam auf seinem Maultier gehalten, als er von der Krankheit so geschwächt war, daß er nicht mehr allein aufsitzen konnte. Sein Pulsschlag hatte sich beim Anblick einer auf den Pelztreck zugaloppierenden Indianerschar beschleunigt – und wieder beruhigt, als sie ihre Gewehre in die Luft abfeuerten, um ihre freundliche Absicht zu zeigen.

Er hatte geschuftet und gelitten und gehungert und gebetet. Doch nichts von alledem hatte Marcus Whitman auf den Anblick eines mit über 2.000 Bewohnern hoffnungslos überfüllten Indianerlagers vorbereitet. Die Siedlung erstreckte sich mehrere Meilen am Ufer des Laramie entlang, genau oberhalb der Stelle, an der der Fluß in den Platte einmündete. Der Treffpunkt der beiden Flüsse bildete eine natürliche Furt, an der die Pelzhändler Fort Laramie errichtet hatten. Der Pelztreck würde hier auf dem Weg zum großen Treffen am Green River Zwischenstation machen.

Marcus Whitman und sein Begleiter, Reverend Samuel Parker, hatten sich dem Pelztreck in Bellevue in Nebraska angeschlossen und wollten in den Westen bis nach Oregon mitziehen. Sie hatten gehört, daß die Indianer in diesem Land den Wunsch verspürten, etwas über den Gott des weißen Mannes zu erfahren. Beim großen Treffen am Green River würden Whitman und Parker die Gelegenheit haben, zu überprüfen, ob an diesen Gerüchten etwas Wahres dran war. Dann würden sie nach Westen weiterziehen und das Evangelium „an allen Enden der Erde verkündigen".

Die Ankunft des Pelztrecks verursachte im Lager der Lakota-Indianer große Aufregung. Kinder stolperten aus den Tipis und riefen den Ankömmlingen mit schrillen Stimmen Grüße und Fragen zu. Hunde schlossen sich der lärmenden Eskorte an und schnappten nach den Fesseln von Whitmans schlecht gelauntem

Muli, so daß das Tier gereizt nach ihnen ausschlug. Am Fort angekommen stieg Whitman schnell und dankbar ab.

Er sah sich um und prägte sich jedes Detail der Szene vor ihm ein, voller Mitleid für dieses Volk der unerreichten Seelen. Doch als Whiskyflaschen herumgereicht wurden und sich Trunkenheit im Lager breitmachte, vermischte sich sein missionarischer Eifer schnell mit Unwillen.

Bei Einbruch der Dunkelheit begannen die Lakota zu Ehren ihrer Gäste einen Büffel-Tanz, bei dem sie in wilden Verrenkungen vor dem flackernden Feuer herumsprangen - in ihrer Whiskyseligkeit vor sich hin grölend.

Als Whitman sich, von dem Schauspiel abgestoßen, in sein kleines Zelt zurückziehen wollte, fiel sein Blick auf einen auffallend gutaussehenden Lakota-Krieger, der etwas abseits vom Feuer und halb im Schatten verborgen, reglos dastand. Große Metallringe hingen von seinen Ohrläppchen herab, und in seine glänzenden schwarzen Haare waren Adlerfedern eingeflochten. Um den muskulösen Hals trug er eine Kette aus Bärenklauen.

Whitman wunderte sich darüber, daß der Indianer offenbar keine Lust verspürte, an der wilden Feier seiner Gefährten teilzunehmen. Er betrachtete das Gesicht des Kriegers eingehend. Kluge dunkle Augen unter leicht gerunzelten Brauen, die jede Bewegung der Tänzer verfolgten. Jetzt erkannte Whitman im Schatten neben dem Krieger eine wunderschöne junge Squaw. Eine Hand leicht auf ihre Schulter gelegt, flüsterte der Krieger ihr etwas ins Ohr. Seine wohlgeformten Lippen verzogen sich zu einem zögernden Lächeln. Einige Falten auf seiner Stirn und um die Augen herum ließen ihn deutlich älter als die Frau an seiner Seite erscheinen. Und doch sah diese mit offenkundiger Bewunderung zu ihm auf und schien seine Aufmerksamkeit zu genießen.

Während Whitman ihn beobachtete, drehte der Indianer sich um und machte einen Schritt auf die junge Frau zu. Das flackernde Licht des Feuers beschien seine markante Kieferpartie, und Whitman sah, daß das Lächeln einem angespannten Ausdruck - Wut? Schmerz? - gewichen war. Der Krieger biß die Zähne zusammen und drehte sich ruckartig vom Feuer weg. Seine Hand glitt von der Schulter der jungen Frau und verkrampfte sich in den Lederschnüren seines rechten Hosenbeines.

Und dann sah Whitman es: Die lederne Hose des Kriegers war hinauf bis zum Knie aufgeschlitzt und ließ den mit blutdurchtränkten Lederstreifen fest umwickelten Unterschenkel erkennen.

Während Whitman ihn noch entgeistert anstarrte, preßte der Indianer die Lippen zusammen und humpelte mühsam vom Feuer weg, mit fast übermenschlicher Anstrengung den Schmerz ignorierend, der ihm bei jedem Schritt durch das verwundete Bein schießen mußte. Quälend langsam verschwand er in der Dunkelheit, und auch Whitman machte sich auf den Weg zu seinem Zelt, in Gedanken noch ganz bei dem verletzten Krieger.

*

Im Morgengrauen taumelten stöhnende Pelzhändler und Indianer durch das Lager, traulich vereint in den Auswirkungen der letzten Nacht. Unter Murren und Klagen packten die Pelzhändler ihre Sachen zusammen, zogen sich gegenseitig mit ihren Ausschweifungen vom vergangenen Abend auf und tauschten lachend rauhe Anekdoten vom letzten Treffen am Green River aus, um sich so zu größerer Eile anzuspornen. Marcus Whitman beobachtete sie schweigend, allein mit seinen Fragen über den stolzen verwundeten Krieger und seine schöne Begleiterin.

Zwölf Tage später erreichte der Pelztreck den Green River. Viele Händler hatten bereits ihre Stände aufgebaut, an denen sie ihre Waren feilboten – Stoffe, Schmuck, Lebensmittel, Messer und Äxte als Tauschwaren für die Häute und Pelze des Trecks.

Wenn Marcus Whitman über die Ausschweifungen in Fort Laramie entsetzt gewesen war, so spottete das Schauspiel, das sich ihm hier bot, jeder Beschreibung. Indianer, Trapper und Händler feierten, lachten, verprügelten und betranken sich bis zur Bewußtlosigkeit. Dann blieben sie dort wo sie waren, schliefen ihren Rausch aus – und begannen denselben Kreislauf wieder von vorn.

Spät an einem Abend saß Whitman an seinem kleinen Feuer und versuchte zu lesen, als ein kleiner Junge sich ihm näherte und ihn bat, mit ihm zu kommen. Er führte Whitman quer durch das Lager zum Zelt eines Trappers, der gemeinsam mit einigen anderen Männern an seinem Feuer saß. Der Mann stand nicht auf, als

Whitman in den Lichtkreis des Feuers trat, sondern murmelte nur: „Der Junge hier sagt, Sie wär'n Arzt?"

Whitman neigte den Kopf. „Das stimmt, Sir."

Der Mann hob sein vor Dreck starrendes Hemd an und drehte sich mit dem Rücken zum Feuer. „Seh'n Sie den Knubbel da an meiner Schulter? Schlepp' ich jetzt schon bald drei Jahre mit mir rum. Pfeil von 'nem Schwarzfußindianer. Tut höllisch weh. Können Sie das Ding rausholen?"

Whitman sah sich die Sache genauer an. „Das kann ich. Aber ich habe kein Betäubungsmittel ..."

Der Mann hob einen Flachmann hoch und nahm einen tiefen Zug. „Hab' mein Betäubungsmittel immer dabei, Doc. Raus mit dem Ding!"

Whitman eilte zu seinem Zelt zurück und holte seine Instrumente. Dann begann er mit der Operation. Die Pfeilspitze war von einer dicken Schicht Narbengewebe überwachsen, und Whitman entschuldigte sich mehrmals bei dem Mann, während er sich immer tiefer in dessen Schulter hineingrub. Nach einer halben Ewigkeit gelang es ihm schließlich, die Pfeilspitze hinauszubefördern. Der Trapper hatte während der gesamten grausamen Prozedur nur ein einziges Mal gestöhnt und ansonsten vollkommen reglos dagesessen, während Whitman wie ein Schlachter in seinem Fleisch gewütet hatte. Nun trat der Arzt zur Seite und wischte sich den Schweiß von der Stirn.

„Gute Arbeit, Doc. Was bin ich Ihnen schuldig?"

„Lassen Sie nur. Ich bin froh, Ihnen geholfen zu haben", war alles, was Whitman hervorbringen konnte, während er ungläubig beobachtete, wie sich der Trapper sein Hemd wieder überzog, wobei er nur ganz wenig zusammenzuckte, dann aufstand, den Kopf ein paarmal hin- und her drehte und die Schultern hob, als sei nichts geschehen. Er verschwand in seinem Zelt und kam kurz darauf mit zwei Biberfellen wieder heraus, die er Whitman in die Hand drückte.

„Hab' gehört, Sie haben 'ne Misses. Die hier geben 'nen schönen Pelzkragen oder 'nen Muff für sie. Sagen Sie ihr, ich bin ihrem Gatten sehr verbunden."

Er hatte die Worte schroff hervorgestoßen, doch in seinen Augen sah Whitman, daß der Mann es ehrlich meinte.

Nach ein paar kurzen Anweisungen zur Pflege der Wunde ergriff Whitman die Biberfelle und machte sich auf den Weg zu seinem Zelt, nicht ahnend, daß sich die Kunde von seinen medizinischen Fähigkeiten bereits wie ein Lauffeuer im Lager verbreitete. Innerhalb kürzester Zeit war er zum Mittelpunkt der allgemeinen Aufmerksamkeit geworden, und vor seinem Zelt bildete sich eine lange Schlange von Patienten, die „dem Doc" ihre verschiedenen Wunden und Gebrechen vorführen wollten.

Es war schon spät in der Nacht, als Whitman sich endlich zurückziehen konnte. Als er sich gerade erschöpft auf seine Schlafrolle hatte fallen lassen, wurde das Fell vor dem Zelteingang lautlos zurückgeschlagen, und bevor sich Whitman noch auf die Ellenbogen aufrichten konnte, füllte bereits die eindrucksvolle Silhouette eines Indianers den Eingang. Der Krieger trug eine Halskette aus Bärenklauen und hirschlederne Hosen. Schweigend setzte er sich vor Whitman auf den Boden und begann, sein rechtes Bein von den blutdurchtränkten Lederstreifen zu befreien, mit denen es vom Knöchel bis zum Knie fest umwickelt war. Jetzt erkannte Whitman ihn - es war der stolze Krieger aus Fort Laramie.

Der Arzt erhob sich, um ihm zu helfen, doch der Indianer wies ihn mit einer heftigen Geste zurück. Schweißperlen bildeten sich auf seiner Stirn, er grunzte vor Schmerzen, und seine Hände zitterten, aber er hielt durch. Die untersten Lederstreifen waren vollkommen von geronnenem Blut verklebt, doch schließlich gelang es dem Indianer, auch diese zu entfernen. Whitman zog scharf die Luft ein, als ein durchdringender, süßlicher Wundgeruch das Zelt füllte. Der Indianer streckte vor Schmerz das Bein keuchend aus und wartete. Die dunklen Augen hielten Whitmans Blick in einem wortlosen Hilferuf fest.

Whitman sah sofort, daß sich eine schwere Infektion in der Wunde ausgebreitet hatte, und begann zügig damit, sie zu reinigen. Sein Patient stöhnte, schaffte es aber irgendwie, nicht laut aufzuschreien.

„Erst wenn es hell wird, kann ich mehr tun", erklärte Whitman schließlich, obwohl er nicht glaubte, daß der Indianer ihn verstand. Doch es waren keine Erklärungen nötig, um den Krieger im Zelt zu halten. Als Whitman ein letztes Mal mit dem alkoholgetränkten Lappen an die Wunde kam, stieß der Indianer einen schwachen Schrei aus und verlor das Bewußtsein.

*

Gleich bei Einbruch der Morgendämmerung trug Whitman mit Hilfe eines Händlers den Indianer nach draußen und begann damit, das tote Gewebe im Umkreis der Wunde zu entfernen. Den Whisky, den Whitman ihm zur Betäubung anbot, wies der Krieger mit zusammengepreßten Lippen und versteinertem Gesichtsausdruck schroff zurück.

„Sagen Sie ihm, daß ich das Bein noch einmal brechen muß", wies Whitman den Händler an, der ihm gesagt hatte, daß er Lakota sprechen könne. Nachdem der Mann dem Indianer die schlechte Nachricht übermittelt hatte, schaute dieser Whitman lange in die Augen. Der Blick des Arztes blieb fest.

Der Indianer stellte eine Frage, die der Händler übersetzte: „Warum wollen Sie noch einmal brechen, was schon gebrochen war?"

Whitman erklärte: „Der Bruch ist falsch zusammengewachsen. Der Knochen steht seitlich heraus - sehen Sie? Das hat die Schwellung hier und auch die Entzündung bewirkt. Ich muß es noch einmal brechen, den Bruch richten und die Wunde vernähen."

Der Übersetzer wiederholte Whitmans Erklärungen, und der Indianer antwortete mit einer Frage.

„Er will wissen, ob er wieder normal wird gehen können. Er sagt, er läuft jetzt wie ein kranker Büffel." Der Händler drehte sich ganz zu Whitman um und fügte einen Kommentar hinzu: „Der Knabe hier heißt ‚Der den Wind reitet'. Ich hab' ihn letztes Jahr beim Büffeltanz gesehen. Ist 'n teuflischer Tänzer, wenn er in Form ist. Bewegt sich so geschmeidig wie 'n Puma. Hat sogar seine Squaw mit seinem Getanze erobert. Ich schätze, er ist nicht besonders scharf drauf, daß Sie ihm das Bein noch mal brechen, wenn's keine Aussicht darauf gibt, daß er wieder tanzen kann." Der Händler zwinkerte Whitman zu. „Sogar die Rothäute beeindrucken gern die Damenwelt, Doc."

Whitman räusperte sich, bevor er antwortete. „Der den Wind

reitet", sagte er und schaute dem Indianer in die Augen. „Ich bin Dr. Marcus Whitman. Ich bin in dieses Land gekommen, um deinem Volk von dem Gott zu erzählen, der uns alle geschaffen hat. Im Namen dieses Einen sage ich dir, daß ich nicht weiß, ob du wieder tanzen wirst. Aber ich weiß, daß du das Bein verlieren oder sogar sterben wirst, wenn ich es nicht noch einmal breche."

Whitmans Augen waren die ganze Zeit fest auf die des Indianers gerichtet; seine Stimme war warm und voller Mitgefühl. Der Händler übersetzte, und dann entstand eine lange Stille. Der den Wind reitet schaute Whitman eine ganze Weile durchdringend an; dann nickte er langsam.

Einige Lakota-Krieger wurden herbeigerufen, um Der den Wind reitet festzuhalten, während Whitman sich an die Arbeit machte.

Das widerliche Knirschen des Knochens verursachte ein allgemeines Gemurmel unter den Umstehenden, und Der den Wind reitet biß den fingerdicken Stock zwischen seinen Zähnen glatt durch, bevor er das Bewußtsein verlor.

Whitman nutzte die Gelegenheit, um das infizierte Gewebe gründlich zu entfernen und die Wundränder sorgfältig zusammenzunähen. Ein Händler brachte saubere Tücher und einige stabile, kerzengerade Äste, und als Der den Wind reitet wieder zu sich kam, war sein Bein fachgerecht verbunden und geschient – und schmerzte schlimmer denn je.

Der Krieger wurde zu seinem Tipi getragen, wo seine schöne junge Frau und der Medizinmann des Stammes die weitere Pflege übernahmen.

Einige Tage später, als Whitman gerade seine Habseligkeiten für die Weiterreise nach Westen zusammenpackte, trat der Händler, der als Übersetzer fungiert hatte, hinzu und bat Whitman zum Tipi von Der den Wind reitet.

Der Arzt bückte sich durch den niedrigen Zelteingang und entdeckte Der den Wind reitet, der auf seinem Büffelfell im Halbdunkel lag. Er war allein im Tipi, und als Whitman sich ihm gegenüber niedergelassen hatte, schaute der Indianer ihm ruhig ins Gesicht und sagte: „Du hast starke Medizin."

Whitman starrte ihn verblüfft an, und der Händler, der hinter ihm das Zelt betreten hatte, grinste.

„Er kommt schon 'ne ganze Weile zu den Treffen, Doc. Der

Knabe versteht mehr, als man denkt. Er ist schlauer, als es für ihn gut ist. Aber irgendwie scheint's, als ob er Sie wissen lassen wollte, daß er die Sprache der Bleichgesichter spricht."

Whitman drehte sich mit einem warmen Lächeln zu Der den Wind reitet um. „Ja, ich habe starke Medizin."

Der Indianer deutete auf sein Bein. „Machen stark."

„Es wird lange dauern, aber es wird wieder stark werden. Ich befürchte aber, daß ein leichtes Hinken zurückbleiben wird."

Der Indianer runzelte die Stirn und blickte den Händler an, der ihm Whitmans Worte übersetzte. Ungeduldig verfiel Der den Wind reitet wieder ins Lakota und redete schnell auf den Händler ein. Schließlich hob dieser die Hand, um den Redestrom zu unterbrechen.

„Tja, Doc", begann er. „Scheint so, als ob Sie mächtig Eindruck auf den Knaben gemacht hätten. Er sagt, Sie haben gute Medizin. Er will sichergehen, daß das Bein richtig heilt, und deshalb will er mit Ihnen weiterreisen, bis Sie ihm sagen, daß alles in Ordnung ist."

Whitman unterbrach ihn. „Aber er kann doch mit dem Bein nicht reiten!"

Der den Wind reitet, der ihn offensichtlich verstanden hatte, stieß einige ärgerlich klingende Silben hervor. Der Händler schüttelte lachend den Kopf. „Er sagt, daß er jeden weißen Mann in Grund und Boden reiten könnte, selbst wenn er zwei gebrochene Beine hätte. Er ist den ganzen Weg von Fort Laramie hier herauf ja auch geritten."

Whitman drehte sich zu dem Indianer herum und sah die Entschlossenheit in seinen dunklen Augen. Der den Wind reitet beugte sich vor und ergriff Whitmans knochigen Unterarm, der von der großen Hand des Indianers vollkommen bedeckt wurde.

„Ich reiten, du reden", sagte er fest; dann redete er wieder schnell auf den Händler ein und bedeutete ihm ungeduldig, seine Worte zu übersetzen.

„Er will, daß Sie sein Bein im Auge behalten, Doc. Und er sagt, daß er mehr über diesen Gott hören will, von dem Sie neulich gesprochen haben. Der Eine, der uns alle geschaffen hat." Der Händler grinste Whitman breit an. „Scheint so, als ob Sie sich da ein zukünftiges Schäfchen für Ihre Herde geangelt hätten, was, Doc?

Und diesmal kein schwarzes, sondern sogar ein rotes, haha!" Die Stimme des Mannes troff vor Sarkasmus. „Passen Sie bloß auf, daß er nicht Ihren Skalp nimmt, wenn er rausfindet, daß Ihr Gott von ihm verlangt, er soll seine Feinde lieben - zum Beispiel die Pawnee, die im letzten Winter seinen Vater umgebracht haben!"

Whitman straffte sich. „Genau dieser Gott ist sogar für seine Feinde gestorben, Sir."

Der Händler blieb unbeeindruckt. „Sparen Sie sich den Atem, Doc, ich kauf' Ihnen den Quatsch sowieso nicht ab. Aber der Indianer will ja unbedingt mit Ihnen mitkommen. An dem können Sie dann Ihre Predigten üben." Der Händler stand abrupt auf und verließ grußlos das Zelt.

Whitman sandte ein Stoßgebet zum Himmel und sagte dann langsam: „Komm mit mir. Ich kümmere mich um dein Bein."

Der den Wind reitet nickte, und Whitman fügte hinzu: „Und ich werde von Gott sprechen." Wieder nickte der Indianer. Als er mühsam versuchte aufzustehen, streckte Whitman die Hand aus, um ihm zu helfen. Doch der stolze Krieger schüttelte energisch den Kopf und stieß den Arzt zur Seite. Mit einer fast übermenschlichen Anstrengung gelang es ihm schließlich, sich aufzurichten und sich auf dem gesunden Bein auszubalancieren.

Whitman beobachtete, wie er sich sein Messer und einen Pfeilköcher umhängte und dann einen erst vor kurzem geschnittenen Stab ergriff, den er offenbar als Krücke benutzte. Unbeholfen hüpfte er zum Ausgang, winkte Whitman, ihm zu folgen, und quälte sich dann mühsam durch die kleine Öffnung. Beinahe wäre er gestürzt, und es kostete ihn einige Mühe, sich wieder aufzurichten. Aus dem Nichts tauchte die schöne junge Squaw auf. Der den Wind reitet redete eine Weile auf sie ein, und sofort verschwand sie gehorsam, um seinen Wünschen Folge zu leisten.

„Geh. Ich komme", war alles, was er zu Whitman sagte.

Als sich der Pelztreck später an diesem Tag wieder in Bewegung setzte, folgte Whitmans mürrischem Muli ein geschecktes Indianerpony, auf dessen Rücken ein verletzter Sioux-Krieger saß.

*

Der den Wind reitet zog so lange mit dem Treck, bis sein Bein vollkommen verheilt war. Schon seit geraumer Zeit befand sich der Treck auf dem Gebiet der mit den Sioux verfeindeten Pawnee-Indianer, doch Der den Wind reitet schien davon unberührt. Mit wilder Entschlossenheit lernte er die „Worte des weißen Mannes", und mit derselben Entschlossenheit hörte er zu und stellte unzählige Fragen, wenn Whitman ihm jede Nacht von dem Gott erzählte, in dessen Auftrag er dort war.

Als der Tag der Trennung gekommen war, überreichte Whitman dem Krieger eine abgenutzte Bibel.

„Dieses Buch spricht von Gott. Ich gebe es dir in ewiger Freundschaft." Es war ein seltsames Geschenk, das wußte Whitman. Schließlich konnte Der den Wind reitet nicht lesen. Dennoch fühlte der Missionar sich gedrängt, dem Indianer die Bibel zu geben.

Der den Wind reitet nahm schweigend seine prächtige Kette aus Bärenklauen ab und legte sie Whitman um den Hals. Dann preßte er die Bibel an seine breite Brust und schaute dem davonreitenden Missionar nach, bis dieser außer Sichtweite war.

Später, zurück im Lager seines Stammes, wickelte er die Bibel sorgfältig in weiches Hirschleder und verstaute sie in seinem Tipi. Oft holte er das „Buch über den Gott, der alle Dinge geschaffen hat" hervor, blätterte vorsichtig die dünnen Seiten um, starrte auf die seltsamen Zeichen und wünschte, er könnte ihre Bedeutung verstehen.

Sein Bein war zwar inzwischen sauber verheilt, doch es blieb schwach. Der den Wind reitet würde nie wieder mit der Eleganz einer Raubkatze um ein loderndes Feuer tanzen. Tanzende Wasser, seine wunderschöne Frau, sagte zwar, daß ihr das nichts ausmache, doch Der den Wind reitet schaute in ihre Seele und sah das Feuer, das dort für ihn gebrannt hatte, verlöschen.

Als Tanzende Wasser es wagte, sich über die komischen Dinge lustig zu machen, die Der den Wind reitet von dem heilkräftigen Missionar gehört hatte, reagierte der Krieger mit ungewohnter Strenge und verlangte von ihr mehr Respekt.

Oft dachte er über die Bilder nach, die Whitman heraufbeschworen hatte – ein Mann und eine Frau in einem wunderbaren Garten ... eine verbotene Frucht ... ein Gott-Mensch, der an einer Art Baum starb ... und derselbe Mann, der wieder lebendig wurde. Er sehnte sich verzweifelt danach, daß ihm jemand das Geheimnis um all diese Dinge erklärte, aber er sprach niemals darüber.

Und viele hundert Meilen entfernt lag ein tief gläubiger Missionar auf den Knien und betete:

„Bitte, Herr, ... schick irgend jemanden, der Der den Wind reitet hilft, dich zu erkennen – irgendwie!“

Kapitel 2

Jessie King stand vor dem Ladentisch des einzigen und daher mit jeder Art von Waren vollgestopften Geschäftes des kleinen Ortes Independence im Staat Missouri und bereitete sich innerlich darauf vor, die lange Liste von Lebensmitteln und Gerätschaften vorzutragen, die sie für den Treck nach Westen benötigen würden. Geduldig wartete sie in der Schlange hinter einer großen, dünnen Frau, deren dichtes schwarzes Haar in einem abenteuerlichen Turm auf ihren Kopf drapiert war. Das riesige gelbe Tuch um ihre Schultern erbebte, als die Frau energisch ihre Bestellung herausbellte. Jedes Stück wurde sorgfältig begutachtet, bevor sie es einem kleinen Jungen aushändigte, der die Sachen zu dem Wagen gleich neben Jessies Gespann hinaustrug.

Schließlich war die Frau fertig. Sie drehte sich abrupt um – und stieß mit Jessie zusammen, die schweigend hinter ihr gestanden hatte.

„Oh, du meine Güte, das tut mir aber leid! Hoffentlich habe ich den süßen Kleinen nicht aufgeweckt? Mein Name ist Lavinia Wood. Gehören Sie auch zum Treck?“

Die Worte prasselten auf Jessie nieder, während sie das schlafende Baby vorsichtig auf ihre andere Hüfte verlagerte, um eine Einkaufsliste aus der Tasche ihres Rockes hervorzukramen.

„Nein, nein. Ich meine, Sie haben Jakob nicht gestört. Er schläft selbst bei Hagel und Gewitter weiter, Gott sei Dank." Sie glättete ihre sorgfältig gegliederte Liste und sprach weiter. „Und ja, wir reisen auch mit dem Treck. Ich bin Jessie King."

„King", wiederholte Lavinia. „Ist das Ihr Gespann da draußen? Prächtige Pferde ..." Als Jessie lächelnd nickte, fuhr die Frau fort: „Na jedenfalls, das da sind unsere Ochsen und unser Wagen, gleich neben Ihrem. Vielleicht sehen wir uns ja noch beim Treck."

„Ja, das wäre schön. Wir sind nämlich gerade erst angekommen, und Homer, also mein Mann –"

Plötzlich wurde die Aufmerksamkeit der beiden Frauen von ärgerlichen Männerstimmen vor dem Laden abgelenkt.

*

Jeder, der Homer King auch nur ein bißchen kannte, wußte, daß ihn nichts und niemand von einer Sache abbringen konnte, wenn er sie sich einmal in den Kopf gesetzt hatte. Und diese Sache hatte er sich in den Kopf gesetzt!

„Ich habe verflixt nochmal Blut und Wasser geschwitzt, um den besten Wagen zu bauen, der je nach Westen gefahren ist, und ich werde ihn niemals von diesen wiederkäuenden Biestern ziehen lassen. Niemals! Geben Sie die Viecher, wem Sie wollen, aber lassen Sie mich damit in Frieden!" Homer stand breitbeinig auf der staubigen Straße und blinzelte entschlossen zu dem Treckführer hinauf. „Meine Pferde haben letztes Jahr eine ganze Reihe von Zugwettbewerben gewonnen, und sie werden diesen Wagen nach Westen ziehen – basta!" Zur Unterstreichung seiner Worte tätschelte Homer liebevoll den breiten Rumpf seines Lieblingspferdes Beau, das trotz des Tohuwabohus um es herum friedlich döste.

Im Inneren des Ladens hörte Jessie voller Unbehagen, daß Homers Stimme den gepreßten Klang angenommen hatte, den sie nur zu gut kannte. Sie brauchte gar nicht hinzuschauen, um zu wissen, daß seine Kiefer fest zusammengepreßt, sein Kopf in einem entschlossenen Winkel zur Seite geneigt und die grauen Augen zu messerscharfen Schlitzen verengt waren. Marshall Applegate war jedoch nicht bereit nachzugeben, wie Jessie es in solchen Fällen immer tat.

Seine Stimme klang hart und kompromißlos, als er sagte: „Mr. King, wenn Ihre Pferde schlappmachen oder durchgehen oder sonstwas, werde ich nicht die Zeit haben, Ihnen behilflich zu sein. Und ganz sicher wird nicht der gesamte Treck auf Sie warten. Wenn ein Pferd wegen Lahmheit ausfällt, sind Sie geliefert und müssen jemand anderen bitten, Sie und Ihre Familie mitzunehmen - und zwar ohne Ihre Möbel. Und jetzt, Sir, habe ich Wichtigeres zu erledigen. Ich sage es Ihnen ein letztes Mal: wir können auf diesem Treck keine Pferde brauchen. Kaufen Sie sich ein Ochsengespann." Mit diesen Worten wandte Applegate sich um und ging zügig davon.

Jessie drückte das Baby unbewußt fester an sich und drehte sich zum Ladentisch, um ihre Bestellung aufzugeben. Lavinia beeilte sich, das Thema zu wechseln.

„Nun, das wird vielleicht ein Abenteuer! Als mein George mich fragte, was ich über den Treck nach Oregon denke, da hab' ich gesagt: ‚George Wood, ich kann mir nichts Aufregenderes vorstellen, als mit diesem Treck mitzuziehen!'"

Jessie antwortete leise: „Na ja, Homer ist nicht der Typ Mann, der seine Pläne mit einer Frau bespricht. Wenn's nach mir gegangen wäre, wäre ich näher an zu Hause geblieben. Aber nachdem Dr. Whitman in unserer Kirche über Oregon gesprochen hatte, gab's für Homer kein Halten mehr. Er verkaufte das Vieh, baute den Wagen - und hier sind wir." Jessies Augen waren vor Heimweh feucht geworden, doch sie blinzelte die Tränen weg, hob entschlossen den Kopf und zwang ihre Mundwinkel zu einem gepreßten Lächeln. „... und unser kleiner Jakob hier wird die Chance haben, in der neuen Welt seinen Weg zu machen. Das ist es wert, schätze ich."

Lavinia tätschelte Jessies Schulter. „Nun, mein Liebes, Sie bleiben am besten schön in meiner Nähe, und dann tanzen wir den ganzen Weg bis nach Oregon, Sie werden sehen! Wir sollten dem Herrn danken, daß wir so schnell Freundschaft schließen konnten."

Jessie nickte dankbar.

Und Homer King biß weiter die Zähne zusammen und ließ seine Pferde im Geschirr.

Kapitel 3

Jessie und Homer waren erst ein paar Tage in Independence, als Homer über etwas zu murren begann, das er „unnötige Verzögerung“ nannte.

„Sie sagen, daß wir noch warten müssen, weil das Gras noch nicht lang genug sei, um das Vieh satt zu kriegen. Wenn die nicht ihre ganze verdammte Herde mitschleppen würden, würde das Gras längst reichen!“

Auch die Organisation des Trecks war nicht nach Homers Geschmack: „Fünfzehn Abteilungen mit jeweils vier Wagen - als ob wir in der Armee wären! Und wie sie die Leiter der Abteilungen ausgewählt haben ... die mußten sich alle in einer Reihe aufstellen, und dann konnten die restlichen Idioten sich hinter dem aufstellen, den sie als Chef haben wollten. Das ist doch nicht zu fassen - erwachsene Männer, die sich aufführen wie ein Haufen Schuljungen!“

„Und hinter wen hast du dich gestellt, Homer?“ fragte Jessie mit sanfter Stimme. „Hat George Wood das Rennen gemacht?“

Homer regte sich noch mehr auf. „Ich? Pah! Laß die doch machen, was sie wollen. Ich bin kein Kind mehr, ich bin zweiundvierzig Jahre alt, verdammt noch mal, und ich mach bei so 'nem Quatsch nicht mit. Wir fahren so, wie's uns paßt!“

Marshall Applegate hatte weder Respekt noch Vertrauen verdient, fand Homer. Sein verrücktes Ansinnen, daß Homer seine prächtigen Pferde gegen ein Gespann jämmerlicher Ochsen austauschen sollte, war nicht der einzige Streitpunkt zwischen den beiden Männern. Als Applegate klarwurde, daß Homer sowohl seine Pferde behalten als auch die sorgfältig ausgearbeitete Fahrordnung ignorieren wollte, kam er mit mühsam beherrschtem Zorn zum Wagen der Kings und verlangte, daß Homer zumindest Hafer für seine Pferde kaufen sollte. Homer tat diesen Vorschlag mit einer lässigen Handbewegung ab, und Applegate riß der Geduldsfaden.

„Ein Mann, der keinen Rat von erfahrenen Leuten annimmt, ist ein Idiot, Mr. King. Ich habe diesen Weg schon gemacht, und ich sage Ihnen, das Präriegras ist für Pferde zu hart und hat zu wenig Nährstoffe. Ihre Pferde werden sowieso von den Insekten und dem schlechten Wasser geschwächt werden, und wenn Sie keinen Hafer zufüttern, halten die Tiere niemals die ganze Strecke durch. Sie sollten außerdem Ersatzhufeisen, Beschlagwerkzeug und einen Haufen Hufnägel mitnehmen ... und zum letzten Mal, wenn eins Ihrer Pferde schlappmacht, lassen wir Sie zurück!" Applegate stürmte mit großen Schritten davon. Offenbar wollte er so schnell wie möglich einen großen Abstand zwischen sich und diesen nervtötenden Auswanderer bringen.

Jessie konnte sich der Logik von Applegates Worten nicht verschließen. Sie wagte einen vorsichtigen Vorstoß: „Ich habe heute in der Stadt gehört, daß Ochsen gar nicht teuer sind – bloß fünfzig Dollar pro Stück. Könnten wir die Pferde nicht einfach hinten an den Wagen anbinden, und –"

„Wir werden keine Ochsen kaufen, und damit basta!" unterbrach Homer sie grob. „Und ich wäre dir sehr verbunden, wenn du dir bewußt machen könntest, daß du einundzwanzig Jahre alt bist und von absolut nichts eine Ahnung hast. Kümmere du dich um deine Weiberangelegenheiten und scher dich nicht um Sachen, die dich nichts angehen!"

Er entlud seine angestauten Aggressionen über Jessie und begann, das von ihr bereits verstaute Gepäck noch einmal zu kontrollieren. Lautstark beschwerte er sich über den „Tand", den sie eingepackt hatte. „Brot, Schinken und Kaffee, das ist alles, was ein Mann zum Leben braucht! Ich weiß wirklich nicht, warum du Trockenobst und so 'n Quatsch mitschleppen mußt!"

„Ich ... ich dachte, ab und zu würde ein bißchen Obst zur Abwechslung ganz gut schmecken, Homer", stotterte Jessie.

Homer bellte zurück, daß er zu beschäftigt sein würde, um Abwechslung zu brauchen, und daß sie sich besser ein paar realistischere Vorstellungen über den Treck machen solle.

Als die Zeit zum Aufbruch näherrückte, wurde Homers Laune noch schlechter. Jessie ging ihm so weit wie möglich aus dem Weg und betete um Geduld, um mit seinen Stimmungsschwankungen fertigzuwerden.

Für den kleinen Jakob war das Ganze ein wunderbares Abenteuer. Jeder neue Anblick, jedes Geräusch war ein Grund zum Staunen und Lachen.

Nach einem letzten Treffen mit Dr. Whitman wurde schließlich der 22. Mai als Aufbruchsdatum festgelegt.

„Na endlich!" sagte Homer. „Wurde aber auch Zeit!"

„Ja", flüsterte Jessie mit Furcht im Herzen und einem stillen Gebet auf den Lippen.

*

Als die Sonne aufging, knallten die Peitschen, Anfeuerungsrufe gellten, und Staubwolken wirbelten hoch – der Treck war nach Westen aufgebrochen. Von der Masse der Auswanderer überwältigt, preßte Jessie den kleinen Jakob an sich und lehnte sich ganz fest an die Rücklehne des Kutschbocks.

Sie kamen an einem jungen Mädchen im Sonntagskleid vorbei, das leichtfüßig durch den Staub tänzelte und dabei in einem Buch las. Jessie fragte sich, ob sie wohl wirklich las. Das Mädchen zog die bewundernden Blicke so manchen Mannes auf sich, und einer von ihnen rief ihr sogar zu: „Oh Morgenglanz der Verheißung!"

Jessie errötete vor so viel Direktheit und lehnte sich etwas enger als sonst an Homer.

Sie reisten auf der vielbefahrenen Strecke nach Santa Fé, und immer wieder überholten sie lange Wagentrecks mit Handelswaren, die auf dem Weg nach Mexiko waren. Schon nach ein paar Stunden hatten sie die westliche Staatsgrenze überquert und befanden sich nun im Gebiet der Shawnee-Indianer. Das Land war wunderschön und die Erde fruchtbar. Viele der Shawnee betrieben florierende Farmen und lebten in komfortablen Häusern. Manche von ihnen sprachen sogar Englisch, doch für Jessie änderte das nichts an der Tatsache, daß alle Indianer gottlose Kreaturen waren, die man auf jeden Fall fürchten und wie die Pest meiden sollte.

Sehr bald gab Jessie den Gedanken auf, bis nach Oregon zu *fahren*. Das Rütteln und Schütteln des Wagens machte es unmöglich, längere Zeit zu sitzen, und so sprang Jessie vom Kutschbock, sobald sie den kleinen Jakob versorgt hatte, und ging den Rest des

Morgens zu Fuß neben den Pferden her. Als der Wagenzug mittags anhielt, um Pause zu machen, war sie erschöpfter als je zuvor in ihrem Leben. Homer spannte die Pferde aus und führte sie zur Wasserstelle. Dann suchte er ihnen einen guten Grasplatz, überprüfte das Geschirr, schmierte die Wagenachsen und setzte sich dann zu Jessie an das kleine Lagerfeuer, das sie entfacht hatte, um ihr Mittagessen zu kochen.

Die eine Stunde Pause war viel zu schnell vergangen, und schon bald holperten sie wieder den Pfad entlang.

Jessie hielt Jakob eine Weile auf dem Arm, aber ihm schien das Rumpeln des Wagens nichts auszumachen; im Gegenteil, die meiste Zeit quietschte er vor Vergnügen, zeigte aufgeregt auf Vögel oder Kaninchen oder winkte Jessie fröhlich vom Wagen aus zu.

An diesem ersten Tag kamen sie etwa zwanzig Meilen vorwärts. Bei Sonnenuntergang formierten sich die jeweils vier Wagen einer Abteilung zu einer kleinen Wagenburg. Die Deichsel jedes Wagens wurde mit der Hinterachse des nächsten verbunden, die Ochsen und Pferde ließ man bis zum Dunkelwerden draußen grasen, um sie dann ins Innere der Wagenburg zu holen.

Wenn Jessie am Mittag gedacht hatte, sie wäre müde, dann war sie jetzt beinahe zu Tode erschöpft. Homer war bester Laune. Seine Pferde hatten sich ausgezeichnet benommen, und im Vergleich mit den schwerfälligen Ochsen hatten sie so elegant ausgesehen, daß Homer manchen bewundernden Blick aufgefangen hatte. Jeden dieser Blicke hatte Homer in seinem Gehirn gespeichert, und der verkniffene Zug um seinen Mund war etwas weicher geworden. Er plauderte freundlich mit Jessie und nahm sogar die Einladung der Woods an, den Rest des Weges mit ihnen zusammen zurückzulegen. Lavinia achtete darauf, daß Homer das verschwörerische Blinzeln nicht bemerkte, das Jessie und sie austauschten, während George Homer seinen Vorschlag unterbreitete.

Schließlich war alles erledigt, und Jessie sank dankbar auf ihr Lager im Wagen. Sie schlief ein, während sie noch ihr Mieder aufschnürte. Homer saß die ganze Nacht draußen am Feuer und paßte auf, daß keiner der „stinkenden Ochsen“ seinen Pferden zu nahe kam.

*

Jeden Tag wurde das Land dürrer und stiller, und die Einsamkeit, die von der Gegend ausging, weckte in Jessie ein unstillbares Heimweh. Ihre Angst vor der ungewissen Zukunft wurde immer stärker. Homer dagegen hatte nur Oregon im Kopf und schien keinen Gedanken an all das zu verschwenden, was sie zurückgelassen hatten. Jessie horchte jeden Mogen vergeblich auf das vertraute Schnattern der Gänse oder den fröhlichen Ruf des Kardinals vor ihrem Fenster. Hier draußen in der Prärie gab es nichts. Der Sonnenaufgang brachte nur Stille und die Geräusche der Menschen und Tiere des Trecks.

Nur Jakob milderte das Gefühl der Leere in Jessie. Den ganzen Tag kümmerte sie sich um ihn, bereitete die Mahlzeiten zu und fiel nachts in einen erschöpften Schlaf, wobei sie immer wieder von zu Hause träumte. Dann erwachte sie, und wieder lief sie einen unendlich scheinenden Tag lang neben dem Wagen durch verdorrtes Land und sehnte sich nach den grünen Wäldern, die die Farm ihrer Eltern umgeben hatten.

Zu der bedrohlichen Einsamkeit der Prärie kam noch ihre Angst vor Indianern. Jessie hatte unzählige Horrorgeschichten über sie an den Lagerfeuern gehört. Der Treck hatte inzwischen das Territorium der friedlichen Shawnee verlassen und befand sich auf dem Gebiet der Kansaz-Indianer, die in Hütten aus Baumrinde lebten. Als sie an einem ihrer Dörfer vorbeikamen, sah Jessie mit Entsetzen, daß die Indianer fast nackt waren.

„Sie sind verdammte Diebe“, meinte George Wood grimmig. „Und sie lieben Kinder. *Blonde* Kinder...“

Lavinia warf ihm einen bösen Blick zu, doch nach diesem Ereignis rannte Jessie jedesmal zum Wagen, wenn ein Indianerdorf in Sicht kam, und preßte den kleinen Jakob ganz fest an sich.

„Fürchtet euch nicht“, las Jessie abends am Lagerfeuer, „sondern in allen Dingen laßt eure Bitten im Gebet und Flehen mit Danksagung vor Gott kund werden! Und der Friede Gottes, welcher höher ist als alle Vernunft, bewahre eure Herzen und Sinne in Christus Jesus.“ Jessie las die Bibelstelle wieder und wieder, und sie gab ihr genug Trost, daß sie schlafen konnte. Doch jeder Tag brachte neue Ängste.

An dem Tag, als ihre Freundschaft mit Lavinia sich bewährte, war Jessie beinahe am Ende. Lavinia war mit ihren eigenen Angelegenheiten so beschäftigt gewesen, daß sie sich wenig um Jessie gekümmert hatte, obwohl ihre Wagen immer nebeneinander herfuhren. Nur gelegentlich hatte sie Jessie eine Ermutigung zugerufen, über eine Posse des kleinen Jakob gelacht oder Homer wegen irgend etwas ausgeschimpft. Doch jetzt hatte Lavinia es geschafft, jedes Familienmitglied in einen beeindruckend durchorganisierten Aufgabenplan einzuspannen. Emily, ihre älteste Tochter, hatte auf das Baby aufzupassen. „Halte die Kleine von den Rädern und von Schlangen fern; mehr verlange ich gar nicht", hatte Lavinia ihr gesagt.

Amanda, die Zweitälteste, versorgte die Kuh, die hinten am Wagen angebunden war. Amelia und Ophelia, die vierjährigen Zwillinge, sammelten Feuerholz und lüfteten morgens die Betten. Jessie beobachtete die Familie gelegentlich und war immer neu beeindruckt, wie gut alles klappte.

Jeden Morgen hatten die Woods ihr Lagerfeuer in Gang und saßen bereits beim Frühstück, bevor die anderen noch richtig wach waren. Und abends, wenn alle erschöpft von ihren Wagen stiegen, über und über mit Staub bedeckt, der in jede Ritze drang und schlicht überall zu sein schien, kochte, putzte und sang Lavinia mit offenbar nie versiegender Energie und hatte sogar noch Zeit, mit ihren Töchtern herumzualbern.

Jessie bewunderte ihre Kraft. Homer nannte sie abfällig „dieses vorlaute, nervtötende Weibsbild", doch seine Frau beobachtete George und Lavinia und konnte nicht anders, als sie zu beneiden. Sie schienen gute Freunde zu sein, und Jessie fragte sich oft, wie es wohl wäre, mit seinem besten Freund verheiratet zu sein.

In einer Nacht in der zweiten Woche ihrer Reise gab es ein Unwetter. Der Himmel wurde pechschwarz, und es regnete die ganze Nacht in Strömen. Die Finsternis wurde immer wieder von grellen Blitzen durchzuckt, und der Donner grollte so laut, daß nicht einmal Jakob schlafen konnte und sich ängstlich an seine Mutter klammerte. Doch Jessie konnte ihn nicht trösten, denn ihr eigenes Herz raste vor Angst, und sie fragte sich zitternd, ob die Tiere durch die provisorische Deichsel-Barriere brechen und auf Nimmerwiedersehen in der Endlosigkeit der Prärie verschwinden würden. Irgendwann in der Nacht hörte sie Homer etwas rufen, doch sie verstand ihn nicht und wäre um keinen Preis aus dem Wagen geklettert.

Früh am nächsten Morgen stand alles unter Wasser, und einige Wagen hatten ihre Planen eingebüßt. Der Big Blue, den sie heute überqueren wollten, war über die Ufer getreten, und die Wassermassen sahen wirklich beängstigend aus. Doch weder Homer noch die anderen Männer wollten sich dadurch von der Überquerung abhalten lassen. Sie besaßen einen unwiderstehlichen Drang weiterzukommen und dachten, sie könnten die Wagen schon irgendwie rüberbringen.

Applegate hatte Bedenken, doch er meinte, wenn jemand hinüberschwimmen und ein Seil an dem großen Baum am anderen Ufer befestigen würde, könnte man eine Fähre bauen.

Jessie war außer sich, als Homer ihr erzählte, er habe angeboten, den Fluß mit seinem Lieblingspferd zu überqueren. „... dann binde ich das Seil um den großen Baum da drüben, und dann können wir den ganzen Kram rüberflößen", erklärte er und fügte beim Anblick von Jessies entsetztem Gesicht hinzu: „Beau schafft das schon, Jessie. Er ist stark. Keine Sorge."

Jessie wußte nur zu gut, daß Proteste zwecklos waren. Sie hätte ihn gerne unterstützt, doch das Wasser flößte ihr einen solchen Schrecken ein, daß sie sich gar nicht vorstellen wollte, wie Homer gegen diesen reißenden Strom kämpfte. Schließlich brach sie in Tränen aus und flehte ihn an, nicht zu gehen, doch da wurde er wütend und stürmte davon.

Lavinia hatte die Szene aus sicherer Entfernung beobachtet. Sobald Homer außer Sicht war, eilte sie herbei. „Jessie, Liebes, wärst du wohl so nett, mir beim Auspacken zu helfen? Ich schaff' es einfach nicht schnell genug für Georges Geschmack!"

Jessie war klar, daß Lavinia diese Bitte nur vorschob, aber sie war begierig nach Gesellschaft, und deshalb kam sie mit. Die zehnjährige Emily stürzte sich sofort begeistert auf Jakob und machte sich gemeinsam mit ihm auf die Suche nach Regenwürmern als Köder zum Angeln. Jessie half Lavinia beim Auspacken und lauschte dabei dem unaufhörlichen Strom ihrer Worte. Doch der Knoten in ihrem Magen wollte und wollte nicht verschwinden. Ihre Hände zitterten, und schließlich wurde es ihr vor Angst so schlecht, daß sie sich übergeben mußte.

Lavinias Arme schlangen sich in einer warmen, mütterlichen Geste um Jessies schmale Schultern, und sie führte die junge Frau vorsichtig auf die andere Seite des Wagens, wo der Fluß außerhalb ihres Blickfeldes lag. Homer sprang gerade auf Beaus ungesattelten Rücken und lenkte ihn auf den Fluß zu. Lavinia drehte sich um und tat das einzige, was sie tun konnte: Sie betete.

„Lieber Herr", flüsterte sie. „Hilf uns. Du weißt, daß auch ich Angst habe. Aber Jessie hier, sie braucht deine Gnade ganz besonders stark. Ihr Mann ist da unten im Wasser, und du hast uns versprochen, in der Not bei uns zu sein. Bitte, Herr, paß auf Homer auf. Du weißt, daß Jessie ihren Mann braucht. Bitte bring ihn heil zurück, Herr."

Jessie war so mit ihrer Angst beschäftigt, daß sie die einzelnen Worte nicht verstand. Aber sie konnte Lavinias Wärme und Betroffenheit fühlen, und als sich ihre Gedanken weg von ihr selbst himmelwärts wandten, hörten ihre Hände auf zu zittern, und die Anspannung in ihrem Magen ließ nach.

Jakob kam herangetappt und hielt Jessie begeistert einen riesigen Regenwurm hin. Während sie sich hinunterbeugte, um Jakobs Fang zu begutachten, hörte sie plötzlich Rufe vom Fluß her: „Er hat's geschafft! Er ist drüben!"

Als Jessie hinter dem Wagen hervorlugte, sah sie, wie ihr Mann und das Pferd sich gerade das eisige Wasser des Big Blue aus den Haaren schüttelten.

*

Der Treck brauchte drei volle Wochen, um alle Wagen, Tiere und Habseligkeiten über den Fluß zu bekommen. Viele Stunden harter Arbeit mit verängstigten Ochsen, im Schlamm versackenden Wagen, nassen Kleidern und unzähligen hungrigen Mäulern legten die Nerven aller Beteiligten bloß. In diesen Wochen entstanden einige böse Feindschaften, doch auch tiefe Freundschaften erwuchsen aus der gemeinsamen Anstrengung. Als alles sicher am anderen Ufer angekommen war, waren Jessie und Lavinia unzertrennliche Freundinnen geworden.

Lavinia, direkt und mutig, wurde von Jessies sanfter Art angezogen und positiv beeinflußt. Und die einsame, angespannte Jessie ließ sich von Lavinias warmherziger, fröhlicher Persönlichkeit anstecken und begann wieder zu lachen. Sie ließ sich sogar dazu überreden, am sonntäglichen Singen der Woods teilzunehmen. Homer lehnte es natürlich ab, mitzusingen, aber heimlich war er stolz auf die schöne Stimme seiner Frau, und so kam er herüber zu den Woods und schaukelte Jakob auf seinen Knien, während die anderen sangen.

Jessie und Lavinia entdeckten, daß sie zwei Dinge gemeinsam hatten: Beide liebten sie Gott von Herzen - und sie liebten das Handarbeiten. Alle Frauen des Trecks hatten Decken genäht und Tücher bestickt, doch Jessie und Lavinia entwickelten in diesen Dingen eine regelrechte Kunstfertigkeit. Besonders das Quilten hatte es den beiden angetan.

George Wood und Homer dagegen blieben auf Abstand. Homer hatte nicht vor, irgend jemandem näherzukommen. Eine seiner Hauptantriebskräfte für die Reise nach Oregon war sein Wunsch nach totaler Unabhängigkeit, und er sah keinen Grund, irgendwelche Beziehungen zu knüpfen, die vielleicht irgendwann von ihm etwas fordern könnten. Wenn Jessie mit dieser Frau befreundet sein wollte, war das für ihn in Ordnung, solange er nichts damit zu tun haben mußte.

Als die Kings und die Woods schließlich an der Reihe waren, ihre Habseligkeiten über den Fluß zu bringen, hatte Gott in seiner Gnade die Fluten zurückgehen lassen. Die Wagen kamen ohne Zwischenfälle ans gegenüberliegende Ufer, und Jessie dankte Gott von ganzem Herzen, als ihre Füße den festen Boden der anderen Seite berührten.

Jenseits des Flusses veränderte sich die Landschaft. Die Hügel waren hier kaum mehr als kleine Sandhäufchen, und es gab viel Gras für die Tiere. Allerdings gediehen hier auch Kakteen mit riesigen Stacheln, und Homer fuhr besonders vorsichtig, damit sich seine kostbaren Pferde nicht verletzten.

Der April und Mai waren ungemütlich und kalt gewesen, doch nun besserte sich das Wetter, und Jessie gingen bald die Ideen aus, wie sie den kleinen Jakob vor den blutgierigen Moskitos schützen sollte. Die meiste Zeit sah er trotz ihrer Bemühungen aus, als hätte er die Pocken. Der Treck wirbelte Staub in solchen Mengen hoch, daß Jessie manchmal Schwierigkeiten hatte, den Wagen vor sich zu erkennen. An windigen Tagen peitschten die feinen Staubkörner ihnen in die Augen, und dann verkroch sich Jessie im Inneren des Wagens, bis sie das Geholpere und Gestoße auch dort nicht mehr aushalten konnte. Seufzend stieg sie dann wieder aus und ging eine Weile zu Fuß, bis der Staub sie wieder in den Wagen zwang.

Zum Glück brauchten sie nur einen Tag, um diese Halbwüste hinter sich zu bringen und den Platte zu erreichen, von dem aus sie in Richtung Westen weiterziehen würden.

Es war kurz vor der Abenddämmerung, als sich das atemberaubende Tal des Platte vor den Siedlern öffnete, und selbst die erfahrensten Trecker starrten mit vor Bewunderung offenstehenden Mündern hinab. Das Tal ergoß sich in eine fruchtbare Ebene, die sich bis zum Horizont zu erstrecken schien.

Der Platte war ein ungewöhnlicher Fluß. Er schien ihnen breiter als der Mississippi, doch es gab praktisch keinen Baumbestand an den Ufern, und trotz seiner imponierenden Breite war der Fluß nur ganz flach, so daß sie ihn problemlos überqueren konnten. Es gab eine Menge Wild, doch Dr. Whitman erklärte, daß sie keine Chance hatten, etwas zu erlegen, weil das Land so flach war, daß es keine Deckung bot. Entlang des Ufers gediehen verschiedene Arten von Beeren, und Jessie pflückte sie mit Begeisterung, um ihren etwas monotonen Speisezettel zu beleben. Lavinia zeigte ihr einige Kräuter, die dem gefürchteten Skorbut vorbeugten, und lehrte sie, sie richtig zuzubereiten.

Bald wurde die Reise eintönig. Jessie fiel abends zu Tode erschöpft ins Bett und erwachte morgens kaum frischer.

Am Abend eines besonders heißen und staubigen Tages hörte Lavinia mit an, wie sich Homer bei Jessie über das immer gleiche Essen beschwerte. „Schinken, Kaffee, Kekse – das ist alles, was ich hier zu beißen kriege!“ maulte er. „Wenn ich den ganzen Tag mit störrischen Pferden und morschen Achsen gekämpft habe, wär's doch schön, wenn ich ab und zu mal was Anständiges zu essen bekäme, oder? Ich muß jetzt das Geschirr einfetten. Ruf mich, wenn du ein ordentliches Abendessen zustande gebracht hast!“

Lavinia stürmte zu Jessie herüber und schimpfte: „Also wirklich, Jessie, warum läßt du dir das bieten? Wenn George sich so etwas erlauben würde, dann bekäme er solange ranzige Kekse und Gras zu essen, bis er wieder bei Verstand ist!“

Jessie mußte lächeln, als sie sich vorstellte, wie Lavinia ihrem geliebten George ein solches Mahl vorsetzte. „Ach, er meint es nicht so. Er ist eben müde. Und er macht sich Sorgen wegen der Pferde, weißt du?“

Wie Applegate vorausgesagt hatte, begannen die Pferde langsam die Spuren der Anstrengung zu zeigen. Man konnte bei beiden die Rippen sehen, und ihr Fell hatte den Glanz verloren, auf den Homer immer so stolz gewesen war. Der Hafer, den Homer mitzunehmen sich geweigert hatte, wäre jetzt bitter nötig gewesen. So sorgfältig Homer seine Lieblinge auch versorgte – es ließ sich nicht verleugnen, daß die Pferde vom Fleisch fielen. Homer hatte sogar erwogen, „den Herd rauszuschmeißen, um Gewicht zu sparen“.

Lavinia verspürte wenig Mitleid. „Ach, müde! Na und? Wir sind alle müde! Aber weißt du was? Meine Mädchen haben heute einen großen Korb Stachelbeeren gepflückt. Komm doch nachher zu uns rüber, und bring auch diesen Hackklotz mit, den du deinen Mann nennst. Vielleicht macht ihn eine Portion Stachelbeerkompott mit viel Zucker etwas genießbarer!“

Kapitel 4

Am nächsten Tag gingen Lavinia und Jessie zusammen los, um sich in einiger Entfernung vom Staub des Trecks ein wenig in Ruhe zu unterhalten und Büffeldung für das abendliche Feuer zu sammeln. Nach etwa einer Stunde bemerkten sie plötzlich, daß zwei der Wagen angehalten hatten und offenbar aus irgendeinem Grund Aufregung herrschte. Als sich der Staub gelegt hatte, stellten die beiden Frauen mit einem eisigen Schrecken fest, daß es ihre eigenen Wagen waren, die da standen. Jessie ließ den mühsam gesammelten Büffeldung einfach fallen und rannte los. Dornenbüsche zerrten an ihren Röcken, und der Staub kratzte sie im Hals, doch sie rannte und rannte, bis sie den kleinen Menschenauflauf erreicht hatte.

Auf dem Boden lag ihr kleiner Jakob, seltsam ruhig, und an seiner Seite kniete Dr. Whitman. Als er Jessie erblickte, stand er schnell auf und ging auf sie zu.

„Mrs. King, es tut mir so leid! Wir können nichts mehr für ihn tun. Er ist jetzt bei Gott." Das traurige Gesicht des Arztes verschwamm vor Jessies Augen. Sie drehte sich heftig herum und stand auf einmal vor Homer.

„Mein Gott, Jessie, ich ... er wollte neben mir auf dem Bock sitzen. Und auf einmal - da ist er gefallen. Ich ... ich hab' versucht, ihn zu halten ... hab' sein Hemd zerrissen - und ich hatte ihn auch erwischt, aber da - da holperte der Wagen irgendwie, und ich verlor den Halt, und ... und die Räder -", er konnte nicht weitersprechen, stand einfach nur da und drehte den Hut an seiner filzigen Krempe immer und immer wieder im Kreis.

Jessie wollte laut schreien, doch die Töne blieben ihr im Hals stecken. All diese Menschen ... ihre Trauer war zu groß und zu tief, um sie mit ihnen zu teilen. Sie atmete ein und hob das Kinn. Dann nahm sie Homers Hand, und er ließ seinen Hut fallen und ergriff ihre beiden Hände und drückte sie so fest, daß es wehtat.

„Der Treck muß weiterkommen", hörte Jessie sich selbst zu Dr. Whitman sagen. „Bitte sagen Sie diesen Leuten, sie möchten uns in unserer Trauer allein lassen, und fahren Sie weiter. Wir kommen dann später nach."

Dr. Whitman legte ihr vorsichtig eine Hand auf die Schulter. „Aber Mrs. King, möchten Sie denn nicht, daß wir bleiben und Ihrem Sohn die letzte Ehre geben?"

„Das bringt ihn auch nicht zurück. Beten Sie von Ihren Wagen aus." Dann senkte sie ihre Stimme ein wenig und bat: „Oh Homer, ... sie sollen weggehen! Wir wollen ihm allein Lebewohl sagen. Homer, alle diese Fremden ..." Ihre Stimme versagte, aber der bittende Ton hatte genügt. Der Treck würde weiterfahren. Langsam entfernten sich die Umstehenden flüsternd in kleinen Grüppchen. Nur Lavinia blieb zurück.

„Jessie, Liebes", flüsterte sie. „Schau ihn doch an, den Kleinen. Er sieht aus, als würde er schlafen."

Jessie gestattete sich selbst, aufzuschauen und Jakob anzusehen, und ein kleiner Schrei entrang sich ihrer Kehle. Sie stürzte zu Jakobs leblosem Körper hin, nahm ihn in die Arme und begann, ihn unter leisem Summen sanft hin- und herzuwiegen. Die Tränen liefen ihr dabei das staubverklebte Gesicht hinunter. Lavinia kniete sich neben sie auf den Boden und legte die Arme um die gebeugten Schultern ihrer Freundin, während Homer unschlüssig dabeistand und seinen Hut in den Händen drehte. Schließlich wurde Jessies Schluchzen leiser und ihre Umklammerung schwächer. Halb betäubt stand sie auf und wartete darauf, daß Homer etwas sagte.

Ungeschickt legte er ihr einen Arm um die Schulter und wiederholte: „Ich hab' ihn noch erwischt... aber dann..."

Jessie unterbrach ihn. „Es war nicht deine Schuld, Homer. Das hätte jedem passieren können."

Ihre Worte schienen etwas in ihm auszulösen. Er richtete sich auf, trat zum Wagen und holte eine Schaufel hervor. Dann knurrte er: „Ich habe ihn zwar nicht beschützen können, aber ich werde wenigstens verhindern, daß die verdammten Kojoten ihn kriegen."

Wild entschlossen begann er, ein kleines Grab auszuheben. Tiefer und tiefer stach die Schaufel in den steinharten Prärieboden, bis Homer schließlich erschöpft auf dem kleinen Hügel niedersank, den er ausgehoben hatte. Erst jetzt sah er wieder zu Jessie hin, die noch immer wie erstarrt an derselben Stelle stand. Als sich ihre Blicke trafen, schaute er schnell weg und sagte, die Augen auf den Horizont gerichtet: „Ich schätze, wir sollten es so schnell wie möglich hinter uns bringen."

Jessie versuchte vergeblich, den Staub von Jakobs Gesicht zu entfernen, als sie seinen leblosen Körper zu Homer hinübertrug. Er legte ihn in das winzige Grab und hielt dann unschlüssig inne. „Sollte wohl ein Wort gesagt werden ..."

Jessie ging zum Wagen und kam mit ihrer Bibel zurück. Zum ersten Mal zog Homer beim Anblick des schwarzen Buches keine Grimasse. Er hatte Jessie schon oft vorgeworfen, daß sie ihre Pflichten vernachlässigen würde, wenn sie in „dem alten Ding" las. Doch sie hatte ihm immer wieder erklärt, daß sie ihre Aufgaben viel besser erfüllen und ihm viel mehr von Nutzen sein konnte, wenn sie täglich ihre halbe Stunde mit Gott verbrachte, und schließlich hatte er nachgegeben und diese „weibische Schwäche" geduldet. Es war eigentlich die erste und einzige Gelegenheit, bei der Jessie etwas gegen Homers Willen durchgesetzt hatte. Und nun war er dankbar, daß sie die Bibel mitgenommen hatte und wußte, was sie vorlesen konnte.

Nicht daß es dem armen kleinen Jakob jetzt noch etwas genützt hätte - doch Jessie selbst brauchte den Klang der vertrauten Worte und den Halt der Verheißungen so sehr wie noch selten zuvor. Und so schlug sie die Psalmen auf: „Der Herr ist mein Hirte; mir wird nichts mangeln ..." Sie las leise und würdevoll, und ihre Stimme schwankte nur einmal, als sie an die Stelle kam: „Und ob ich schon wanderte durchs finstere Tal, fürchte ich kein Unglück ...". Als der Psalm fertig war, neigte sie den Kopf und betete, und Homer hörte still zu, wie seine Frau mit ihrem Gott sprach.

„Herr", begann sie leise, „wir wissen nicht, warum du unser Kind zu dir genommen hast, aber wir wissen, daß du uns liebst und daß uns alle Dinge zum Besten dienen müssen ... bitte, Herr, hilf uns, daß wir dir auch jetzt vertrauen, wo unsere Herzen gebrochen sind." Sie wollte noch mehr sagen, doch sie konnte es nicht. Nicht einmal das „Amen" wollte über ihre Lippen kommen. Sie drehte sich auf dem Absatz herum und floh in die Dunkelheit des Wagens, um dort mit ihrer Trauer allein zu sein.

Als sie nach einiger Zeit unter der Plane hervorschaute, sah sie, daß Homer das kleine Loch aufgefüllt und mit großen Steinen bedeckt hatte. Nun saß er vor dem Grab und rieb sich langsam und mechanisch die Stirn.

Als die Sonne unterging, erhob sich Homer, schlurfte mit kleinen Schritten wie ein alter Mann zum Planwagen und begann das Feuer anzufachen. Jessie kam heraus und machte ein einfaches Abendessen zurecht. Schweigend aßen sie und gingen dann schlafen; Jessie im Wagen und Homer draußen am Lagerfeuer, das Gewehr schußbereit an seiner Seite.

Kapitel 5

Beim ersten Tageslicht begann Homer, die Pferde anzuschirren. Dann schwang er sich auf den Planwagen, ergriff die Zügel und trieb die Pferde heftig an. Der Ruck des Anfahrens riß Jessie aus einem unnatürlich tiefen Schlaf. Sie setzte sich auf und schaute verständnislos auf den kleinen Grabhügel, der zusehends kleiner wurde. Die Pferde gingen flott vorwärts, und bald war der Hügel aus ihrem Blickfeld verschwunden, jetzt konnte sie nur noch auf den Punkt am Horizont starren, wo sie ihn zuletzt gesehen hatte. Das rhythmische Knirschen der Räder, das gestern noch eine Melodie der Hoffnung gewesen war, hatte nun einen bedrohlichen Klang angenommen.

Als ihr Körper sie daran erinnerte, daß sie eigentlich ein Baby zu versorgen hatte, begann sie zu beten: „Oh Herr, ich verstehe es nicht... aber mit deiner Hilfe will ich glauben, daß es irgend etwas Gutes in all dem gibt." Ihre Stimme versagte wieder. „Aber, oh Gott, er war – er war noch so klein..."

Als sie zur Mittagsrast anhielten, kam Homer in den Wagen. Er sagte nichts, doch er ergriff Jessies geballte Fäuste und streichelte sie überraschend zärtlich mit seinen rauhen, schwieligen Händen. Jessie starrte auf diese Hände, dann wanderte ihr Blick über die muskulösen Unterarme und das karierte Hemd zu seinem gebeugten Kopf. Waren das etwa Tränen auf seinen Wangen? Die Möglichkeit, daß Homer weinen könnte, lenkte ihre Gedanken einen Augenblick lang von dem kleinen Grabhügel ab, den sie wie eingebrannt ständig vor sich sah.

„Ich mache das Feuer an", sagte sie mechanisch, doch sie blieb sitzen und klammerte sich an seinen starken Händen fest wie eine Ertrinkende.

„Es ist schon gut, Jessie", krächzte Homer. „Ich weiß, du wolltest ihn nicht einfach da lassen..."

Jessie zuckte zusammen und richtete sich auf, und Homer hob sie vom Wagen herunter. Diese kleine Geste gab Jessie viel Trost, denn Homer war wahrhaftig kein Kavalier der alten Schule. Sie hatte immer selbst sehen müssen, wie sie zurechtkam, und deshalb bedeutete ihr seine Hilfe sehr viel.

„Bei Einbruch der Dunkelheit dürften wir die anderen eingeholt haben", sagte Homer. „Ich spanne die Pferde jetzt nicht aus, laß' sie bloß ein bißchen verschnaufen."

Sie aßen ihr kümmerliches Mittagessen. In der Ferne erklang ein dumpfes Grollen. „Scheint ein Gewitter zu geben", bemerkte Homer. „Komm, wir wollen weiterfahren."

Schnell packten sie ihre Sachen zusammen, während das Donnern lauter wurde. Seltsamerweise waren es nicht einzelne Donnerschläge, sondern mehr ein anhaltendes Grollen. Als Homer das Feuer löschte, schaute Jessie zum Horizont und erstarrte. „Oh, du meine Güte!" Sie deutete ungläubig auf eine riesige schwarze Wolke, die in atemberaubender Geschwindigkeit auf sie zukam.

„Das ist kein Gewitter – das ist eine durchgehende Büffelherde, und zwar eine große!" brüllte Homer und rannte zum Wagen. Noch im Aufspringen feuerte er die Pferde an und zerrte dann Jessie neben sich auf den Kutschbock. Von dem ungewohnten Geräusch erregt zogen die Pferde gewaltig an, und Jessie verlor ihren Schal, so daß ihr rotes Haar wie eine Flagge hinter ihr herwehte. „Geh nach hinten – ist sicherer", schrie Homer ihr zu, während er angestrengt nach vorne starrte, um eventuellen Hindernissen auszuweichen und vielleicht einen Felsvorsprung oder eine Baumgruppe zu erspähen, die ihnen als Deckung dienen konnte. Jessie ließ sich vom Kutschbock nach hinten fallen und landete auf einem Haufen durcheinandergewürfelter Kleidungsstücke und Vorratssäcke. Ein Blick aus dem Wagen ließ sie vor Schreck aufschreien – die Büffel kamen schnell näher.

Homer fuhr wie ein Wahnsinniger, doch unaufhaltsam näherte sich der Strom der dunklen Leiber, und nirgends gab es eine Möglichkeit der Deckung. Er würde die Pferde einfach weitertreiben und hoffen, daß die Büffelherde mit ihnen rennen würde, statt sie zu überrennen. Beau und Billy galoppierten kraftvoll vorwärts, und Schaum begann sich an ihren Flanken zu bilden. Eins der Pferde stolperte, doch Homers heisere Anfeuerungsrufe brachten es wieder hoch, und sie stürmten weiter. Der Boden bebte, als die Büffel näher kamen.

Jessie beobachtete alles wie in Zeitlupe. In einem Nebel aus Staub sah sie Homers Hand, die die Peitsche auf die Pferde niederknallen ließ - er hatte sich geschworen, bei seinen geliebten Tieren nie die Peitsche zu verwenden. Jetzt klatschte sie wieder und wieder auf die schweißglänzenden Kruppen der Pferde. Der Lärm war inzwischen ohrenbetäubend. Jessie klammerte sich an den Wagenseiten fest und mußte entsetzt erkennen, daß die Büffel nun nur noch wenige Meter von ihnen entfernt waren. Sie schaute einem der heranstürmenden Büffel genau in die Augen. Das Tier glotzte starr geradeaus, die Nüstern gebläht, die Zunge seitlich aus dem Maul hängend.

Dann wurde der Wagen von einem Meer aus donnernden Hufen und zottigem Fell überflutet. Die erschöpften Pferde gerieten ins Stolpern und stürzten, und Jessie spürte, wie der Planwagen hochgehoben wurde. Dann schlug ihr Kopf gegen etwas Hartes, und das Donnern der Hufe vermischte sich mit dem Geräusch von splitterndem Holz und stürzte sie in eine abgrundtief stille Dunkelheit.

Kapitel 6

Es war heiß. Und still. So still, daß Jessie das Summen der Fliege, die um ihren Kopf schwirrte, unerträglich laut vorkam. Sie konnte das sanfte Hufestampfen von Beau und Billy hören, und ... ein Schatten fiel auf ihr Gesicht, und sie öffnete die Augen. Jemand beugte sich über sie, doch die grelle Sonne ließ nur die Umrisse seines Gesichts erkennen. *Homer?* Nein, das konnte nicht Homer sein. *Er hat nicht so langes Haar.*

Auf einen Schlag kam die Erinnerung zurück. Die Stampede, die Büffel! Sie erlebte die letzten schrecklichen Minuten noch einmal, und mit der Erinnerung kam ihr auch die Erkenntnis, daß dieser Mann gar nicht Homer sein konnte. Sie schaute direkt in das Gesicht eines Sioux-Indianers.

Wo war Homer? Jessie lag ganz still, vor Angst steif wie ein Brett. *Oh Gott, bewahre mich vor diesem Schicksal! Ich bin in der Gewalt dieser Wilden! Was werden sie mit mir tun?* – „Fürchte dich nicht, denn der Herr, dein Gott, ist mit dir" – immer wieder stammelte Jessie die Worte.

Der Indianer beugte sich noch tiefer über sie, um das goldene Kreuz um ihren Hals zu betrachten, das Jessie von ihrer Mutter geerbt hatte. Jessie umklammerte das kleine Kreuz. Der Indianer schüttelte den Kopf und löste ihre Finger einzeln davon ab, jedoch nicht, wie Jessie überrascht feststellte, um es ihr vom Hals zu reißen, sondern lediglich, um es sorgfältig zu betrachten und dann wieder loszulassen.

Dann trat er etwas zurück. Jessie setzte sich auf. Jeder Muskel ihres Körpers schmerzte; sie war steif und wund und unendlich durstig. Doch es schien nichts gebrochen zu sein. Jessie betrachtete das, was von ihrem Planwagen übriggeblieben war. Und da, ganz vorne am Kutschbock, sah sie einen Fetzen roten Flanell im Wind flattern. *Homer?* Nein, das dort war nicht mehr ihr Mann; das war einmal Homer gewesen. Und auch Beau und Billy waren dort. Sie hatten ihr letztes Rennen verloren.

Jessie wurde bewußt, daß sie allein war, so allein wie nie zuvor in ihrem Leben, und daß sie diesen Wilden auf Gedeih und Verderb ausgeliefert war. Die Indianer standen einfach nur da und betrachteten die Trümmer des Planwagens, während ihre Ponys am dürren Gras rupften. Sie redeten wenig, gaben nur ab und zu einen Kommentar zu einem Fund ab, und einer betrachtete neugierig den gußeisernen Herd. All ihr Mehl und das Saatgut waren aus dem Wagen geschleudert worden und lagen nun zertrampelt und nutzlos im Staub.

„Fürchte dich nicht ...", hämmerte es in Jessies Schädel, als sie die Indianer beobachtete. Eine ganze Weile beachteten sie sie überhaupt nicht. Schließlich kam der, der vorhin ihr Kreuz betrachtet hatte, zu ihr zurück. Sie bemerkte, daß er ein ganzes Stück größer war als seine Kameraden – oder vielmehr gewesen wäre, wenn er nicht ein offenbar verkrüppeltes Bein gehabt hätte. Er zog es beim Gehen etwas hinterher, und seine glänzenden Zöpfe wippten bei jedem seiner etwas mühsamen Schritte heftig auf und ab. Sein Gesicht war rot bemalt; drei schwarze Streifen zogen sich die Wangen hinunter, und hellgelbe Ringe umrahmten die Augen.

Sein finsterer Gesichtsausdruck ließ Jessie instinktiv vor ihm zurückweichen, doch er zog sie unsanft auf die Füße. Die Schmerzen in den Beinen und im Rücken waren so stark, daß Jessie aufschrie; sie stolperte und fiel auf die Knie. Der Krieger umfaßte grob ihre Taille und zerrte sie zu seinem schneeweißen Pony. Er war stark und hob sie ohne sichtliche Anstrengung auf den blanken Rücken des Tieres. Ängstlich krallte sich Jessie in die Mähne des tänzelnden Ponys, während der Indianer sich hinter ihr hinaufschwang. Er roch nach Farbe, Erde und Schweiß. Jessie schluckte und bat Gott um seinen Beistand. Dann versuchte sie, noch einen Blick auf die Trümmer des Planwagens zu werfen, und war sehr überrascht, als der Indianer das Pony wendete, damit sie sich umsehen konnte.

Mit brennenden Augen sog Jessie den Anblick in sich auf. Dann fiel ihr Blick auf etwas Weißes, und sie sah ihre schönste Decke auf dem schweißigen Rücken eines Indianerponys liegen. Es war der schöne, schneeweiße, bestickte Überwurf, an dem sie monatelang gearbeitet hatte. Sie hatte zu Homer gesagt: „Egal, wo wir sein werden - wenn ich diesen Überwurf auf mein Bett lege, werde ich das Gefühl haben, zu Hause zu sein."

Und nun leuchtete die Decke im hellen Sonnenlicht. Sie war etwas staubig, schien aber den Unfall sonst unbeschadet überstanden zu haben. Jessie lächelte dünn, als sie sich fragte, ob sie selbst wohl auch soviel Glück haben würde, wenn diese Wilden sie in ihr Lager verschleppten - oder wo immer sie vorhatten, sie hinzubringen.

*

„Fürchte dich nicht . . . fürchte dich nicht." Die Worte pochten im Rhythmus des Hufschlags in Jessies Kopf. Sie schienen schon seit Stunden dahinzureiten. Längst hatten sie die Ebene hinter sich gelassen und erklommen nun die ersten Höhenzüge. Jessies Beine taten weh, und sie erschrak jedesmal bis ins Mark, wenn das Pony unter ihr eine unverhoffte Bewegung machte.

Sie erreichten einen kleinen Bach, und die Indianer hielten an. Jessies „Aufseher" zog sie von dem weißen Pony und schubste sie hinunter zum Wasser. Sie trank dankbar, spritzte sich das kühle Wasser ins Gesicht und wusch sich die zitternden Hände. Aus dem Augenwinkel hielt sie nach einem Suchtrupp Ausschau. Ob der Wagentreck Leute aussenden würde?

Der Indianer zog Jessie vom Wasser weg. Er gestikulierte wild, schien zu winken. Dann hob er die rechte Hand, mit der Handfläche nach vorne, und machte damit kreisende Bewegungen. Jessie starrte ihn nur ratlos an. Der Indianer vollführte die Gesten noch einmal, diesmal mit mehr Nachdruck. Jessie verstand zwar, daß dies eine Art Zeichensprache war, doch die Bedeutung der Gesten war ihr unklar.

Nervös schüttelte sie den Kopf, weil sie nicht wußte, was er meinte. Der Krieger zeigte sich wenig beeindruckt. Er griff in den Lederbeutel an seiner Hüfte und reichte Jessie einen steinharten Streifen Trockenfleisch. Jessie nahm es gehorsam entgegen und zwang sich, ein Stück abzubeißen, obwohl ihr Magen heftig rebellierte. Dann schaute sie angstvoll auf, und der Indianer hob sie schweigend wieder auf sein Pony. Sofort trabten sie los, und das weiße Pony übernahm diesmal die Führung.

Es war ein anstrengender Ritt, der den ganzen Tag dauerte. Jessie krallte sich in der weißen Mähne des Ponys fest, zu betäubt zum Beten und zu müde, um noch Angst zu empfinden. Endlich hielt die Gruppe an. Die Indianer sprangen ab, entließen die Ponys zum Grasen und begannen ein Feuer anzufachen. Einige Präriehühner, die sie vorher geschossen hatten, wurden auf Spieße gesteckt und über dem Feuer geröstet. Der große Krieger wiederholte die Gesten, die er vorher am Bach vollführt hatte, und reichte Jessie ein Stück Fleisch. Diesmal nahm sie es begierig und aß es ganz auf. Dann sank sie erschöpft in sich zusammen und schlief sofort ein.

Dumpfes Donnergrollen und eine plötzlich aufkommende kühle Brise weckten sie mitten in der Nacht. Ein schweres Gewitter näherte sich dem kleinen Lager, und die Indianer sprangen auf, fingen ihre Ponys ein und hielten sie an den Zügeln fest, während sie sich selbst flach auf den Boden legten, um so das Gewitter über sich ergehen zu lassen. Ein Blitzstrahl riß den Himmel entzwei und tauchte die Umgebung in ein unwirkliches Licht. Das Wasser prasselte in regelrechten Wellen auf sie nieder, und die Indianer lagen einfach da und warteten, bis das Gewitter vorüber war. Das weiße Pony, auf dem Jessie geritten war, stand dicht bei seinem Herrn, den Kopf gesenkt, und erduldete den Regen ebenso schicksalsergeben wie der Indianer.

Vor Angst zitternd, kauerte Jessie sich hin, umfaßte ihre Knie mit den Armen und zog den Kopf ein. Wenn es früher zu Hause in Illinois ein Gewitter gegeben hatte, war sie immer ins Schlafzimmer ihrer Eltern gerannt und hatte sich unter einem großen Haufen Decken versteckt, bis das Unwetter vorüber war. Doch jetzt gab es keine Zuflucht für sie. Jakob war tot, Homer war tot, und sie war in der Gewalt dieser Wilden ... ganz allein.

Schließlich ließ das Unwetter nach und zog in Richtung Osten ab. Jessie hob vorsichtig den Kopf und sah, daß die Wolkendecke bereits aufgerissen war und die Sterne zu ihnen herabfunkelten. Der Mond warf ein sanftes Licht, und Jessie sah schemenhaft die Ponys wieder grasend umherwandern. Das weiße Pony wirkte gespenstisch in diesem Licht, wie ein Geisterpferd.

Als die Morgendämmerung hereinbrach, erinnerte nur noch der angeschwollene Fluß an das Unwetter. Die Indianer brachen früh auf, und wieder wurde Jessie auf das tänzelnde weiße Pony gehoben. Zu ihrem großen Entsetzen wurde ihr bewußt, daß der Regenguß alle Spuren verwischt hatte und ein Suchtrupp - falls es einen gab - sie niemals finden würde.

*

Am Abend des zweiten Tages erklommen die Ponys einen Hügel, und als sie auf dem Kamm angekommen waren, sah Jessie vor sich im Tal eine Ansammlung von Indianer-Tipis. Ihr Herzschlag beschleunigte sich ebenso wie die Schritte des Ponys, und sie grub ihre Hände tiefer in die Mähne. *Was kommt jetzt?*

Die Bewohner des Lagers kamen herbeigeeilt, um die Heimgekehrten zu begrüßen. Kinder riefen durcheinander, und viele neugierige Blicke trafen Jessie, während die Ponys die ersten Zelte passierten.

Jessie starrte blicklos geradeaus. *Bald ist es vorüber,* dachte sie. *Sie werden mich töten, und dann ist alles vorüber.* Der Tod wäre eine willkommene Erlösung von ihren Schmerzen gewesen, den körperlichen wie den seelischen.

Das weiße Pony hielt vor einem großen Tipi an, und der Krieger ließ sich hinter Jessie zu Boden gleiten. Er ergriff Jessies Arm so grob, daß sie das Gefühl hatte, er wolle sie zu Boden werfen. Doch dann fing er sie mit seinen muskulösen Armen ab und stellte sie behutsam auf die Füße. Seine Stimme klang ärgerlich, als er sie anwies, in das Tipi zu gehen, und die Frauen und Kinder des Lagers schauten schweigend zu. Eine Indianerin flüsterte ihrer Nachbarin etwas ins Ohr, und diese nickte und lächelte. Jessie hob ihre Röcke an und kroch durch den runden Eingang in das Zelt. Der Krieger humpelte hinter ihr her und zog im Hereinkommen das Türfell herunter. Sofort veränderte sich sein Gebaren. Er legte seine Waffen ab und drehte sich dann zu Jessie herum, die ihn furchtsam anstarrte. Er wartete ab, bis sie ihm richtig in die Augen schaute, und da sah sie, daß aller Ärger aus ihnen verschwunden war. *Vielleicht will er mich gar nicht töten... oh nein, aber lieber will ich tot sein, als...*

Der Indianer drehte sich abrupt um und sagte etwas zu einer alten Frau, die Jessie erst jetzt am Feuer sitzen sah. Sie hatte etwas auf ihrem Schoß, das aussah wie eine Art stockverstärkte Tasche oder ein riesiger Schneeschuh. Die alte Frau krächzte eine Antwort, und der Krieger verließ das Zelt, ließ aber das Fell hochgeklappt. Die Strahlen der Abendsonne fielen durch den Eingang, und nun sah Jessie, weshalb man sie hierhergebracht hatte.

Aus der ledernen Tragetasche blitzten sie zwei schwarze Augen an, und Jessie hörte ein leises Wimmern, das sich bald zu einem hungrigen Weinen steigerte. Die alte Frau hielt dem Kind kurz die Nase zu, und diese Unterbrechung der Luftzufuhr beendete das Weinen sofort. Dann mischte die Frau gestampftes Getreide und eine undefinierbare Flüssigkeit zusammen, tunkte ihren Finger hinein und hielt ihn dem Kind vor den Mund. Das Baby saugte gierig an dem Finger, doch das war nicht das, was es wirklich wollte, und schon bald begann es wieder zu weinen. Jessie spürte plötzlich, wie ihr Körper auf das Weinen des fremden Kindes reagierte, und peinlich berührt stellte sie fest, daß sich vorne auf ihrem Kleid zwei feuchte Flecken bildeten, die rasch größer wurden. Schnell kreuzte sie die Arme vor der Brust, doch die alte Frau hatte es gesehen. Sie hob den Säugling aus seiner Tragewiege und brachte ihn zu Jessie.

Jessie schaute zu Boden und tat so, als verstünde sie nicht, doch das Weinen hielt an, und schließlich blickte sie hoch und sah das Kind an. Als ihre Augen sich trafen, hörte das Baby auf zu weinen, und Jessie flüsterte: „Ich bin nicht die, die du meinst." Doch schon während sie es sagte, streckte sie instinktiv die Hand aus, um über die samtweiche Wange des Kleinen zu streicheln. Und da war es um sie geschehen.

Sie nahm das Baby, setzte es auf ihren Schoß und begann ihr Mieder aufzuschnüren. Kaum lag es an Jessies Brust, seufzte das Kleine zufrieden und begann kräftig zu saugen. Unendliche Müdigkeit überkam Jessie, und sie saß da wie betäubt und starrte ins Leere. Durch das Eingangsloch des Zeltes sah sie im verlöschenden Licht Gestalten hin- und hereilen. Das Feuer im Zelt war heruntergebrannt, und eine träge Rauchfahne wand sich hinauf zu dem kleinen Abzugsloch oben im Tipi.

Die alte Frau näherte sich Jessie wieder, nahm ihr das Kind ab und legte es in die Nähe des Feuers auf ein Büffelfell. Jessie schaute unbeteiligt zu, wie die Frau dem Kleinen die Stoffwindel abnahm und seinen Po mit einer Art Salbe einrieb.

Plötzlich wurde es dunkel im Zelt, und der Krieger trat durch den Eingang. Er warf Jessie einen Blick zu und sprach dann leise mit der alten Frau. Dann ging er zu einem prall gefüllten Lederschlauch, der mit dem Verschluß nach unten an der hinteren Wand des Tipis hing. Er drehte an einem Teil, und Wasser sprudelte heraus, mit dem er sich die Hände wusch. Dann legte er den Kopf zurück, um zu trinken. Sein kräftiger Hals saß auf muskelbepackten Schultern, und die Hände, die den Wasserschlauch hielten, waren riesenhaft. Der Feuerschein ließ seine Haut intensiv rot leuchten, und Jessie erschauerte, als er sich zu ihr umdrehte.

Doch es war das Baby, auf das sich seine Aufmerksamkeit richtete. Er kniete sich neben den Kleinen, streichelte ihm sanft über das seidige Haar und begann leise zu singen: „A wa wa wa, Inila istinma ma, a wa wa wa, wablenica ..."

Jessie konnte die Worte nicht verstehen, doch sie spürte die Zärtlichkeit in ihnen. Der große Krieger wickelte das Baby in eine Windel aus weichem Rehleder und legte es dann wieder in Jessies Arme. Er bedeutete ihr, sich auf das Büffelfell zu legen, das die alte

Indianerin ausgerollt hatte. Jessie streckte sich dankbar mit dem Kind an ihrer Seite aus.

Am nächsten Morgen schreckte Jessie hoch, als die alte Frau sie sanft an der Schulter berührte. Jessie versuchte aufzustehen, doch jeder Muskel schmerzte, und dieser Schmerz, gepaart mit ihrer Angst, der Trauer und dem Schlafmangel der letzten Tage, war einfach zuviel für Jessie. Sie sank zurück auf das Büffelfell – und verschlief ihren ersten Tag als Gefangene in einem Indianerlager.

Kapitel 7

So lange Heulender Wolf sich zurückerinnern konnte, war das Leben ungerecht zu ihm gewesen. Sein Vater war bei einem Überfall der Brule ums Leben gekommen, und der neue Ehemann seiner Mutter hatte Heulender Wolf nicht leiden können. Er hatte ihn so oft fortgejagt, daß der Junge es schließlich aufgegeben hatte, zurückzukommen, und sich allein durchs Leben geschlagen hatte.

Er hatte zwar überlebt, aber das Glück war nie auf seiner Seite gewesen. Weil er immer nur die ältesten, schlechtesten Ponys reiten durfte, hatte er bei der Büffeljagd nie eine Chance gehabt. Einmal hatte er eine gute, schnelle Stute von den Pawnee geraubt, doch sie hatte bald angefangen zu lahmen.

Sein Tipi war winzig und erbärmlich eingerichtet, außerdem hatte er nur zwei Ponys. Doch er sah sehr gut aus, und er hatte sich die Achtung und sogar Bewunderung seiner Altersgenossen durch seinen Mut und seine Wildheit im Kampf erworben.

Normalerweise versteckte Heulender Wolf die Bitterkeit tief in seinem Herzen. Doch die Stammesältesten quittierten seine von Zeit zu Zeit auftretenden Wutanfälle mit abfälligem Kopfschütteln, und Vier Wolken war bei mehr als einer Zusammenkunft wortreich für Heulender Wolf eingetreten. „Ich bin sicher, daß die

Zeit sein Herz beruhigen wird“, hatte er gesagt und dann augenzwinkernd hinzugefügt: „Die Zeit und eine gute Frau.“ Und die anderen Ältesten hatten geseufzt, mit den Schultern gezuckt und gehofft, daß Vier Wolken recht behalten würde.

Doch als er älter wurde, änderte sich nicht viel im Leben von Heulender Wolf. Er schien immer gerade genug zu haben, um den Winter zu überstehen. Er blieb ruhelos und aufbrausend, getrieben von seinen unerfüllten Wünschen.

Als Prärieblume ihm eindeutige Blicke zuzuwerfen begann, war er mehr als erstaunt gewesen. Sie war nicht nur wunderschön, sondern auch die Tochter eines sehr respektierten Stammesältesten.

Prärieblume wurde von ihrem Vater eindringlich vor Heulender Wolf und seinem ungezähmten Temperament gewarnt, doch das spornte sie nur noch mehr an. Seine rebellische, wilde Art gefiel ihr fast genauso wie sein gutes Aussehen. Sie selbst war so hübsch, daß Heulender Wolf seine Bitterkeit zumindest lange genug vergaß, um sie in seinen Büffelumhang zu wickeln und zur Frau zu nehmen.

Doch die heftige Verliebtheit der beiden ließ schnell nach, und Prärieblume wurde für Heulender Wolf bald zum Sündenbock für die vielen Mißgeschicke, die ihm auch weiterhin zustießen. Er bezichtigte sie aller möglichen Schandtaten, machte sich über sie lustig und erstickte so die Flamme ihrer Liebe, bevor sie zu einer beständigen Glut werden konnte, die seine heftigen Stimmungsschwankungen ertragen hätte.

Wenn er bei der Jagd nur ein mageres Kaninchen erlegte, nahm sie es ohne Murren entgegen. Heulender Wolf interpretierte ihr Schweigen als Vorwurf und schob seinen Mißerfolg auf das Pony oder irgend etwas anderes. Daß er zu spät aufgestanden war oder durch seine Ungeduld das Wild verjagt hatte, war jedenfalls aus seiner Sicht nie der Grund, und so ging Heulender Wolf durchs Leben und gab anderen die Schuld für seine Fehler.

Prärieblume versuchte ihm eine gute Ehefrau zu sein, auch noch lange nachdem ihre Zuneigung zu ihm verloschen war. Ihre Mutter war ihr dabei eine große Hilfe; sie versicherte Prärieblume immer wieder, daß Heulender Wolf eines Tages zur Ruhe kommen und seine Frau schätzen lernen würde, wenn sie nur treu und gehorsam weiterhin ihre ehelichen Pflichten tat.

Doch Heulender Wolf versagte immer und immer wieder. Seine Unfähigkeit machte ihn immer bitterer, und die Schönheit und Geduld seiner Frau war ihm eine ständige Erinnerung an seine eigene Fehlerhaftigkeit. Er war in einer stetig abwärtsführenden Spirale aus Versagen und Uneinsichtigkeit gefangen, und er begann Prärieblume dafür zu hassen, daß sie nicht ebenfalls in diesen Sog geriet.

Gegen Ende ihres ersten Ehejahres mußte Prärieblume sich eingestehen, daß sie einen schrecklichen Fehler gemacht hatte. Ihr Vater, Redet viel, hatte zwar tiefes Mitleid mit ihr, doch er gab ihr den selben Rat wie ihre Mutter: „Bleib bei Heulender Wolf, gib ihm Zeit, erwachsen zu werden." Er mußte sich sehr beherrschen, nicht hinzuzufügen: „Ich habe dich ja gewarnt..."

Und Prärieblume beschloß, ihre Eltern nicht noch einmal zu enttäuschen.

Im Herbst dieses ersten Jahres geschah etwas, das das Leben von Prärieblume für immer veränderte. Die Ehefrau von Der den Wind reitet starb und ließ ein neugeborenes Baby zurück.

Eine Woche später lief Prärieblume mit den anderen den zurückkehrenden Jägern entgegen und sah, daß Der den Wind reitet eine weiße Frau vor sich auf seinem Pony hatte. Heulender Wolf hatte seiner Frau ein seltsames Tuch mitgebracht, das er in den Trümmern eines Planwagens gefunden hatte. Prärieblume sagte nichts, aber Heulender Wolf sah ihren Seitenblick auf Der den Wind reitet, als sie die Decke entgegennahm. *Der den Wind reitet bringt eine weiße Frau mit - und Heulender Wolf ein schmutziges Stück Stoff. Und so wird es immer sein.*

Heulender Wolf beobachtete neidisch, wie Der den Wind reitet die Frau in sein Tipi schickte. Er grinste bei dem Gedanken, was sie dort erwarten würde. Doch Der den Wind reitet kam fast sofort wieder aus dem Zelt heraus und ritt davon. Heulender Wolf schaute ihm ungläubig hinterher, dann schob er schulterzuckend seine Frau in sein eigenes schäbiges Tipi, um sich die „Gegenleistung" für sein Mitbringsel zu holen.

*

Am nächsten Morgen lachten und schwatzten die Frauen des Lagers fröhlich miteinander, als die alte Indianerin hinzutrat, die das Baby bisher betreut hatte.

„Sag, Die alt an Jahren ist - wie ist die weiße Frau?" fragten die anderen neugierig, als sie sich auf den Weg zum Beerensammeln machten.

Die Alte zuckte mit den Schultern. „Ihr habt sie doch gesehen. Sie ist weiß."

„Wird sie hierbleiben?" fragte eine junge Frau von vielleicht achtzehn Jahren.

„Mein Sohn sagt, die weiße Frau soll seinen Sohn ernähren. Sie haben sie allein in der Prärie gefunden, in einem dieser seltsamen Wagen, die die Weißen benutzen. Der den Wind reitet sagt, sie hätten bei ihr Sachen für einen *papoose* gefunden und zuvor beobachtet, wie die Frau und ihr Mann ihren *papoose* mit Erde bedeckt haben."

„Sie haben ihn mit Erde bedeckt?" Die Indianerinnen waren entsetzt.

„Er war tot. Die Weißen legen ihre Toten in die Erde."

Die Frauen redeten aufgeregt durcheinander. Sie hatten zwar schon gehört, daß solche Dinge vorkamen, aber noch nie hatte jemand wirklich beobachtet, daß die Weißen so etwas taten.

Prärieblume sagte: „Und weil ihr *papoose* in das andere Land gegangen ist, hat sie Milch für den *papoose* von Der den Wind reitet."

Die alte Frau nickte. „Sie hat sehr viel Milch. Erst wollte sie ihn nicht trinken lassen, doch ich habe sie dazu gebracht." Die Augen der alten Frau wurden weich. „Ich glaube, sie mag das Kind. Und Der den Wind reitet hat seinem Sohn gestern einen Namen gegeben: Zwei Mütter. Die weiße Frau wird hierbleiben."

*

Es war schon später Nachmittag, als es der alten Frau schließlich gelang, Jessie zu wecken. Sie bedeutete ihr mitzukommen, nahm das Baby hoch und verließ das Tipi. Jessie folgte ihr hinunter zu dem kleinen Fluß und schaute zu, wie die Alte das Kind auszog und wusch. Dann zeigte die alte Indianerin mit der Hand auf eine

Pflanze und bedeutete Jessie, sie auszureißen. Jessie gehorchte, und sofort verströmte die Pflanze einen intensiven, lieblichen Duft. Die alte Frau rieb das Baby mit den Blättern ein, füllte die Lederwindel neu mit baumwollähnlichem Material und reichte den Kleinen dann an Jessie weiter. Der Duft der Pflanze stieg Jessie in die Nase. Sie wiegte das Kind in ihren Armen und sehnte sich danach, in Jakobs lachende blaue Augen sehen zu können.

Die alte Frau beobachtete Jessie genau, und sie sah das bittere Lächeln und die Tränen, die in Jessies Augen traten. Sanft tätschelte sie Jessies Arm. Der Kleine verlangte lautstark nach einer Mahlzeit, und Jessie legte ihn an ihre Brust und starrte versunken auf das Flüßchen, während die alte Frau irgend etwas holte.

Als der Hunger des Säuglings gestillt war, schaute Jessie auf und sah, wie die alte Frau ein Kleid aus weichem Leder über einen Busch breitete und ein Paar Mokassins davorstellte. Jessie erhob sich, um ihr Spiegelbild im Wasser zu betrachten, und erschrak heftig über das, was sie da sah: Ihr Gesicht starrte vor Schmutz, und ihr fettiges Haar hing ihr in verklebten Strähnen vom Kopf.

Die alte Indianerin übernahm das Kind, und Jessie suchte sich eine Stelle im Fluß, wo die Büsche am Ufer Schutz boten. Seufzend mühte sie sich damit ab, die verklebten Knöpfe und Haken ihres Kleides zu öffnen. Dann badete sie lange im kühlen Wasser, schrubbte sich wild ihr Haar und schlich sich schließlich zum Ufer zurück, um schnell das indianische Lederkleid überzustreifen.

Ihre eigenen Sachen wusch sie, so gut es ging, und breitete sie dann auf den Sträuchern am Ufer zum Trocknen aus.

Tja, Herr, dachte sie, *da stehe ich nun, die kleine Jessie King – eine Indianersquaw!* Selbst in ihrer unerfreulichen Situation mußte sie grinsen, als sie überlegte, wie lächerlich sie vermutlich in dem indianischen Gewand aussah. Andererseits war es sauber und viel bequemer als ihre eigenen Sachen. Kein Mieder, keine Fischbeinstäbchen, die ihr die Rippen einquetschten, und keine Unterröcke, die sich in Dornen und Gestrüpp verfingen. Sie fühlte sich ungewohnt leicht und frei, als sie sich auf den Rückweg zum Zelt machte.

Im Tipi kramte die alte Indianerin eine Art Kamm aus Federkielen hervor. Eine Weile beobachtete sie Jessies ungeschickte Versuche, sich damit die Haare zu kämmen; dann nahm sie selbst den Kamm in die Hand und bürstete Jessies langes, rotes Haar, bis es glatt und seidig um ihr Gesicht fiel. Dann sagte sie etwas und bedeutete Jessie mit lebhaften Gesten, sich die Haare zu Zöpfen zu flechten.

Als das Werk vollendet war, rannte Jessie neugierig zum Fluß hinunter und betrachtete erneut ihr Spiegelbild. Sie war überrascht, eine fremde Frau dort zu sehen. Ihre Haut war immer noch hell, die Augen nach wie vor grau, doch das rote Haar hing in ordentlichen Zöpfen über ihren Schultern, und die warme Farbe des Kleides ließ es intensiv leuchten. *Trotzdem, Herr, der du jedes Haar auf meinem Kopf gezählt hast, wirst du mich erkennen.*

Jessies Kleid und ihre Unterröcke lagen noch immer auf den Büschen. Einige Indianerinnen kamen heran und äußerten sich – anscheinend belustigt – über die Unterröcke. Jessie beobachtete entsetzt, wie sie sich einfach nahmen, was ihnen gefiel. Sie hatte ihre Sachen behalten wollen, doch sie konnte sich den Frauen nicht mitteilen und hatte Angst vor einer Auseinandersetzung. Und so sah sie nur stumm zu, wie ihre Kleider Stück für Stück in den Tipis der Indianerinnen verschwanden.

Schweigend aßen Jessie und die alte Frau zu Abend – eine Art Eintopf –, während sich der Krieger nicht blicken ließ. *Fürchte dich nicht*, flüsterte der Wind, als Jessie sich auf ihrem Büffelfell niederließ. Das Baby, das nicht Jakob war, schmiegte sich eng an sie, und sie schlief sofort ein.

*

Am nächsten Morgen schnallte die alte Frau Jessie das Tragegestell mit dem Baby auf den Rücken, und Jessie folgte ihr gehorsam und mit klopfendem Herzen nach draußen. Sie schlossen sich einer Gruppe von Frauen an, die losgingen, um Beeren und Kräuter zu sammeln. Mit dem ungewohnten Gewicht auf ihrem Rücken stolperte Jessie hinter ihnen her und staunte, daß die Frauen offenbar sehr genau wußten, welche Pflanzen zu welchem Zweck dienten. Sie gruben Wurzeln aus und sammelten Beeren, bis ihre Taschen ausgebeult waren. Jessie begann, die Natur in einem anderen Licht zu sehen. Auf dem Treck hatte sie anfangs die unterschiedlichen Blüten und Pflanzen bewundert, aber bald war ihr alles gleichförmig und öde vorgekommen. Sogar Homer war ein- oder zweimal auf dem Kutschbock eingenickt.

Homer. Jessie wunderte sich, daß sie nichts empfand, als sie an ihn dachte. Er war ihr Ehemann gewesen, doch jetzt war er fort, und die unfaßbare Situation, in der sie sich befand, hatte Jessies ganze Aufmerksamkeit gefordert.

Der Indianer hatte offensichtlich die Absicht, sie als Amme für sein Kind zu behalten. *Bestimmt suchen die anderen nach uns... oder vielleicht auch nicht. Außer Lavinia und George hatten wir keine Freunde...* Ihre Gedanken drehten sich wild im Kreis, bis das Baby zu schreien begann und sie anhielt, um sich um das Kleine zu kümmern.

Die Frauen standen um sie herum und kicherten verlegen. Ein junges, neugieriges Ding streckte ihre Hand aus und berührte die Sommersprossen auf Jessies hellem Arm. Doch sofort kam die alte Frau herbeigeeilt, scheuchte die anderen schimpfend fort und stellte sich schützend vor Jessie. Sie blickte in das runzlige Gesicht der alten Indianerin und sagte: „Danke."

Die Frau verstand zwar nicht das Wort, wohl aber den Inhalt. Sie zeigte auf das Kind und sagte: „Wablenica!" Jessie wiederholte das Wort, und die Indianerin zeigte auf sich selbst und sagte: „Wakanka!" Jessie sprach auch dieses Wort nach wie ein gehorsamer Papagei.

Prärieblume hatte die Szene beobachtet, und irgend etwas rührte sie an. Die weiße Frau gab sich offenbar Mühe, alles richtig zu machen. Ob sie sich einsam fühlte? Sie sah auf jeden Fall sehr verängstigt aus. Trotzdem hatte sie nicht gezuckt, als sie vorhin über sie gelacht und ihre seltsam helle, gesprenkelte Haut berührt hatten. Sie hatte sie nur mit ihren kühlen grauen Augen angesehen.

Als das Kind satt war, half die alte Frau Jessie dabei, es wieder in das Tragegestell zu stecken. Prärieblume verließ die Gruppe der kichernden Frauen und ging zu Jessie, um ihr ihr Grabegerät anzubieten. Jessie nahm es, schaute es aber nur verwirrt an, denn sie hatte keine Ahnung, nach was sie graben sollte. Prärieblume ging neben ihr her, zeigte auf Pflanzen und demonstrierte Jessie, wo und wie sie sie ausgraben sollte.

Schon bald fand Jessie die ersten Wurzeln, und Prärieblume nickte ihr ermutigend zu. „Tinpsila!“ sagte sie und deutete auf eine bereits ausgegrabene Wurzel in ihrer Tasche. Jessie versuchte, das Wort nachzusprechen, doch die Silben waren zu fremdartig. Prärieblume wiederholte den Namen geduldig, grub dann eine andere Wurzel aus und sagte: „Pangi!“

Das war schon einfacher. Jessie fand ebenfalls eine solche Wurzel und rief begeistert aus: „Ponschi!“

Die anderen Indianerinnen schauten auf und lachten über Jessie, doch Prärieblume lächelte sanft und korrigierte Jessie behutsam.

*

Am Abend blieb nur ein Eindruck von diesem ersten Tag mit den Indianerinnen in Jessies Gedächtnis: Die anderen Frauen waren unerträglich grausam zu ihr gewesen. Doch die alte Frau – Wakanka – war freundlich, und die wunderschöne junge Squaw mit den sanften Augen schien Jessie sogar zu mögen.

An diesem Abend zeigte die alte Indianerin Jessie, wie die Wurzeln zubereitet wurden, die sie gesammelt hatten. Der große Krieger kam ins Zelt, aß und verschwand ohne ein Wort an eine der Frauen wieder. Jessie schien er überhaupt nicht zu beachten, abgesehen davon, daß er ein zufriedenes Grunzen ausstieß, als er sah, wie Jessie das Baby anlegte.

Es war schon spät, als sich das Türfell öffnete und der Krieger das Tipi wieder betrat. Jessie, die schon geschlafen hatte, schreckte hoch, als er ihre Schulter berührte. Mit pochendem Herzen setzte sie sich auf, und der Indianer ging hinüber zur anderen Seite des Tipis, nahm etwas aus einer dunklen Ecke und kam wieder zu Jessie zurück. Er legte ihr ein Bündel in den Schoß und bedeutete ihr, es zu öffnen. Sie gehorchte – und keuchte vor Überraschung, als sie sah, was es enthielt: ein kleines, ledergebundenes Buch, dessen Goldschnitt im Feuerschein aufleuchtete. Es war eine alte Bibel. Mit einem leisen Freudenschrei nahm Jessie das Buch und preßte es an sich, während sich eine Träne aus ihrem Auge stahl. *Oh Herr, wie kann ich dir je für dieses Wunder danken?*

Dies schien eine Nacht der Wunder zu sein, denn plötzlich ließ sich der Indianer im Schneidersitz vor Jessie nieder und fragte mit leiser Stimme: „Du kennst Worte in Buch?"

Jessie starrte ihn vor Überraschung betäubt an. Hatte sie wirklich ihre Sprache aus seinem Mund gehört? *Nein - das kann nicht sein. Sicher hat mir der Wind einen Streich gespielt...*

„Du *kennst* Worte in *Buch*?" wiederholte der Indianer, diesmal mit anderer Betonung, als ob er dachte, sie hätte ihn nicht verstanden.

Noch immer starrte Jessie ihn entgeistert an. Statt einer Antwort stieß sie schließlich hervor: „Du sprichst Englisch?"

Das war eigentlich eine recht überflüssige Frage, doch der Indianer nickte kurz und sagte: „Viele Monde her. Ich viel vergessen." Er machte eine kurze Pause und fügte dann hinzu: „In deiner Zunge ich bin ‚Der den Wind reitet'." Er zeigte fragend auf Jessie.

„King", stammelte sie. „Ich bin Jessie King."

Der Indianer streckte die Hand aus und berührte das Kreuz, das sie immer noch um den Hals trug. „Jessieking kennt Buch?"

Sie nickte.

„Jessieking kennt Gott?"

Wieder nickte sie.

Er griff nach der Bibel, öffnete sie und zeigte auf die aufgeschlagene Seite.

„Jessieking erzählen Buch."

Jessie saß fassungslos da und starrte auf die große Hand, die das halbe Buch bedeckte. Ein feines Gewebe aus Adern. Lange, schlanke Finger, stark und doch fein.

Als Jessie schwieg, ballte Der den Wind reitet die Hand zur Faust und legte sie an sein Herz. Dann begann er langsam und mit gedämpfter Stimme zu sprechen, als wolle er ein scheues Reh beruhigen.

Er schlug sich mit der Faust auf die Brust und sagte: „Gott kennen hier." Dann öffnete er die Faust und berührte mit der Hand seine Schläfe. „Muß lernen Gott hier. Weißer Mann sagt, Buch erklärt Gott. Du erzählen Buch."

Nervös begann Jessie, in den abgenutzten Seiten der Bibel zu blättern und betete dabei um Weisheit. Der Indianer wartete geduldig. Beim ersten Psalm hielt sie inne und las:

„,Wohl dem, der nicht wandelt im Rat der Gottlosen, noch tritt auf den Weg der Sünder, noch sitzt, wo die Spötter sitzen, sondern hat Lust am Gesetz des Herrn und sinnt über seinem Gesetz Tag und Nacht! Der ist wie ein Baum, gepflanzt an Wasserbächen, der seine Frucht bringt zu seiner Zeit, und seine Blätter verwelken nicht. Und was er macht, das gerät wohl.'"

Ratlos hielt sie inne. Auch Der den Wind reitet schwieg einen Moment; dann sagte er: „Baum am Bach wird stark."

Jessie nickte. Er nahm ihr die Bibel ab, wickelte sie sorgsam in das Stück Leder ein und gab sie dann Jessie zurück.

„Wenn die Sterne wiederkommen, du wieder erzählen Buch für Der den Wind reitet."

Wieder nickte Jessie.

Nach einer Weile fragte er: „Jessieking hat Brüder?"

„Nein."

„Schwestern?"

„Ja, ich habe eine Schwester."

Er öffnete den Mund, hielt dann aber inne, offenbar nach den richtigen Worten suchend. Schließlich fragte er: „Schwester von Jessieking nicht glücklich, sie bei Lakota?"

Jessie dachte über die Frage nach. Würde Betsy um sie trauern? Es würde Jahre dauern, bevor Betsy überhaupt merkte, daß Jessie verschwunden war. Außer den Woods hatte sie keine Freunde. Homer hatte keine Angehörigen. Nein, keiner würde sie vermissen oder um sie trauern.

Die Wahrheit tat weh, aber sie antwortete dem Indianer ehrlich: „Nein, sie wird nicht traurig sein. Sie wird es nicht merken."

Er schwieg lange, bevor er sagte: „Mein Sohn braucht Milch. Jessieking hat Milch. Der den Wind reitet braucht mehr Gott. Jessieking kennt Worte in Gott-Buch. Jessieking wird geben Milch für *papoose*, erzählen Buch für Der den Wind reitet?"

Jessie lächelte in der Dunkelheit über die seltsamen Wege Gottes. Er schien sie direkt in dieses Tipi geführt zu haben, wo sie seinen Willen tun konnte, falls sie hierblieb. Falls sie hierblieb? *Habe ich denn wirklich eine Wahl?*

Als hätte er ihre Gedanken gelesen, sagte Der den Wind reitet: „Jessieking will fortgehen, Der den Wind reitet bringen zu weißem Mann."

Wie kann ich eine solche Entscheidung treffen? Jessie fühlte sich unfähig, irgend etwas zu entscheiden. Es überraschte sie, daß sie tatsächlich in Erwägung zog hierzubleiben. Wie konnte sie auch nur daran denken, bei diesen Wilden zu bleiben? Andererseits - wohin sollte sie gehen? Schmerzlich erinnerte sie sich daran, wie erleichtert ihre Eltern gewesen waren, daß sie endlich geheiratet hatte.

Der den Wind reitet wartete.

Jessie versuchte Zeit zu gewinnen. „Du bist Der den Wind reitet. Hat das Kind auch einen Namen?"

„Lakota sagen ‚Wablenica' - Mutter fort. Ich sage ‚Wicatokapa' - erster Sohn. Wenn Jessieking bleibt hier, er wird bekommen neuen Namen."

„Einen neuen Namen?" fragte Jessie.

„Wenn Jessieking bleibt, er heißt ‚Zwei Mütter'."

Das Baby bewegte sich im Schlaf, und Jessie berührte seine winzige Hand. Sie fühlte, wie sich die kleinen Finger fest um den ihren schlossen und flüsterte: „Sein Name wird ‚Zwei Mütter' sein."

Der den Wind reitet lächelte, und das Lächeln erhellte sein ganzes Gesicht.

Du solltest öfters lächeln, dachte Jessie. *Wenn du lächelst, habe ich keine Angst vor dir.*

*

Am nächsten Morgen erwachte Jessie, als Der den Wind reitet das Tipi verließ. Sofort stand sie auf und brachte das Feuer in Gang; die alte Frau wachte auf und lächelte Jessie zustimmend an. Dann erhob sie sich und half Jessie bei ihren unbeholfenen Versuchen, das Essen zuzubereiten.

Der den Wind reitet sah Rauch aus dem Lüftungsloch des Tipis aufsteigen, kam herein, aß etwas und verschwand wieder, ohne ein Wort gesagt zu haben.

Als die Frauen des Lagers zu ihrem täglichen Sammelausflug aufbrachen, trug eine von ihnen den Unterrock, den Jessie in stundenlanger Arbeit selbst genäht hatte. Die anderen lachten und scherzten über das seltsame Kleidungsstück, und bald zog die

Frau den Rock angewidert aus, weil er sich ständig in Büschen oder Dornen verfing.

Wieder übernahm die schöne junge Squaw die Rolle als Jessies Lehrerin. Sie lehrte Jessie, ihren Namen auf Lakota zu sagen, und war offensichtlich erfreut, daß Jessie ein wenig von der gestrigen Lektion behalten hatte. Geduldig wiederholte sie die Namen der Pflanzen, bis Jessie sie sich einigermaßen merken konnte. Einmal, als Jessie eine Pflanze auszugraben begann, ergriff Prärieblume ihre Hand, schüttelte den Kopf und verzog das Gesicht. Dann grub sie eine ähnliche Pflanze aus und zeigte Jessie die kleinen Unterschiede in der Form der Blätter und des Stieles. Jessie nickte, um ihr zu zeigen, daß sie verstanden hatte.

Die alte Frau war diesmal nicht mitgekommen, und als Jessie zurückkehrte, präsentierte sie ihr stolz die Ausbeute des Ausflugs. Stück für Stück breitete sie die Pflanzen und Knollen vor ihr aus, versuchte die dazugehörigen Namen zu nennen, und korrigierte sich gehorsam, wenn sie etwas falsch ausgesprochen hatte.

Am Abend dieses Tages aßen die beiden Frauen alleine, denn Der den Wind reitet war zu einem längeren Jagdausflug fortgeritten und würde erst in einigen Tagen zurückkommen. Das hatte er Jessie auf Englisch, aber mit so wenig Worten wie eben möglich mitgeteilt: „Jessieking. Ich gehe jagen. Viele Tage. Die alt an Jahren ist und Prärieblume dich lehren."

Jessie versuchte tapfer, sich in ihre neue Rolle einzufügen. Jede freundliche Geste von der alten Frau oder der schönen jungen Squaw wurden von unzähligen kleinen Grausamkeiten der anderen Indianerinnen aufgewogen. Frustriert von ihrer Unfähigkeit, sich mitzuteilen, begann Jessie, die Rückkehr von Der den Wind reitet herbeizusehnen. In der Zwischenzeit durchforstete sie die kleine Bibel nach Stellen, die für ihn von Bedeutung sein könnten. Dabei fragte sie sich immer wieder, ob er die altertümliche Sprache der Bibel überhaupt verstehen konnte, und sie verzweifelte fast an ihrer eigenen Unfähigkeit, die Dinge besser zu erklären.

Sie betete viel und flehte Gott an, ihr Weisheit und Geduld zu geben, damit sie sich so gut und nützlich wie eben möglich in diese Gemeinschaft einfügen konnte, solange das Baby sie brauchte. Danach würde sie die Indianer natürlich sofort verlassen.

*

Wieviel sie noch zu lernen hatte, wurde zwei Tage später überdeutlich. Plötzlich verwandelte sich das Lager in einen Bienenkorb aufgeregter Geschäftigkeit. Frauen riefen, Kinder weinten, Hunde bellten, und alle liefen in hektischen Aufbruchsaktivitäten durcheinander, Tipis wurden abgebrochen, Feuer gelöscht und Sachen zusammengepackt. Die alte Frau machte Jessie verständlich, daß das Ganze irgend etwas mit Nahrung zu tun hatte, doch das nutzte ihr wenig. Ungeschickt versuchte sie, irgend etwas Nützliches zu tun, stand dabei aber meist nur im Weg herum und mußte sich schließlich auf Geheiß der alten Frau untätig in eine Ecke setzen und „Zwei Mütter" auf dem Schoß halten.

Kapitel 8

Sobald die alte Frau alles ordentlich eingepackt hatte, bedeutete sie Jessie, das Pferd zu führen, das die Bahre mit ihren Habseligkeiten zog. Jessie schreckte angstvoll vor dem großen Tier zurück. Die alte Frau befestigte das Tragegestell mit dem Baby an der Seite des Pferdes, von wo aus der Kleine alle Aktivitäten um sich herum beobachten konnte, und nickte Jessie auffordernd zu, loszugehen.

Wieder zögerte Jessie. Schon immer hatte sie eine grundlose, panische Angst vor Pferden gehabt. Schließlich ergriff die alte Frau selbst den Strick und ging kopfschüttelnd vor, während Jessie ihr mit demütig gesenktem Kopf folgte.

Nach einigen Meilen kamen sie zum Schauplatz der Büffeljagd, wo Der den Wind reitet und die anderen Jäger mit den bereits erlegten Tieren warteten. Die alte Frau begann sofort, die Bahre zu entladen und das Tipi aufzubauen.

Zuerst nahm sie die vier längsten Stangen, legte sie nebeneinander auf den Boden und band sie oben mit einem Lederstreifen zusammen. Mit Jessies Hilfe richtete sie sie dann auf und stellte die unteren Enden in der Größe des Tipis auseinander. Dann kamen die kürzeren Stangen dazu. Die alte Frau zeigte Jessie, wie die Enden der Stangen ineinandergefügt werden mußten, um dem Gebilde Stabilität zu verleihen. Dann holte sie die lederne Außenhaut. Sie wurde an einem Pfosten befestigt und dann einfach um das bereits stehende Gerüst herumgelegt. Über der Türöffnung wurden dann die beiden Enden mit Lederstreifen zusammengeknotet.

Jessie trat einen Schritt zurück, um ihr gemeinsames Werk zu bewundern, und die alte Frau klopfte ihr anerkennend auf die Schulter. Dann räumten sie die restlichen Sachen ins Tipi und gruben ein Loch für die Feuerstelle. Schließlich bedeutete die alte Frau Jessie, ihr zu folgen, und ging zu Der den Wind reitet und dem von ihm erlegten Büffel.

Jessie stand hilflos daneben, als sich die beiden gemeinsam an dem Tier zu schaffen machten. Einmal sagte die alte Frau etwas zu Der den Wind reitet, gestikulierte zu Jessie hinüber und lachte.

Bevor Der den Wind reitet den Büffel abhäutete, machte er einen langen Bauchschnitt und griff dann in die Bauchhöhle des Tieres hinein. Dann zog er etwas heraus, von dem Jessie annahm, daß es die Leber war, und biß zu ihrem Entsetzen herzhaft hinein. Er bot auch ihr etwas davon an, doch sie schüttelte angewidert den Kopf und drehte sich weg. Er zuckte nur mit den Schultern und kümmerte sich wieder um den Büffel. Nun häutete er ihn ab, nahm ihn aus und legte die verwertbaren Eingeweide und das Fleisch des Tieres ordentlich auf das Fell. Dann nahm er die vier Enden des Fells in die Hand und benutzte es als Tragesack, um das Fleisch zum Lager zu schaffen.

Jessie lief eifrig voraus, denn sie hatte beschlossen, das Feuer anzufachen. Sie hatte die alte Frau mehrmals dabei beobachtet, und es schien ihr nicht allzu schwierig zu sein. Allerdings hatte die Indianerin Stöcke verwendet, keine Feuersteine, wie Jessie es gewohnt war.

Sie schaute sich nach dem länglichen Päckchen um, das die Feuerstäbe beinhaltete. Dann leerte sie den Inhalt auf den Boden. Den schmalen Zederspan legte sie auf die Erde und hielt ihn mit dem Fuß fest an seinem Platz. Dann nahm sie den kleinen Bogen, den die alte Frau dazu benutzte, den Feuerstock darin einzuspannen. Sie wickelte den Stock in die starke Sehne und setzte ihn auf den Zederspan. Dann plazierte sie mit der linken Hand einen ausgehöhlten Stein oben auf dem Feuerstock und begann, mit der Sehne des kleinen Bogens wild hin und herzusägen, um den Feuerstock so schnell zu drehen, wie sie es bei der alten Indianerin gesehen hatte. Doch die erste Bewegung des Bogens katapultierte den Stock aus seiner Halterung, und er flog ein ganzes Stück durch die Luft.

Jessie probierte es noch mal und spannte den Stock anders in die Sehne ein. Doch wieder flog das Stöckchen davon. Geduldig setzte sie alles wieder zusammen. Diesmal blieb zwar alles an seinem Platz, doch ein Lederband vom Saum ihres Kleides geriet in Jessies Konstruktion, und wieder mißglückte der Versuch. Sie seufzte ungeduldig. Dann drehte sie sich wegen irgendeines Geräusches um – und starrte in die Augen einiger Indianerinnen, die sie aus ihren Tipis kichernd beobachteten.

Jessie lief vor Zorn und Scham rot an. Sie warf die Feuergerätschaften beiseite und stand auf, um den Frauen entgegenzutreten. Doch sie waren bereits alle fort, statt dessen kam Der den Wind reitet mit seinem Büffelfleisch heran. Jessie streckte ihm die Feuerstöcke entgegen und hielt dabei mühsam die Tränen zurück.

„Ich wollte Feuer machen, aber ich weiß nicht, wie es geht." Ihre Stimme klang rauh.

Der den Wind reitet nahm die Stöcke und demonstrierte ihr geduldig die Kunst des Feuermachens. Während sie ihm zuschaute, fragte Jessie: „Was haben die Frauen gesagt?"

Er antwortete nicht.

„Ich will es wissen", hakte sie nach, während sie sich hinkniete und versuchte, den Stock so zu handhaben, wie er es ihr vorgemacht hatte. Der den Wind reitet reichte hinüber, um ihre Hand mit dem Stein ruhigzuhalten, und sagte: „Sie haben dir Namen gegeben."

„Ich habe schon einen Namen. Ich heiße Jessie King."

„Das ist nicht Lakota-Name. Es bedeutet nichts."

„Und wie haben sie mich genannt?"

„‚Frau, die kein Feuer macht'."

Jessie verzog das Gesicht und wandte sich ab, damit er ihre Tränen nicht sah. Der den Wind reitet spendete ihr keinen Trost. Er zeigte einfach weiter, wie das Feuerbesteck gehandhabt wurde.

Jessie versuchte es noch einmal, und die zornige Heftigkeit, mit der sie den Stock drehte, brachte Erfolg: Ein kleines, glühendes Auge leuchtete in dem Zederspan auf. Sofort begann der Indianer, das Fünkchen anzublasen und warf dann den Span auf das getrocknete Gras in der Feuerstelle. Nach ein paar Augenblicken stieg Rauch aus der Öffnung des Tipis auf.

Die Frauen des Lagers sahen den Rauch, doch sie änderten Jessies Namen nicht ab, und einige von ihnen fragten sich, wann Der den Wind reitet wohl seinen Fehler einsehen und die ungeschickte weiße Frau dahin zurückbringen würde, wo er sie hergeholt hatte.

Gelber Vogel sprach es laut aus: „Der *papoose* braucht ihre Milch nicht. Man könnte ihn mit Büffelsuppe und Kirschsaft füttern, und er würde stark werden. Er braucht eine Mutter aus seinem eigenen Volk, keine Weiße, die ihn ihre seltsamen Sitten lehrt."

Prärieblume war selbst etwas überrascht, daß sie Jessie verteidigte. „Wenn Der den Wind reitet eine Frau aus unserem Stamm gewollt hätte, dann hätte er sich eine genommen. Ich weiß sehr gut, daß einige von euch gehofft haben, er würde seinen Büffelumhang um sie wickeln. Aber er hat es nicht getan. Es ist richtig, sich um die Schwachen zu kümmern, und wir sollten ihr helfen, da sie doch unsere Lebensweise erlernen möchte. Sie gibt sich ja die größte Mühe. Und sie sorgt gut für das Kind von Tanzende Wasser und Der den Wind reitet, obwohl sie um ihr eigenes Kind weint. Stellt euch doch vor, wie es für euch wäre, wenn ihr ganz alleine unter den Weißen wärt!"

Gelber Vogel zischte: „Der den Wind reitet hat sie nicht in sein Büffelfell gewickelt. Sie ist nicht seine Frau, sie ist nur seine Sklavin. Und ich würde lieber sterben, als bei einem fremden Volk zu leben!"

Prärieblume seufzte. „Ich weiß nicht, warum sie hierbleibt. Vielleicht zwingt Der den Wind reitet sie dazu, oder vielleicht weiß sie nicht, wo sie sonst hingehen soll. Jedenfalls werde ich ihr helfen, wenn sie hierbleibt."

Ihre kleine Rede wurde durch Heulender Wolf unterbrochen, der wütend herangestürmt kam und sie mit sich fortzerrte, wobei er sie wüst beschimpfte, weil sie sich noch nicht um das Fleisch gekümmert hatte. Die anderen Frauen machten sich ebenfalls an die Arbeit.

Die alte Indianerin zeigt Jessie, wie man das Büffelfleisch zum Trocknen in dünne Streifen schnitt und dann auf einem Holzgestell zum Trocknen in die Sonne stellte. Das so entstandene Dörrfleisch nannte sie *papa*. Später zerstampften sie etwas von dem Dörrfleisch mit Knochenmark und Beeren zu einem Brei, den die Alte als *Wakapapi* bezeichnete. Jessie war überrascht, wie gut er schmeckte.

An diesem Abend gab es ein großes Fest. Das Tanzen und Singen dauerte bis spät in die Nacht. Jessie beobachtete, wie Der den Wind reitet im Kreise seiner Freunde saß und mit lebhaften Gesten ein Ereignis des Tages schilderte.

Heulender Wolf saß ebenfalls dabei und hörte mit eisigem Schweigen zu. Als die anderen einen Witz über die geringe Größe des von ihm erlegten Büffels im Vergleich zu dem von Der den Wind reitet machten, stand er steifbeinig auf und ging ohne ein Wort davon. Als Der den Wind reitet ihm nachging, wies Heulender Wolf seine versöhnlich ausgestreckte Hand schroff zurück.

Von diesem Zwischenfall abgesehen, herrschte große Fröhlichkeit im Lager, und alle aßen, bis sie nicht mehr konnten. Jessie beobachtete den Tanz mit großem Interesse. In ihren schönsten Kleidern standen die Frauen im Kreis um das große Feuer herum. Wie auf Kommando machten alle gleichzeitig einen Schritt nach links, dann nach rechts. Dann machten sie einen Ausfallschritt nach rechts, zogen den linken Fuß in einem Halbkreis nach und drehten sich um. Und dann das ganze noch einmal andersherum. Die Trommeln gaben dazu einen dumpfen Rhythmus vor.

Jessie sah, wie Präriebiume leise über die geflüsterten Worte einer anderen Frau lachte und fühlte sich auf einmal sehr einsam und sehr fehl am Platz.

Lautlos erhob sie sich und ging zum Tipi hinüber.

Als Der den Wind reitet sie beim Feuer vermißte und die Feier verließ, um nach ihr zu sehen, fand er sie friedlich schlafend, das Kind in ihren Armen.

*

In den folgenden Tagen stellte Jessie fest, daß fast jeder Teil der erlegten Büffel von den Lakota verwertet wurde. Die Hörner wurden zu Trinkgefäßen verarbeitet, das Fell zu Kissenfüllungen. Die Kinder bekamen die Rippen als Spielzeug, und Die alt an Jahren ist ergatterte eine Blase als Vorratsbehälter für ihre Kräuter.

Das aufwendige Verfahren, mit dem die Büffelhaut gegerbt wurde, brachte Jessie an die Grenzen ihrer Kraft. Zuerst wurde die Haut auf einen großen Holzrahmen gespannt und in der Sonne getrocknet. Wenn die Schichten einigermaßen trocken waren, begannen die Frauen damit, Fett und Gewebereste mit einem Schaber aus Horn abzukratzen. Jessie arbeitete hart und beachtete die Schmerzen in ihren untrainierten Rückenmuskeln einfach nicht. Nach dem Sauberschaben wurde die Haut nochmals zum Tocknen aufgespannt, und innerhalb von ein paar Stunden wurde sie bretthart.

Der nächste Schritt ließ Jessie innerlich erschaudern, obwohl sie versuchte, ihren Ekel nicht zu zeigen: Eine Paste aus gekochtem Büffelhirn wurde auf die Haut geschmiert und mit glatten, runden Steinen hineingearbeitet. Danach wurde das Ganze mit dem Sud, in dem das Gehirn gekocht worden war, begossen und für den Rest des Tages in Ruhe gelassen. Am Abend wurden die Häute dann in einem Gemisch aus Wasser und zerriebenen Yucca-Wurzeln eingeweicht, was ihnen einen angenehmen Duft verlieh. Wieder wurden sie auf die Rahmen gespannt und das Wasser hinausgepreßt.

Unter dem wachsamen Blick der alten Indianerin spannte und bearbeitete Jessie die Haut wieder und wieder. Ihre Arme und Schultern schmerzten, und sie keuchte vor Anstrengung, doch die alte Frau kannte kein Erbarmen. Am Ende der Prozedur dehnten die beiden Frauen die Haut mit Hilfe eines Seils aus geflochtenen Büffelsehnen, das zwischen einem Ast hoch oben im Baum und einem tief in den Boden gerammten Pfahl gespannt wurde.

Mit aller Kraft zogen und zerrten die Frauen an der trocknenden Haut. Zu Jessies Erstaunen war die Haut, als sie schließlich ganz trocken war, weich wie Samt.

Ganz zum Schluß nahm Der den Wind reitet die fertig gegerbte Haut und breitete sie auf einem Gestell über einem schwach glühenden Feuer aus. Während des Räucherns nahm die Haut einen braunen Farbton an, und der Indianer erklärte Jessie, daß die Haut durch das Räuchern auch dann weich blieb, wenn sie naß wurde.

Jessie half Prärieblume dabei, mehrere Häute zu Zeltbahnen zusammenzunähen, wobei sie die langen Nackensehnen der Büffel als „Fäden" benutzten. Heulender Wolf quittierte ihre Arbeit mit einem zufriedenen Lächeln und begann die bereits fertigen Bahnen mit kunstvollen Zeichnungen zu verzieren. Jessie war von seinen künstlerischen Fähigkeiten überrascht, und ihre Meinung über ihn wurde in demselben Maß besser, wie die Seitenwände des neuen Tipis schöner wurden. *Ein Mann mit soviel Talent muß auch seine guten Seiten haben.*

Aufmerksam beobachtete Jessie, wie sich die fertigen Büffelhäute unter den geschickten Händen der Indianerinnen in Mokassins, Hemden, Kleider und andere nützliche Dinge verwandelten. Dabei benutzten sie bunte Federn, die schwarzweißen Stacheln von Stachelschweinen und getrocknete Beeren als Dekorationsmaterial. Hartes Rohleder bildete die Grundlage für Mokassin-Sohlen oder feste Transportbehälter.

Eines Morgens beschloß Prärieblume, daß Jessie ein Paar Mokassins anfertigen sollte. Jessie nickte begeistert, prägte sich den Arbeitsvorgang genau ein und überraschte Prärieblume zum Abschluß mit einer selbsterdachten, überaus kunstvollen Stickerei aus ein paar bunten Garnresten, die sie in irgendeiner ihrer Taschen gefunden hatte.

Prärieblume bewunderte sie ausgiebig und gab Jessie dann zu verstehen, daß sie die Mokassins der alten Frau schenken sollte, die, wie Jessie inzwischen wußte, die Mutter von Der den Wind reitet war. Die alt an Jahren ist nahm das Geschenk mit einem warmen Lächeln entgegen.

Als Der den Wind reitet am Abend ins Tipi kam, zeigte sie auf Jessie, dann auf die Mokassins und forderte ihn auf, ihre Worte zu übersetzen:

„Bei den Lakota es ist Sitte, daß eine Braut macht Mokassins für die Mutter von Ehemann. Wenn die Mutter nimmt Mokassins, sie begrüßt die neue Frau in Familie."

Jessie errötete tief. Sie hatte nicht geahnt, welche Botschaft ihr Geschenk vermittelte. Der den Wind reitet schaute Jessie eindringlich an, während er weitersprach: „Die alt an Jahren ist hat das Geschenk von Jessieking genommen. Sie begrüßt Jessieking als Ehefrau von Der den Wind reitet."

Seine dunklen Augen blitzten sie an, dann nahm er das Baby hoch und sagte: „Mein Sohn und ich werden jetzt sagen Gute Nacht zur Sonne." Damit ließ er Jessie mit seiner Mutter allein, die immer noch erfreut die Mokassins betrachtete.

*

Im Laufe der Zeit machte es sich Der den Wind reitet zur Gewohnheit, sich jeden Abend vor Sonnenuntergang mit Jessie und dem Baby vor das Tipi zu setzen und sie zu bitten, aus dem „Gott-Buch" vorzulesen. Jessie wußte immer noch nicht, welche Stellen für ihn am bedeutsamsten sein könnten, bis Der den Wind reitet das Problem selbst löste.

Eines Abends, als die Frauen des Lagers wieder einmal mit wissendem Lächeln die Szene vor dem Tipi beobachteten und Jessie ratlos in der Bibel blätterte, legte Der den Wind reitet seine braune Hand auf Jessies helle.

„Ist nicht alles in Buch von Gott?"

„Doch."

„Dann Jessieking erzählen alles."

Also begann Jessie ganz vorne: „Am Anfang schuf Gott Himmel und Erde . . ."

Der den Wind reitet hörte aufmerksam zu und gab Jessie keinen Hinweis darauf, was er verstand und was nicht. Er unterbrach sie auch nie. Gehorsam las sie weiter, bis er abrupt aufstand und sagte: „Es ist genug."

Dann gab er Jessie den Kleinen, packte die Bibel weg und ging, um nach seinen Pferden zu sehen. Selten kam er zum Tipi zurück, bevor Jessie eingeschlafen war.

Kapitel 9

Jessie war schon halb eingeschlafen, als Der den Wind reitet eines Abends ins Tipi kam und sich neben sie hinhockte. „Warum hat Jessieking Angst vor Pferden?"

Als sie nicht antwortete, fuhr er fort: „Das Pferd von Die alt an Jahren ist ist alt und sanft. Doch sie sagt, du hast Angst vor ihm. Warum? Hat ein Pferd Jessieking verletzt?"

„Nein. Ich habe schon immer Angst vor Pferden gehabt, ohne besonderen Grund." Sie zuckte mit den Schultern und kam sich dumm vor.

Der Indianer schaute ihr in die Augen, als versuchte er, in sie hineinzuschauen und sie so zu verstehen. Was auch immer er da sah, er sagte nichts mehr, sondern legte sich auf sein Fell und schien sofort einzuschlafen.

Am nächsten Morgen hatte Jessie gerade das Baby gestillt, als Der den Wind reitet ins Zelt trat, ihre Hand ergriff und sie nach draußen führte. Sie gingen eilig am Rand des Lagers entlang; Der den Wind reitet wollte anscheinend vermeiden, daß jemand sie sah. Jessie folgte ihm schweigend, und ihre Neugier wuchs mit jedem Schritt, den sie sich vom Lager entfernten. Was hatte dieses untypische Verhalten zu bedeuten?

Nach einer Weile sah Jessie in der Ferne die Umrisse von Pferden. Das also war das Ziel des Indianers. Sein weißes Pony graste friedlich, und nicht weit von ihm entfernt stand eine hübsche kleine Fuchsstute. Jessie wußte die breite Brust, die gute Winkelung ihrer Sprunggelenke und die Klarheit ihrer Beine nicht zu schätzen, doch sie sah, daß die Stute eine weiß gesprenkelte Hinterhand, eine rote Mähne und einen kleinen Stern auf der Stirn hatte.

Der den Wind reitet pfiff, ein tiefer Ton, der langsam anstieg, bis die Pferde die Köpfe hoben und auf ihn zukamen. Als sie nur noch ein paar Schritte entfernt waren, sahen die beiden Tiere Jessie und stoppten abrupt. Dann senkten sie wieder die Köpfe, um zu grasen. Der den Wind reitet zog Jessie hoch und ging auf die Ponys zu. Er spürte, wie sie sich versteifte.

„Du hast Angst, weil du nicht verstehst. Ich werde dich lehren. Die Angst wird fortgehen. Die Frauen werden nicht mehr lachen."

Er nahm zwei Lederriemen aus dem Beutel an seiner Hüfte und reichte einen davon Jessie. Dann ging er zu seinem weißen Hengst, hob seinen Kopf und zeigte ihr, wie man den Riemen ins Maul des Tieres legte und dann unter dem Kinn zuband. Der weiße Hengst begann aufgeregt zu tänzeln, und Jessie wich etwas zurück.

„Wind ist ein gutes Pferd", erklärte der Indianer. „Er tut, was ich will. Er ist mein Freund. Roter Stern wird dein Freund sein."

Jessie faßte sich ein Herz und ging auf die kleine Stute zu. Zu ihrer Überraschung hob das Pferd willig den Kopf und stand geduldig still, während Jessie sich mit dem Kinnriemen abmühte. Bei Der den Wind reitet war das Aufzäumen eine einzige fließende Bewegung gewesen. Jessie brauchte mehrere Anläufe, bis es ihr gelang, den Riemen einigermaßen ordentlich zu befestigen. Die Stute hatte die ganze Zeit ruhig dagestanden. Jessie entspannte sich ein wenig und tätschelte dankbar den Hals des Pferdes, das sich wie zu einer Liebkosung nach ihr umdrehte und ihr sanft ins Gesicht blies.

Dann zeigte Der den Wind reitet Jessie, wie man auf das ungesattelte Pferd sprang. Roter Stern nahm Jessies ungeschickte Aufspringversuche gelassen hin, und nach ein paar Anläufen hatte sie es geschafft.

Die Reitstunde begann. Zuerst nahm Der den Wind reitet die Zügel der Stute und führte sie.

„Jessieking muß fühlen, wie Pferd sich bewegt."

Fast eine Stunde lang ging Der den Wind reitet mit ihr auf und ab, erklärte ihr, wie sie sitzen und die Zügel halten mußte, wie sie das Pferd antreiben, durch Gewichtsverlagerung und Schenkeldruck lenken und anhalten konnte.

Schließlich ließ er die Stute los und wies Jessie an, das Pferd von ihm wegzureiten und es dabei nur mit Schenkeldruck zu lenken. Zu Jessies Enttäuschung schien Roter Stern ihre Hilfen nicht zu verstehen. Sie ging einfach nicht in die Richtung, in die Jessie reiten wollte, sondern schien immer genau das Gegenteil zu wollen. Wenn sie anhalten wollte, ging die Stute rückwärts, und wenn sie eine Linkswendung machen wollte, mußte sie feststellen, daß das Pferd nach rechts ausbrach. Schließlich wurde Jessie wütend und schlug dem Pferd frustriert die Hacken in die Flanken.

„Nach links, du dummes Vieh!" Roter Stern machte gehorsam einen Satz nach vorn, und Jessie plumpste in den Staub. Sofort hielt die Stute an und senkte den Kopf zum Grasen.

Der den Wind reitet war sofort an Jessies Seite. „Hat Jessieking Schmerzen?" fragte er mit Besorgnis in der Stimme.

Sie hob den Kopf und stieß mit tränenerstickter Stimme hervor: „Nein!"

„Dann mußt du wieder reiten."

Jessie erhob sich steif. „Ich hasse Pferde. Und ich hasse Reiten. Ich kann es einfach nicht lernen!" Sie drehte sich um und wollte gehen, doch seine Hand auf ihrer Schulter hielt sie zurück.

„Du mußt noch einmal versuchen. Du kannst lernen zu reiten. Komm, noch einmal!"

Jessie brach in Tränen aus. Der den Wind reitet kreuzte die Arme über seiner breiten Brust und wartete, bis sie fertig war.

Schließlich hob sie den Kopf, starrte zum Horizont und sagte: „Ich bin so schrecklich hilflos! Ich kann nicht kochen, ohne daß deine Mutter mir hilft, ich kann keine Wurzeln und Beeren sammeln, ohne daß Prärieblume mir hilft, ich kann das Tipi nicht alleine aufbauen. Alles ist neu und schwierig für mich. Die anderen behandeln mich wie ein Kind, und sie haben auch noch recht damit. Ich bin ja wirklich wie ein Kind. Ich kenne eure Art zu leben nicht, ich kann noch nicht einmal eure Sprache sprechen, und ich bin vollkommen unnütz. Und ich habe auch noch Angst vor Pferden. Ich habe es so satt!"

Der den Wind reitet ergriff ihre Schultern, schüttelte sie ein wenig und sagte: „Es ist wahr, du mußt viel lernen. Aber du *kannst* lernen. Reiten, kochen, Lakota sprechen. Ich kann auch lernen über Gott, aus dem Buch. Und Zwei Mütter wird *Ina* zu dir sagen – Mutter. Wenn du zu Lakota gehören willst, mußt du lernen zu reiten."

Jessie schaute in seine ernsten dunklen Augen, die lange Zeit ihre festhielten. Die Federn, die in seine Haare eingeflochten waren, bewegten sich leicht im Wind.

Sie seufzte und stand auf, um wieder auf die Stute zu steigen. Schließlich gelangen ihr ein paar Wendungen ganz passabel. Als ihre Beine so weh taten, daß sie zu zittern begann, sagte Der den Wind reitet endlich: „Es ist genug."

Sie gingen zu Fuß ins Lager zurück, und Der den Wind reitet meinte: „Wir brauchen keine Augen, die zuschauen, wie du lernst."

Die alt an Jahren ist lächelte Jessie wissend an und bedeutete ihr, die schmerzenden Beine am Feuer auszustrecken. Auf Jessies fragenden Blick hin rümpfte sie die Nase, um anzudeuten, daß Jessie nach Pferd roch. Die beiden Frauen lächelten sich an. Dies war das erste von vielen Geheimnissen, die sie miteinander teilen sollten.

*

In den folgenden Tagen verließen Jessie und Der den Wind reitet jeden Morgen das Lager und gingen zu den Pferden. Jessie bekam schnell heraus, wie sie das Pferd richtig lenken mußte, und eines Tages stellte sie verblüfft fest, daß sie keine Angst mehr vor dem großen Tier empfand – im Gegenteil, sie begann sich auf die morgendlichen Reitstunden regelrecht zu freuen. Was sie dabei allerdings mehr genoß, das Reiten oder die Gesellschaft ihres Lehrers, darüber dachte sie nicht nach.

An einem Morgen hob Roter Stern den Kopf und wieherte, als sie Jessie erblickte. Der den Wind reitet sagte schlicht: „Sie sagt dir willkommen. Jetzt ihr seid Freunde."

An diesem Tag galoppierte Jessie in einem großen Kreis um Der den Wind reitet herum. Er erklärte: „Roter Stern ist jetzt dein Pferd. Du mußt hören, was sie dir sagt. Schau auf die Ohren. Sie sprechen zu dir."

Plötzlich pfiff er nach seinem Hengst, und dieser kam mit wehender Mähne herbeigaloppiert. Jessie beobachtete mit ehrlicher Bewunderung, wie Der den Wind reitet geschmeidig auf den Rücken des noch immer galoppierenden Pferdes sprang. Pferd und Reiter stürmten davon, machten dann eine Kehrtwendung, und auf einmal konnte Jessie Der den Wind reitet nicht mehr sehen. Der weiße Hengst galoppierte weiter, und als er näher kam, erkannte

Jessie, daß Der den Wind reitet auf der von ihr abgewandten Seite des Pferdes hing. Nur eine Hand am Mähnenkamm des Pferdes und ein Fuß auf dessen Rücken waren von ihm zu sehen. Das Pferd preschte vorbei, und Der den Wind reitet wechselte auf die andere Seite. Dann setzte er sich wieder aufrecht hin, ließ den Hengst einige enge Wendungen vollführen und dann dicht vor Jessie aus vollem Galopp anhalten. Jessie war sprachlos, doch sein Lächeln schien zu sagen: „All das kannst du auch lernen."

An diesem Tag ritten sie ins Lager zurück. Als sie durch die Reihen der Zelte paradierten, genoß Jessie die erstaunten Blicke von ganzem Herzen. Sie warf einen Seitenblick auf Der den Wind reitet und meinte, ein Lächeln in seinen Mundwinkeln zu erkennen. Es wirkte fast so, als wäre er stolz auf sie. Doch sie verwarf diesen Gedanken schnell wieder. Schließlich war sie nichts anderes als ein Beutestück, das er mitgebracht hatte, um sein Kind zu ernähren.

Sie hielten vor dem Tipi, und Prärieblume kam herbeigeeilt, tätschelte Jessies Arm und stieß einen Schwall Worte hervor, den Der den Wind reitet übersetzen sollte.

Mit ausdruckslosem Gesicht sagte er: „Sie sagt, ich habe Jessieking meine Lieblingsstute gegeben."

Jessie schaute zu ihm hoch. „Ist das wahr?"

Der den Wind reitet zuckte mit den Schultern. „Roter Stern ist ein gutes Pferd. Ich weiß nicht, ob sie ist meine Lieblingsstute."

Bevor Jessie noch etwas sagen oder ihm danken konnte, nahm er die Zügel der Stute und ging davon.

Kapitel 10

Mit der Zeit begann Jessie mehr und mehr, die Lebensweise der Lakota zu verstehen. Die Sprache fing an, sich ihr zu öffnen, und oft ertappte sie sich dabei, wie sie bestimmte Worte laut vor sich hinsagte. Ihre Schüchternheit hinderte sie daran, viel zu sprechen, doch sie verstand bereits eine ganze Menge. *Wenn die Frauen wüßten, daß ich sie verstehe, würden sie nicht so gemein sein*, dachte sie, und sie wollte es auch gern glauben, aber insgeheim bezweifelte sie, daß es so war.

Die Sticheleien und offenen Bosheiten hatten zugenommen, seit Der den Wind reitet ihr die Stute geschenkt hatte. Bei ihren ersten zaghaften Sprechversuchen hatten die anderen sie offen ausgelacht, mit Ausnahme von Die alt an Jahren ist und Präriebume, die nach wie vor sehr freundlich zu ihr waren. Jessie hatte sie wirklich ins Herz geschlossen.

Zwei Mütter sah in ihr inzwischen tatsächlich seine Mutter. Er lachte und krähte fröhlich, wenn er sie erblickte. Auch weiterhin las Jessie für Der den Wind reitet aus der Bibel vor. Er war stets freundlich und geduldig mit ihr, und an den Tagen, wo er nicht zur Jagd ritt, hütete er bereitwillig den Kleinen und trug ihn stolz im Lager herum. Jessie stellte fest, daß Der den Wind reitet offenbar hohes Ansehen im Stamm genoß, und es entging ihr auch nicht, daß mehr als eine der unverheirateten Frauen ihm eindeutige Blicke zuwarfen. Wenn er nicht das verkrüppelte Bein gehabt hätte, wäre Der den Wind reitet wohl der begehrteste Mann des Lagers gewesen.

Der Sommer war heiß und trocken, und das Lager mußte häufig verlegt werden, weil Wasser und Futter für die ansehnliche Pferdeherde zu knapp wurden. Jessies helle Haut war für diese Temperaturen denkbar ungeeignet, und sie bekam immer wieder einen Sonnenbrand. Die alt an Jahren ist zeigte ihr, wie man eine bestimmte Pflanze zu einer Paste zerkaute, die etwas Linderung verschaffte. Trotzdem hielt sich Jessie so oft wie möglich im Tipi auf. Dort bearbeitete sie die Häute der Tiere, die Der den Wind reitet erlegte, so intensiv, daß die alte Indianerin fürchtete, sie würde sie ruinieren.

„Die Frauen nennen mich *Wagluhe*, sie denken, ich bin faul und tue nichts, als im Tipi zu sitzen", erklärte Jessie ihr und krümmte sich innerlich bei dem Gedanken, wie kindisch und dumm die Lakota-Worte aus ihrem Mund klingen mußten.

Plötzlich erklangen draußen aufgeregte Stimmen, und gleich darauf erschien Präriebume im Zelteingang und zog Jessie hinaus. Am Horizont zeichnete sich eine dunkle Rauchwand ab, und

Jessie umklammerte angstvoll Prärieblumes Hand. Ein Feuer! Und es kam offensichtlich in rasanter Geschwindigkeit auf sie zu! Die älteren Jungen des Lagers trieben die Ponys zusammen, um sie über den Fluß in Sicherheit zu bringen. Die nervösen Tiere, vom Geruch des verbrannten Grases aufgeschreckt, flohen nur zu gern durch das flache Wasser der Furt, und die Jungen kehrten schnell zurück, um beim Abbrechen der Zelte zu helfen.

Hastig sammelten die Frauen so viele Habseligkeiten zusammen wie möglich und machten sich dann ebenfalls auf den Weg über den Fluß. Jessie hob Zwei Mütter auf, gab ihn an Die alt an Jahren ist weiter und bedeutete ihr, den Fluß zu überqueren. Sie selbst kehrte zum Tipi zurück, raffte schnell einige Dinge zusammen, die ihr wertvoll erschienen, unter anderem die Bibel, und rannte dann nach draußen. Sie konnte jetzt schon die Flammen erkennen, die brüllend über die Prärie auf sie zukamen.

Jessie drehte sich um und lief auf den Fluß zu, den die meisten der anderen bereits überquert hatten, manche schwer bepackt, andere mit leeren Händen. Sie sah Zwei Mütter und Die alt an Jahren ist sicher am anderen Ufer stehen. Erleichtert hielt sie die geretteten Habseligkeiten über ihrem Kopf und platschte durch die Furt. Dann ließ sie alles auf den Boden fallen und umarmte das Kind und die alte Frau. Der Brandgeruch stach ihr in die Lungen.

Plötzlich hörte sie aus den Reihen der Frauen einen erstickten Schrei. Eine junge Squaw, deren Name „Regen“ war, lief mit hilflos erhobenen Händen am Ufer hin und her, während am anderen Ufer ein kleiner Junge saß, der – das Inferno hinter sich offenbar nicht bemerkend – sorgfältig kleine Kiesel auf einen Haufen schichtete.

Sein Name war „Der nicht hört“, und seine Mutter hatte in der Eile offenbar nicht bemerkt, daß der taube Kleine ihren Rockzipfel losgelassen hatte. Nun saß er seelenruhig da und merkte nicht, daß das Feuer bereits bis auf wenige Meter herangekommen war.

Plötzlich drehte der Wind und blies eine Rauchwolke über den Fluß. Der Kleine schaute hoch, sah sich um und sprang erschreckt auf. Mit vor Angst weit aufgerissenen Augen lief er zum Fluß hinunter und suchte nach der Furt, konnte sie aber offensichtlich nicht finden. Seine Mutter schien vor Angst gelähmt zu sein, sie stand einfach nur da und schrie seinen Namen, ohne etwas zu tun.

Später konnte sich Jessie nicht mehr daran erinnern, daß sie Zwei Mütter hingesetzt und durch den Fluß zurückgelaufen war. Jedenfalls war sie plötzlich am anderen Ufer und rannte auf Der nicht hört zu. Der Rauch biß schmerzhaft in ihre Lungen, und es stank nach verbrannten Haaren, doch Jessie rannte weiter. Endlich hatte sie den Kleinen erreicht, riß ihn hoch und stürzte wieder auf die Furt zu. Die Feuerwand erreichte das Ufer fast im selben Augenblick wie Jessie. Den scharfen Schmerz im Rücken bemerkte sie kaum.

Hände streckten sich nach ihr aus, und sie sank zu Boden. Ein Büffelfell wurde über sie geworfen, um die Flammen zu ersticken, die ihr Kleid verbrannten.

Die Welt wurde schwarz. Jessie hörte ihre eigenen Schmerzensschreie wie aus einem langen Tunnel, und die Dunkelheit umfing sie und zog sie mit sich, bis sie merkte, wie sie darin ertrank. Doch da war auch noch etwas anderes - sanfte Hände, leise Stimmen. Dann verlor sie das Bewußtsein.

*

Jessie schwebte viele Tage lang zwischen Leben und Tod. Manchmal wachte sie auf und spürte, wie ihr eine Flüssigkeit auf Rücken und Schultern gegossen wurde, die wie Feuer brannte. Sie wunderte sich halbherzig über den fauligen Gestank, der in der Luft hing, und immer hörte sie Trommeln und Rasseln und eine rauhe Stimme, die das Lied der Sonne sang:

Wanka tan han heya u we lo
Wanka tan han heya u we lo
Mita wi cohan topa wan la
Ka nu we heya u we lo
Anpe wi kin heya u we lo
A ye ye ye yo

Jessie bemühte sich lange, aus dem dunklen Tunnel herauszukommen, in den sie irgendwie hineingeraten war. Die alt an Jahren ist pflegte sie liebevoll, und der Medizinmann kam jeden Tag, um seine Götter um Hilfe zu bitten. Die anderen Frauen kümmerten sich um Zwei Mütter, und Der den Wind reitet ging täglich mit grimmiger Entschlossenheit auf Büffeljagd, um Material für ein neues Tipi zu bekommen. Wenn er spät abends ins Lager zurückkehrte, kniete er neben Jessies verkrümmter Gestalt nieder und hielt ihren Kopf, um ihr etwas Wasser einzuflößen. Und er bat ihren und seinen Gott inbrünstig um ihre Rettung.

Als der Tag kam, an dem sie zumindest davon ausgehen konnten, daß Jessie überleben würde, ritt er weit in die Prärie hinaus und dankte Gott mit einem Lied. Er hob die Arme zum Himmel und schrie seine Freude laut hinaus. Dann ritt er wieder zum Lager zurück und verkündete, daß es bald ein großes Fest geben würde.

Jessie begrüßte ihn aufrecht sitzend, in ihrem Schoß ein Paar besonders aufwendig gearbeitete Mokassins. „Regen hat sie mir gebracht", erklärte sie müde.

Der den Wind reitet nickte und sagte: „Du hast für ihren Sohn mit dem Tod getanzt."

„Ich habe nur diese schreckliche Angst in seinen Augen gesehen. Und dann die Flammen." Jessie verzog das Gesicht, als sie die Hand nach dem Wasser ausstreckte, das er ihr anbot. „Wie lange . . .?"

„Die Sonne ist zehnmal untergegangen seit dem Feuer. Zwei Mütter geht es gut. Er bleibt im Tipi einer anderen Frau, bis du gesund bist." Der den Wind reitet brach abrupt ab und erhob sich, um das behelfsmäßige Zelt zu verlassen.

Er war schon fast draußen, als er einen leisen Schrei aus Jessies Richtung hörte. Er drehte sich um und schaute in Jessies entsetztes Gesicht. Sie hatte sich an den Kopf gefaßt und bemerkt, daß er vollkommen kahl war. Alle ihre Haare waren dem Feuer zum Opfer gefallen. Ihre Augen füllten sich mit Tränen, und Der den Wind reitet kam mit zwei großen Schritten zu ihr zurück, kniete sich vor ihr hin und hob ihr Kinn an, so daß sie ihm in die Augen schauen mußte.

„Sie werden wieder wachsen. Bis dahin halte den Kopf hoch. Alle sollen sehen, daß Die durchs Feuer geht viel gewagt hat, um eine Lakota zu werden."

„Die durchs Feuer geht?"

„Du hast dir einen neuen Namen im Stamm verdient."

Die Worte klangen so zärtlich, daß Jessie überrascht aufschaute. Der den Wind reitet hatte sich bereits abgewandt, um zu gehen, doch er drehte sich noch einmal um. Das Sonnenlicht fiel auf sein Gesicht und erleuchtete eine bronzefarbene Schläfe und einen glänzend schwarzen Zopf. Er schaute Jessie einen Moment lang schweigend an, dann verließ er geschmeidig das Zelt.

Kapitel 11

Das ist doch Unsinn! Er macht sich nichts aus mir!" Jessie starrte Prärieblume fassungslos an, und die schöne Squaw wiederholte, was sie soeben gesagt hatte, so langsam und deutlich, als ob sie ein schwerhöriges Kind vor sich hätte: „Doch. Er hat dir Roter Stern gegeben."

„Das hat er nur getan, weil ich ihm sonst Schande gemacht hätte."

„Er hat viele Büffel und Wapitis für dich erlegt."

„Wir brauchten die Felle für ein neues Tipi, das weißt du doch. Alle brauchten Felle wegen des Feuers."

„Er sitzt jeden Abend mit dir draußen vor dem Tipi."

„Ja, weil ich ihm dann aus dem Buch vorlese."

Prärieblume wurde ungeduldig. „Die durchs Feuer geht! Ich sage dir, er will dich zur Frau nehmen. Du weißt nichts über die Bräuche der Lakota. Ich werde es dir erklären."

Jessie wollte protestieren, aber Prärieblume unterbrach sie: „Nein! Du hörst jetzt zu! Wenn ein Lakota-Krieger zeigen möchte, daß er eine Frau heiraten will, zieht er seine besten Sachen an und besucht sie vor ihrem Tipi. Sie setzen sich hin und reden. Er gibt Geschenke an ihre Eltern. Der den Wind reitet tut nicht alle diese Dinge, weil du keine Lakota bist. Aber ich weiß, daß er etwas für dich empfindet. Nach dem Feuer, als alle dachten, du stirbst... du hast ihn nicht gesehen, aber ich *habe* ihn gesehen. Er hat nicht gegessen, er hat nicht geschlafen. Er hat immer nur an dich gedacht. Er hat sogar Heilkräuter für dich gesammelt, und er hat niemanden an dich herangelassen außer seine Mutter und mich."

Jessie verbarg ihr Gesicht zwischen den angezogenen Knien. Sie flüsterte kaum hörbar: „Du bist meine Freundin, Prärieblume. Wenn ich dir ein Geheimnis anvertraue, versprichst du mir, es niemandem zu verraten?"

Prärieblume legte eine Hand auf Jessies Schulter, nahm sie aber schnell wieder weg, als Jessie schmerzlich das Gesicht verzog. „Ich werde meine Freundin nicht enttäuschen."

Jessie holte tief Luft und hob den Kopf. „Wenn ich Der den Wind reitet sehe, dann beginnt mein Herz zu singen. Aber ich glaube nicht, daß er... ach, ich bin so ungeschickt in allem, was eine Lakota-Frau wissen muß. Ich kann nicht einmal seine Sprache sprechen, ohne dauernd kindische Fehler zu machen. Und –," sie befühlte den Flaum an ihrem Kopf, „– ich bin kein besonders schöner Anblick."

„Ich sage dir doch, er will dich. Kannst du es denn nicht sehen?"

Jessie schüttelte verzagt den Kopf.

Dann sagte Prärieblume: „Wenn du es schon nicht daran siehst, was er tut, dann mußt du es doch daran gemerkt haben, was er *nicht* tut! Du hast in seinem Tipi geschlafen, und Tanzende Wasser ist schon viele Monde tot..."

„Hör auf!" rief Jessie. „Hör auf! Ich... ich kann das nicht mehr hören!" Sie stürmte aus dem Tipi – und rannte in Der den Wind reitet hinein, der gerade vom Wasserholen zurückkam. Die Wasserblasen fielen ihm aus der Hand, und das Wasser ergoß sich vor das Tipi. Jessie bückte sich fahrig, doch er hielt sie zurück und sagte sanft: „Laß! Ich mache das."

Jessie protestierte: „Aber das ist die Sache der Frau –" Als sie merkte, daß sie statt des Wortes für „Frau" das für „Ehefrau" benutzt hatte, lief sie rot an. Bevor sie sich korrigieren konnte, sagte Der den Wind reitet ruhig: „Die durchs Feuer geht ist nicht die Ehefrau von Der den Wind reitet."

Jessie errötete noch tiefer und schwieg. Der den Wind reitet streckte eine Hand nach ihr aus und sagte: „Setz dich hin." Er half ihr, als sie vor Schmerz aufstöhnte, und sie setzten sich gemeinsam vor das Tipi.

Dann stand er noch einmal auf und holte einen Büffelumhang aus dem Zelt. Er breitete ihn vor Jessie aus und sagte: „Ich werde dir erklären, wie ein Lakota-Krieger um eine Frau wirbt." Und er beschrieb ihr genau, wie eine Brautwerbung bei den Lakota vor sich ging.

Während er redete, wurde Jessie klar, daß Prärieblume recht hatte: Er hatte beinahe alles für sie getan, was nach dem Brauch vorgeschrieben war. Trotzdem gab es für all das auch eine vollkommen einleuchtende und vollkommen harmlose Erklärung. Plötzlich bemerkte Jessie, daß Der den Wind reitet aufgehört hatte zu sprechen und sie erwartungsvoll anschaute.

Als sie nichts sagte, wiederholte er seine Frage: „Wie ist das bei deinem Volk? Wie wirbt ein weißer Mann um eine Frau?"

Peinlich berührt beschrieb Jessie die gebräuchlichsten Arten der Brautwerbung, und Der den Wind reitet hörte aufmerksam zu. Dann sagte er: „Es gibt noch einen Brauch, den ich nicht beschrieben habe." Er zog Jessie auf die Füße und fuhr fort: „Eines Abends, wenn der Krieger mit der Frau spazierengeht ..." – er hob den Büffelumhang auf, wohl wissend, daß viele neugierige Augenpaare auf ihnen ruhten – „... breitet er seine Arme aus und wickelt seinen Büffelumhang um die Frau." Er drehte sich zu Jessie um und hüllte sie in das Fell. Seine Augen bohrten sich forschend in ihre, doch als er keine Erwiderung in ihnen sah, ließ er abrupt die Arme sinken. „Aber es ist heiß heute, und deine Wunden sind noch nicht verheilt. Ich habe genug gesagt, du weißt jetzt, wie der Brauch bei den Lakota ist."

Als Jessie noch immer schwieg, fügte er hinzu: „Du hast von einer Feier mit einem Priester gesprochen. Dieses Wort – ich kenne es nicht. Was ist ein Priester?"

„Ein Mann, der Gott kennt und zu den Leuten über ihn spricht."

„Und wenn kein Priester da ist, wenn ein Mann und eine Frau heiraten wollen?"

Jessie wurde unruhig. „Dann werden sie warten, bis einer kommt, nehme ich an."

Der den Wind reitet blieb beharrlich. „Was, wenn keiner kommt?"

„Ich weiß es nicht. Ich habe noch nie darüber nachgedacht."

Der den Wind reitet ging ins Tipi und holte die Bibel. „Lies, was Gott über Mann und Frau sagt."

Sie setzten sich wieder hin, und Jessie las alle ihr bekannten Stellen vor, die etwas mit der Ehe zu tun hatten.

„Du hast nichts von einem Priester gelesen."

Jessie hatte das Gefühl, den Boden unter den Füßen zu verlieren. „Nein, aber... aber es ist so Brauch bei den Weißen. Und Gott sagt, man soll den Gesetzen der Menschen gehorsam sein."

Der den Wind reitet nahm ihr die Bibel aus der Hand und hielt sie hoch, wie um seine Worte zu unterstreichen. „Du lebst jetzt bei den Lakota. Würde Gott sagen, du kannst nicht ohne einen Priester heiraten? Hier steht, Gott hat Mann und Frau gemacht, damit sie eins werden."

Er warf die Bibel und das Büffelfell ins Tipi, ergriff die Wasserblasen und stürmte in Richtung Fluß davon.

Gelber Vogel lächelte siegesgewiß.

Die alt an Jahren ist schüttelte mißbilligend den Kopf.

Prärieblume seufzte.

Und Jessie schaute hinter Der den Wind reitet her, und ihr Herz sang: „Er liebt mich ... er liebt mich!"

*

Einige Tage später lag Jessie abends neben dem verlöschenden Feuer und versuchte, ihre verwirrten Gedanken zu ordnen. Zwei Mütter lag schlafend neben ihr und atmete gleichmäßig. Durch das Abzugsloch oben im Zelt konnte Jessie die Sterne funkeln sehen. Ein Psalmwort fiel ihr ein: „‚Was ist der Mensch, daß du seiner gedenkst?'" Sie seufzte. „Wirklich, Herr, was bin ich schon, daß du an mich denken solltest? Ich ... ich habe das Gefühl, daß du mich hierher geführt hast, daß es dein Wille war, daß ich hier bin. Aber ich weiß nicht – ist es das wirklich? Kann es dein Wille sein, daß ich Der den Wind reitet heirate? Er ist ein Indianer..., und ich dachte immer, Indianer seien ... ganz anders. Aber du hast alle Menschen gemacht nach deinem Bilde, und Herr, ich glaube, er liebt dich genauso sehr wie ich. Und ich glaube, er liebt *mich*. Und ich... ich habe noch nie so etwas empfunden, doch ich denke, ich liebe ihn. Aber... es wird hier niemals einen Priester geben. Was soll ich tun, Herr? Was ist dein Wille?"

Jessie schaute zu den Sternen hinauf. Auf der anderen Seite des Tipis konnte sie die Gegenwart von Der den Wind reitet fast körperlich spüren. Sie lag einfach da und fühlte sich – geborgen. Zu Hause.

Sie atmete tief ein und erhob sich. Leise tappte sie durch das dunkle Zelt in die Richtung, wo sie Der den Wind reitet vermutete. Ihr Fuß stieß an etwas Weiches, und sofort war Der den Wind reitet auf den Beinen, das Messer angriffsbereit in der Hand. Der Warnschrei erstarb ihm in der Kehle, als er Jessie erkannte. Sie grinste ihn unsicher an. Das Feuer züngelte ein wenig hoch, und sie sah seine dunklen Augen, die sie eindringlich musterten.

In einem flüchtigen Augenblick wurde Jessie klar, daß vor ihr die Chance unaussprechlichen Glücks lag, und alle Unsicherheit fiel von ihr ab.

Sie flüsterte ihm zu: „Ich denke, wenn kein Priester da ist, würde Gott das verstehen. Solange er der Mittelpunkt der Feier ist... und wenn ganz deutlich wird, daß der Mann und die Frau sich in seinem Namen versprechen, auf ewig zusammenzubleiben."

Ganz langsam kam sie näher und lehnte sich leicht an seine Brust. Sie konnte spüren, wie sich sein Herzschlag beschleunigte. Seine Haut war warm. Zart strich er mit einer Hand über ihr noch immer kurzes Haar, dann bückte er sich und hob das Büffelfell auf. Er wickelte sich selbst und Jessie darin ein und flüsterte: „Wir werden einen Weg finden, Gott zufriedenzustellen."

*

Am nächsten Morgen führte Der den Wind reitet vor aller Augen die rote Stute durchs Lager und hielt vor seinem Tipi an. Die Mähne und der Schweif der Stute waren geflochten, und um ihren Hals hing eine Blumengirlande.

Präriebume kam mit einem Bündel unter dem Arm herbeigeeilt, schnitt Der den Wind reitet den Weg ab und befahl: „Du wartest hier!" Dann verschwand sie im Tipi. Jessie schaute überrascht auf. Sie war gerade dabei, den Kleinen zu stillen.

Prärieblume verkündete kichernd: „Da draußen steht ein sehr gutaussehender Krieger mit einem roten Pony. Er will dich entführen. Ich habe ihm gesagt, daß du noch nicht bereit bist. Du mußt erst das hier anziehen." Sie zögerte und sagte dann entschuldigend: „Es ist nicht für dich gemacht worden, wie es Brauch ist. Aber es ist schön."

Jessie hielt die Luft an, als Prärieblume ihr eigenes Hochzeitskleid hervorzog. Es war aus ganz hellem, fast weißem Leder und unglaublich kunstvoll bestickt. Die alt an Jahren ist rief aus dem hinteren Teil des Tipis: „Ich habe an deinem Kleid gearbeitet, Die durchs Feuer geht. Aber mein Sohn ist ungeduldig."

„Siehst du, Die durchs Feuer geht, du wolltest mir ja nicht glauben."

Die beiden Frauen halfen Jessie, das Kleid anzuziehen, und geleiteten sie dann nach draußen. Der den Wind reitet hob sie auf Roter Stern und wollte losgehen, um sie durchs Lager zu führen, wie es der Brauch verlangte. Doch Jessie glitt wieder vom Rücken der Stute hinunter, verbarg ihr Gesicht an seiner Brust und flüsterte: „Ich kann nicht!"

Er schaute sie verständnislos an. „Du wünschst nicht, meine Frau zu werden?"

„Doch! Doch, das will ich! Aber durchs Lager geführt zu werden, und alle starren mich an –" Jessie schlang die Arme um seinen muskulösen Oberkörper. „Ich habe dir mein Herz geschenkt. Aber es gehört dir, nur dir allein. Die anderen sollen es nicht sehen." Sie schaute flehentlich zu ihm auf.

Der den Wind reitet drehte sich zu den Umstehenden um und sagte: „Ihr habt gesehen, wie Die durchs Feuer geht zu uns kam. Ich habe sie auf meinem Pony hergebracht, wie ein Krieger das mitbringt, was er von seinen Feinden erbeutet hat. Ich habe sie mitgebracht, damit sie den Sohn von Tanzende Wasser nährt und mich lehrt, wie der Gott ist, der alles geschaffen hat. Sie hat all das getan. Sie hat Der nicht hört gerettet und sich einen Platz im Stamm verdient. Jetzt sage ich euch: Sie ist nicht länger nur die Frau, die in meinem Tipi ist. *Mitawicu*. Ich nehme diese Frau zur Ehefrau."

Zustimmendes Gemurmel erklang.

Der den Wind reitet fuhr fort: „Ich werde viele Tage jagen, und es wird ein großes Fest geben." Er drehte sich wieder zu Jessie um. „Sie sind nun zufrieden. Was können wir tun, um Gott zufriedenzustellen?"

Jessie holte die Bibel aus dem Zelt. Sie schlug das erste Buch Mose auf und las von der Schöpfung von Mann und Frau. Dann blätterte sie zum Neuen Testament und las die Stelle im Epheserbrief, wo von den ehelichen Pflichten von Mann und Frau die Rede war. Und ganz zum Schluß schlug sie das Buch Ruth auf und las ihre Lieblingspassage: „‚Wo du hingehst, da will auch ich hingehen; wo du bleibst, da bleibe ich auch. Dein Volk ist mein Volk, und dein Gott ist mein Gott. Wo du stirbst, da sterbe ich auch, da will ich auch begraben werden.'"

Als sie fertig war, bat Der den Wind reitet sie, die Stelle noch einmal zu lesen, und dann noch einmal und noch einmal. Dann legte er die Bibel vorsichtig auf den Boden, nahm Jessies Hände in seine und hielt ihren Blick mit seinen Augen fest, als er sagte: „Wo Die durchs Feuer geht hingeht, da will auch Der den Wind reitet hingehen. Wo Die durchs Feuer geht bleibt, da bleibt auch Der den Wind reitet. Dein Volk ist mein Volk, und dein Gott ist mein Gott."

Dann hob er die Augen zum Himmel und sagte: „Gott, der alles geschaffen hat, ich danke dir, daß du Die durchs Feuer geht zu mir geschickt hast. Ich nehme sie zur Frau, und ich bitte dich um deinen Segen. Du hast ihr Herz für mich zum Singen gebracht, und du hast mein Herz antworten lassen. Du hast alles geschaffen. Du hast deinen Sohn für uns geopfert, und du kennst uns. Wir haben keinen Priester. Wir sind Lakota. Wir sind Mann und Frau. Wir gehören dir."

Und so schlossen Der den Wind reitet und Die durchs Feuer geht den heiligen Bund der Ehe. Es war kein Priester da, der die Zeremonie geleitet hätte, doch Gott selbst war gegenwärtig. Und die zwei wurden ein Fleisch.

*

Ein paar Tage nach dem Hochzeitsfest wachte Jessie auf und hörte das Baby weinen. Sie tappte zu ihm hinüber und hob es auf. Dann legte sie das Kind zwischen sich und Der den Wind reitet und betrachtete liebevoll das kleine, zimtfarbene Gesicht. Einer plötzlichen Eingebung folgend beugte sie sich vor und küßte die Stirn des Kindes.

„Was ist das für eine seltsame Berührung?"

Jessie zuckte zusammen. Sie hatte nicht bemerkt, daß Der den Wind reitet ebenfalls wach war. Er schaute sie so eindringlich an, daß sie sich scheu die Decke bis zum Kinn hochzog. „In meinem Volk heißt es Küssen."

„Und was bedeutet es?"

„Zärtlichkeit. Liebe. Eltern küssen ihre Kinder, Männer ihre Frauen."

„Zeig es mir." Und er beugte sich zu ihr hinüber. Gehorsam küßte Jessie ihn auf die Stirn. Er sah sie noch immer so an, und plötzlich hob ein verschmitztes Lächeln seine Mundwinkel. „Als Marcus Whitman sich mit Rennendem Bär und den Händlern getroffen hat, war ich auch dort. Ich habe viele Dinge gesehen. Ich habe auch Männer und Frauen gesehen, wie sie ... küssen? Sie haben es nicht hier getan", er deutete auf seine Stirn, „sondern hier." Der Finger wanderte zu seinem Mund.

Jessie fühlte, wie sie errötete. „Ja, manche Leute tun das."

„Hast du es mit Homerking so gemacht?"

Jessie starrte in seine dunklen Augen. Er schaute mit ehrlichem Interesse zurück.

„In meinem Volk spricht man nicht von solchen Dingen."

Der den Wind reitet schwieg einen Moment und dachte über ihre Worte nach. „Wenn der weiße Mann nicht über das spricht, was in seinem Herzen ist", sagte er dann, „muß er sehr traurig sein." Er erhob sich, schlüpfte in seine Hosen und ging hinaus. Auch Jessie zog sich an und ging hinunter zum Fluß, um sich zu waschen. Sie hörte Der den Wind reitet nicht kommen, doch als die Wasserfläche sich beruhigte, sah sie über ihrem eigenen Spiegelbild sein Gesicht auftauchen. Er setzte sich neben ihr auf die Erde, das verkrüppelte Bein ausgestreckt. Jessie bemerkte einen Lederbeutel in seiner Hand. Er war kunstvoll bestickt, offenbar das Werk einer begabten Handarbeiterin. Als Der den Wind reitet ihre Augen darauf ruhen sah, öffnete er den Beutel und breitete den Inhalt vor sich aus. Als erstes zeigte er auf zwei Nadeln aus feinen Knochensplittern. „Tanzende Wasser hat damit die Tragewiege für das Kind verziert, das sie erwartete."

Dann nahm er ein Grabewerkzeug auf. „Wenn Der den Wind reitet auf der Jagd war, benutzte sie dies, um Wurzeln auszugraben."

„Was ist mit ihr geschehen?" Jessie beobachtete sein Gesicht sehr genau, doch es offenbarte keine Gefühle.

„Als das Kind kam, schwieg sie. Wir haben nicht gemerkt, daß es sie innen verletzt hat. Die alt an Jahren ist hat gut für sie gesorgt, doch sie hat sich nicht wieder erhoben."

Sie schwiegen eine Weile, da es nichts zu sagen gab. Dann stand Jessie auf und wollte gehen, doch Der den Wind reitet hielt sie zurück. Er strich ihr liebevoll über ihr kurzes Haar, dann zauberte er von irgendwoher eine Art gewebtes Haarband hervor, das mit Federn und Muscheln verziert war. Dankbar ließ Jessie zu, daß er es um ihren entstellten Kopf legte. Dann legte er alles wieder zurück in den Beutel und reichte ihn Jessie. Er nahm außerdem das kleine Messer ab, das an einem Lederriemen um seinen Hals baumelte, und hängte es Jessie um.

„Als Tanzende Wasser die Ehefrau von Der den Wind reitet war, haben diese Dinge ihr gehört. Nun gehören sie dir."

Jessie beugte sich über das Wasser, um ihr Spiegelbild mit dem Haarband zu betrachten. Der ungewohnte Anblick brachte sie zum Lachen.

Der den Wind reitet fragte hart: „Schätzt Die durchs Feuer geht mein Geschenk nicht?"

Sie drehte sich um und sah den Schmerz in seinen Augen und den angespannten Unterkiefer. Schatten waren unter seinen Wangenknochen aufgetaucht.

„Doch", widersprach sie und legte eine Hand auf seinen Arm. Sie spürte, wie sich die Muskeln entspannten. Jessie schaute in die Ferne, holte tief Luft und begann dann, über Dinge zu sprechen, die sie noch nie jemandem erzählt hatte.

„Es ist nur so, daß ... daß du mir ein Gefühl gibst, das ich in meinem Volk nicht gekannt habe. Ich –" Sie biß sich auf die Zunge, weil sie unmöglich weitersprechen konnte. Aus dem Tipi sah sie Rauch aufsteigen – eine willkommene Gelegenheit zur Flucht. „Die alt an Jahren ist kocht. Ich werde ihr helfen."

„Die alt an Jahren ist kann gut allein kochen."

„Aber das Kind –"

„Das Kind wird warten. Ich will wissen, was du im Herzen trägst."

Seine Beharrlichkeit öffnete einer wahren Flut von Erinnerungen die Tür, und Jessie mußte sich sehr konzentrieren, um ihre Gedanken zu sammeln. „Ich kann ... ich kann nur sehr schlecht von diesen Dingen sprechen. Es ist sehr schwer für mich. Ich ... ich habe gelacht, weil du mir das Gefühl gibst, ich wäre schön. Und ich weiß doch genau, daß ich ganz und gar nicht schön bin. Als ich alt genug war zu heiraten, da ist kein Mann gekommen, um mich zu fragen." Sie schluckte hart, und ihre Stimme schwankte, als sie fortfuhr: „Homer King hat mich nur deshalb genommen, weil meine Schwester ihn nicht wollte. Er brauchte eine Frau, und als Betsy nein sagte, fragte er mich. Mein Vater war froh, daß mich überhaupt einer wollte. Und so wurde ich die Frau von Homer King." Hilflos schaute sie zu Der den Wind reitet auf. „Ich weiß, daß ich häßlich bin. Ich habe gelacht, weil ich einen Moment das Gefühl hatte, ich wäre schön."

Der den Wind reitet schwieg so lange, daß sie sich zu fragen begann, ob ihr Wortschwall seine Aufnahmefähigkeit überfordert hatte. Als sie ihn gerade fragen wollte, begann er zu sprechen: „Als ich jung war, habe ich am Feuer getanzt wie kein anderer Krieger. Tanzende Wasser wurde zu dieser Zeit meine Frau. Sie schaute mir zu, und in ihren Augen brannten Flammen, so heiß wie das Feuer selbst. Aber dann ging ich eines Tages auf die Jagd. Mein Pony stürzte, und ich brach mir das Bein. Marcus Whitman richtete es, doch es wuchs nicht richtig zusammen. Der den Wind reitet tanzte nicht mehr, und das Feuer starb in den Augen von Tanzende Wasser."

Er legte die Arme um Jessie und fuhr fort: „Die durchs Feuer geht sieht mich, wenn ich laufe wie ein kranker Büffel. Sie sieht es, doch das Feuer in ihren Augen verlöscht nicht. Du bist schön – hier!" Er legte seine flache Hand auf ihr Herz. „Also lach nicht, wenn du denkst, du bist schön. Der den Wind reitet sieht die Flammen in deinen Augen, und du bist schön."

Mit Tränen in den Augen stellte sich Jessie auf die Zehenspitzen, und in einem Anfall seltener Selbstvergessenheit küßte sie ihn auf den Mund. Trotz der Röte, die sich auf ihrem Gesicht auszubreiten begann, lächelte sie, und zu seinem Erstaunen sagte sie auf Lakota: „*Mihigna* - mein Ehemann -, Die durchs Feuer geht ist eine gehorsame Ehefrau. Wenn sie aufhören soll mit diesem seltsamen Brauch der Weißen, muß Der den Wind reitet es nur sagen."

Der den Wind reitet nahm ihre Hand, und sie gingen zurück zum Tipi. Auf halber Strecke hielt er an, zog sie zu sich heran, und bevor er sie küßte, sagte er: „Viele Bräuche des weißen Mannes sollen in meinem Volk vergessen werden - aber nicht alle!"

Kapitel 12

Es war im Frühling des zweiten Jahres, das Jessie als Ehefrau von Der den Wind reitet verbrachte. Inzwischen sprach sie genug Lakota, um die Bibelverse zu übersetzen, die sie immer noch täglich zusammen lasen, denn sie hoffte, daß auch Die alt an Jahren ist sich für Gottes Wort erwärmen würde.

Zwei Mütter, der längst laufen konnte, kam herbeigestolpert und warf ungeschickt einen Stein in den Staub. Dabei kam er dem Feuer bedrohlich nahe, und Jessie sprang auf, um ihn aus der Gefahrenzone zu ziehen. Doch Die alt an Jahren ist hielt sie zurück. „Er muß lernen, warum er sich davon fernhalten soll."

Jessie zwang sich zuzuschauen, wie Zwei Mütter den Flammen näher und näher kam. Schließlich versengte er sich den Finger und jammerte laut los. Jessie tauchte den verbrannten Finger in kaltes Wasser und bemühte sich, kein großes Aufhebens um den Vorfall zu machen. Zwei Mütter sollte lernen, tapfer zu sein und Schmerzen mit so wenig Gejammer wie möglich zu ertragen. Eines Tages konnte das Überleben des ganzen Stammes davon abhängen, daß er im Angesicht von Schmerzen und Gefahr schwieg.

Die Freundschaft zwischen Jessie und Prärieblume war im Lauf der Zeit immer tiefer geworden, und die Kluft zwischen Der den Wind reitet und Heulender Wolf wurde in demselben Maß breiter.

Die Zuneigung, die Prärieblume der weißen Frau entgegenbrachte, irritierte Heulender Wolf. Die beiden Frauen verbrachten praktisch jede Minute miteinander, vom Gerben der Büffelfelle bis zum Kräutersammeln. Und jeden Tag passierte etwas, das die Unterschiedlichkeit ihrer Ehemänner deutlich machte.

Prärieblume ertrug ihre unglückliche Wahl mit stoischer Geduld. Sie tat alles, was in ihrer Macht stand, um Heulender Wolf zu gefallen, erduldete seine Demütigungen ohne Klagen und arbeitete hart. Doch nichts konnte Heulender Wolf besänftigen. Leider waren keine Kinder gekommen. Da er seiner Frau nicht die Schuld an seinem eigenen schlechten Ruf im Stamm geben konnte, verlegte er sich darauf, sie wegen ihrer Kinderlosigkeit zu beschimpfen.

„Solange wir keine Söhne haben, ist es kein Wunder, daß wir im Stamm nicht anerkannt werden", sagte er immer wieder, als ob es dadurch wahrer würde.

Doch jeder wußte, daß Heulender Wolf seine schlechte Stellung im Stamm durch seine Faulheit und seinen Jähzorn selbst verschuldet hatte – jeder, außer ihm selbst.

Der den Wind reitet versuchte ihn zu unterstützen, indem er mit ihm auf die Jagd ging. Sie taten sich mit einer kleinen Gruppe bewährter Jäger zusammen und zogen südwärts. Bald kamen sie einer großen Wapiti-Herde auf die Spur. Sie folgten den Tieren viele Tage lang, und Heulender Wolf lernte eine Menge, indem er Der den Wind reitet beim Spurenlesen genau beobachtete.

„Der Leithirsch ist verletzt", erklärte er und zeigte Heulender Wolf, wie das Tier ein Bein etwas nachgezogen hatte. „Er wurde offenbar von einem jüngeren Tier angegriffen – hier kannst du den Schauplatz des Kampfes sehen."

„Denkst du, ich bin blind?" schnappte Heulender Wolf.

Der den Wind reitet wollte keinen Streit. „Heulender Wolf, ich weiß, daß du keinen Vater hattest, der dir all das hätte beibringen können. Das ist nicht dein Fehler. Ich möchte dir nur helfen. Du bist ein sehr guter Krieger, viel besser als ich. Du kannst mich einiges über den Kampf lehren, und ich kann dir vieles über die Jagd beibringen."

Das besänftigte Heulender Wolf ein wenig, doch als sie sich endlich den Wapitis genähert hatten, spornte er sein Pony viel zu früh in den Galopp. Er war darauf aus, den mächtigsten Hirsch zu erlegen und in einem Triumphzug ins Lager zurückzureiten. Er malte sich sogar schon aus, wie die Frauen ein Loblied auf ihn anstimmten. Er grinste in sich hinein und grub dem Pony die Hacken noch tiefer in die Rippen.

Der den Wind reitet sah ihm verächtlich hinterher und sagte: „Dieser Narr wird die Wapitis aufscheuchen, jeder wird in eine andere Richtung fliehen, und wir werden keinen erlegen. Laßt ihn; ich reite zurück. Wir werden mit leeren Händen zurückkehren, und unsere Frauen und Kinder werden hungrig bleiben." Er wendete Wind und galoppierte in Richtung Lager davon.

Seine Voraussage traf ein. Geblendet von seiner eigenen Vision, stürmte Heulender Wolf mit seinem Pony mitten in die Wapitis hinein. Natürlich war er nicht schußbereit, und bevor er seinen Bogen gespannt hatte, waren alle Tiere in den Wäldern verschwunden.

Obwohl die Jäger versuchten, sie einzukreisen und wieder zusammenzutreiben, wurde an diesem Tag kein Wapiti erlegt. Ein Schneesturm kündigte sich an, und sie waren gezwungen, die Jagd aufzugeben und mit leeren Händen und zusammengepreßten Lippen ins Lager zurückzukehren.

Die Frauen fragten sich, was wohl vorgefallen war, doch nur Prärieblume kannte die Antwort, denn Heulender Wolf kehrte nicht mit den anderen ins Lager zurück, sondern schlich sich erst bei Einbruch der Nacht heimlich in sein Tipi. Die halbe Nacht beklagte er sich bei ihr über sein Pech, seine nicht vorhandenen Söhne und Prärieblumes Unzulänglichkeit.

*

Eines Morgens, nicht lange nach der mißglückten Jagd, trat Prärieblume vor das Tipi, um sich ihr lackschwarzes Haar zu kämmen. Heulender Wolf schlief noch, und Prärieblume wollte mit Jessie und den anderen Frauen gemeinsam Winterkleidung nähen und verzieren. Jessie hatte versprochen, Prärieblume einige Muster zu zeigen, die sie noch von früher kannte. Prärieblume bewunderte Jessies handarbeitliche Fähigkeiten sehr, und für Jessie war es eine willkommene Gelegenheit, auch ihr einmal einen Gefallen tun zu können.

Prärieblume wendete ihr Gesicht der Sonne zu und schloß die Augen, während sie ihr Haar bürstete und dann in glänzende Zöpfe flocht. Ein hochgewachsener Krieger namens Weißer Adler kam vorbeigeschlendert. Er hatte Prärieblume schon so manchen bewundernden Blick zugeworfen, und heute blieb er vor ihr stehen. „Heulender Wolf hat heute noch nicht nach seinen Ponys gesehen."

„Er schläft noch."

Weißer Adler runzelte die Stirn; dann streckte er langsam die Hand aus und berührte einen ihrer Zöpfe. „Wenn ich eine so schöne Squaw wie dich in meinem Tipi hätte, würde ich nicht schlafen, während sie sich die Haare kämmt."

Er ging weiter, ohne sich noch einmal umzublicken, doch Prärieblume mußte an diesem Tag noch oft an seine Worte denken. Immer, wenn sein Gesicht vor ihrem inneren Auge auftauchte, versuchte sie, es durch das von Heulender Wolf zu ersetzen. Doch die markanten Züge von Weißer Adler waren einprägsamer.

Prärieblumes Stickerei fiel an diesem Tag recht kläglich aus, und allen war klar, daß sie nicht bei der Sache war. Jessie machte sich Sorgen, ob sie vielleicht krank war. Doch Prärieblume schüttelte nur den Kopf, als sie sie fragte, und Jessie drang nicht weiter in sie.

*

Es war im „Monat, in dem die Beeren reif sind", als Der den Wind reitet Jessie mitten in der Nacht weckte. Er legte einen Finger auf die Lippen und führte sie hinaus in die Prärie. Als die Lagerfeuer hinter ihnen verschwanden, sagte er: „Du mußt den Himmel sehen ... er steht heute nacht in Flammen."

Er zog Jessie auf den Boden, und sie lagen nebeneinander und schauten zu den Sternen hoch. Der Himmel war so klar, daß man sogar die Milchstraße erkennen konnte, und die Sterne funkelten so hell, daß es fast in den Augen schmerzte. Der den Wind reitet nahm Jessies Hand in seine und flüsterte: „Sag mir noch mal die Worte, die Gottes Buch über den Himmel sagt."

Jessie kannte sie auswendig: „‚Wenn ich sehe die Himmel, deiner Finger Werk, den Mond und die Sterne, die du bereitet hast; was ist der Mensch, daß du seiner gedenkst?'"

In diesem Moment schoß eine Sternschnuppe wie ein Lichtstrahl über den Himmel. Kurz darauf folgten ihr weitere, und dann immer mehr - ein Meteoritenschauer. Jessie und Der den Wind reitet schauten und staunten.

Beinahe eine Stunde hatten sie dem Schauspiel beigewohnt, als sich Der den Wind reitet plötzlich aufsetzte und lauschend den Kopf neigte. Jessie hörte es auch, ein seltsames, raschelndes und stampfendes Geräusch, das von irgendwoher unten am Fluß kam. Sie standen auf und gingen dem Geräusch nach.

Als sie sahen, daß die Ponys friedlich grasten, atmeten sie erleichtert auf. Wenn Gefahr gedroht hätte, wären die Tiere unruhig gewesen.

Als sie fast am Fluß angekommen waren, hörte das Geräusch abrupt auf. Dann sahen sie hinter einem Gebüsch zwei Gestalten hervorkommen und hastig in Richtung Lager verschwinden: Weißer Adler und eine junge Squaw.

Der den Wind reitet machte keine Anstalten, ihnen zu folgen. Er legte seinen Arm um Jessie und schlenderte in gemächlichem Tempo auf das Lager zu. Jessie entspannte sich und dankte Gott im stillen dafür, daß er ihr einen Mann geschenkt hatte, der ihrem eigenen Naturell so sehr entsprach.

In der Öffentlichkeit wirkte er so ernsthaft und ehrfurchtgebietend, daß Prärieblume sogar ein wenig Angst vor ihm hatte. Jessie mußte immer lächeln, wenn sie sah, wie ihre sonst so fröhliche Freundin in der Gegenwart von Der den Wind reitet ungewöhnlich still und zurückhaltend wurde.

Doch heimlich genoß sie das Wissen, daß ein Teil von Der den Wind reitet nur ihr allein gehörte - und Zwei Mütter. Die anderen sahen immer nur den verantwortungsbewußten, fähigen Jäger, der die Nahrung für den Stamm beschaffte und von jedem respektiert wurde, jedoch keine tiefen Freundschaften mit anderen Angehörigen des Stammes suchte.

Sie hätten gestaunt, wenn sie einmal miterlebt hätten, wie lebendig er seiner kleinen Familie seine Jagderlebnisse schilderte. Sein sonst so ernstes Gesicht wurde dann weich, und um seine Augen herum bildeten sich tausend Lachfältchen. Es machte ihm unsagbar viel Freude, seinen kleinen Sohn mit lustigen und spannenden Geschichten zu unterhalten. Er kroch schnaubend auf allen Vieren durchs Tipi, um Zwei Mütter einen wütenden Büffel zu beschreiben, tobte mit ihm auf den Büffelfellen herum und kitzelte ihn, bis der Kleine lachend um Gnade flehte. Sie hätten sich auch gewundert, wie oft er seine Mutter respektvoll um ihre Meinung zu einem neuen Vorhaben oder einem Problem befragte.

Und Jessie – ihr allein gehörte all seine Zärtlichkeit. Die Liebe Gottes hatte in Der den Wind reitet ein williges Gefäß gefunden, und Jessie wurde reichlich für all die Sehnsucht und die Verletzungen der letzten Jahre entschädigt.

*

Am Morgen nach dem Meteoritenschauer saßen Jessie und Prärieblume gerade an ihren Näharbeiten, als plötzlich Heulender Wolf in den Kreis der Frauen stürmte. Fluchend ergriff er Prärieblume am Arm und riß sie auf die Füße. Sie wurde blaß und versuchte, sich ihm zu entwinden, doch er schlug ihr wütend ins Gesicht und brüllte sie dabei an. Jessie verstand nur einen Teil seiner Beschimpfungen, aber sie konnte den Namen Weißer Adler heraushören.

Die Frauen begannen zu tuscheln, und Jessie sprang auf, um Der den Wind reitet zu holen.

Er arbeitete am Fluß mit einem jungen Hengst, den er zureiten wollte. Gerade hatte er das Pferd ins brusttiefe Wasser geführt und wollte nun das erste Mal aufsteigen.

Keuchend blieb Jessie am Ufer stehen und schilderte ihm die Situation. Doch Der den Wind reitet machte keine Anstalten, irgend etwas zu unternehmen. Er streichelte lediglich das Pferd.

Nach einigem Schweigen sagte er schließlich: „Es ist eine Sache zwischen Heulender Wolf und Prärieblume."

„Aber er ist so wütend, ich glaube, er könnte sie sogar töten!"

„Nicht einmal Heulender Wolf ist so dumm. Prärieblume ist eine schöne Frau, und sie ist das einzig Gute in seinem Leben. Er wird sie nicht töten."

„Aber er hat sie geschlagen!"

„Ja, und das ist sein gutes Recht. Sie hat ihn betrogen."

Er glitt auf den Rücken des jungen Pferdes, und das überraschte Tier planschte wild und mit rollenden Augen im Wasser herum. Doch es gelang ihm nicht, Der den Wind reitet abzuwerfen, weil seine Bewegungen durch den Wasserwiderstand erheblich verlangsamt wurden. Nach wenigen Sekunden merkte das intelligente Pferd, daß alles Gestrampel keinen Zweck hatte und daß ihm außerdem nichts Böses widerfuhr. Zitternd blieb es stehen, und Der den Wind reitet glitt wieder von seinem Rücken hinab, lobte und streichelte es, bis das Zittern nachließ und das Pferd sich entspannte.

Dann drehte er sich zu Jessie um. „Prärieblume ist für ihre Taten verantwortlich, und Heulender Wolf für seine. Ich kann nichts tun. Sie müssen selbst entscheiden."

Er beendete die Konversation, indem er das Pferd aus dem Wasser führte und einfach mit ihm fortging. Jessie stampfte wütend zum Lager zurück.

Die alt an Jahren ist hatte gerade begonnen, Jessie die Auffassung der Lakota von ehelichen Streitigkeiten zu erklären, als Prärieblume in ihr Tipi taumelte. Sie schrie vor Schmerzen, und zwischen ihren Fingern, die sie sich vor das Gesicht preßte, floß das Blut in Strömen hervor. Jessie und Die alt an Jahren ist mußten sie mit vereinten Kräften zu Boden werfen und ihr die Hände vom Gesicht wegzerren. Plötzlich schien sie alle Kraft zu verlassen, und sie lag nur noch wimmernd und zitternd da.

Die alt an Jahren ist wischte so gut es ging das Blut weg und legte so eine klaffende Wunde quer über der Nasenwurzel der jungen Squaw frei. Die alte Frau preßte ein Tuch auf die Wunde, um die Blutung zu stoppen, dann holte sie schweigend Nadel und Faden und tat ihr Bestes, um die Wunde zu schließen.

Doch es war klar, daß das schöne Gesicht der jungen Squaw für immer von einer grausamen Narbe entstellt sein würde.

„Hat Heulender Wolf dir das angetan?" wollte Jessie wissen.

Prärieblume antwortete nicht. Mit einem dumpfen Klagelaut drehte sie ihr geschundenes Gesicht zur Wand, und Die alt an Jahren ist ergriff Jessies Arm.

„Der Ehemann hat das Recht, sich zu wehren, wenn seine Frau ihn betrügt. Alle wußten, daß Weißer Adler Prärieblume für sich haben wollte. Heulender Wolf hat das erfahren und Prärieblume bestraft."

Die alt an Jahren ist sprach die Worte nüchtern und unbeteiligt aus, und Jessie weigerte sich einfach, sie zu begreifen. Sie wiederholte: „Hat Heulender Wolf dir das angetan?"

Mit immer noch abgewandtem Gesicht flüsterte Prärieblume: „Ja."

„Dann muß er dafür bestraft werden."

Jessie stürmte aus dem Zelt, sprang auf Roter Stern und galoppierte wild davon. Ununterbrochen überlegte sie sich die grausamsten Strafen für Heulender Wolf. Es konnte doch nicht sein, daß er mit dieser Tat einfach so davonkam!

Am Abend kehrte Prärieblume in ihr Tipi zurück. Jessie sah schweigend zu, wie sie alle Habseligkeiten von Heulender Wolf hinauswarf. „Das Tipi gehört mir!" rief sie so laut, daß das ganze Lager es hörte. „Und ich sage, daß Heulender Wolf gehen muß."

Innerhalb kurzer Zeit hatte sie das Tipi von allen Spuren von Heulender Wolf befreit. Das letzte, was sie hinauswerfen wollte, war die Überdecke, die er ihr damals mitgebracht hatte, als Jessie ins Lager kam.

Prärieblume hatte sie schon halb hinausgeworfen, als sie die künstlerische Handschrift ihrer Freundin darin erkannte. Sie schaute auf. „Hat Die durchs Feuer geht dies gemacht?"

Jessie nickte. Prärieblume legte die Decke sorgfältig zusammen und flüsterte: „Dann werde ich es behalten."

Daraufhin machte sie sich zufrieden daran, ein Abendessen zu kochen.

„Du solltest mich jetzt allein lassen, Die durchs Feuer geht. Ich werde Heulender Wolf niemals verzeihen, doch ich war so dumm, zu glauben, er würde sich ändern. Mein Vater hat mich oft vor ihm gewarnt", sagte sie traurig. Jessie wollte sie trösten, doch es gab nichts, was sie hätte sagen können. Schließlich ging sie in ihr Tipi zurück und bat Der den Wind reitet noch einmal, etwas wegen der Sache zu unternehmen.

Doch er blieb unnachgiebig. „Es ist so Brauch", wiederholte er immer wieder. „Heulender Wolf hat getan, was er für richtig hielt, und ich werde mich nicht einmischen."

Wütend stieß Jessie hervor: „Und wenn ich mich einmal nach

einem gutaussehenden Krieger umsehe, wirst du mir dann auch das Gesicht spalten?"

Der den Wind reitet starrte sie ernst an. „Im Gott-Buch steht, daß du mir treu sein sollst. Du und ich, wir sind nicht wie Heulender Wolf und Prärieblume." Nach einem Moment fügte er hinzu: „Wenn du mich betrügen würdest, würde ich dir nicht die Nase abschneiden, sondern dein wunderschönes rotes Haar."

Jessie war entsetzt, doch sie ließ nicht locker. Schließlich wurde es Der den Wind reitet zuviel, und er schrie sie beinahe an. „Die durchs Feuer geht, es ist genug. Du sagst, daß Heulender Wolf bestraft werden muß. Und er wird bestraft! Jeden Tag seines Lebens muß er die Narbe ansehen und sich daran erinnern, wie er seine Frau verletzt hat. Jeden Tag seines Lebens wird er das Leid ertragen müssen, das er verursacht hat. Und jeden Tag ihres Lebens wird sich Prärieblume daran erinnern, was geschehen ist. Weißer Adler hat den Stamm verlassen. Es ist vorbei, und wir müssen für sie beten, denn sie kennen Gott nicht, der ihnen durch all das hindurchhelfen könnte. Aber ich kann und werde Heulender Wolf nicht für etwas bestrafen, was nach dem Brauch der Lakota sein Recht ist. Er wird sich vor Gott für all das rechtfertigen müssen, aber nicht vor mir."

Der den Wind reitet erhob sich und verließ das Zelt. Er kehrte erst zurück, als er sicher war, daß die anderen schliefen. Doch Jessie lag noch wach, und sie betete stundenlang still um Verständnis für die Entscheidung ihres Mannes. Schließlich schlief sie voller unbeantworteter Fragen ein.

Kapitel 13

Im Tipi von Heulender Wolf saß Rebekka Miller und zitterte vor Angst. Es war ein wunderschöner Frühlingstag, doch für Rebekka war die Welt mit einem Schlag dunkel und furchterregend geworden. Sie hatte nur ein paar der hübschen Wildblumen pflücken wollen, deswegen war sie früh an diesem Morgen aufgestanden und leise vom Lagerfeuer weggeschlichen.

„Bleibt immer alle dicht beieinander", hatte Elder Smith gewarnt, als sie das Winterquartier verlassen hatten. „Die Indianer sind unberechenbar, und ein Mann allein gibt ein prächtiges Ziel ab. Aber eine Frau ..." Er hatte den Satz nicht beendet, doch das vielsagende Funkeln seiner Augen hatte genügt.

Rebekka hatte diese Warnung als Herausforderung genommen. Wieder war das Verlangen nach Auflehnung, nach Rebellion in ihr hochgekommen, und sie hatte sich gefragt, warum sie nicht so brav und gehorsam wie ihre Schwester Melinda sein konnte. Sie warf Melinda einen Blick zu. Diese war bei Elder Smiths Warnung errötet und hatte die Hände noch fester gefaltet – wie immer würde sie ohne Frage gehorchen.

Rebekka versuchte diesen Widerstand in sich zu verdrängen, doch sie spürte, wie sie lächelte, und Elder Smith sah es. Er nahm sich vor, sie genau im Auge zu behalten und ihren Vater vor dem „geistlichen Problem" zu warnen, das er in Rebekka wahrzunehmen glaubte.

Doch Bruder Miller nahm seine ernsten Worte nicht allzu wichtig. Mit einem Augenzwinkern hatte er geantwortet: „Na, na, Esra, Rebekka ist eben jung und lebenslustig. Sie wird schon werden. Wenn sie erst einen Mann hat ..."

Rebekka hatte sich voller Enthusiasmus in die Vorbereitungen für den Treck gestürzt. Sie putzte und sortierte und packte und kochte, und auf dem ganzen Weg nach Westen war sie die Hilfsbereitschaft in Person. Ohne Klagen hatte sie stundenlang ihren kleinen Bruder Caleb mit sich herumgeschleppt, die Kleinen abends ins Bett gebracht und die unangenehmsten Arbeiten ausgeführt. Doch Elder Smith blieb mißtrauisch, und das reizte Rebekkas rebellische Ader immer wieder.

Als sie die offene Prärie erreicht hatten und zwischen den wogenden Gräsern hindurchfuhren, hätte Rebekka am liebsten getanzt. Die aufblühende Natur versetzte sie in eine rastlose Stimmung, alles roch nach Aufbruch und Veränderung.

Was konnte schon gegen eine kleine Einzelexpedition zum Blumenpflücken einzuwenden sein? Stand in der Bibel nicht sogar Wohlwollendes über die fleißige Frau, die vor Sonnenaufgang das

Lager verläßt? Entschlossen ging Rebekka los. Hinter einer kleinen Hügelkette fand sie sich in einem Meer aus blauen Blüten wieder. Trunken von der Farbenpracht, tanzte sie darin herum, pflückte hier und da ein paar Blumen ab, und –

Ein Schatten fiel auf die Blüte, die sie gerade in die Hand nehmen wollte. Rebekka schaute auf. Vor ihr stand ein großer Indianer. Zwei Rebhühner baumelten von einem Strick in seiner Hand herab. Ihr Herzschlag setzte fast aus, doch sie richtete sich auf und zwang sich, ihm fest in die Augen zu sehen. Rebekkas Hand krampfte sich so fest um die Blumen, daß die Stengel zerquetscht wurden und der Pflanzensaft an ihren Fingern hinunterlief.

Heulender Wolf riß ihr das Kopftuch herunter und enthüllte ihre glänzenden schwarzen Locken. Mit einer fließenden Bewegung ließ Heulender Wolf die Hühner fallen, griff Rebekka um die Taille und schwang sie sich über die Schulter wie einen Sack Mehl.

Erst jetzt erwachten ihre Widerstandsgeister. Sie schrie, trat um sich und zerkratzte ihm den Rücken, doch er ging einfach weiter. Sie betete, fluchte und kämpfte, doch er faßte sie nur etwas fester und ging weiter. Als sie ihm die Fingernägel tief ins Fleisch bohrte, warf er sie grob in den Staub. Das verschlug ihr den Atem, und sie lag hilflos da, als er ihr einen Lederriemen um die Hand- und Fußgelenke wand. Dann warf er sie sich wieder über die Schulter. Sie schrie ihm schrill ins Ohr und versuchte sich von seinem Rücken zu winden.

Heulender Wolf war kein sehr geduldiger Mann, und nun hatte er genug. Er warf sie zu Boden und schlug ihr mehrmals hart ins Gesicht. Es war das erste Mal, daß Rebekka geschlagen wurde, und zu den Schmerzen und der Scham kam nun die Angst, was er noch alles mit ihr anstellen würde. Die Worte von Elder Smith dröhnten ihr in den Ohren: „Eine Frau allein ..."

Alle Auflehnung war nun von ihr gewichen, und sie hatte nur noch furchtbare Angst. Sie wehrte sich nicht mehr, als er sie wieder schulterte und weiterging.

Nach einer langen Weile begann es in ihrem Kopf zu pochen, und sie fragte sich, wo er sie wohl hinbrachte. Es war noch immer früh, und Rebekka hoffte, daß ihr Vater ihre Abwesenheit inzwischen bemerkt hatte. Ein Geräusch drang an ihr Ohr – Kinderlachen?

Heulender Wolf schritt ins Lager und rief den anderen zu, er habe eine erfolgreiche Jagd gehabt. Er ließ Rebekka in den Staub vor einem Tipi fallen und machte einen Witz über den hübschen großen Vogel, den er in einem Feld von blauen Blumen gefangen hatte.

„Ich habe eine neue Prärieblume", grinste er. Prärieblume hörte es, schaute aus ihrem Tipi hervor und sah voller Schrecken, daß eine weiße Frau draußen lag, eine sehr hübsche, junge weiße Frau mit schwarzen Locken und Augen in der Farbe des Himmels.

Heulender Wolf verschlang die Weiße mit seinen Augen. Dann sagte er höhnisch zu Prärieblume: „Gib ihr zu essen. Vielleicht werde ich sie behalten!" Und dann ging er lachend davon.

Prärieblume dachte keinesfalls daran, ihm zu gehorchen, doch irgendwie mußte sie dieses unschuldige Mädchen vor Heulender Wolf beschützen. Vorsichtig band sie Rebekka los und schickte sie ins Tipi. Aber das Mädchen wies das angebotene Essen zurück und starrte nur mit leerem Blick vor sich.

Heimlich musterte Rebekka jedoch Prärieblume sehr genau. Die Frau mußte einmal sehr schön gewesen sein, als sie diese grausame rote Narbe noch nicht gehabt hatte. Ihr glänzendes Haar war sauber gescheitelt und geflochten, und jeder Zopf war mit Federn und Bändern geschmückt. Sie entsprach ganz und gar nicht dem Bild vom verlausten, schmutzigen Indianer, das man Rebekka eingepflanzt hatte. Trotzdem konnte Rebekka die Tränen nicht mehr zurückhalten und begann zu schluchzen.

Werden sie mich finden? Werden sie mich überhaupt vermissen? fragte sie sich. *Warum muß ich auch immer ungehorsam sein? Was ist es, was mich immer so böse sein läßt?*

Während Rebekka schluchzend ihre Sündhaftigkeit beklagte, lief Prärieblume ruhelos im Tipi auf und ab. Was sollte sie tun? Heulender Wolf hatte eine Weiße angeschleppt und sie sogar eine „neue Prärieblume" genannt. Nervös band Prärieblume Rebekkas Hände wieder zusammen und rief ein junges Mädchen aus dem Nachbartipi, das auf die Weiße aufpassen sollte. Dann eilte sie nach draußen,

Von Heulender Wolf war nichts zu sehen, und die anderen erzählten ihr, daß er mit zwei Handpferden fortgeritten sei. Prärieblume wußte, was das zu bedeuten hatte: Er wollte die

Pferde gegen die Frau eintauschen. Er wollte sie tatsächlich behalten!

Jessie werkelte gerade in ihrem Tipi herum, als Präriebiume ihren Kopf hereinstreckte und zischte: „Die durchs Feuer geht – komm und sieh!"

Jessie folgte ihrer Freundin ohne Zögern. Sprachlos starrte sie Rebekka an, die inzwischen vor Erschöpfung eingeschlafen war.

„Heulender Wolf nennt sie ‚Neue Präriebiume'!" klagte Präriebiume, und Jessie nahm ihre Hand. Ihr fehlten die Worte.

„Warte hier – ich werde mit Der den Wind reitet reden", sagte Jessie schließlich. „Wenn sie aufwacht, hol mich sofort. Ich muß ihr erklären, daß wir ihr helfen wollen." Mit pochendem Herzen rannte sie los.

Der den Wind reitet stand zwischen seinen Ponys und sah erstaunt auf, als Jessie herbeigestürmt kam. Ihr rotes Haar glänzte in der Sonne. Besorgt kam er ihr entgegen.

„Was ist passiert?"

„Heulender Wolf hat sich eine neue Frau genommen!"

„Manche Männer halten das für richtig."

„Aber sie ist eine Weiße! Er hat sie in den Blauen Hügeln gefunden. Sie ist noch sehr jung, und sie hat furchtbare Angst. Wir müssen sie zu ihrem Volk zurückbringen!"

„Wenn Heulender Wolf sie gefunden hat, dürfen wir uns nicht einmischen."

„Aber... aber er will sie behalten!"

„Präriebiume hat ihn betrogen, dann hat sie ihn aus dem Tipi geworfen. Er ist wütend, er muß sich wieder Respekt verschaffen. Und eine neue Frau ist eine Möglichkeit dazu."

Jessie zog die Hand zurück, die sie auf seinen Arm gelegt hatte. „Das meinst du doch nicht im Ernst! Das kannst du doch nicht meinen!"

Er schaute ihr fest in die Augen. „Es geht nicht darum, was ich meine. Das ist die Angelegenheit von Heulender Wolf." Er drehte sich um und wollte auf Winds Rücken springen.

Jessie fühlte, wie kalte Wut in ihr hochstieg. Wollte er wirklich zusehen und gar nichts tun? Sie probierte es noch einmal: „Aber... Der den Wind reitet, sie hat solche Angst! Sie will zurück zu ihrer Familie, und man darf sie nicht zwingen, hierzubleiben!"

Er schwieg lange. Dann sagte er langsam: „Du hattest auch Angst, als ich dich zu meinem Tipi brachte. Aber du bist geblieben. Vielleicht wünschst du dir ja auch, ich würde dich zurückbringen?"

Endlich verstand Jessie seine Haltung, und sie beruhigte sich ein wenig. „Das ist nicht dasselbe. Ich war kein kleines Mädchen, ich war eine erwachsene Frau. Meine Familie war tot. Aber dieses Mädchen ... vielleicht hat sie einen Verlobten, der um sie trauert. Und –", sie ergriff seine Hand wieder, und er ließ es geschehen. „Und ich wurde von einem Mann gerettet, der Gott liebt und der auch mich liebgewonnen hat. Aber Heulender Wolf ist ein ..." Sie zögerte, doch dann sagte sie ein Lakota-Wort, von dem Der den Wind reitet nicht geahnt hatte, daß sie es kannte.

Er schaute ihr in die Augen und fragte: „Was willst du, das ich tun soll?"

„Versuche, sie gegen irgend etwas einzutauschen." Jessie war klar, daß hier nur ein guter Plan helfen konnte. „So kann er sich seinen Stolz bewahren. Sag ihm, ich brauche eine Sklavin, oder sag ihm, ich wollte jemanden aus meinem Volk um mich haben. Ach, sag ihm irgend etwas – die Hauptsache ist, er gibt das Mädchen heraus."

„Ich werde es versuchen, Die durchs Feuer geht. Aber Heulender Wolf ist sehr stolz. Du mußt viel beten."

*

Rebekka erwachte, und sofort erschienen zwei Frauen im Zelteingang. Die Sonne blendete Rebekka zunächst, und deshalb war sie vollkommen überrascht, als die eine der Frauen sie auf Englisch fragte: „Bist du wach?"

Sie war sprachlos. Hatte sie soeben ihre Muttersprache aus dem Munde einer dieser Wilden gehört?

Als sich ihre Augen an das helle Licht gewöhnt hatten, sah sie, daß eine der Frauen die Indianerin mit der Narbe im Gesicht war. Aber die andere! Graue Augen, rote Haare ... und weiße Haut. Nur ein paar Sommersprossen zierten ihre Arme. Das war eine Weiße! Angezogen wie eine Indianerin, aber eine Weiße, und sie sprach Englisch! Rebekka stammelte eine Antwort.

Jessie lächelte. „Es muß ein ziemlicher Schock sein, in einem Indianer-Tipi aufzuwachen und jemanden wie mich zu sehen."

Rebekka konnte nur nicken.

„Du bist mit Heulender Wolf zu uns gekommen. Er sagt, er hätte dich in einer Blumenwiese gefunden."

„Ich - ich wollte Blumen pflücken. Ich bin früh aufgestanden und losgegangen. Elder Smith hat uns gewarnt, nie allein loszugehen, aber ich habe nicht gedacht -", sie hielt inne, „oh, ich habe überhaupt nicht nachgedacht!"

„Wo sind deine Leute?"

„Ich weiß nicht, ich... ich bin nicht weit vom Lager weggegangen. Sie suchen sicher schon nach mir. Oh! Sie werden ihnen doch nichts tun, oder?"

„Ich werde ihnen ganz sicher nichts tun", antwortete Jessie. „Aber wir müssen uns überlegen, wie wir dich wieder zu ihnen zurückbringen. Heulender Wolf ist vor einer Weile losgeritten, um deine Leute zu suchen und ein paar Pferde gegen dich einzutauschen."

Als Rebekka klarwurde, was Jessie da eben gesagt hatte, wurde sie kreideweiß. „Oh! O nein, ich - ich kann doch nicht..." Jessies indianische Kleidung verwirrte sie. „Aber Sie...?"

Jessie lächelte. „Ich lebe schon seit vielen Jahren hier in diesem Stamm. Ich habe sonst niemanden. Meine Familie ist jetzt hier. Aber du - bei dir ist das was anderes. Wir werden sehen, daß du dahin zurückkehrst, wo du hingehörst."

„Oh, danke!" stotterte Rebekka. „Ich wüßte nicht, was ich tun sollte..." Und wieder brach sie in Tränen aus.

„Pssst. Hör auf. Hier, wasch dich, und du mußt auch etwas essen. Meine Freundin ist die beste Köchin des ganzen Stammes. Es wird dir schmecken."

Rebekka schaffte es, Prärieblume anzulächeln, und der Knoten in ihrem Magen entspannte sich ein wenig. Sie hätte der weißen Frau gern ein paar Fragen gestellt, doch als sie mit dem Essen angefangen hatte, merkte sie, wie hungrig sie war. Und plötzlich war die Frau weg. Rebekka war mit der Indianerin allein, die sie freundlich anlächelte und ihr bedeutete, mehr zu essen.

Der den Wind reitet war auf seinen Hengst gesprungen, gleich nachdem Jessie fortgegangen war. Er hatte drei gute Ponys ausgesucht und sich auf die Spur von Heulender Wolf begeben. Eine Stute hatte er mitgenommen, auf die Heulender Wolf schon lange ein Auge geworfen hatte. Die Stute war tragend von Wind, und sie war sehr wertvoll.

Er holte Heulender Wolf ein, als dieser gerade den Fuß der Blauen Hügel erreicht hatte. In der Ferne konnte man schon den Rauch der Feuer des Trecks erkennen. Heulender Wolf hörte Der den Wind reitet herankommen und drehte sich um. Dann rief er ihm entgegen: „Nun, willst du dir auch eine neue Frau eintauschen?“ Und er fügte einen rohen Witz über Jessies bisherige Kinderlosigkeit hinzu.

Das Schweigen von Der den Wind reitet und ein eisiger Blick aus seinen dunklen Augen brachten ihn rasch zum Schweigen, und er wartete, was Der den Wind reitet zu sagen hatte.

„Du hast also eine neue Frau gefunden“, stellte Der den Wind reitet fest.

„Ja, eine neue Prärieblume, um die alte Schlampe zu ersetzen, die deine Frau so sehr mag.“

Der den Wind reitet ignorierte den Seitenhieb. „Ich denke gerade auch an meine Frau, Heulender Wolf. Sie ist eine gute Frau, aber ein wenig ungeschickt in manchen Dingen. Sie braucht noch immer viel Hilfe, und ich hätte das weiße Mädchen gern als Sklavin für sie.“

Heulender Wolf starrte ihn mißtrauisch an. „Wenn Die durchs Feuer geht so ungeschickt ist, wie soll ihr dann eine weiße Frau helfen? Du solltest dir besser eine zweite Frau aus unserem Volk nehmen.“ Und er fügte noch einen derben Witz über die Freuden der Doppelehe hinzu.

Der den Wind reitet beeilte sich, zum Schluß zu kommen. „Diese Stute hier hat dir doch schon immer gefallen. Sie ist tragend. Ein Fohlen von Wind. Und ich gebe dir diese beiden Jährlinge auch noch dazu. Die durchs Feuer geht läßt mir einfach keine Ruhe in dieser Sache, und ich bin es müde, ihre Klagen zu hören.“ Das war zwar keine direkte Lüge, doch die Beschuldigung fiel ihm schwer, und er wollte es hinter sich bringen.

Heulender Wolf schaute die Pferde mit gierigem Blick an. Ein Zuwachs von drei, nein, vier Ponys würde seinen Status im Stamm beträchtlich heben. Und ein Fohlen von Wind war eine besondere

Verlockung. Er dachte an das weiße Mädchen und wie sie sich gewehrt hatte, als er sie ins Lager brachte. Vielleicht machte sie mehr Ärger, als sie wert war. Er konnte sich einfach eine Frau aus seinem Volk nehmen. Sollte sich Der den Wind reitet ruhig noch eine Weiße in sein Tipi holen. Vielleicht würde das den anderen nicht gefallen - um so besser! Er selbst würde dann gut dastehen.

Heulender Wolf nickte und nahm das Angebot an.

Der den Wind reitet übergab im hastig die Pferde. „Ich helfe dir, sie zur Herde zurückzutreiben", bot er an. Heulender Wolf nickte, und sie ritten schweigend zum Lager zurück, Heulender Wolf erfreut über den guten Tausch und Der den Wind reitet besorgt über den weiteren Lauf der Dinge.

Als sie das Dorf erreicht hatten, trabte Der den Wind reitet sofort zu seinem Tipi. Er trat ein und sagte: „Sie gehört dir. Mach mit ihr, was du willst." Dann eilte er wieder nach draußen, schwang sich auf Winds Rücken und wollte davongaloppieren, als Jessie ebenfalls aus dem Tipi trat und fragte: „Willst du sie nicht kennenlernen?"

Der den Wind reitet schüttelte den Kopf. „Ich habe getan, was du wolltest. Sie gehört dir. Ich möchte sie nicht sehen."

Jessie wunderte sich über seine fehlende Neugier, verfolgte das Thema aber nicht weiter. Statt dessen machte sie sich auf den Weg zu Prärieblumes Tipi, wobei ihr zu spät einfiel, daß sie ihrem Mann noch nicht einmal gedankt hatte.

Rebekka schaute erwartungsvoll auf, als Jessie ins Zelt trat.

„Nun, meine Liebe, es scheint, als wärst du jetzt meine Angelegenheit."

„Ihre?" fragte Rebekka irritiert.

„Ja. Mein Ehemann hat dich als Sklavin für mich erworben." Als Jessie die Angst ins Rebekkas Augen sah, fügte sie schnell hinzu: „Das heißt, daß ich nun mit dir tun kann, was ich möchte. Und ich möchte dich zu deiner Familie zurückbringen. Also komm, laß uns losreiten, bevor deine Leute auf der Suche nach dir hierherkommen und es noch mehr Ärger gibt."

Rebekka sprang auf. „Oh, ich danke Ihnen! Danke! Wie kann ich Ihnen jemals danken? Aber -" fiel ihr dann ein. „Möchten Sie nicht mitkommen? Sie wären uns sehr willkommen, wissen Sie? Und Sie könnten mit uns nach Westen gehen. Ich bin sicher..."

Jessie unterbrach sie mit einem Kopfschütteln. „Nein. Meine Heimat ist hier. Ich habe einen Ehemann und einen Sohn, und ich bin hier mehr als zufrieden, meine Liebe. Und jetzt los! Wie heißt du eigentlich?"

„Rebekka Miller. Und Sie, Madam? Falls Sie es mir sagen möchten, natürlich."

„Auf Englisch wäre mein Name Die durchs Feuer geht", antwortete Jessie und war überrascht, daß sie ihren Lakota-Namen gewählt hatte. Dann fügte sie hinzu: „Bevor ich hierherkam, hieß ich allerdings Jessie King."

Rebekka barst fast vor Fragen, aber Jessie brachte sie zum Schweigen, indem sie sie ins gleißende Sonnenlicht hinausführte. Sie durchquerten das Lager, und alle starrten und grinsten, als Die durchs Feuer geht ihre neue Sklavin zu ihrem Tipi führte. Ein paar Kinder liefen herbei und berührten Rebekkas langes Kleid.

Im Tipi stellte Jessie Rebekka Die alt an Jahren ist und Zwei Mütter vor.

„Kannst du ohne Sattel reiten, Rebekka?"fragte sie.

„Ich weiß nicht."

„Dann zeige ich es dir. Wir müssen fort sein, bevor Heulender Wolf zurückkommt. Wenn er merkt, daß wir ihn ausgetrickst haben, wird er sehr wütend werden, und das wollen wir doch vermeiden, oder?"

Diese Aussicht verdoppelte Rebekkas Bereitschaft, ein ungesatteltes Pferd zu reiten. Als Jessie mit Roter Stern zurückkam, schwang sich das Mädchen ohne Zögern hinter ihr auf den Rücken der Stute.

Jessie hielt auf die Blauen Hügel zu und bemerkte den einsamen Reiter nicht, der ihnen in großem Abstand folgte.

Während sie dahinritten, beantwortete Jessie Rebekkas Fragen so kurz wie möglich. Die Neugier des Mädchens war etwas ermüdend, und es war einfach nicht möglich, ihren Weg von der weißen Siedlerin zur Frau von Der den Wind reitet in so kurzer Zeit wirklich zu erklären. Und sie hatte nicht die geringste Lust, ihre Lebensweise vor dieser kleinen Gans zu verteidigen.

Zu ihrer Erleichterung sah Jessie schon bald eine große Staubwolke auf sie zukommen.

„Da kommen deine Leute", sagte sie zu Rebekka. „Steig ab und warte hier. Ich werde in einiger Entfernung bleiben und achtgeben, ob sie dich auch wirklich finden. Leb wohl."

„Aber Sie müssen warten, damit wir Ihnen alle danken können. Bitte!"

Jessie schüttelte den Kopf. „Daß du wieder da bist, wo du hingehörst, ist mir Dank genug. Und vielleicht wirst du ja von jetzt an gehorchen und nicht mehr ausreißen, wenn du im Camp gebraucht wirst."

Rebekka errötete und glitt gehorsam von Roter Sterns Rücken. Jessie wendete die Stute und galoppierte los, um hinter dem nächsten Hügel zu warten. Sie stieg ab und kroch den Hang hoch, bis sie über ihn hinwegsehen konnte. Genau in diesem Moment hatten die Reiter Rebekka erreicht, und ihr blaues Kleid wogte auf und ab, als sie ihnen hüpfend und winkend entgegeneilte. Ein schwer gebauter Mann sprang von seinem Pferd und umfing sie in einer Bärenumarmung. Die ganze Gruppe schaute in Jessies Richtung, als Rebekka heftig zu ihr hin gestikulierte. Dann hob sie der schwere Mann hinter sich aufs Pferd, und sie ritten davon.

Jessie lächelte und drehte sich um – sie erblickte Der den Wind reitet, der ihr gefolgt war und nun mit Wind neben Roter Stern am Fuß des Hügels stand.

„Ich habe dir noch gar nicht gedankt. Was mußtest du Heulender Wolf denn bieten, um deiner dummen Frau eine Sklavin zu kaufen?"

Er zuckte die Schultern. „Nur drei Ponys."

Jessie schrie entsetzt auf: „Drei Ponys! Du bist sehr großzügig, Der den Wind reitet. Drei Ponys sind ein hoher Preis, um einem Mädchen zu helfen, das du nicht einmal kennst."

Er schaute erstaunt auf sie hinunter. „Ich habe die drei Ponys nicht bezahlt, um einem dummen weißen Mädchen zu helfen. Ich habe drei Ponys bezahlt, um meiner Frau zu helfen. – Ist sie fort?"

„Sie ist fort", sagte Jessie weich.

Doch das Thema ließ ihm keine Ruhe. „Wünschst du dir manchmal auch, zu deinem Volk zurückzukehren?"

Jessie zögerte keinen Moment mit der Antwort. „Ich habe einundzwanzig ihrer Jahre unter den Weißen gelebt. Nach dieser Zeitrechnung bin ich jetzt vier Jahre hier bei den Lakota. An dem Tag, als du mich zur Frau genommen hast, haben wir einander versprochen: ‚Wo du hingehst, will auch ich hingehen', und dieses Versprechen gilt für die Ewigkeit. Ich will mit Der den Wind reitet in seinem Volk leben, solange es der Wille des Herrn ist."

Gemeinsam gingen sie zum Lager zurück.

Heulender Wolf tätschelte voller Besitzerstolz seine neuen Ponys und wunderte sich über die Dummheit von Der den Wind reitet, der seiner Frau für drei Ponys eine Sklavin eintauschte und ihr dann erlaubte, sie freizulassen. Heulender Wolf war der Überzeugung, daß Der den Wind reitet so früh mit Jessie in seinem Tipi verschwand, um sie für ihre Undankbarkeit zu bestrafen. Und niemand sagte etwas, um ihn vom Gegenteil zu überzeugen.

Kapitel 14

Es kamen keine Kinder. Jeden Monat wartete Jessie hoffnungsvoll, doch jeden Monat wurde sie enttäuscht.

Der den Wind reitet verfolgte das Heranwachsen seines Sohnes voller Stolz und Begeisterung. Er erzählte ihm all die alten Legenden seines Volkes, die von Generation zu Generation mündlich weitergegeben wurden, und er wob die Schöpfungsgeschichte und die Botschaft der Bibel so elegant und natürlich darin ein, daß sogar Jessie fasziniert und staunend zuhörte. Die Lieblingsgeschichte von Zwei Mütter war die Legende von einem Jäger, der von einem Steilhang fiel, auf einem kleinen Vorsprung landete und dort zu verhungern drohte. Doch dann wurde er von zwei Adlern gerettet, an deren Füße er sich selbst anband. Die Augen des Jungen wurden jedesmal tellergroß, wenn Der den Wind reitet kunstvoll den Höhepunkt der Geschichte hinauszögerte, wenn der Jäger schließlich die Sicherheit des Felsvorsprungs aufgab und sich völlig den Adlern anvertraute.

„Aber es war nicht die Kraft der Adler, die ihn rettete", erinnerte Der den Wind reitet seinen Sohn dann. „Es war Gott, der den Adlern die Kraft verlieh, ihn zu retten."

Er erzählte Zwei Mütter auch Geschichten, die ihm halfen, seine Angst zu überwinden. „Mein Sohn, warum fürchtest du das Gewitter? Stell dir vor, Blitz und Donner sind zwei Krieger, die schöne, schnelle Ponys reiten. Und wenn sie mit dem Wind um die Wette reiten, donnern die Hufe ihrer Ponys über die Wolken. Und wenn sie ihre leuchtenden Pfeile abschießen, dann blitzt es. Irgendwann sagt Gott: ‚Genug!', dann reiten die Krieger zur Erde hinunter und bringen den Regen mit, um ihre Ponys zu tränken."

„Hast du diese Ponys schon mal gesehen, Vater?"

„Einmal, als ich in den Schwarzen Hügeln jagte, da habe ich, glaube ich, ihre Schweifspitzen erblickt. Aber bevor Wind und ich sie einholen konnten, stürmten sie schon wieder in die Wolken hinauf und verschwanden."

*

Als Zwei Mütter sechs Jahre alt wurde, sprach Jessie längst fließend Lakota. Sie dachte und sprach von sich selbst als Die durchs Feuer geht und war oft überrascht, wenn sie irgend etwas daran erinnerte, daß sie den bei weitem größeren Teil ihres Lebens in einer völlig anderen Kultur verbracht hatte. Doch diese Erinnerungen kamen immer seltener.

Sie konnte jetzt ein Feuer machen, wann immer es nötig war. Sie ritt Roter Stern ohne eine Spur ihrer früheren Ängste. Sie gerbte Häute und fertigte Kleidungsstücke für ihre Familie an. Doch die ganze Zeit sehnte sie sich verzweifelt nach einem Anlaß, eine Tragewiege zu bauen, winzige Mokassins zu nähen und die klugen Ratschläge der anderen Frauen zu hören zu bekommen, die sie jeder Schwangeren gaben, ob sie wollte oder nicht.

Zwei Mütter tobte mit den anderen Jungen des Lagers herum, warf Steine auf jedes verfügbare Ziel und spielte mit dem Bogen, den Der den Wind reitet ihm angefertigt hatte. Im Winter rutschte er auf einem Schlitten aus Büffelrippen die Hügel hinunter und jagte auf der schneebedeckten Prärie Kaninchen. Der den Wind reitet verfügte über einen scheinbar unerschöpflichen Schatz an

Geschichten. Einmal erzählte er eine besonders anrührende von seinem Hengst Wind.

„Wir hatten im Kampf gesiegt, doch ich war traurig, denn ich hatte Wind auf dem Schlachtfeld zurücklassen müssen. Er war unter dem Pfeilhagel unserer Feinde zusammengebrochen und konnte nicht wieder aufstehen."

„Aber Vater, Wind ist doch noch bei uns!"

„Oh ja, aber an diesem Tag habe ich ihn zurückgelassen, weil ich dachte, er wäre tot. Und so ritt ich mit schwerem Herzen hinter Weißer Adler her nach Hause und kehrte in mein Tipi zurück. Mein Gefährte war verloren. Ich wußte, daß an den Feuern Preislieder über ihn gesungen werden würden, doch mein Herz war traurig.

Das Siegesfest dauerte drei Tage, und dann begannen die Lakota der anderen Lager, ihre Tipis abzubrechen und zu ihren eigenen Jagdgründen zurückzukehren. Schließlich waren alle weg, und in unserem Lager kehrte wieder Ruhe ein. Eines Abends arbeitete ich gerade mit einem jungen Pony, als ich in der Ferne etwas erblickte, was ich zuerst gar nicht glauben konnte. Es schien, als ob ein Geisterpferd über die Prärie auf mich zukommen würde. Denn es war Wind.

Er ging sehr langsam und mit hängendem Kopf. Alle kamen aus ihren Tipis gerannt und starrten ihn an. Und er kam zu mir, und ich sah, daß er eine schreckliche Wunde in der Flanke hatte. Trotzdem – mein treues Pferd war zu mir zurückgekommen. Denk daran, mein Sohn, wenn du einen solchen Gefährten hast, dann ist das ein ganz besonderes Geschenk von Gott. Seit diesem Tag ist mir Wind lieber als mein bester Freund." Der den Wind reitet machte eine Pause und schaute zu Jessie herüber. „Natürlich abgesehen von einer gewissen weißen Frau, die ich eines Tages gefunden habe."

Er lächelte Jessie an, und sie erwiderte trocken: „Mein lieber Ehemann, welche Freude ist es für mich, zu wissen, daß ich in deiner Wertschätzung noch über einem Pferd stehe!"

Zwei Mütter schaute unsicher zwischen ihnen hin und her. Er hatte die Geschichte, wie Die durchs Feuer geht zum Stamm gekommen war, schon oft gehört. Manchmal zogen ihn die anderen auch mit der hellen Haut seiner Mutter auf. Doch zwischen seinen

Eltern hatte er niemals Streit und böse Worte gehört wie in den Tipis seiner Freunde. Ihm machte es nichts aus, daß seine Mutter anders war.

Als Zwei Mütter heranwuchs, nahm Der den Wind reitet seine Ausbildung mehr und mehr in die Hand. Er lehrte ihn, sein erstes eigenes Pony zu reiten, und Zwei Mütter fiel so oft herunter, daß Jessie um seine Gesundheit zu fürchten begann. Doch Der den Wind reitet blieb unerbittlich und bestand darauf, daß er immer wieder aufstieg. Jessie erinnerte sich an ihre eigenen Reitstunden und die eisige Beharrlichkeit, die Der den Wind reitet schon damals an den Tag gelegt hatte. Und sie beschloß, sich nicht in diese Sache einzumischen.

Eines Abends kam Zwei Mütter mit völlig zerkratztem Gesicht nach Hause und mußte zähneknirschend zugeben, daß er wieder einmal von seinem Pony gefallen war - in einen Dornbusch. Jessie versuchte, ihn zu trösten, aber das wollte er nicht. Als Der den Wind reitet dagegen seine Wunden begutachtete und jede Schramme mit roter Farbe nachzog, schien Zwei Mütter fast stolz zu sein.

„Jetzt bist du ein tapferer Krieger, der aus einem Kampf mit dem Feind zurückkehrt." Er lächelte. „Und morgen wirst du dein Pony wieder reiten, und jeder im Lager wird sehen, daß du der mutigste von allen Jungen des Stammes bist."

Am nächsten Morgen stand Zwei Mütter sehr früh auf, und es gelang ihm tatsächlich, das temperamentvolle Tier zu beherrschen. Er fiel an diesem Tag nicht herunter. Am Abend erleuchtete das Feuer im Tipi die Gesichter von einem sehr müden Lakota-Jungen und drei sehr stolzen Erwachsenen.

„Du hattest recht damit, daß er es immer wieder versuchen muß", flüsterte Jessie, als Der den Wind reitet sich im Dunkeln neben ihr ausstreckte. Er vergrub sein Gesicht in Jessies langen Haaren und atmete ihren Duft tief ein.

„Du hast heute *Sikpe-ta-wote* gesammelt, meine Ehefrau ... der süße Duft schwebt noch in deinem Haar. Laß uns nicht mehr über die Reitkünste unseres Sohnes reden", flüsterte er. „Laß uns überhaupt nicht mehr reden."

*

Als Zwei Mütter sieben Jahre alt wurde, war Jessies Sehnsucht nach einem Baby zu einer Last geworden, die sie mühsam durch jeden Tag schleppte. Sie zählte die Tage, und jedesmal, wenn ein Monat verging, ohne daß ein Zeichen einer Schwangerschaft auftrat, wurde sie verzagter. Die alt an Jahren ist bereitete ihr übelriechende Tees zu, und Prärieblume empfahl Jessie, die Hilfe des Medizinmannes in Anspruch zu nehmen. Doch Jessie konnte sich nicht dazu bringen, sondern brachte ihre Sehnsucht immer wieder vor Gott: „Herr, ich bin jetzt fast dreißig – bitte, ich wünsche mir so sehr ein Kind. Ein Kind für Der den Wind reitet ..."

Und als es schien, als bliebe Gottes Antwort ein Nein, da glaubte Jessie, es nicht ertragen zu können.

Der den Wind reitet bemerkte, daß sie unglücklich war, und er deutete die Zeichen falsch. Er wartete lange darauf, daß sie mit ihm über ihre Nöte sprach, doch als sie es nicht tat, nahm er es als Hinweis darauf, daß sie sich zu ihrem eigenen Volk zurücksehnte.

Die Spannung zwischen ihnen wuchs täglich, bis er sie eines nachts in die Arme nehmen wollte und sie so tat, als würde sie tief schlafen. Er merkte das, stand abrupt auf und verließ das Tipi. Jessie wartete schamvoll auf seine Rückkehr, doch es vergingen drei Tage, bis Jessie Wind wieder bei den anderen Pferden sah, doch selbst dann kam Der den Wind reitet noch nicht ins Tipi zurück.

Am Abend dieses Tages ging Jessie während der Dämmerung hinaus in die Prärie, um zu beten. Im Westen glühte der Horizont in einem satten Rosa, das nach oben hin zu einem gebrochenen Blau verblaßte. Dieses Blau ging wiederum in ein dunkles Violett über, und dort, ganz oben am Himmel, leuchtete ein einzelner Stern. Es war eine sehr stille Nacht, und der Mond hielt sich verborgen.

„Oh Herr", betete Jessie. „Du hast gesagt, daß Kinder ein Segen sind und daß der Mensch froh sein kann, der seinen Köcher voll von ihnen hat. Warum, Herr? Warum schenkst du uns keine Kinder? Ich habe versucht, mit dem zufrieden zu sein, was ich habe. Aber Herr, ist es wirklich zuviel verlangt, um ein Kind zu bitten?"

Sie hörte das Heulen eines Kojoten und das Rupfen und Stampfen der grasenden Ponyherde, aber es kam keine Antwort. Sie hatte erwartet, daß ihr zumindest ein Bibelvers einfallen würde, der etwas Trost spendete, doch außer ihrer eigenen Sehnsucht drang nichts in ihre Gedanken. Sogar die Endlosigkeit der Prärie und die Leere des Himmels erinnerten sie an ihre Unfruchtbarkeit. Leise begann sie zu weinen, setzte sich einfach in den Staub und barg das Gesicht in den Händen.

Behutsame Schritte hinter ihr ließen sie hochschrecken. Automatisch griff sie nach ihrem Messer, doch eine vertraute Stimme sagte: „Die Sterne sagen, daß es nicht sicher ist für eine Frau, ganz allein hier draußen zu sein." Der den Wind reitet setzte sich nicht neben sie, sondern wartete, daß sie aufstand.

Jessie richtete sich auf, wischte sich die Tränen ab und blieb sitzen. „Ich mußte allein sein ... weg von - ich ... ich mußte beten."

„Dann will ich dich nicht dabei stören." Irgend etwas fehlte in seiner ihr so bekannten Stimme. Sanfte Anteilnahme hatte sonst immer darin mitgeklungen. Wo war sie jetzt, wo Jessie sie so sehr brauchte?

Er hatte sich bereits zum Gehen gewandt. Sie wußte, daß er nicht weit gehen würde, sondern ganz in der Nähe warten und aufpassen würde, daß ihr nichts zustieß. Aber sie wollte, daß er blieb. „Nein, ich - ich bin fertig. Ich ..." Ihre Stimme schwankte. „Es gibt keine Antwort auf meine Gebete."

„Es gibt immer eine Antwort. Aber es ist nicht immer das, was wir hören wollen."

Die Wahrheit dieser simplen Aussage schnitt Jessie ins Herz. Die Antwort auf ihr Gebet war Nein. Sie verstand es nicht, sie wollte es nicht akzeptieren, und sie konnte es nicht ertragen. Tränen stiegen ihr wieder in die Augen, doch er sah sie nicht. Die Dunkelheit verbarg so manches und gab Der den Wind reitet den Mut, seine Ängste auszusprechen.

„Ich habe ebenfalls gebetet. Ich habe gebetet, daß du lernen würdest, hier bei den Lakota glücklich zu sein. Aber du sprichst von den Jahren, die du bei den Weißen gelebt hast, und von der kurzen Zeit, die du hier bist. Ich habe die Antwort auf meine Gebete auch nicht hören wollen. Die Antwort ist Nein. Ich habe auch gebetet, daß ich das Lächeln wieder auf dein Gesicht zurückholen kann." Seine Stimme war so leise geworden, daß sie ihn kaum verstehen konnte. „Aber ich sehe jetzt, daß ich es nicht kann. Sag mir, was du möchtest. Zwei Mütter ist nun groß. Du mußt keine Angst haben, mir zu sagen, daß du gehen willst. Ich bin nicht wie die anderen ... ich werde dich nicht zwingen zu bleiben." Er räusperte sich und preßte die nächsten Worte hervor. „Die Wagenkolonnen der Weißen auf der Prärie sind immer da. Ich werde dich hinbringen."

Jessie stand sprachlos vor der Dunkelheit, die sie nun zu trennen schien. Er hatte sich selbst die Schuld für ihre Tränen gegeben. Sie hatte zwar gespürt, daß er sich in letzter Zeit von ihr zurückgezogen hatte, doch sie hatte angenommen, daß ihre Kinderlosigkeit der Grund dafür war. Alle Worte versagten, doch sie fand einen Weg, die Dunkelheit zu überbrücken. Er hatte sich wieder zum Gehen gewandt, aber sie rannte ihm einfach nach und warf die Arme um ihn, zitternd vor Angst und Liebe und zurückgehaltenen Tränen.

Er drehte sich um und nahm sie in die Arme, doch es war wenig Wärme in seiner Berührung. Schließlich gelang es Jessie, ihm den wahren Grund für ihr Unglücklichsein zu erklären; wie sehr der Wunsch nach einem Kind sie quälte, wie stark das Gefühl war, ihn um etwas betrogen zu haben, wie nutzlos sie sich vorkam.

Während sie noch herumstotterte, spürte sie, wie seine Umarmung anders wurde, wärmer, liebevoller. Er legte seine Wange an ihre und wartete, während sie alles herausließ, was sie bedrückte.

Als sie ihre Sorgen endlich mit ihm teilte, wurde das Herz von Der den Wind reitet wieder froh. Schließlich unterbrach er ihren Wortschwall: „Das ist nichts, Die durchs Feuer geht. Ich war zornig, weil du nicht mit mir geredet hast. Ich dachte, du würdest zurück zu den Weißen wollen und traust dich nicht, mir das zu sagen. Natürlich wäre es schön, viele Söhne zu haben. Ich kann in dieser Sache nicht lügen. Aber wenn das bedeuten würde, daß ich eine andere Frau nehmen müßte, dann will ich keine Söhne und behalte Die durchs Feuer geht in meinem Tipi. Dein Herz sehnt sich nach Kindern ... aber mein Herz sehnt sich nur nach dir, meine Liebste."

Jessie fühlte sich nun nicht länger leer. Gott selbst hatte ihre Leere mit der Liebe gefüllt, die er Der den Wind reitet für sie geschenkt hatte.

*

In den folgenden Tagen begann Gott, die Wunde in Jessie zu heilen. Sie betete zwar immer noch um ein Kind, aber die Verzweiflung war fort. Sie spürte wieder Stolz und Freude über Zwei Mütter, ihren wunderbaren Mann und ihre Freunde. Etwas wie Zufriedenheit wuchs in ihr, und das Lächeln, nach dem sich Der den Wind reitet so gesehnt hatte, kehrte auf ihr Gesicht zurück.

Kapitel 15

Als Zwei Mütter acht Jahre alt wurde, schenkte Der den Wind reitet ihm einen Bogen aus einem Wapiti-Geweih. Der Junge hatte seinen Vater mit leuchtenden Augen dabei beobachtet, wie er ihn herstellte, doch er hatte nicht zu hoffen gewagt, daß der Bogen für ihn bestimmt sein könnte. Das Geweih war so lange gekocht worden, bis es weich wurde, und dann in Form geschnitten. Die einzelnen Teile wurden eingekerbt und mit nassen Sehnen zusammengebunden. Sie enthielten eine Art natürlichen Leim, und als sie trocken waren, hielten sie die Enden besser zusammen als jeder Nagel. Als Der den Wind reitet den Bogen fertiggestellt hatte, bespannte er ihn mit einer frischen Büffelsehne und überreichte ihn ohne jegliche Feierlichkeiten seinem kleinen Sohn.

Zwei Mütter konnte nur mit Mühe verhindern, vor Freude laut aufzuschreien. Er stammelte ein Dankeschön und wollte sofort hinausstürmen, um den Bogen seinen Freunden vorzuführen.

Doch Der den Wind reitet hielt ihn zurück: „Die Zeit zum Prahlen ist erst gekommen, wenn du deinen ersten Hirsch erlegt hast. Wir müssen noch neue Pfeile machen, bevor wir auf die Jagd gehen. Laß mich sehen, wieviel du gewachsen bist."

Der den Wind reitet maß den Arm seines Sohnes. Der Abstand zwischen dem Ellbogen und der Spitze des Mittelfingers und zurück bis zur Mitte des Handrückens ergab die Länge seiner neuen Pfeile.

Zusammen machten sich Vater und Sohn auf die Suche nach passenden Federn und befestigten diese mit feuchten Sehnen an den Pfeilen. Zwei Mütter warf begehrliche Blicke auf die Truthahnfedern, die die Pfeile seines Vaters zierten, doch Truthahnfedern waren selten, und er würde sich mit dem Angebot an Enten- und Präriehuhnfedern zufriedengeben müssen.

*

Früh am Morgen des nächsten Tages verkündete Der den Wind reitet: „Mein Sohn und ich sind bereit, den neuen Bogen auszuprobieren!"

Mit viel Tamtam bereiteten sich die beiden auf ihren Jagdausflug vor. Mit der Überreichung des Bogens hatte Der den Wind reitet zum Ausdruck gebracht, daß die Ausbildung seines Sohnes nun ernsthaft beginnen und daß der Stamm bald einen weiteren fähigen Jäger bekommen würde.

„Gott hat jedem Tier eine ganz bestimmte Lebensweise gegeben, mein Sohn", begann er seine Erklärungen, sobald sie das Lager hinter sich gelassen hatten. „Du mußt sie sehr genau beobachten und respektieren. Und beim Beobachten der Tiere wirst du eine Menge über sie lernen, was dir später beim Jagen sehr nützlich sein kann." Sie hielten an einem Wildwechsel an, und Der den Wind reitet deutete auf eine bestimmte Tierspur. „Welches Tier war dies? Ist es eine alte Fährte oder eine frische? Ist das Tier schnell gerannt oder gegangen? Wenn es gerannt ist, könnten noch andere Spuren hier sein, von einem Raubtier zum Beispiel. All das mußt du an einer Fährte ablesen können, wenn du ein guter Jäger werden willst."

Ein scharfer Schrei ließ sie aufschauen. Hoch am Himmel über ihnen kreisten zwei Adler, und Vater und Sohn starrten lange mit den Köpfen im Nacken zu ihnen herauf, bis Zwei Mütter sagte: „Vater, du hast deine Adlerfedern schon erworben. Wann kann ich mich darauf vorbereiten, meine eigenen zu holen?"

Der den Wind reitet dachte eine Weile über die Antwort nach. „Einen Adler zu erlegen ist eine ernste und gefährliche Sache, mein Sohn. Drei Männer waren nötig, als ich damals den Adler fing. Und heute sind wir nur zwei." Sorgfältig vermied er es, Zwei Mütter als Kind zu bezeichnen.

Zwei Mütter schaute sehnsüchtig zu den Vögeln hoch und versuchte, Zeit zu gewinnen. „Wir könnten doch diese hier verfolgen. Du könntest mich die Lebensweise der Adler lehren, und wenn meine Zeit gekommen ist, bin ich bereit."

Das war ein stichhaltiges Argument, und Der den Wind reitet nickte zustimmend. „Die Art, wie sie kreisen, läßt mich vermuten, daß sie hier irgendwo ein Nest haben und versuchen, die jungen Adler zum Ausfliegen zu bringen. Ich habe sogar schon gesehen, daß eine Adlermutter ein Junges einfach aus dem Nest geworfen hat, um es zum Fliegen zu zwingen. Manchmal wissen die Jungen einfach nicht, wie es geht, und sie flattern hilflos herum und fallen in die Tiefe. Dann kommen die Eltern schnell herbeigeflogen und fangen sie auf."

Zwei Mütter lauschte fasziniert. „Und was passiert dann?"

„Dann wird das Junge wieder aus dem Nest geworfen. Diesmal klappt es meist schon besser, doch ehe es fällt, fängt die Mutter es wieder auf, und so geht es so lange, bis das Junge allein fliegen kann."

„Vielleicht finden wir ja das Nest. Dann können wir nachsehen, ob die Jungen schon ihr volles Gefieder haben." Sein Herz sehnte sich verzweifelt danach, von seinem allerersten Jagdausflug mit der begehrten Trophäe heimzukehren.

Der den Wind reitet lächelte geduldig. „Noch nie hat ein Junge deines Alters von seinem ersten Jagdausflug Adlerfedern mitgebracht, jedenfalls nicht in unserem Stamm." Als er den enttäuschten Gesichtsausdruck seines Sohnes sah, fügte er hinzu: „Aber wer weiß, vielleicht hat Gott ja seinen schönsten Adler für dich aufgehoben."

Sofort verschwand der niedergeschlagene Gesichtsausdruck seines Sohnes, und der Junge nickte wild mit dem Kopf. „Ja, ich werde eben der erste sein ... sie werden Lieder über mich singen!"

Der den Wind reitet lächelte und studierte konzentriert Winds Mähne. Während er jedes einzelne Haar sorgfältig glättete und ordnete, sagte er: „Es ist gut, mein Sohn, sich daran zu erinnern, daß Gott derjenige ist, der Adler und Menschen geschaffen hat und über ihr Leben bestimmt. Laß uns ihn fragen, ob er uns zu deinem Adler führt. Wir sollten uns nicht mit dem brüsten, was noch gar nicht geschehen ist. Wenn Gott nicht einverstanden ist, könnten wir sonst wie Narren aussehen."

Die Schultern von Zwei Mütter sackten herab, und er errötete. „Aber ich meinte doch nur..."

„Du meintest, daß dein Herz fast überfließt vor Verlangen danach, diese Adler zu verfolgen. Ich verstehe das. Daran ist nichts Falsches. Du mußt dir nur bewußt sein, daß unsere Wünsche und Gottes Wünsche eins werden müssen."

Langsam ritten sie hangaufwärts und behielten dabei die Adler immer im Auge. Nach einer Weile, die ihnen wie eine Ewigkeit vorkam, erreichten sie den Gipfel des Berges, an dessen steiler Flanke die Adler irgendwo ihr Nest haben mußten. Der den Wind reitet stieg ab und schaute vorsichtig über den Rand der Klippe, dann winkte er Zwei Mütter herbei.

Vielleicht zehn Meter unter ihnen lag das Nest. Darin saßen Seite an Seite zwei voll gefiederte Jungadler. Die Versuchung war einfach zu groß. In wenigen Sekunden entschied Der den Wind reitet, was zu tun war.

„Wir erlegen einen Hirsch und schneiden die Haut in Streifen. Daraus machen wir ein Seil, ich lasse dich zum Nest herunter, und du fängst eines der Jungen."

„Aber Vater, das Opfer für den Großen Geist –"

„Mein ganzes Leben lang habe ich dem Großen Geist gedient, mein Sohn. Vor langer Zeit, als mein Bein brach und der Mann Gottes mich heilte, erfuhr ich, daß der Große Geist einen Namen hat, daß er die Menschen liebt und seinen Sohn geopfert hat, um seine Liebe zu uns zu beweisen. Und seit Die durchs Feuer geht in meinem Tipi wohnt, haben wir die Worte Gottes gelesen. Er verlangt keine Opfer, er schenkt seinen Kindern viele gute Dinge, wenn sie ihn darum bitten. Wir werden um seine Hilfe bitten, und wenn du deine Trophäe ergattert hast, dann werden wir ihm danken. Ich glaube nicht, daß das Opfer nötig sein wird."

Zwei Mütter nahm die Antwort in respektvollem Schweigen hin, doch er war voller Zweifel. War es nicht Brauch in seinem Volk, dem Großen Geist ein Opfer zu bringen, bevor man die Adlerfedern errang? Konnte man diesen Brauch einfach durchbrechen?

Bald stießen sie auf eine frische Wapiti-Fährte, und Der den

Wind reitet erklärte seinem Sohn genau, wie sie zu lesen war. Am westlichen Horizont hatten sich dunkle Wolken zusammengeballt, und es war bereits später Nachmittag, als sie den großen Hirsch schließlich erlegten. Eilig nahmen sie das Tier aus, häuteten es und beluden Zwei Mütters Pony mit dem Fleisch. Der den Wind reitet brach einige Zähne aus dem Kiefer des Wapiti und steckte sie in einen Lederbeutel. Er sammelte seit Monaten Wapiti-Zähne, und mit diesen hatte er jetzt genau so viele, wie er brauchte.

Als sie zum zweiten Mal den Berg erklommen, wurde der Wind stärker, und die dunklen Wolken kamen auf sie zu. Die Adlereltern schwebten nicht mehr in der Luft, und als Der den Wind reitet und Zwei Mütter sich über den Rand der Klippe beugten, sahen sie die ganze Familie zusammengekauert im Nest hocken. Die Flügel schützend über die Jungen ausgebreitet, saß die Mutter still da und wartete auf den Sturm.

Zwei Mütter sank das Herz. Das Unwetter würde ihnen wenig Zeit lassen, und die Anwesenheit der erwachsenen Adler würde die ganze Sache erheblich erschweren. Doch Der den Wind reitet war inzwischen fest entschlossen, seinem Sohn seinen Wunsch zu erfüllen. Geschickt verarbeitete er die Wapiti-Haut zu einem Seil.

„Du mußt dich sehr langsam bewegen. Sprich mit den Adlern wie mit einem Freund. Erkläre ihnen, was du vorhast. Du darfst auf keinen Fall herumzappeln und sie beunruhigen. Wenn du es richtig machst, werden sie zulassen, daß du dich auf dem Felsvorsprung niederläßt. Dann mußt du dich ruhig hinsetzen und warten. Sie werden dich genau beobachten. Wenn du dich nicht bewegst, werden sie sich bald beruhigen und dich nicht mehr beachten. Dann wird das Gewitter kommen. Ich glaube nicht, daß es lange dauern wird, und wenn es vorbei ist, werden die alten Adler auf die Jagd gehen. Dann ist deine Chance gekommen. Ganz langsam mußt du zugreifen, so –“

Der den Wind reitet demonstrierte die Handgriffe, die er selbst vor vielen Jahren gemacht hatte. „Erst ergreifst du die Beine, dann legst du ganz langsam die andere Hand über den Körper und hältst die Flügel fest. Er wird nicht zappeln, wenn du es geschickt anstellst. Und dann läßt du die Beine los und benutzt diese Hand, um ihm das Genick zu brechen. Danach kletterst du langsam wieder hinauf zu mir. Sollten die Alten in der Zwischenzeit zurückkommen, bewerfe ich sie mit Steinen, so daß sie nicht landen können."

Es klang relativ einfach, doch inzwischen war das Unwetter herangekommen. Der Donner grollte, und in der Luft lag eine spürbare Spannung.

„Vielleicht zieht es vorbei" mutmaßte Der den Wind reitet. „Wenn nicht, mußt du auf dem Felsvorsprung warten. Bist du ganz sicher, daß du das willst?"

Zwei Mütter schauderte es bei dem Gedanken, er könne nicht mutig genug sein, um seine Adlerfedern zu verdienen. Ohne Zögern warf er das Lederseil über den Rand der Klippe und bereitete sich aufs Abseilen vor.

Der den Wind reitet nickte, hielt ihn dann jedoch zurück. „Das ist eine sehr gefährliche Sache, mein Sohn. Du bist mutig, und das ist gut. Aber Mut hat nichts mit Leichtsinn zu tun. Du kannst deine Adlerfedern auch in ein paar Jahren holen. Dann wäre es immer noch früh. Niemand braucht zu erfahren, daß wir heute hier waren."

Die dunklen Augen seines Sohnes blitzten auf. „Jeder wird es erfahren, Vater. Denn wir werden mit Adlerfedern geschmückt ins Lager zurückkehren." Und damit ließ er sich über die Kante gleiten.

Der den Wind reitet hatte das Verhalten der Adler richtig eingeschätzt. Sie verdrehten die Köpfe und beobachteten Zwei Mütter mißtrauisch, doch sie schrien nicht und erhoben sich auch nicht. Zwei Mütter bewegte sich langsam und geschmeidig – bis die frische Wapiti-Haut nachgab und er mit einem dumpfen Aufschlag auf dem Felsvorsprung neben dem Nest landete.

Der den Wind reitet starrte mit klopfendem Herzen auf ihn herunter. Das Gewitter war nun über ihnen, und die Adler zögerten nicht, ihre Jungen vor dem Eindringling zu beschützen. Messerscharfe Krallen bohrten sich in Zwei Mütters Fleisch, riesige Schwingen schlugen kraftvoll zu, und zwei gebogene Schnäbel stießen wütend auf den Feind herunter.

Der den Wind reitet reagierte sofort. Er ließ sich hinunter, so weit es der Rest des Seils zuließ, und ließ sich dann neben seinen Sohn auf den Vorsprung fallen. Zwei Mütter setzte sich zur Wehr, so gut er konnte, doch zwei ausgewachsene, wütende Adler waren zuviel für ihn. Er blutete heftig aus mehreren tiefen Schnitten an Armen und Rücken, und eine Klaue hatte seine linke Wange zerfleischt.

Der den Wind reitet stellte sich schützend über seinen kleinen Sohn. Das Gewitter peitschte heftige Regenschauer gegen die Klippe, während Der den Wind reitet mit aller Kraft nach den mächtigen Vögeln schlug, deren Schwingen, Schnäbel und Klauen überall zugleich zu sein schienen. Endlich gelang es ihm, einen der Adler mit dem Messer zu erwischen und außer Gefecht zu setzen, doch der andere kämpfte dafür nur um so heftiger. Sogar die Jungen mischten sich jetzt in den Kampf ein, doch konnten sie glücklicherweise nicht viel gegen Der den Wind reitet ausrichten.

Plötzlich bohrte sich eine gewaltige Klaue in seinen Hals. Der den Wind reitet sah, wie sein eigenes hellrot und stoßweise hervorspritzendes Blut die Brust des Adlers rot färbte und wußte, daß er schwer verletzt war. Vergeblich versuchte er, eins der Beine des Vogels zu erwischen und sich von dem eisernen Griff zu befreien. Noch immer strömte sein Blut in beängstigenden Mengen aus ihm heraus, und langsam wurde ihm klar, daß er diese Schlacht verlieren würde.

Kurz bevor er das Bewußtsein verlor, hörte er einen wilden Schrei - war es sein eigener? -, und dann ließ der grausame Schmerz nach. Er fiel auf die Knie und stellte fest, daß Zwei Mütter den Adler getötet hatte und nun mit den Jungen rang. Kraftlos ließ sich Der den Wind reitet gegen die Klippe sinken. Es war sinnlos. Er hatte zu viel Blut verloren.

Plötzlich riß der Himmel auf, und ein herrlicher Regenbogen erschien in der Ebene vor ihnen.

Im Lager schaute Jessie von der Arbeit auf und lächelte. Wo ihre beiden Männer jetzt wohl waren, und ob sie das Zeichen Gottes auch sahen? Sie kochte gerade das Abendessen und fragte sich, ob die beiden wohl heute noch zurückkommen würden. Hoffentlich war die erste Jagd für Zwei Mütter erfolgreich gewesen.

Währenddessen wurde Zwei Mütter klar, daß er sich in einer verzweifelten Situation befand. Die Jungadler waren bei weitem gefährlichere Gegner, als er gedacht hatte, und ein Blick nach hinten sagte ihm, daß die Blutlache um seinen Vater stetig größer wurde. Wind und Sommertag waren zu weit weg, um ihm nützlich zu sein. Irgendwann würden sie sicherlich zum Lager zurücklaufen, doch dann würde es für Der den Wind reitet zu spät sein.

Zwei Mütter blieb nur noch eins – er betete und legte alle Kraft, Liebe und Inbrunst, die er hatte, in dieses Gebet: „Wenn es dich gibt, Gott meiner Mutter, und wenn du wirklich der Schöpfer aller Dinge bist, dann hilf mir jetzt!“

Irgendwie gelang es ihm, die Beine der beiden Jungen zu ergreifen, noch einmal rief Zwei Mütter: „Gott meiner Mutter, hilf mir!“ Er wollte die Adler in die Tiefe schleudern, doch sie hatten sich in seine Arme verkrallt, und er verlor das Gleichgewicht und stürzte mit ihnen herunter. Sein Herz schien stillzustehen.

Die beiden Adler flatterten wild in dem verzweifelten Versuch, sich von dem Ding zu befreien, das sie in die Tiefe zog. Doch sie bremsten den Fall nur etwas ab, bevor sie mit Zwei Mütter in dem Becken landeten, das der Fluß unterhalb der Klippe in den Boden geschnitten hatte.

Als er ins Wasser eintauchte, spürte Zwei Mütter, wie die Muskeln der beiden Vögel erschlafften. Er ließ sie los und tauchte auf. Wild nach Luft schnappend, schwamm er zum Ufer und zog sich hoch. Ungläubig sah er an sich herunter, nur teilweise begreifend, daß sich an ihm gerade die Legende beinahe erfüllt hatte, die ihn schon immer so fasziniert hatte.

Das war jetzt egal. Er kam auf die Füße und begann das Rennen seines Lebens. Wie weit war es bis zum Lager? Er wußte zwar die Richtung, hatte aber keine Ahnung, wie weit es entfernt war. Wieder auf den Berg zu steigen, um die Ponys zu holen, stand außer Frage.

Ich bin schnell, Gott meiner Mutter. Mach mich noch schneller!

Und er begann zu laufen. Die unzähligen Wettrennen mit seinen Freunden machten sich jetzt bezahlt. Rhythmisch schlugen seine Mokassins auf den Boden, und er übersprang Äste und Kakteen, während er auf das Lager zuhielt. Bald begann er zu keuchen, seine Beine schmerzten, doch er lief weiter. Das Blut auf seiner Wange gerann, doch die heißen Tränen der Verzweiflung und Angst, die ihm über das Gesicht liefen, lösten die Kruste wieder auf.

Er rannte und rannte. Dort oben auf dem Felsvorsprung lag sein Vater und starb. Er zwang seine inzwischen völlig gefühllosen Beine zu einem noch schnelleren Tempo.

Er wußte nicht mehr, wie lange er schon lief, aber als er dachte, sein Herz würde bersten, sah er vor sich die ersten Rauchsäulen aus den Tipis aufsteigen, und im nächsten Moment stolperte er ins Lager hinein. Krächzend rief er um Hilfe, zeigte in die Richtung der Klippe und brach dann vor dem Tipi des Medizinmannes bewußtlos zusammen.

Als Jessie, aufgeschreckt von dem Lärm, aus dem Tipi schaute, sah sie einige Reiter in einer Staubwolke davongaloppieren. Ehe sie sich noch fragen konnte, was passiert war, wurde Zwei Mütter zu ihr gebracht. Die Wunde in seiner Wange blutete heftig, und ihr Herzschlag geriet aus dem Takt. Wo war Der den Wind reitet? Er hätte das verhindert, wenn - oh nein! Sie durfte das nicht einmal denken. *Ich darf nicht denken. Wenn ich es zulasse, das zu denken, werde ich verrückt. Und Zwei Mütter braucht mich. Oh Gott, hilf mir! Bitte, laß ihn zurückkommen... bitte laß mich jetzt nicht denken.*

„Holt den Medizinmann", rief Jessie den sprachlos dabeistehenden Frauen zu. Zwei Männer trugen ihren Sohn ins Tipi und legten ihn vorsichtig hin. Die alt an Jahren ist eilte im Tipi umher, brachte Wasser zum Säubern der Wunden und wühlte in ihren Heilkräutervorräten herum. Jessie kniete sich vollkommen hilflos neben ihren Sohn. Die alt an Jahren ist berührte sie am Arm.

„Wasche die Wunden, meine Tochter." Jessie war vor Angst wie gelähmt, aber sie gehorchte. Zwei Mütter öffnete die Augen und sah das rote Haar seiner Mutter über sich - er war zu Hause.

„Wir müssen die Wunde nähen", flüsterte Die alt an Jahren ist. „Er wird eine Narbe zurückbehalten."

Zwei Mütter sah Tränen im Gesicht seiner Mutter, und ihre Hände zitterten. Er krächzte: „Mein Vater...?"

Jessie schrak hoch und antwortete dann unsicher: „Sie sind losgeritten, um ihn zu suchen."

„Die Adler... das Gewitter -" versuchte er zu erklären.

„Still", unterbrach ihn Die alt an Jahren ist. „Du darfst nicht reden, solange die Wunde noch offen ist." Sie hatte die Nadel und die Sehne bereits in der Hand und begann zu nähen, während sie noch sprach. Zwei Mütter verzog das Gesicht, schrie aber nicht auf. In dem entschlossenen Zug um den Mund erkannte Jessie Der den Wind reitet, und die Angst um ihn schnitt ihr ins Herz.

„So", sagte Die alt an Jahren ist. „Nun werde ich noch etwas Salbe auftragen, und dann wird es gut heilen." Ebenso wie Jessie beobachtete sie aus den Augenwinkeln den Zelteingang.

Nicht lange danach brachten sie Der den Wind reitet. Jessies Beine wollten sie nicht zu ihm tragen. Sie saß neben Zwei Mütter, vor Angst wie gelähmt. Der den Wind reitet war totenblaß, sein Kopf hing nach hinten und enthüllte eine entsetzliche Wunde an seinem Hals. Man sah freigelegte Sehnen, und noch immer floß Blut aus dem Riß. Die Krieger legten Der den Wind reitet vorsichtig vor dem Tipi ab und entfernten sich eilig. Der Medizinmann preßte die Wunde sorgfältig zusammen und beugte sich über die Brust des Verletzten, die sich nicht zu bewegen schien. Jetzt sah Jessie noch andere tiefe Wunden an seinem Körper; er schien in seinem eigenen Blut gebadet zu sein.

Zwei Mütter stützte sich auf einen Ellbogen und erbleichte. Noch nie hatte er einen solchen Ausdruck nackter Verzweiflung auf dem Gesicht seiner Mutter gesehen. Die Luft im Tipi schien plötzlich bleischwer zu werden. Die alt an Jahren ist eilte an die Seite von Der den Wind reitet und rief: „Mehr Wasser!"

Endlich kam Leben in Jessie. Sie sprang auf die Füße, ergriff die Wasserblase und floh zum Fluß. Als sie die kurze Strecke rennend hinter sich brachte, wurde ihr bewußt, daß ein Gewicht ihren Brustkorb zusammenzupressen schien, und vor ihren Augen sah sie ihren Mann und ihren Sohn in ihrem Blut liegen. Ohne sie wahrzunehmen, rannte sie mit dem gefüllten Wasserschlauch an den versammelten Frauen des Lagers vorbei, die ihr Mut zusprachen:

„Er ist stark, Die durchs Feuer geht – Die alt an Jahren ist und der Medizinmann sind erfahren. – Er wird sich erholen, und dann werden wir feiern ..."

Jessie sah und hörte nichts. Sie stürzte ins Tipi und hätte vor Erleichterung fast aufgeschrien, als sie sah, daß Zwei Mütter sich aufgesetzt hatte und Der den Wind reitet zwar bewußtlos war, aber gleichmäßig atmete. Der Medizinmann hatte die Blutung zum Stillstand gebracht.

Jessie fühlte, wie ihr Gehirn langsam wieder zu arbeiten begann. Sie kniete sich neben Der den Wind reitet und streichelte seinen Arm an einer der wenigen Stellen, die nicht zerkratzt waren.

„Was ist passiert?“ fragte sie schließlich.

„Adler... wir haben Adler gejagt“, flüsterte Zwei Mütter.

„Du bist viel zu jung, um auf Adlerjagd zu gehen!“ zischte sie.

Zwei Mütter schwieg eine Weile. Dann sagte er respektvoll: „Mein Vater hat nicht so gedacht.“ Er wollte gerade zu einer Erklärung ansetzen, als einige Krieger vor das Tipi traten und vier tote Adler draußen ablegten. Mit unverhohlener Bewunderung schauten sie Zwei Mütter und Der den Wind reitet an, doch ein Blick auf Jessie riet ihnen, sich ohne Bemerkung wieder zu entfernen.

„Ich will nichts davon hören!“ stieß sie mit unterdrücktem Zorn hervor. Tränen stiegen ihr in die Augen, ohne daß sie es verhindern konnte. Doch als sie wieder sprach, war alle Wut aus ihrer Stimme verschwunden. „Ich will nur dein Bestes, Zwei Mütter. Und ich brauche deinen Vater.“

Der den Wind reitet schlug plötzlich wild um sich, und Die alt an Jahren ist sagte: „Er kämpft noch immer mit den Adlern.“ Sie flüsterte ihm etwas ins Ohr, und er beruhigte sich, öffnete jedoch nicht die Augen. Der Medizinmann sang ein Heilungslied und verließ dann das Tipi. Zwei Mütter zwang sich aufzustehen, er ging hinaus zu den Adlern und ergriff zwei von ihnen an den Beinen.

„Ich muß zu Ende bringen, was mein Vater und ich begonnen haben“, erklärte er. Jessie nickte stumm und blieb neben Der den Wind reitet sitzen. Seine Freunde und alle anderen Männer des Lagers schauten Zwei Mütter bewundernd zu, wie er den Adlern die benötigten Federn ausrupfte, dann ihre Köpfe rot anmalte, etwas Fleisch in ihre Schnäbel steckte und die Kadaver sorgfältig auf einem weißen Hirschfell vor dem Tipi ausbreitete. Er war zu erschöpft, um den Rest des Rituals zu vollbringen, doch früh am nächsten Morgen ritt er mit den toten Vögeln zum Fuß der Klippe.

„Großer Geist, Gott meiner Mutter, wie immer dein Name ist – ich danke dir für diese Adler. Und ich danke dir für deine Hilfe. Nimm die Adler jetzt zurück. Bitte mach meinen Vater gesund.“

Dann kehrte er zum Tipi zurück, wo Der den Wind reitet immer noch ohne Bewußtsein lag. Jessie wechselte mehrmals am Tag seine Verbände, befeuchtete seine Lippen und summte leise, doch er zeigte keine Spur einer Besserung. Sie wich nur von seiner Seite, um die Mahlzeiten zuzubereiten.

Zwei Mütter beobachtete ihre aufopferungsvolle Hingabe und wußte nicht, was er tun sollte. Er war von Schuldgefühlen, Trotz und Eifersucht hin und her gerissen.

Schließlich schaute Jessie ihn an. „Mein Sohn, ich habe um Weisheit gebetet. Ich verstehe nicht, warum diese Adler so wichtig waren. Du bist jung, und du hast viele Jahre vor dir, in denen du dich beweisen kannst. Trotzdem – ich bin auch stolz auf dich. Du hast deinen Vater gerettet, und ich bin froh, daß es dir gut geht. Wenn ich einen von euch verloren hätte – ich glaube nicht, daß ich das ertragen könnte."

Sie schwiegen. Es gab darauf nichts zu sagen.

Plötzlich flüsterte eine vertraute Stimme: „Hat mein Sohn seine Adlerfedern?"

Mutter und Sohn fuhren herum und starrten Der den Wind reitet an. Seine Mundwinkel verzogen sich zu dem bekannten halben Lächeln.

„Ja, mein Vater!"

„Dann müssen wir feiern."

Jessie wollte protestieren, doch er brachte sie zum Schweigen, indem er eine Hand auf ihr Knie legte. „In ein paar Tagen. Sagt dem Medizinmann, er soll die Nachricht verbreiten. Und ich denke, daß ich für jeden Adler ein Pony geben sollte."

Erschöpft sank Der den Wind reitet wieder zurück, und bevor er einschlief, spürte er, wie seine Hand angehoben und an eine tränenfeuchte, weiche Wange gepreßt wurde.

*

Als sich Der den Wind reitet nach einigen Tagen soweit erholt hatte, daß er sich aufsetzen konnte, wurde ein großes Fest angekündigt, und sofort begannen die Vorbereitungen. Jessie nähte ein neues Kleid und brachte – ebenso wie die anderen Frauen des Lagers – Stunden mit der Zubereitung raffinierter Speisen zu.

Am Tag des großen Festes trat Der den Wind reitet auf wackligen Beinen aus dem Tipi und erklomm etwas steif den Rücken seines Hengstes. Er ritt hinaus zu seiner Herde und wählte vier Ponys aus. Dann kehrte er zum Tipi zurück und überreichte Jessie mit unverhohlenem Stolz einen kleinen Lederbeutel voller Wapiti-Zähne. Sie hielt den Atem an. Von jedem erlegten Wapiti wurden nur zwei Zähne genommen, das war so üblich. Mit dieser Menge von Zähnen würde sie - zum Neid der anderen Frauen - ihr gesamtes neues Kleid dekorieren können. „Wie lange sammelst du sie schon?“

„Ich bin ein guter Jäger. Das ist gar nichts“, antwortete er stolz.

Jessie arbeitete den ganzen Nachmittag an dem Kleid. Dabei schalt sie sich zwar wegen ihrer Eitelkeit, doch als sie am Abend mit Der den Wind reitet zum großen Feuer ging, genoß sie die bewundernden Blicke der anderen von ganzem Herzen.

Und Der den Wind reitet wußte nicht, auf wen er stolzer sein sollte - auf die Frau an seiner Seite, die für ihn die Schönste weit und breit war, oder auf seinen Sohn, der sich den Namen Wilder Adler verdient hatte.

Kapitel 16

Das Adler-Abenteuer hatte Wilder Adler einen Platz in den Reihen der Jäger des Stammes verschafft. Seine Freunde bewunderten ihn und mußten sich anstrengen, nicht neidisch zu sein, und Der den Wind reitet ermahnte seinen Sohn oft, den neuen Namen mit Würde und Demut zu tragen.

„Vergiß nie, daß Gott derjenige war, der dich gerettet hat. Du hast ihn um Hilfe gerufen, und er hat dich erhört. Es liegt nur an seiner Liebe, daß wir noch leben.“

Ein Monat folgte dem anderen, und die Tage vergingen im Rhythmus der Sonne und des Mondes. Der endlose Strom der Planwagen, die ihr Land durchquerten, begann den Lakota Sorgen zu bereiten. Weiter westlich hatten sich einige Stämme bereits zusammengetan, um die Weißen zu bekämpfen, und einen großen Sieg errungen.

Jessie bekam wenig von diesen Dingen mit, denn Der den Wind reitet und die anderen aus ihrem Stamm vermieden es so weit wie möglich, mit den Weißen in Konflikt zu geraten. Sie hielten sich im Norden, weit weg von den Routen der Wagentrecks, und Jessie war dankbar dafür.

Schließlich zwang eine Dürreperiode den Stamm dazu, weiter nach Süden zu ziehen. Die Büffelpopulation ging immer mehr zurück, und sie hofften, weiter südlich noch auf größere Herden zu stoßen.

Der den Wind reitet und Wilder Adler waren schon einige Tage mit einer Jagdgruppe unterwegs, als schließlich die Nachricht ins Lager getragen wurde, daß sie eine kleine Büffelherde gefunden hatten und das Lager verlegt werden würde.

Alle brachen in Jubel aus, und die Frauen begannen sofort mit dem Abbrechen der Zelte. Jessie suchte den Horizont nach den zurückkehrenden Jägern ab. Der den Wind reitet und Wilder Adler würden ihnen mit den anderen entgegenreiten, und Jessie wollte alles schon gepackt haben, wenn sie kamen.

Das Abbauen des Tipis war allerdings ein Problem. Die alt an Jahren ist wurde langsam gebrechlich, und normalerweise half Der den Wind reitet Jessie jetzt beim Abbauen, obwohl das eigentlich Frauenarbeit war. Jetzt sah es so aus, als ob Jessie das Zelt allein zusammenrollen müßte.

Die anderen formierten sich bereits für den Abmarsch, und Jessie mußte feststellen, daß alle Tipis außer ihrem bereits abgebaut und auf die Bahren geladen waren. Eilig machte sie sich daran, die Schnüre aufzuknoten.

Es war Prärieblume, die die Nachricht brachte. Sie rannte mit fliegenden Zöpfen durch die Überreste des Lagers, und Jessie dachte erfreut, daß sie ihr zu Hilfe eilen würde. Doch etwas in Prärieblumes Gesichtsausdruck ließ die freudige Begrüßung in Jessies Kehle steckenbleiben.

„Der den Wind reitet, er –“, sie brach ab und wußte offenbar nicht, wie sie es Jessie beibringen sollte.

Jessies Herz klopfte so wild, daß alle Geräusche um sie her zu verstummen schienen. Sie starrte betäubt auf Prärieblumes Mokassins, an denen ein blauer Faden fehlte. Dann wurde ihr bewußt, daß Redet viel abwartend mit seinem Pony hinter Prärieblume stand.

„Ich bringe dich zu ihm, Die durchs Feuer geht", sagte er.

Jessie nickte und wollte Roter Stern holen. Doch Die alt an Jahren ist saß bereits auf der Bahre, die das Pony ziehen sollte. Jessie zögerte und hätte beinahe vor Verwirrung und Angst laut aufgeschrien. Dann forderte Redet viel sie auf, sich hinter ihm auf sein Pony zu schwingen.

Prärieblume sagte: „Ich kümmere mich um das Tipi und um Die alt an Jahren ist. Mach dir keine Sorgen."

Wieder nickte Jessie und klammerte sich an das Hemd von Redet viel, während sie lospreschten. Fast ohne es zu merken, hatte Jessie begonnen zu beten. Plötzlich kam ihr die Situation vertraut vor. Schon einmal hatte sie mit einem unbekannten Mann auf einem Indianerpony gesessen und inbrünstig gebetet. Derselbe Rhythmus, derselbe Geruch der Kriegsbemalung und dieselben Worte: *Fürchte dich nicht... fürchte dich nicht...*

Das Pony kam schlitternd zum Stehen, und Jessie sprang herunter. Vor sich sah sie Wind, den Kopf zurückgeworfen und von den gewaltigen Hörnern eines Büffels aufgespießt, dessen riesiger dunkler Körper das gesamte Pony unter sich begraben hatte. Nur der edle Kopf und der schneeweiße Schweif sahen hervor.

Redet viel führte sie um diese groteske Szenerie herum, und sie sah, daß die Jäger mit Speeren und einer Decke eine Art Paravent errichtet hatten, um Der den Wind reitet vor der glühenden Sonne zu schützen.

Jessies schmerzlicher Aufschrei blieb aus, als sie sah, daß sich die Brust ihres Mannes regelmäßig hob und senkte. Doch ihre Erleichterung wurde von einem krampfartigen Hustenanfall und einem vor ohnmächtigem Schmerz verzerrten Stöhnen von Der den Wind reitet jäh zerstört. Ein dünnes rotes Rinnsal lief aus seinem Mundwinkel, und seine linke Hand war so fest zusammengepreßt, daß die Knöchel weiß hervortraten. Sein rechter Arm schien gebrochen zu sein, und als Jessie sich neben ihn kniete, sah sie, daß die ganze rechte Gesichtshälfte zerschmettert war.

Sie schaute fragend auf, und Redet viel sagte leise: „Der Büffel ist auf ihn gestürzt. Wir haben ihn herausgezogen, aber..." Er zuckte mit den Schultern und schaute weg.

„Die durchs Feuer geht." Die Stimme war kaum zu hören, ein Flüstern zwischen zusammengepreßten Zähnen, das so abrupt endete, als sei es mit einem scharfen Messer abgeschnitten worden.

„Ich bin hier. Ich bin hier, mein Geliebter." Jessie hörte sich selbst diese Worte sagen, obwohl sie sich nicht erinnern konnte, sie ausgesprochen zu haben. Es kam ihr so vor, als ob sie die ganze schreckliche Szene nur beobachten und nicht erleben würde.

Der den Wind reitet öffnete die Augen und schaute sie an. Ein Licht leuchtete in seinen Augen, doch das zerschmetterte Gesicht verzog sich nicht zu dem vertrauten schiefen Lächeln. Er hob die linke Hand, berührte ihren roten Zopf, zog sanft die Linie ihres Kinns nach und ließ die Hand dann wieder fallen.

Jessie ergriff sie und hielt sie fest, wobei sie um Fassung rang, obwohl sie vor Angst fast erstickte. Ohne daß sie es verhindern konnte, rollten die Tränen ihre Wangen herunter und tropften auf seine Hand. Sie preßte diese geliebte Hand an ihren Mund und küßte sie, während sie in hemmungsloses Schluchzen ausbrach.

Der den Wind reitet versuchte zu sprechen, doch eine neue Welle des Schmerzes raubte ihm den Atem, und er rang keuchend nach Luft. Dann versuchte er sich aufzusetzen, doch er konnte kaum den Kopf heben.

Jessie umarmte ihn vorsichtig und preßte sich an ihn, und langsam beruhigte er sich wieder. Seine Brust hob sich, und unter großer Anstrengung preßte er hervor: „Ich komme dich holen."

Jessie wollte aufschreien, wollte ihm verbieten, sich zu verabschieden, doch sie lag nur da und versuchte, ihm so nahe zu sein wie möglich, diese letzten Augenblicke seiner Nähe, seiner Wärme auszukosten, so lange es ging.

„Ich werde den Vater darum bitten. Und dann komme ich dich holen."

Ein letztes, scharfes Einatmen, ein Zusammenpressen ihrer Hand in seiner, und dann lag er still.

Lange Zeit blieb Jessie einfach so liegen und hielt ihn fest. Dann stieg aus ihrem Inneren ein Schrei auf: *Oh Gott, oh Gott, mein Herr, hilf mir, hilf mir, hilf mir. Sei mein Fels, mein Halt. Hilf mir!*

Eine Welle der Verzweiflung spülte über sie hinweg, und Jessie begann am ganzen Körper zu zittern. *Was jetzt? Was soll ich jetzt tun?* schrie es in ihr. Und eine nach der anderen kamen ihr die Worte der Bibel in den Sinn, die sie so oft abends vor dem Feuer zusammen gelesen hatten: *Fürchte dich nicht... und ob ich schon wanderte durchs finstere Tal, fürchte ich kein Unglück, denn du bist bei mir...Der Herr hat's gegeben, der Herr hat's genommen... Gespriesen sei der Name des Herrn.“*

Nach langer Zeit ließ Jessie den Körper von Der den Wind reitet los und erhob sich aus dem Staub. Sie ging auf die Jäger zu, die in respektvollem Schweigen gewartet hatten. Jessie blieb vor Redet viel stehen. „Ich werde Hilfe brauchen.“

Kapitel 17

Redet viel deutete auf die langsam näher kommende Staubwolke der Frauen des Lagers. „Wir werden es für dich tun.“

Schon von weitem konnte Jessie die Schreie der Trauernden über die Prärie schallen hören. Die fast unmenschlich klingenden Klagelaute durchschnitten die Stille, bis Jessie es nicht mehr ertragen konnte. Sie rannte auf die Ankommenden zu und schrie: „Hört auf! Hört auf damit!“

Überrascht von diesem Ausbruch, verstummten die Frauen und schauten ihr nach, als sie zurück zu den Jägern rannte. Sie hatten bereits begonnen, spitze Pfähle in den Boden zu rammen, um die etwa zwei Meter hohe Bahre zu errichten, auf der die Lakota ihre Toten zu bestatten pflegten.

Jessie stieß die Pfähle wieder um . „Nein! Nein, ich werde das nicht zulassen! Er muß auf meine Art beigesetzt werden.“

Auf einmal wurde ihr klar, daß sie auf die anderen wahrscheinlich wirkte, als sei sie völlig durchgedreht. Sie starrten sie nur schweigend an und schienen zu warten, daß sie sich wieder beruhigte. Jessie atmete tief ein und spürte, wie eine seltsame Ruhe sie überkam. Sie wußte, was zu tun war, und als in ihrem Kopf ein Plan entstand, konnte sie sich daran festklammern – immer den nächsten Schritt vor Augen –, und sie gewann einen Teil ihrer Fassung zurück.

In dem Gemurmel der Frauen schwang Mißbilligung mit. Trotz allem war sie nicht eine der ihren.

„Bitte, Redet viel", begann Jessie so vernünftig wie möglich. „Du warst sein Freund. Du weißt, daß er in dem Buch gelesen hat und daß er an den Einen Gott und seinen Sohn geglaubt hat. Bitte ... ich will ihn so bestatten, wie man in meinem Volk seine Lieben bestattet." Wieder begannen ihr die Tränen die Wangen herunterzulaufen, doch sie wischte sie mit einer heftigen Bewegung weg. „Bitte", wiederholte sie. „Ich kann ihn nicht einfach so den Vögeln zum Fraß überlassen. Ich ... ich kann das nicht."

Redet viel kam näher und murmelte: „Aber sein Geist muß sich zu den ewigen Jagdgründen aufschwingen können, Die durchs Feuer geht. Die anderen würden es niemals verstehen."

„Sein Geist ist bereits bei seinem Vater im Himmel, Redet viel. Das lehrt uns das Buch, in dem wir immer gelesen haben. Ich weiß, daß Der den Wind reitet es so gewollt hätte, und ich muß das für ihn tun." Sie drehte sich um und zwang sich, den leblosen Körper anzusehen. „Und ich *werde* es tun!"

Ihre Augen sprühten Feuer, als sie sich zu den anderen umdrehte und ihre Worte vor den Stammesältesten wiederholte. Dann rannte sie zu Roter Stern und Die alt an Jahren ist.

„Die alt an Jahren ist", sagte sie und hockte sich hin, um der alten Frau in die klaren Augen sehen zu können. „Wirst du mir helfen, ihn zu begraben?"

Die alte Indianerin schwieg eine Weile und erwog diese Bitte sorgfältig. Es bedeutete, daß sie sich gegen die Bräuche ihres Volkes wenden mußte. Eine Ewigkeit schien zu vergehen, während die anderen gespannt auf die Antwort warteten. Schließlich streckte Die alt an Jahren ist ihre faltige Hand aus und legte sie in einer zärtlichen Geste um Jessies Kinn. „Ich werde es tun – um deinetwillen, meine Tochter."

Ein mißbilligendes Gemurmel erhob sich, doch niemand machte Anstalten, die beiden Frauen aufzuhalten, als sie vorsichtig begannen, das Festgewand von Der den Wind reitet auszupacken.

Liebevoll streiften sie es ihm über, setzten ihm den zeremoniellen Kopfschmuck auf und falteten seine Hände über seiner Brust. Dann wickelten sie den Körper in seinen Büffelumhang.

Jessie zögerte. Wie sollte sie ein Grab schaufeln? Die Lakota kannten keine Spaten. Dann fiel ihr etwas ein. Es würde schwer sein, aber es mußte gehen. Sie wühlte in ihrem Gepäck und förderte das Grabegerät zutage, mit dem sie sonst Wurzelknollen ausgrub. Dann kniete sie sich hin und begann die harte Erde aufzukratzen. Die alt an Jahren ist gesellte sich zu ihr, und gemeinsam machten sie sich an die fast aussichtslose Aufgabe.

Die anderen Lakota standen unschlüssig dabei. Keiner war mit Jessies Vorhaben einverstanden, doch es machte auch niemand Anstalten, sie aufzuhalten.

Plötzlich trat Wilder Adler aus der Menge nach vorn. Er war jung, doch er stand sehr aufrecht vor den Stammesältesten. Bis vor einer Minute hatte er noch verzweifelt mit den Tränen gekämpft, doch nun hatte er ein Ziel vor Augen, und das gab ihm neue Kraft. Respektvoll und in der ruhigen, würdevollen Art seines Vaters sprach er die Ältesten an: „Die durchs Feuer geht ist meinem Vater immer eine gute Frau gewesen. Sie ist eine Weiße, aber sie lebt nun schon viele Jahre bei den Lakota. Sie ist meine Mutter, und eine gute dazu. Ich kenne die Geschichten, wie sie Der nicht hört gerettet hat und wie mein Vater sie dann zur Frau nahm. Er hat ein Fest zu ihrer Ehre gegeben, und ihr wart alle da und habt seine Freude geteilt.“ Dies war eine lange Rede, und die Jugend von Wilder Adler verlieh seinen Worten zusätzliches Gewicht. Die Stammesältesten murmelten ihre Zustimmung, und Wilder Adler ging mit zittrigen Knien zu Roter Stern und setzte sich auf die Bahre.

Redet viel ergriff als nächster das Wort: „Viele Jahre lang war Die durchs Feuer geht das Liebste für Der den Wind reitet. Sie haben zusammen in diesem Buch gelesen, von dem sie eben gesprochen hat. Meine Tochter hat mir das gesagt. Die durchs Feuer geht hat die Worte vorgelesen, und Der den Wind reitet hat sie wiederholt. Er hat mir oft gesagt, wie die Worte ihm helfen, zu entscheiden, was gut und böse ist. Er hat immer weise gesprochen.

Und Die durchs Feuer geht hat immer auf ihn gehört und getan, was er sagte."

Während Redet viel sprach, erinnerten sich die Lakota an die Zeit, die Jessie unter ihnen verbracht hatte. Sie hatte nicht nur Der nicht hört gerettet; viele erinnerten sich auch an andere Freundlichkeiten, und viele bereuten es, ihr in der ersten Zeit so übel mitgespielt zu haben.

Jetzt erhob Prärieblume die Stimme. „Auch als keine Söhne und Töchter in sein Tipi kamen, wollte Der den Wind reitet nur Die durchs Feuer geht." Sie schaute Fliehender Bär an, einen der Stammesältesten. „Sogar als du ihm deine schöne Tochter angeboten hast, wollte er nur Die durchs Feuer geht. Das ist wahr, mein Vater hat es mir gesagt. Als er über die Erde ging, hat Der den Wind reitet Die durchs Feuer geht geliebt. Jetzt, wo er auf der Erde liegt, müßtet ihr wissen, daß er wollen würde, was sie will."

Jessie hatte die ganze Zeit weitergegraben. Nur als Prärieblume erwähnt hatte, daß Fliehender Bär Der den Wind reitet seine Tochter angeboten hatte, hatte sie kurz innegehalten und dankbar zu dem glänzenden schwarzen Haarbüschel hinübergeschaut, das aus dem Büffelfell hinaussah. Der den Wind reitet hatte ihr nie etwas davon gesagt. Sie schämte sich jetzt, daß sie einmal befürchtet hatte, er könne sich eine andere Frau nehmen, weil sie keine Kinder bekam. Jetzt wußte sie ganz sicher, daß er nur sie gewollt hatte – sogar im Angesicht der Versuchung, denn die Tochter von Fliehender Bär war wirklich sehr schön.

Bewegung kam in die Gruppe der Frauen, und dann trat Prärieblume vor, ihr Grabegerät in der Hand. Trotzig sagte sie: „Die durchs Feuer geht ist meine Freundin" und stapfte entschlossen auf Jessie zu. Dann ließ sie sich auf die Knie sinken und begann wild zu graben.

Die drei Frauen arbeiteten Seite an Seite. Und plötzlich waren es vier, dann fünf, bis schließlich fast alle Frauen des Lagers vor dem Grab knieten.

Die Männer hielten sie nicht auf, und Fliehender Bär verkündete: „Wir werden hier kampieren und warten, bis Die durchs Feuer geht getan hat, was sie tun muß. Heute abend werden wir am Feuer das Leben von Der den Wind reitet erzählen. Morgen, wenn alles getan ist, werden wir weiterziehen."

Und so geschah es. Einige Stunden später wurde Der den Wind reitet, der große Jäger der Lakota, der erste seines Volkes, der in einem Grab bestattet und von einer weißen Frau beweint wurde. Bevor sein Körper in die Erde gelegt wurde, nahm Jessie aus einem Impuls heraus sein Jagdmesser, um sich die dicken roten Zöpfe abzuschneiden. Es schien ihr unendlich lange her, daß Der den Wind reitet sie gestreichelt hatte. War das wirklich erst heute morgen gewesen? Er hatte sie geküßt und dabei etwas Scherzhaftes über die „seltsamen Sitten der Weißen" gemurmelt. Sie hatte gelacht und seinen Kuß erwidert. Nie mehr. Nie mehr ...

Eine Hand auf ihrer Schulter rief Jessie in die Wirklichkeit zurück. Sie starrte auf den Leichnam ihres Mannes, ihres Geliebten, ihres Gefährten herunter und murmelte ein Gebet, während sie sich langsam ihre beiden Zöpfe abschnitt. Dann steckte sie das Messer in ihren Gürtel.

Die Frauen legten den Leichnam ins Grab. Die Stammesältesten ließen es zwar zu, daß ihr Bruder wie ein weißer Mann bestattet wurde, weigerten sich jedoch, sich daran zu beteiligen.

Jessie mußte die Erde ohne die Hilfe der anderen auf den Leichnam werfen, da selbst Prärieblume das nicht über sich bringen konnte. Zu fremd und abstoßend erschien ihr dieser Brauch.

Als es geschafft war, saß Jessie erschöpft da und starrte vor sich auf den Boden. Wieder sahen die anderen sie unschlüssig an. Als sie sich schließlich erhob und begann, Steine auf das Grab zu schichten, kamen ihr die Frauen wieder zu Hilfe, und bald war auch das getan.

Dann ging Jessie zu ihrem Gepäck und holte die Bibel hervor. Sie öffnete sie und begann laut zu lesen. Die meisten Mitglieder des Stammes hatten Jessie noch nie in ihrer Muttersprache reden gehört.

„Der Herr ist mein Hirte, mir wird nichts mangeln ..." Die fremden Worte hatten für sie keine Bedeutung, doch in Jessies Gesicht konnten sie den Trost ablesen, den sie ihr zu spenden schienen.

Als der Psalm zu Ende war, neigte Jessie den Kopf und sprach ein stilles Gebet. Über die Jahrzehnte hinweg kam ein Lied in ihrer Erinnerung hoch, und sie stellte fest, daß sie sang:

„Amazing grace, how sweet the sound
that saved a wretch like me.
I once was lost, but now I'm found,
was blind but now I see."

Sie wechselte über zur letzten Strophe:

„When we've been there ten thousand years,
bright shining as the sun
We've no less days to sing God's praise
than when we've first begun."*

Ihre Stimme verließ sie ein paar Mal, doch sie schaffte es, das Lied zu beenden. Als der letzte Ton verklungen war, drehte sich Jessie von dem Grab weg. Ihre Schultern sackten nach vorn, und sie wäre zusammengebrochen, wenn Prärieblume sie nicht gestützt hätte. Sie führte Jessie zu ihrer Bahre, während die anderen Frauen die Totenklage anstimmten.

Wilder Adler trat zu ihr. Der Verlust seines Vater bedeutete auch, daß er nun das Familienoberhaupt war, und er nahm diese neue Verantwortung ernst. Er bemühte sich, seine Trauer zu verbergen und so seine Reife zu beweisen.

Prärieblume sagte: „Heute nacht wirst du in meinem Tipi schlafen. Und auch Die alt an Jahren ist und Wilder Adler."

Jessie ließ es geschehen, daß sie sie wie ein Kind führte. Mit einer seltsam unbeteiligten Erleichterung wurde Jessie klar, daß sie heute nicht ihr eigenes Tipi errichten mußte.

Schweigend bauten die anderen ihre Zelte auf, alle mit den Öffnungen nach Osten. Wilder Adler ritt allein in die Prärie hinaus. Die Sonne ging unter, überall wurden Feuer entfacht und das Abendessen eingenommen. Hier und da weinte ein Kind, oder ein Hund knurrte, doch ansonsten war es unnatürlich still im Lager. Die Lakota sprachen über die seltsamen Dinge, die heute gesche-

---

* Eines der bekanntesten englischsprachigen geistlichen Lieder, übersetzt etwa: „Erstaunliche Gnade, welch süßer Klang, der ein Wrack wie mich gerettet hat. Ich war verloren, doch nun bin ich gefunden, war blind, doch nun sehe ich. Wenn wir tausend Jahre dort verbracht haben, hell leuchtend wie die Sonne, dann haben wir doch nicht weniger Zeit, um Gott zu preisen, als damals, als wir begonnen haben."

hen waren, oder erzählten sich Geschichten von Der den Wind reitet. Viele fragten sich, was Die durchs Feuer geht tun würde, jetzt, wo Der den Wind reitet nicht mehr lebte.

Als Jessie in Prärieblumes Tipi auf einem Fell zusammensank, hatten die Trommeln die Stille durchbrochen. Sie riefen die Lakota ans große Feuer, um zu tanzen und das Leben von Der den Wind reitet zu besingen. Jessie blieb allein zurück und weinte lautlos.

Das Feuer warf verzerrte Schatten an die Zeltwand, und Jessie quälte sich selbst mit der Vorstellung, einer dieser Schatten könnte die vertrauten Umrisse von Der den Wind reitet annehmen, und alles wäre nur ein schrecklicher Alptraum gewesen. Schließlich konnte sie es nicht mehr ertragen, und ihr Körper wurde von wildem Schluchzen geschüttelt.

Nach langer, langer Zeit verebbte das furchtbare Schluchzen, die Trommeln verblaßten, und Jessie schlief ein.

Mitten in der Nacht wachte sie auf. Das Kind in ihrem Leib hatte sich bewegt.

Kapitel 18

Die Zeit des Trauerns war lang. Jessie hatte ein Kind begraben und einen Ehemann verloren, doch dies war etwas ganz anderes. Die Verzweiflung hing wie eine große, schwere Wolke über ihr, die alles überschattete, was sie tat oder sagte. Manchmal raubte das Gewicht dieser schwarzen Wolke ihr den Atem.

Die alt an Jahren ist riet Jessie, sich nicht zu weit vom Tipi zu entfernen. „Du könntest dich verirren oder etwas sehen, das dich erschreckt, und dann wird das Kind gezeichnet sein."

Als Wilder Adler ein Kaninchen erlegte, weigerte sie sich, es zuzubereiten, weil sie fürchtete, das Kind könne mit einer Hasenscharte zur Welt kommen. Ente war ebenfalls tabu, weil das Kind sonst zusammengewachsene Zehenhäutchen haben könnte.

Jessie fügte sich in alles, vor Kummer zu schwach zum Protestieren.

Als es für Jessie zu anstrengend wurde, sich zum Kochen über das Feuer zu beugen, übernahm Die alt an Jahren ist den gesamten Haushalt. „Iß gut und arbeite wenig", befahl sie Jessie. „Wir wollen doch nicht, daß das Kind zurück in die Hügel geht."

Die vertraute Umschreibung für eine Fehlgeburt ließ Jessie das Gesicht verziehen. Sie floh nach draußen, weil sie das Gefühl hatte, von Gedanken an den Tod regelrecht umzingelt zu sein. Doch in der Hitze schwollen ihr sofort die Beine an, und Prärieblume schob sie sanft, aber bestimmt ins Tipi zurück. Dann versuchte sie, Jessie dafür zu begeistern, Kleidung für das Baby anzufertigen, und brachte ihr eine Menge Material herbei.

Doch alle Bemühungen ihrer Freundin halfen Jessie wenig. Nichts konnte die entsetzliche Leere in ihr füllen. Jeden Tag, jede Sekunde spürte sie die Abwesenheit von Der den Wind reitet wie eine offene Wunde. Wenn sie nach draußen floh und Roter Stern herbeigetrabt kam und ihre Nüstern an Jessies Arm rieb, vermißte sie das schrille Wiehern von Wind und wurde daran erinnert, warum er nicht mehr da war.

Wenn sie zum Tipi zurückkehrte, fiel ihr Blick auf die Verzierungen, die Der den Wind reitet gemalt hatte. Drinnen lagen seine Sachen, der Bogen, die verschiedenen Lederbeutel ... *Seine Sachen... sein Tipi... seine Mutter...* In ihrem Bauch regte sich etwas. Sie preßte die Hand dagegen, und das Kind trat sie. *Sein Baby.*

Sie sollte sich darauf freuen und beginnen, Pläne für das Kind zu machen. Vielleicht morgen. Doch auch am nächsten Tag würde der Schmerz da sein und jedes andere Gefühl in ihr betäuben. Sie würde am Morgen aufstehen und ihn ertragen, wie jeden Tag. Sie trug den Schmerz, sie trug das Kind, sie trug das Holz für das Feuer... anscheinend war das alles, was sie tun konnte: tragen. Ertragen.

Es kostete sie alle Kraft, die Verzweiflung so weit zu unterdrücken, daß sie sie ertragen konnte. Wenn das Feuer abends erlosch und mit ihm ihre letzten Kräfte, kämpfte sich die Verzweiflung hoch und siegte über sie. Sie füllte ihre Träume bis in den letzten Winkel aus und raubte ihr den Schlaf. Dann wachte sie auf und lauschte in die Dunkelheit, hoffte immer wieder, aus diesem immerwährenden Alptraum zu erwachen und Der den Wind reitet neben sich atmen zu hören. Manchmal streckte sie die Hand aus und fühlte die Leere neben sich und hatte das Gefühl, ebenso leer und tot zu sein.

Wilder Adler kehrte von einem Jagdausflug mit seinen Freunden zurück. Der Tod seines Vaters hatte ihn erwachsen werden lassen, über Nacht, wie es schien. Er ging sehr zartfühlend mit Jessie um, aber nicht mehr wie ihr kleiner Sohn, sondern wie ein junger Mann, der seine Verantwortung wie einen Mantel trug und den die Fähigkeit, seine Frauen mit Lebensmitteln zu versorgen, mit Stolz erfüllte.

Doch seine Anwesenheit peinigte Jessie, denn in seinem Gesicht, den ausgeprägten Linien seines Kinns, sah Jessie Der den Wind reitet. Wenn er sprach, schien die Stimme seines Vaters seiner zu folgen wie ein Echo. Und eine neue Welle des Schmerzes durchflutete sie.

Jessie bekämpfte den Schmerz, der ihr sogar das Atmen zur unendlichen Anstrengung werden ließ. Noch hing sie am Leben. Doch jeden Morgen, der ohne Der den Wind reitet anbrach, markierte sie mit einem schwarzen Kreuz auf dem neuen Kleid, das sie gerade nähte. Als dreißig Kreuze in das Muster eingearbeitet waren, war das Kleid fertig. Doch die Trauer war noch lange nicht zu Ende.

Heulender Wolf beobachtete Jessie genau. Er saß in seinem erbärmlichen, leeren Tipi ganz am Ende des Lagers und ließ die Vergangenheit so lange immer wieder vor seinem inneren Auge Revue passieren, bis er sich selbst davon überzeugt hatte, daß mit der Ankunft dieser weißen Frau alle seine Sorgen begonnen hatten.

Als sie gekommen war, hatte Prärieblume ihre Aufmerksamkeit von Heulender Wolf abgewendet und sich nur noch um diese Weiße gekümmert. Ihn hatte sie vollkommen vergessen. Und als das Feuer kam und die weiße Frau Die durchs Feuer geht wurde, hatte Prärieblume ihn viele Nächte lang allein gelassen, um die Wunden der Weißen zu versorgen. Und schließlich hatte diese weiße Schlange ihn um die wunderschöne neue Prärieblume betrogen, die er gefunden hatte.

Immer und immer wieder beschwor Heulender Wolf die Szenen herauf, und jedes Mal wurde seine Abneigung gegen Jessie größer. Er begann zu glauben, daß das Blatt sich für ihn wenden konnte, wenn er den Stamm von dieser weißen Frau befreite. Er würde seine Frau zurückgewinnen, und die Lakota würden ihn nicht länger *canniyasa* nennen, einen, der sich als nicht für eine Ehe tauglich erwiesen hatte.

Ein Plan begann sich in ihm zu formen. Er behielt ihn für sich und feilte die Einzelheiten immer detaillierter aus. *Wilder Adler wird auf die Jagd gehen, sobald wir das Winterquartier erreicht haben. Dann wird die weiße Frau für alles bezahlen, was sie mir angetan hat.* Er schaute zu Jessies Tipi hinüber und lächelte leise in sich hinein.

Ihr Stamm vereinte sich bald mit Dutzenden von anderen Lakota-Stämmen, und gemeinsam zogen sie durch das *Pte ta tiyopa*, das Tor der Büffel, zum Winterquartier im Schutz der Schwarzen Berge. Die Hügel waren mit dichten, dunklen Pinienwäldern bewachsen, und es gab dort viele Quellen. Die Fülle an Feuerholz, Wild und Schutz vor den Winterstürmen machten das Gebiet zum idealen Überwinterungsplatz.

Jessie tappte blind vor Tränen neben Roter Stern her. Jeder Stein des Weges, jeder Baum erinnerte sie an Der den Wind reitet. Letztes Jahr hatte er sie noch darauf hingewiesen, wie sich die Spitzen der Bäume über diesem Hohlweg zärtlich berührten wie schüchterne Liebende. Jessie tat, als hätte sie einen Stein im Schuh, und wischte sich verstohlen die Tränen weg.

*

Bald war das Lager errichtet, und die Alltagsroutine begann wieder von neuem. Jessie brachte die Tage schweigend hinter sich, und Die alt an Jahren ist begann sich Sorgen zu machen. Redet viel brachte Jessie eine neue Tragewiege für das Kind. Prärieblume war immer in der Nähe und beobachtete Jessie sorgenvoll. Und Heulender Wolf starrte mit unterdrückter Vorfreude auf Jessies anschwellenden Leib.

Nur die Arbeit verlieh Jessies Tagen so etwas wie einen Sinn. Aus reiner Gewohnheit schlug sie jeden Abend die Bibel auf, doch die aufmerksamen Ohren von Der den Wind reitet fehlten, und die Worte starrten Jessie leblos an, bis sie ihr vor den Augen verschwammen.

Der den Wind reitet und sie hatten früher jeden Tag gemeinsam begrüßt. Sie hatten den Sonnenaufgang mit einem gemeinsamen Gebet gefeiert, und oft hatte Der den Wind reitet dabei die Worte, die sie am Abend vorher gemeinsam gelesen hatten, auf seine unnachahmliche Weise so wiederholt, daß sie Jessie auf einmal ganz logisch und tröstlich erschienen waren. Doch nun sprachen die Worte nicht zu ihr. Die Wunde war noch immer offen, und sie war unfähig, ihrem Schmerz einen Namen zu geben. Sie hob ihre Hände zum Himmel und streckte Gott stumm ihre leeren Handflächen entgegen.

Als sie schon lange aufgehört hatte, die schwarzen Kreuze auf ihren Handarbeiten zu zählen, fand sie die Worte wieder. Es waren nicht ihre eigenen, sondern die eines Mannes, der das Gefühl des Verlustes, des unerträglichen Schmerzes und der Verlassenheit nur allzu gut gekannt hatte:

Herr, Gott, mein Heiland, ich schreie Tag und Nacht vor dir. Laß mein Gebet vor dich kommen, neige deine Ohren zu meinem Schreien. Denn meine Seele ist übervoll an Leid, und mein Leben ist nahe dem Tode. Ich liege unter den Toten verlassen, wie die Erschlagenen, die im Grabe liegen … Ich liege gefangen und kann nicht heraus, mein Auge sehnt sich aus dem Elend. Herr, ich rufe zu dir täglich, ich breite meine Hände aus zu dir … Aber sei nun stille zu Gott, meine Seele; denn er ist meine Hoffnung. Er ist mein Fels, meine Hilfe und mein Schutz, daß ich nicht fallen werde … Herr, du kennst mein Begehren, und mein Seufzen ist dir nicht verborgen … Aber ich harre, Herr, auf dich; du, Herr, mein Gott, wirst erhören. Verlaß mich nicht, Herr, mein Gott, sei nicht ferne von mir! Eile, mir beizustehen, Herr, du meine Hilfe.

Immer wieder las Jessie die Psalmen Davids. Sie verliehen dem namenlosen Schmerz in ihr eine Stimme, und die Erkenntnis, daß David genauso gefühlt hatte wie sie und doch nie die Hoffnung verloren hatte, zudem immer wieder Hilfe und Trost durch Gott erfahren hatte, gab auch ihr Kraft.

Und langsam begann das tonnenschwere Gewicht auf ihrer Brust zu schwinden. Fast unmerklich ließ der Schmerz nach, bis er eines Tages schwieg. Sie wachte auf, und die Trauer war da, doch sie ballte sich ganz am Ende ihres Bewußtseins zusammen und erlaubte es ihr, wieder freier zu atmen, ohne diesen ständigen Kampf. Die alt an Jahren ist sah, wie Jessie Wilder Adler zulächelte und das Licht in ihre grauen Augen zurückzukehren begann.

Nur noch einmal wurde sie danach vom Schmerz so überwältigt, daß sie zusammenbrach. Eines Tages beugte sie sich über den Fluß, um Wasser zu schöpfen, und einen Moment lang sah sie neben ihrem eigenen Spiegelbild im Wasser so deutlich die Reflektion seines Gesichtes, daß es ihr den Atem raubte. Sie schüttelte verzweifelt den Kopf und schlug mit der flachen Hand so lange wild auf die glatte Wasserfläche, bis das Bild verschwand.

Das Leben ging weiter.

*

Im Februar, bei den Lakota „Mond der strengen Kälte" genannt, als Jessies Bauch fast monströs angeschwollen war, brachte ihr Prärieblume das weichste, weißeste Leder, das Jessie je gesehen hatte.

„Es ist die Haut eines ungeborenen Büffelkalbs", erklärte sie. „Ich hatte sie für mein eigenes Kind aufgehoben, aber..." Tränen stiegen ihr in die Augen, und sie wischte sich über den vernarbten Nasenrücken.

Jessie fragte sich, warum die Liebe ihrer Freundin den Schmerz wieder aus den Schatten hervorlockte. Sie schaffte es, einen Dank hervorzupressen und floh dann in ihr Tipi, wo Der den Wind reitet nicht auf sie wartete. Sein Kind jedoch machte sich bemerkbar. Es trat heftig um sich; offenbar hatte ihm die schnelle Bewegung nicht gefallen.

„Dein Kind weiß, was es will, Geliebter", flüsterte Jessie.

Und dann, eines Morgens, hob Jessie die Hände zum Himmel und hörte sich in ihren eigenen Worten beten. Der Schmerz wurde zu einem dumpfen, aber erträglichen Bohren in ihrem Unterbewußtsein. Manchmal, wenn sie am wenigsten darauf vorbereitet war, überraschte er sie mit unerwarteter Heftigkeit. Doch die Zeit hatte unübersehbar begonnen, die Wunden zu heilen. Wenn sie morgens ohne Der den Wind reitet erwachte, füllte sie die Leere mit seinen Lieblingsversen und las sie immer wieder, so lange, bis sie ein Teil ihrer selbst geworden waren.

Wilder Adler brachte die Wintermonate damit zu, ein junges Pony zuzureiten. Er hatte die Herde von Der den Wind reitet übernommen und erwies sich als ein würdiger Nachfolger. Jessie sah mit Stolz, wie er langsam das Vertrauen des Tieres gewann und es konsequent, aber liebevoll zu einem verläßlichen Partner erzog. Sie lobte ihn für sein Können und schaffte es sogar, ihm bei der Vorführung seiner Reitkünste zuzusehen, ohne sich von der Erinnerung an eine ganz ähnliche Szene überwältigen zu lassen. Es tat zwar weh, zu wissen, daß Der den Wind reitet dies nicht mitansehen konnte, doch es war erträglich. Die Speerspitze des Schmerzes war stumpf geworden.

Und diesen dumpfen Rest des Schmerzes hatte Jessie längst als Teil ihres Daseins akzeptiert. Sie hielt ihn auf Abstand und lebte ihr Leben und wartete auf die Geburt ihres Kindes.

Es gab allerdings etwas, das sie weit mehr bedrückte als der allgegenwärtige Schmerz: Heulender Wolf schien sie auf Schritt und Tritt zu verfolgen, lautlos und gefährlich wie das Tier, das ihm seinen Namen verliehen hatte.

Als sie mit Prärieblume darüber sprach, zuckte diese die Schultern und sagte: „Heulender Wolf ist ein wertloser Mann. Er hat mich sogar gebeten, zu ihm zurückzukommen, weil ihn keine andere will. Es kommt dir nur so vor, als ob er dich verfolgt, weil wir immer zusammen sind. Aber ich will ihn nicht. Er gibt allerdings nicht auf. Erst letzte Woche hat er mir einen neuen Büffelumhang als Friedensangebot gegeben." Sie hielt inne und berührte abwesend die Narbe in ihrem Gesicht. „Als ob ein Büffelfell das hier heilen und die Tage zurückbringen könnte, in denen wir uns geliebt haben. Ich werde niemals zu diesem *canniyasa* zurückkehren."

Nach diesem Gespräch behielt Jessie ihre Sorgen für sich. Sie war sich nach wie vor sicher, daß Heulender Wolf *sie* verfolgte, und der kalte Haß in seinen Augen ließ sie zittern.

*

Im „Mond, wenn die Gänse Eier legen“ erschienen die Vorboten des Frühlings überall, und jeder wurde unruhig und drängte darauf, das Winterquartier zu verlassen. Jessie machte sich Sorgen wegen des Aufbruchs, denn sie wußte, daß ihre Zeit bald gekommen war.

Prärieblume tröstete sie: „Die alt an Jahren ist ist eine gute *hoksiacu*. Sie hat schon vielen Babys auf die Welt geholfen. Du brauchst dich nicht zu fürchten.“

Wilder Adler brach zu seinem nächsten Jagdausflug auf und versprach scherzhaft, daß er ein besonders saftiges Stück Fleisch für seinen kleinen Bruder mitbringen würde.

Als Wilder Adler fort war, beschloß Heulender Wolf zu handeln. Jessie und Die alt an Jahren ist lagen schlafend in ihrem Tipi, als er hineinkroch, die alte Frau brutal bewußtlos schlug und Jessie ein Messer an die Kehle setzte. Sie zerrte an seiner Hand und versuchte zu schreien, doch die Wut, die Heulender Wolf so lange in seinem Inneren genährt hatte, verlieh ihm solche Kräfte, daß Jessie keine Chance hatte.

„Du weiße Teufelin“, zischte er. „Jetzt habe ich dich. Du hast Prärieblume gegen mich aufgehetzt und ihr deine verdammten weißen Gedanken eingeredet. Du hast mir sogar auch meine neue Frau gestohlen. Der den Wind reitet ist nicht mehr da, um dich zu beschützen, und Wilder Adler ist weit weg. Ruf doch zu deinem Gott – er wird dir nicht helfen. Die Geister sind auf meiner Seite! Du hast mich vor dem ganzen Stamm in Unehre gebracht, und nun wirst du dafür büßen!“

Jessie schnappte nach Luft, als er ihren Hals losließ und ihr die Hände auf den Rücken drehte, um sie fest zusammenzubinden. Dann knebelte er sie und zerrte sie quer durchs Tipi und durch den Ausgang nach draußen. Abwechselnd zog und stieß er sie auf den Fluß zu, und ihre nackten Füße wurden im Schnee sofort eiskalt. Sie stolperte mehrmals, und jedesmal trat Heulender Wolf ihr in den Bauch. Die Angst um ihr ungeborenes Kind trieb sie weiter.

Als sie den Fluß erreichten, sah Jessie Roter Stern, die neben einem fremden Pony stand. Heulender Wolf schob sie auf den blanken Rücken der Stute und schwang sich dann auf sein eigenes Pony. Roter Stern zerrte er am Zügel hinter sich her.

Zuerst ritt er langsam, um die anderen im Lager nicht zu wecken. Sobald sie außer Hörweite waren, schlug er ein schnelleres Tempo an, und die nächsten paar Stunden ritten sie den Fluß entlang und zurück durch das Tor der Büffel. Jessie klammerte sich verzweifelt an Roter Stern fest. Der Bauch brachte sie aus dem Gleichgewicht, und mit den hinter dem Rücken zusammengebundenen Händen war sie unfähig, sich wie sonst den Bewegungen des Pferdes anzupassen und prallte mit jedem Trabschritt hart auf die Wirbelsäule des Tieres.

Heulender Wolf hielt nur einmal an, um die Ponys trinken zu lassen. Dabei kontrollierte er sorgfältig Jessies Fesseln und den Knebel. Es dämmerte bereits, als sie die offene Prärie erreichten, und Jessie sah sofort, wo sie hinritten. In einiger Entfernung schien sich eine kleine Hütte direkt aus der Erde zu erheben, sie war sogar zum Teil aus Erde gemacht. Durch das einzige Fenster fiel der schwache Schein einer Lampe.

*

Pierre Canard war ein vorsichtiger Mensch, und so war er still im Inneren seiner Hütte geblieben, als er das Geräusch herannahender Pferde gehört hatte. Gebückt preßte er sich an das kleine Fenster, das geladene Gewehr in der Hand, und wartete. Die Pferde bewegten sich langsam, und der Trapper kratzte sich den ergrauenden Bart und versuchte sich ein Bild von seinen Besuchern zu machen. Als die Sonne weiter aufging und er die Reiter genauer erkennen konnte, entfuhr ihm ein überraschter Pfiff. Einer der Reiter war eine weiße Frau, gefesselt und geknebelt und offensichtlich hochschwanger. Allem Anschein nach war sie nicht besonders zartfühlend behandelt worden, denn ihr rotes Haar hing ihr wirr ins Gesicht. Der andere Reiter - offenbar ein Lakota von etwa dreißig Jahren - stieg ab und ging auf die Tür der Hütte zu, um heftig anzuklopfen. Er ignorierte die Frau völlig.

Canard beschloß auf der Stelle, daß er diese arme Frau aus der Gefangenschaft befreien und zu ihrer Familie zurückbringen würde, egal, was dazu notwendig war.

Er öffnete beherzt die Tür und begann, sich in Zeichensprache mit Heulender Wolf zu verständigen. Geknebelt wie sie war, konnte Jessie diese Konversation lediglich beobachten, doch innerlich kochte sie vor Wut über die Lügen, die Heulender Wolf da ohne Worte über sie erzählte.

Der Handel kam schnell zustande. Canard war darauf aus, die arme Frau so schnell wie möglich zu befreien und den Wilden wieder loszuwerden, bevor er es sich anders überlegte. Heulender Wolf hatte mit einem zustimmenden Grunzen die beiden struppigen Ponys akzeptiert, die Canard ihm angeboten hatte. Zunächst hatte er auch noch das Gewehr haben wollen, doch Canard hatte ihm statt dessen eine Flasche Whisky hingehalten, die er mit erfreutem Gesichtsausdruck angenommen hatte. Dann reichte er Canard die Zügel der Stute und beeilte sich, mit den beiden erhandelten Ponys und dem Whisky wieder im Wald zu verschwinden, wobei er Roter Stern offenbar vergaß.

Canard starrte ihm verwirrt hinterher; dann fiel ihm Jessie wieder ein, und er half ihr von dem Pony herunter. Als er ihr den Knebel und die Fesseln entfernt hatte, atmete sie die frische Luft in tiefen Zügen ein, rieb ihre schmerzenden Hände und wußte nicht, was sie sagen sollte.

Canard durchbrach das Schweigen. „Bitte, Madame, kommen sie herein. Ich werde Ihnen Kaffee kochen und Ihnen heißes Wasser zum Waschen bringen. Was Sie auch wünschen, Pierre Canard wird versuchen, es Ihnen zu geben. Ich bin nur ein alter Trapper, aber ich freue mich, daß Sie hier sind, und ich möchte Ihnen helfen. Sie brauchen keine Angst zu haben. Sobald Sie sich ausgeruht haben, machen wir uns auf den Weg zum Fort und versuchen, Ihre Angehörigen ausfindig zu machen."

Jessie unterbrach seinen Monolog: „Meine Angehörigen – mein Sohn, meine Schwiegermutter und alle meine Freunde sind Lakota, Mr. Canard. Und ich gehöre zu ihnen."

Canard starrte sie verblüfft an. Sein Gehirn wollte die erstaunliche Tatsache nicht begreifen, daß er da eine Weiße vor sich hatte, die anscheinend stehenden Fußes wieder zu diesen Wilden zurück wollte, die sie eben hierhergebracht hatten.

„Ich lebe seit ..." Jessie hielt inne. Wie lange war es her? Sie hatte aufgehört, die Jahre zu zählen. „Ich lebe seit vielen Jahren bei den Lakota, und –"

„Aber. . . aber dieser Wilde eben hat gesagt, Sie seien seine Sklavin, doch er bräuchte Pferde dringender als eine nutzlose Frau, die nicht arbeiten kann ... er sagte –"

„Er ist ein Lügner. Mein Ehemann ist tot, und er hat es schon eine ganze Weile auf mich abgesehen. Mein Sohn ist auf die Jagd gegangen, und ich war so dumm, zu glauben, daß Heulender Wolf seine Pläne aufgegeben hätte. Ich habe mich getäuscht. Bitte, Mister Canard, bringen Sie mich zurück nach Hause! Mein Sohn ist alles, was ich noch habe. Ich wüßte nicht, was ich tun sollte ..." Jetzt weinte sie.

Canard nahm die Zügel des Ponys, das geduldig wartend dastand. „Bitte, Madame, gehen Sie hinein und wärmen Sie sich am Feuer auf. Ich werde das Pony versorgen, und dann komme ich, und wir reden. Ich werde Ihnen helfen, aber bitte hören Sie auf zu weinen."

Jessie konnte nichts gegen die Tränenflut tun, doch sie nickte und stolperte in die seltsame Erdhütte hinein, die wesentlich geräumiger war, als sie von außen wirkte. Gehorsam setzte sie sich ans Feuer, während ihr die Tränen immer noch die Wangen hinunterliefen.

Bald darauf kam der Trapper mit einem Eimer Wasser zurück, und Jessie wusch sich das Gesicht und versuchte, ihre Haare zu bändigen. Canard eilte in der Hütte hin und her und kochte Kaffee. Jessie konnte plötzlich vor Müdigkeit die Augen kaum noch offenhalten.

*

Sie wußte nicht, wie lange sie eingenickt war, als der altvertraute Duft frisch gekochten Kaffees sie weckte und Canard sagte: „Madame, wir werden jetzt frühstücken, und dann werden wir sehen, wie ich Ihnen helfen kann, oui?"

Jessie ließ sich zu dem großen Tisch führen, wo sie sich vor einer Blechtasse mit Kaffee wiederfand. Erstaunt starrte sie die frischen Plätzchen an, die auf dem Tisch standen. Canard blinzelte ihr mit seinen freundlichen blauen Augen zu. „Ich bin ein einsamer alter Mann, aber ein guter Koch! Essen Sie, das Baby braucht es!"

Die Erinnerung an das Kind ließ sie zugreifen. Als sie das Plätzchen zum Mund führte, ließ ihr der Duft plötzlich das Wasser im Mund zusammenlaufen, und sie spülte eine ganze Handvoll Plätzchen mit dem starken Kaffee hinunter. Während ihre Lebensgeister langsam zurückkehrten, vertilgte Canard den gesamten Rest der Plätzchen und trank dazu etwa ein Dutzend Tassen Kaffee. Schließlich schob er seinen Stuhl zurück und schaute sorgenvoll aus dem Fenster. Der Himmel war bleigrau und sah bedrohlich aus.

„Sieht aus, als ob ein Unwetter heraufzieht, Madame. Ich kümmere mich um die Pferde. Der dumme Mensch, der Sie hierhergeschleppt hat, wußte nicht, daß ich meine guten Pferde nachts im Stall hinter dem Haus halte, um sie vor Kerlen wie ihm zu schützen. Ich werde das kleine Pony auch hineinbringen."

Die Erwähnung von Roter Stern ließ Jessie hochfahren. „Sie gehört mir. Ihr Name ist Roter Stern. Mein Ehemann hat sie mir geschenkt. Sie ist ein gutes Pony..." Sie schaute Canard in seine freundlichen Augen und beschloß, daß sie ihm vertrauen konnte. „Sie ist meine Freundin."

Er lächelte. „Nun, Ihre kleine Freundin wird nichts gegen einen Schutz vor dem Sturm und etwas Futter einzuwenden haben. Sehen Sie, es fängt schon an." Tatsächlich fielen gerade die ersten Schneeflocken, und der Wind begann klagend zu heulen.

Canard runzelte die Stirn. Das sah übel aus. Er knotete ein Seil an die Hüttentür, dann ging er damit hinüber zum Brunnen, befestigte es dort und band dann das Ende an die Stalltür.

„Das sieht nach einem sehr bösen Schneesturm aus. So kann ich den Weg zum Stall und zum Wasser finden, selbst wenn das Schlimmste eintreten sollte, was ich nicht hoffe."

Doch der Wind heulte lauter, und der Schnee mischte sich mit Hagelkörnern, die gegen das Fenster prasselten. Gegen Mittag war das Gras komplett unter der Schneedecke verschwunden. Jessie rollte sich am Feuer zusammen und wünschte sich weit weg.

*

Sie wachte vom Heulen des Windes auf, das eine ohrenbetäubende Lautstärke angenommen hatte. Draußen war es stockfinster, und ihr wurde klar, daß sie so bald nicht nach Hause zurückkommen würde. Der Schneesturm hatte bereits alle Spuren verdeckt, die Heulender Wolf hinterlassen hatte, und sie hoffte inständig, daß der Sturm ihn unterwegs überrascht und umgebracht hatte. Gleichzeitig sorgte sie sich um Wilder Adler. Ob die Jäger bereits zum Lager zurückgekehrt waren? Wie lange würde es dauern, bis Wilder Adler ihr Verschwinden bemerkte? Und wie lange würde es dauern, bis er sie fand?

Ihre Gedanken wurden von Canard unterbrochen, der sie inständig bat, sich auf das Bett zu legen. Sie lehnte ab, und seufzend trennte er eine Ecke der Hütte mit einer zerfledderten Decke ab, um ihr ein bißchen Ruhe zu ermöglichen.

„Danke", brachte sie hervor und fügte dann weicher hinzu: „Es tut mir leid, daß ich Ihnen das alles nicht erklären kann, aber ich bin so verwirrt ... ich weiß nicht, wo ich anfangen soll, und ich bin schrecklich müde ..."

„Der Schneesturn wird Ihnen genug Zeit zum Nachdenken geben. Und wenn Sie mir dann Ihre Geschichte zu erzählen wünschen, werde ich zuhören. Aber, Madame –", seine Augen leuchteten warm, „Sie sind mir gegenüber zu nichts verpflichtet. Wenn Sie schweigen wollen, dann verstehe ich das. Und noch etwas, Madame: Dies ist ein gottloses Land, aber ich bin ein gottesfürchtiger Mann. Ich werde Sie nicht belästigen. Gott hat Sie hergeschickt, damit ich Ihnen helfe." Er schien nach Worten zu suchen, doch dann entschied er sich, nichts mehr zu sagen.

Jessie nickte schwach. Sie wollte nach Hause, zu Wilder Adler und Prärieblume. Sie wollte kein neues Leben, sie wollte nicht zurück zu den Weißen. Wenn das Gottes Wille war, dann war sie diesmal nicht seiner Meinung. Der den Wind reitet, Wilder Adler, Prärieblume, Homer, Pferde, Planwagen, Ponys, Die alt an Jahren ist – Gesichter und Erinnerungen wirbelten wie der Schnee draußen in ihrem Kopf durcheinander, und sie versank in ihrem Strudel, während draußen der Schnee jede Hoffnung auf ihre Rückkehr zudeckte.

Kapitel 19

Sie kamen in der Nacht. Die ersten Stunden hatte Jessie tief geschlafen, doch dann wachte sie auf, weil heftige Krämpfe ihren Magen peinigten. Ihr Atem kam in kurzen, heftigen Stößen, und ungeschickt machte sie die Lampe an, deren warmes Licht den Grund für diese Krämpfe offenbarte.

„Oh Gott", flüsterte sie, als sie das Blut sah. „Nicht jetzt ... nicht hier! Bitte nicht, Herr!"

Die Antwort bestand in einer neuen, diesmal heftigeren Welle von Kontraktionen. *Doch, mein Kind, jetzt und hier.* Jessie atmete tief durch und wappnete sich für die nächste Welle. *Ich werde da sein, genauso, wie ich da war, als du durchs Feuer gegangen bist, genauso, wie ich im Tal des Todes mit dir war.*

Jessie wurde ruhiger. Die Wehen ließen nach, und sie konnte wieder klar denken. Sie würde Wasser brauchen, ein sauberes Messer und etwas, in das sie das Kind einwickeln konnte. *Das Kind!* Noch heute nacht würde sie das Kind von Der den Wind reitet in ihren Armen halten!

Eine besonders starke Wehe ließ sie aufschreien. Sie biß sich auf die Lippe, doch es war zu spät. Canard stand bereits unsicher vor der Decke, die er für sie aufgespannt hatte.

„Was ist, Madame?" fragte er besorgt. „Brauchen Sie Hilfe?"

Jessie holte tief Luft. „Es geht mir gut. Es sieht nur so aus, als ob das Kind beschlossen hätte, jetzt zu kommen."

Canard stand immer noch wie angewachsen vor der Decke. „Wissen Sie, was zu tun ist?" fragte er unschlüssig.

Jessie wartete die nächste Wehe ab, bevor sie antwortete. „Es ist nicht mein erstes Kind. Vor vielen Jahren habe ich einen kleinen Sohn gehabt. Er ist tot, vom Wagen gefallen. Und ich habe bei einigen Geburten geholfen. Ich werd's schon schaffen." Die nächste Wehe schnitt ihr das Wort ab, und sie stöhnte leise.

„Was kann ich tun?" fragte Canard sachlich.

Jessie bat Gott still um seinen Beistand. Zu Canard sagte sie:

„Wasser, etwas Papier, ein Messer und - und etwas, um... um-das-Kind-darin einzu -" Die letzten Worte hatte sie nur noch mühsam hervorgestoßen. Sie hatte erwartet, daß es lange dauern würde, doch offenbar war dem nicht so.

Canard handelte schnell. Die Tür öffnete und schloß sich, und zwei Kontraktionen später stand bereits ein Krug mit warmem Wasser unter dem Vorhang. Kurz darauf schob Canard ein sauberes Messer und einige Blätter ordentlich gefaltetes braunes Papier hindurch, dann ein Stück Seife und ein weiches Tuch für das Baby. *Danke, Herr!* dachte Jessie schwach.

Die Wehen kamen jetzt in schneller Folge und so heftig, daß sie Jessie auf ihr provisorisches Lager drückten. Canard lugte vorsichtig um den Vorhang herum, doch Jessie, gefangen in einer explosiven Mischung aus Schmerzen, zorniger Sehnsucht nach Der den Wind reitet und dem Wunsch, irgendwo anders zu sein, zischte ihm entgegen: „Gehen Sie weg!", und Canard murmelte eine Entschuldigung und verschwand wieder. Er trabte in der Hütte auf und ab wie ein Tiger im Käfig, völlig verwirrt von dem, was da hinter diesem Vorhang passierte.

*

Das Kind kam im Morgengrauen. Es war ein Mädchen, und sie begann sofort laut zu schreien und die kleinen Fäuste zu ballen. Vor Erschöpfung und Freude zitternd, flüsterte Jessie der Kleinen die traditionellen Begrüßungsworte ins Ohr: *„Hoksicala wan icimani hi* - ein neuer Reisender ist angekommen. Oh, Wilder Adler, du hast eine Schwester!"

Sie schaffte es, die Nabelschnur zu durchtrennen und sich selbst und das Kind zu waschen, bevor sie die Erschöpfung übermannte. Sofort riß Canard den Vorhang zur Seite und kümmerte sich um Mutter und Kind. Von irgendwoher hatte er saubere Decken geholt, die er jetzt unter Jessie ausbreitete. Sie schrak hoch und sah erstaunt, wie Canard das Kind in ein wunderschönes kleines Taufkleidchen hüllte und sogar eine Haube um den kleinen Kopf band.

Jessie dankte ihm flüsternd und setzte an: „Aber woher...?"

Canard fiel ihr ins Wort. „Ich bin nicht so alt, wie ich aussehe,

Madame. Dies hier hat meiner Frau Susette gehört. Wir haben von einer Familie geträumt. Noch fünf Jahre Fallenstellen, und wir wären nach Hause nach St. Louis zurückgekehrt. Aber alle meine Träume sind mit Susette und dem Baby gestorben." Seine Stimme brach, er zuckte mit den Schultern und schloß: „Ich habe die Kiste mit ihren Sachen aufgehoben. Sie ist voller Erinnerungen, voller gestorbener Träume... nehmen Sie sich einfach, was Sie brauchen. Meine Susette hat Handarbeiten geliebt. Sie hat viele Sachen für das Baby gemacht. Sie können auch Susettes Kleider nehmen, wenn Sie möchten. Sie wäre glücklich darüber. Sie hat immer gern anderen geholfen."

Seine Stimme verließ ihn nun endgültig, und er floh nach draußen. Als er etwas später wieder hereinkam, waren Jessie und ihre kleine Tochter eingeschlafen.

*

Jessie wachte einige Stunden später vom Geschrei des hungrigen Babys und dem Duft von frischem Kaffee auf. Canard eilte durch die Hütte und putzte und kochte, als ob er die Ankunft eines adligen Gastes erwartete. Als er das Baby schreien hörte, trat er an den Vorhang und fragte: „Ist die *Maman* auch hungrig?"

Jessie bejahte, und blitzartig stand ein Teller mit Pfannkuchen vor ihr. „Genug, um ein Muli damit satt zu kriegen", meinte Canard. Homer hatte diese Redewendung oft benutzt, und Jessie wußte nicht so recht, was sie bei der plötzlichen Erinnerung an ihn empfinden sollte. Deshalb konzentrierte sie sich auf Pierre Canard.

Der Schneesturm hatte sie diesem Mann ausgeliefert, und sein ganzes Bestreben schien sich nur darum zu drehen, ihr und dem Kind Gutes zu tun. Alle Aufmerksamkeit und Liebe, die er seiner eigenen Frau und seinem Kind nie hatte geben können, übertrug er nun auf Jessie, und das war ihr etwas unangenehm. Deshalb reagierte sie auf Canards Aufforderung, sich doch noch etwas auszuruhen, mit einem reichlich brüsken: „Unsinn!" Dann erklärte sie: „Der Herr hat mich mit Kraft und Gesundheit beschenkt, und ich werde Ihnen keinen Tag länger zur Last fallen als unbedingt nötig. Sobald der Schneesturm vorbei ist, werde ich zu den Lakota zurückkehren. Mein Sohn wird schon nach mir suchen."

Canard antwortete vorsichtig: „Ja, der Herr hat Sie wirklich beschenkt, Madame - aber vielleicht war er es ja auch, der Sie hierher geschickt hat, damit ich Ihnen helfen kann. Haben Sie darüber schon nachgedacht?" Damit drehte er sich um und mumelte etwas von „Pferde versorgen".

Der Blizzard schleuderte den Schnee in solchen Massen gegen die Front der Hütte, daß Canard kaum die Tür aufbekam. Jessie wurde klar, daß eine Rückkehr zum Lager noch lange nicht möglich sein würde.

*

Erst als das Baby schon zwei Tage alt war, fand Jessie den Mut, die Kiste von Canards Frau zu öffnen. Sie enthielt genug Babysachen, um das Kind vorerst auszustatten, und Jessie fand zwei gut erhaltene und saubere Kleider für sich selbst. Nachdem sie den Saum ausgelassen und die viel zu kurzen Ärmel schlicht ignoriert hatte, gewann Jessie zumindest teilweise das Aussehen einer weißen Frau zurück. Ihr Haar ließ sie allerdings geflochten, und die Schuhe von Susette hätte sie auch dann nicht getragen, wenn sie gepaßt hätten.

„Die Mokassins sind viel bequemer", erklärte sie. „Außerdem sind sie ein Geschenk von jemandem, der mir sehr viel bedeutet."

Canard ließ das Thema daraufhin fallen und widmete sich begeistert dem Baby.

„Wie wollen Sie denn diese süße kleine Madame hier nennen?" fragte er.

„Ich... ich habe noch keinen Namen für sie", sagte Jessie schnell. „Sie ist zu schnell gekommen."

*

Drei Tage nach der Geburt des Kindes ließ der Blizzard schließlich nach, und Jessie trat vor die Tür. Die Welt war ein Meer aus glitzerndem Weiß. Von der Koppel vor dem Stall erscholl ein vertrautes Wiehern. Jessie drehte sich um und erblickte Roter Stern, die ihr mit gespitzten Ohren aufmerksam entgegensah.

Jessie war überrascht von der Flut der Gefühle, die sie beim Anblick des Ponys überwältigte. Sie vergrub ihr Gesicht in der roten Mähne und schluchzte. Canard schaute aus der Tür und murmelte: „Gut. Wenn sie weint, wird sie sich bald besser fühlen."

Jessie war ihr Gefühlsausbruch peinlich, und sie zögerte, wieder hineinzugehen. Doch das hungrige Weinen des Kindes zwang sie dazu. Also stürmte sie in die Hütte und zog sich schnell hinter den Vorhang zurück. Canard tat, als hätte er ihr verweintes Gesicht nicht gesehen, und Jessie gab keinen Kommentar dazu ab.

Mit jedem Tag, den sie körperlich stärker wurde, fühlte Jessie sich unruhiger. Es gab noch immer keine Möglichkeit, die Hütte des Trappers zu verlassen, und der Stamm hatte inzwischen sicher das Winterquartier verlassen. Wilder Adler würde sie suchen, doch gab es eine Chance, daß er sie auch fand? Canard war allem Anschein nach tatsächlich ein ehrenhafter Mann, doch es war Jessie trotzdem unangenehm, längere Zeit mit ihm allein zu sein. Jessie hatte keine Ahnung, wie es weitergehen sollte, und so blieb sie und betete. Doch sie hörte nur Schweigen.

Die Tage vergingen, und Jessie verlor sogar die Freude an ihrer kleinen Tochter. Wenn sie sie ansah, erinnerte sie sich an Wilder Adler und seinen Vater, und Traurigkeit überfiel sie.

Canard war so vernarrt in das Kind, daß er sich vollkommen lächerlich machte. Er ging Jessie mit den absurdesten Namensvorschlägen auf die Nerven, doch Jessie wies sie alle zurück.

Sie fütterte und wickelte zwar das Baby, doch sobald das getan war, legte sie die Kleine zurück in die von Canard gebaute Wiege. Dann setzte sie sich entweder in den Stuhl am Fenster und starrte schweigend hinaus, oder sie ging zu Roter Stern, teilte ihre Trauer mit ihr und suchte den Horizont nach einem Zeichen von Wilder Adler ab.

Canard wartete darauf, daß sich ihre Stimmung wieder besserte, doch es sah nicht danach aus, ja, sie schien sogar immer tiefer in ihre Depression zu versinken. Sie schlief viel, arbeitete fast nichts und tat auch für das Kind nur das allernotwendigste. Nachts weinte sie oft, und sie klagte Gott wegen allem an, was vorgefallen war. Doch ihre Worte schienen an der Decke abzuprallen, und schließlich wurde sie es müde, überhaupt zu beten.

Canard beobachtete, wie es mit Jessie immer mehr bergab

ging, und er beschloß, daß er bald handeln mußte. Er kochte die fantasievollsten Mahlzeiten – sie aß alles kommentarlos und nahm trotzdem immer mehr ab. Er spielte und sang und tanzte mit dem Baby, doch Jessie wandte sich einfach ab.

Schließlich war seine Geduld erschöpft. Durch einen Zufall entdeckte er einen Weg, wie er Jessie helfen konnte. Wutentbrannt schrie er sie an: „So, Sie erzählen mir also, daß Gott Ihnen bei der Geburt des Babys geholfen hat und Ihnen Kraft und Gesundheit geschenkt hat, ja? Und wo ist er jetzt, dieser Gott? Er ist weggegangen und hat Sie ganz allein gelassen, die arme, arme Madame, was? Sie haben ein Kind, meine Liebe, und zwar ein gesundes Kind! Ja, ja, der Vater ist tot, ich weiß, aber sehen Sie doch, was Sie haben, verdammt noch mal! Meine Susette ist gegangen und hat das Baby mitgenommen, und der arme Pierre hat gar nichts mehr gehabt!"

Er war vor gerechtem Zorn ganz rot angelaufen. Schnaubend ging er zu Susettes Kiste und zerrte wahllos Kleider heraus. „Ich habe Ihnen gesagt, daß ich Ihnen helfen werde. Ich bin bereit, diesen Stamm zu suchen, wenn es das ist, was Sie wollen. Ich würde Ihnen auch helfen, ein neues Leben aufzubauen, oder was weiß ich, was Sie wollen! Aber Sie sitzen bloß da und sagen überhaupt nichts. Schön. Ich will Ihnen mal was sagen: Wenn Sie sterben möchten, dann tun Sie das endlich. Ich werde Ihnen sogar einen schönen Sarg machen, und ich werde Ihr Kind mit der größten Freude großziehen. Und ich werde die Kleine lieben und ihr endlich einen Namen geben. Also los, Madame!" Er schubste Jessie in ihre Ecke. „Sterben Sie! Los doch!"

Er wandte sich angewidert von Jessie ab, ergriff die schlafende Kleine samt Wiege und stürmte nach draußen. Jessie achtete nicht auf ihn. Sie starrte den Kleiderhaufen an, den er aus der Kiste gezerrt hatte. Mechanisch begann sie, die Stoffreste und angefangenen Stickarbeiten zu untersuchen, die ganz unten in der Kiste gelegen hatten. Plötzlich fiel ihr Blick auf ein bekanntes Muster. Genau so hatte die erste Decke ausgesehen, die sie bestickt hatte! Und da, eine angefangene Patchwork-Decke!

Fieberhaft begann sie die Stoffreste zu durchwühlen. Da! Eine Nadel; etwas angerostet, aber noch brauchbar. Faden – sie brauchte Faden! Auf einmal war sie von dem Gedanken wie besessen, die von Susette begonnene Arbeit fortzusetzen. Sie suchte und sortierte und maß ab und überlegte, und irgendwann in dieser ganzen hektischen Aktivität fing Gott an, ihren Schmerz zu lindern, ohne daß sie es merkte.

Als Pierre zurück in die Hütte kam, fand er Jessie nähend am Fenster sitzen. Ein Haufen Stoffreste, die für ihn wie Lumpen aussahen, war ordentlich nach Farben und Formen sortiert - der Grundstock für Jessies innere Heilung.

*

Das schlechte Wetter hielt an. Der Frühling kam dieses Jahr spät, und Jessie war froh darüber. So konnte sie sich einreden, die Wetterverhältnisse seien der Grund, warum bis jetzt noch nicht nach ihr gesucht worden war. Und das wiederum bewahrte sie davor, eine Entscheidung über ihre Zukunft treffen zu müssen. Sie wartete.

Pierre Canard wurde ihr ein kostbarer Freund. Sie berieten sich nächtelang über einen Namen für das Kind, tranken Dutzende Liter Kaffee und summten Schlaflieder für die Kleine. Und Jessie arbeitete an ihrer Patchwork-Decke. Zwischendurch gingen ihr immer wieder die Stoffreste oder der Faden aus, und Pierre brachte es jedesmal fertig, irgendwo in den verstecktesten Winkeln seiner Hütte einen geeigneten Ersatz aufzutreiben.

Während die Decke langsam Form annahm, wuchsen Jessies Seele wieder Flügel. Sie brachte es sogar über sich, dem Baby das kleine Schlaflied vorzusingen, das sie vor vielen Jahren von Der den Wind reitet gelernt hatte.

Eines Morgens trat sie vor die Hütte, um Roter Stern zu begrüßen, und stellte erstaunt fest, daß der Anblick der kleinen Stute sie nicht mehr aus der Fassung brachte. Nur noch reine Freude über die morgendliche Begrüßung war zu spüren. Zwar stürmten sofort wieder die Erinnerungen auf Jessie ein, doch sie begrüßte auch diese mit einem Lächeln und streichelte die Nüstern des Ponys.

„Ach, Sternchen", sagte sie. „Wilder Adler ist nicht gekommen, und ich kann den Weg zurück allein nicht finden. Pierre sagt, daß die Weißen mehr Land brauchen und die Lakota deswegen bekämpfen. Sie nennen sie Sioux, wer weiß, warum. Ich frage mich, was das für uns bedeutet."

Je schwächer der Schmerz in ihr wurde, desto sicherer war Jessie, daß sie im Frühjahr in die Gesellschaft der Weißen zurückkehren würde. Wilder Adler war nicht gekommen, und sie begann zu glauben, daß Heulender Wolf vielleicht das Instrument gewesen war, das Gott benutzt hatte, um ihr seinen Willen für ihre Zukunft und die des Babys zu zeigen. Jessie nähte und kochte und betete um eine Antwort auf ihre Fragen. Zwar wurden ihre Gebete nicht sofort erhört, aber sie hatte wenigstens auch nicht mehr das Gefühl, sie kämen nur bis zur Hüttendecke.

Noch immer hatte das Kind keinen Namen. In Jessies Herzen gab es nur einen Namen für die Kleine: Tochter des Windes. Doch als sie sich endlich dazu aufgerafft hatte, Pierre ihre Entscheidung bezüglich des Namens mitzuteilen, sagte sie: „Ihr Name ist Elisabeth W. King. Elisabeth nach meiner Großmutter."

„Und das W.?" wollte Pierre wissen.

„Einfach nur W. Eines Tages werde ich ihr erzählen, daß sie fast nach dem Wind benannt worden wäre."

Kapitel 20

An einem schönen Tag im Frühling des Jahres 1855 hatte Corporal Gavin Donovan gerade dienstfrei, als Pierre Canard mit drei Packpferden im Schlepptau ins Fort einritt. Seine Ankunft wäre sicher fast unbeachtet geblieben, wenn er nicht in Begleitung einer Frau und eines Säuglings gewesen wäre. Donovan lehnte sich lässig an die Ecke des Hauptgebäudes, pfiff leise durch die Zähne und sagte gedehnt: „Na, wenn das nicht Mister *Kä-nahrt* ist! Hattest wohl einen angenehmen Winter, Franzmann, was?"

„Das Geschäft lief nicht so besonders. Zuviel Schnee. Hatte Mühe, die Fallen halbwegs offen zu halten."

„Fallenstellen war eigentlich nicht direkt das, was ich meinte", näselte der Corporal mit einem Blick auf Jessie, der Bände sprach. Jessie tat, als hätte sie es nicht gehört und setzte sich aufrecht hin.

Auch Canard überhörte die rüde Bemerkung. Er hielt Elisabeth, während Jessie absaß, und dann gingen sie gemeinsam auf das Gebäude zu, das sich als Laden entpuppte. Einige dürftige Vorräte säumten die Regale, und der Besitzer des Ganzen, Moses Shipman, beklagte sich bei Pierre über die schlechten Lieferungen dieses Winters. „Wenn Sie wollen, könn' Sie 'ne Woche hier warten. Dann kommt 'ne neue Lieferung, und dann hab' ich alles, was Sie brauchen."

„Eine Woche ist kein Problem. Ich kann warten." Pierre wandte sich zu Jessie um. „Wenn Sie draußen warten möchten, werde ich uns jetzt beim Captain anmelden, Madame King."

Die Vorstellung, auch nur einen Augenblick allein der Gesellschaft von Corporal Donovan ausgeliefert zu sein, erschreckte Jessie. „Bitte, Pierre, ich kann für mich selber sprechen." Kaum hatte sie den Satz beendet, verdunkelte Donovans tonnenförmiger Umriß die Tür des Ladens. Er verbeugte sich übertrieben in ihre Richtung, und Jessie preßte sich eng an die Ladentheke, um ihn beim Hinausgehen nur nicht zu berühren.

Draußen holte Jessie erst einmal tief Luft. Im Innenhof des Forts stellten sich gerade eine Menge Soldaten in Reih und Glied auf, wahrscheinlich zum Morgenappell oder etwas Ähnlichem. Jessie folgte Pierre in ein anderes Gebäude, wo er den diensthabenden Soldaten um ein Gespräch mit Captain Woodbury bat.

Captain Angus Woodbury hatte am Abend zuvor Libbys köstlichen Schwarzbeertörtchen zu ausgiebig zugesprochen und die halbe Nacht mit üblem Sodbrennen zu kämpfen gehabt. Als er hörte, daß Pierre Canard ihn zu sprechen wünschte, war er irritiert. Doch er hatte nicht mit seiner Frau gerechnet, die ihre Vorliebe für Schwarzbeertörtchen gestern gezügelt hatte, und zwar weil sie den Wunsch hegte, beim Offiziersball wieder in ihr einziges halbwegs passables Kleid zu passen.

Libby Woodbury stammte aus gutem Hause. Sie hatte damals den bestaussehenden West-Point-Absolventen seines Jahrgangs geheiratet und die größten Hoffnungen in ihn gesetzt. Angus hatte sie auch nicht enttäuscht. Allerdings war sie nicht darauf gefaßt gewesen, daß er ins Nebraska-Territorium versetzt werden könnte, wo er das Kommando über Fort Kearney führen sollte.

„Denk doch mal nach, Libby“, hatte er gesagt. „Da kann man wirklich noch etwas bewirken. Wir werden die Siedler beschützen und so unserem Land dienen!“ Er hatte vor Begeisterung für seine neue Aufgabe fast überirdisch gestrahlt, und die kluge Libby hatte Enthusiasmus geheuchelt, das Porzellan ihrer Urgroßmutter eingepackt und war ihm klaglos nach Westen gefolgt. Dort hatte sie begonnen, sich die Liebe zu erarbeiten, die ihre Ehe nun schon fünfzig kinderlose Jahre zusammengeschweißt hatte, und diese hatte ihr Versprechen besiegelt, Angus treu zu bleiben, bis der Herr einen von ihnen zu sich rief.

Gerade in dem Moment, als Pierre Canards Bitte an Captain Woodburys Ohren drang, entschloß sich Elisabeth, ihrem Hunger durch lautes Weinen Luft zu machen. Und Libby Woodbury hörte sie. Jessie hatte sich gerade auf einer harten Bank niedergelassen und überlegt, wo sie wohl ein ungestörtes Plätzchen finden konnte, um ihr Kind zu stillen, als eine winzige alte Frau ins Büro stürmte.

„Oh, ein *Baby*!“ rief sie begeistert. „Darf ich es mal halten?“ Und schon hatte sie Jessie die Kleine entrissen und wiegte sie hingebungsvoll in ihren Armen. Dann wurde ihr bewußt, was sie da tat, und sie drehte sich zu Jessie um. Elisabeth, von soviel Zuneigung offensichtlich überwältigt, war verstummt.

„Oh, du meine Güte, Sie müssen mich ja für eine völlig durchgedrehte alte Schachtel halten! Ich habe mich Ihnen noch nicht einmal vorgestellt, stimmt's? Mein Name ist Libby. Ich bin die Frau von Captain Woodbury.“

Jessie nickte. „Jessie King, Madam. Schön, Sie kennenzulernen.“

„Sie sind mit Pierre gekommen?“ Mrs. Woodbury lächelte das Baby an, das wie durch ein Wunder in ihren Armen eingeschlafen war.

Jessie wußte nicht recht, wie sie ihr Verhältnis zu Pierre erklären sollte und war daher erleichtert, als die Tür aufging und der Captain den Raum betrat.

Einen Moment lang schauten sich die vier so unterschiedlichen Menschen unschlüssig an, bevor Captain Woodbury das Wort ergriff: „Also, Mr. Canard, Sie wollten mich sprechen?“ Sein Magen machte ihm immer noch Schwierigkeiten, und er rief dem Soldaten im Vorraum zu, er solle ihm einen Tee bringen.

„Äh ... ja, Captain. Also, es ist so: Wie Sie sehen, bin ich in Begleitung dieser Dame hier. Mrs. King ist vor dem Blizzard zu mir gekommen, und –“, er unterbrach sich und fragte Jessie leise, ob er die stark gekürzte Version ihrer Geschichte wiedergeben sollte, auf die sie sich insgeheim geeinigt hatten, um neugierigen Fragen vorzubeugen. Sie nickte, also fuhr er fort: „Ein Sioux hat sie zu mir gebracht, gefesselt und geknebelt. Er hat nur ein paar Pferde für sie verlangt, und natürlich habe ich sofort zugestimmt, vor allem, da ich gesehen hatte, daß sie hochschwanger war. Das Kind kam noch in derselben Nacht, und Gott sei Dank, Mutter und Kind waren wohlauf. Tja, und bis letzte Woche war das Wetter so schlecht, daß wir gezwungen waren, in meinem Haus zu bleiben. Ich wollte Mrs. King hier in Sicherheit wissen, bevor die Flüsse tauen, und deshalb sind wir jetzt hier. Ich habe ihr gesagt, daß sie hier nur auf Freundlichkeit stoßen würde, und ich hoffe, daß Sie ihr weiterhelfen können.“

Während Pierre redete, hatte Jessie den Captain und seine Frau beobachtet. Libbys Gesicht hatte erst Schrecken, dann Mitleid widergespiegelt, und Tränen stiegen ihr in die Augen, als sie auf die schlafende Elisabeth hinuntersah. Sie drückte dem Kind einen Kuß auf die Stirn und lächelte Jessie dann freundlich an. Dies hier war ganz offensichtlich eine Frauenangelegenheit.

„Angus, Lieber“, sagte Libby leise. „Wie immer bist du natürlich derjenige, der die Entscheidungen trifft ... aber meinst du nicht auch, daß wir dieser armen Frau unbedingt helfen sollten? Ganz unbürokratisch? Wenn ich mir vorstelle, was sie alles durchgemacht hat! Was können wir für sie tun, Angus?“ Es war klar, daß Libby Woodbury Jessie unter ihre Fittiche genommen hatte, und sie würde nicht eher ruhen, bis sie ganz sicher war, daß für sie und das Baby gesorgt war.

Angus überlegte gründlich. Libby hatte wie immer keine Geduld mit ihm und drängte ihn ein wenig: „Angus, denk doch nur, wenn ich von Indianern entführt worden wäre! Würdest du wollen, daß ich dann in die Obhut von irgendeinem Offizier komme? Wie würdest du mich behandeln, wenn mir das zugestoßen wäre?“

Das letzte, was Angus Woodbury sich vorstellen wollte, war seine Libby in der Gewalt der Sioux. Er sprach schnell, um das Schreckensbild zu verscheuchen. „Mrs. King, wir werden alles tun, was in unserer Macht steht, um Ihre Familie zu finden und Sie wieder mit Ihren Lieben zu vereinen. Wenn Sie mir bitte einige Daten und Adressen geben würden? Und während wir nachforschen, bringen wir Sie am besten unter bei ..." Die Frage der Unterbringung war gar nicht so einfach zu lösen. Die wenigen halbwegs bewohnbaren Gebäude des Forts waren restlos überfüllt.

Jessie durchbrach das Schweigen. „Um ehrlich zu sein, Captain, ich habe keine Familie. Jedenfalls keine, zu der ich gern zurückkehren möchte oder die sich sonderlich über meine Rückkehr freuen würde."

Captain Woodbury räusperte sich. Wieder tauchte vor seinem inneren Auge das Bild Libbys auf, die an einen Marterpfahl gefesselt war und von wildbemalten, johlenden Rothäuten gequält wurde, und er fühlte sich gedrängt zu sagen: „Mrs. King, dieses Fort ist eine Einrichtung, die dem Schutz der Bürger Amerikas dienen soll, und als der Repräsentant der Regierung möchte ich Ihnen versichern, daß ich alles menschenmögliche tun werde, um Ihnen bei Ihrer Wiedereingliederung in unsere Gesellschaft behilflich zu sein."

Dies war zwar eine hübsche und sehr amerikanische kleine Rede gewesen, doch leider war er damit dem Problem der Unterbringung noch kein Stück nähergekommen, und er hatte auch nicht die kleinste Idee, wie die versprochene Hilfe aussehen sollte. Libby rettete ihn.

„Angus, Mrs. King könnte sich doch fürs erste sicherlich hier im Fort nützlich machen. Die Männer beschweren sich schon eine ganze Weile, daß die Wäsche nicht oft genug gewaschen wird, und wenn im Herbst die neuen Truppen eintreffen ..."

Jessie fügte schnell hinzu: „Ich wäre für jede Art der Beschäftigung dankbar, Sir." Ihre ruhigen grauen Augen hielten die seinen fest. „Der Herr hat mir einen kräftigen, gesunden Körper geschenkt, und er scheint sich dabei etwas gedacht zu haben. Ich scheue mich nicht vor harter Arbeit, schon gar nicht, wenn ich damit mich und meine Tochter ernähren kann."

Elisabeth schien zu merken, daß von ihr gesprochen wurde. Sie wachte auf und begann übergangslos zu schreien. Libby konnte sie diesmal nicht beruhigen und gab sie widerstrebend an ihre Mutter zurück. Dann führte sie Jessie in ein anderes Zimmer, wo sie die Kleine in Ruhe stillen konnte.

Als die zwei Frauen allein waren, sagte Libby: „Die Wäscherei ist bisher nicht mehr als eine Bruchbude, aber Angus hat bereits Pläne für einen Neubau gemacht. Die anderen Wäscherinnen sind sehr nett. Die meisten sind mit Soldaten verheiratet. Ich denke, es dürfte Ihnen gefallen."

„Ich danke Ihnen sehr für Ihre Hilfe, Mrs. Woodbury." Jessie holte tief Luft. „Doch meine große Sorge ist meine Tochter. Kann ich auf Ihre Hilfe rechnen?" Kühle graue trafen blitzende grüne Augen und verstanden sich. Doch Jessie wollte es genau wissen. „Offensichtlich ist Elisabeth nicht Pierres Kind. Ich habe viele Jahre bei den Sioux – wie Sie sie nennen – gelebt, und ich wurde gegen meinen Willen von dort weggebracht. Inzwischen glaube ich, daß es Gottes Wille ist, wenn ich nicht zu den Lakota zurückkehre. Ich kann die Anspannung fühlen, und ich kenne sowohl die Herzen der Weißen als auch die der Sioux. Es wird Schwierigkeiten geben, und schon wegen des Kindes möchte ich nicht im Zentrum dieser Schwierigkeiten sein. Ich bin es Elisabeth und ihrem Vater schuldig, daß sie eine echte Chance hat. Deshalb und nur deshalb habe ich mich entschlossen, wieder unter den Weißen zu leben." Jessie hatte Libby die ganze Zeit fest in die Augen gesehen. „Wollen Sie mir jetzt immer noch helfen?"

Libby Woodbury richtete sich zu ihrer vollen Größe auf – nicht ganz einen Meter fünfundfünfzig – und sagte langsam und feierlich: „Mrs. King, ich verspreche Ihnen hier und jetzt im Namen meines seligen Vaters, daß ich Ihr Geheimnis mit ins Grab nehmen werde. Und noch etwas: Ich liebe Gott, den Herrn, und seine Gebote von ganzem Herzen. Sie können mir vertrauen, Mrs. King."

Jessie lächelte sie erleichtert und dankbar an. Nachdem Elisabeth satt war, führte Libby sie wieder ins Büro des Captains, wo Pierre Canard und ein Soldat warteten, den Jessie noch nicht gesehen hatte. Captain Woodbury verbeugte sich vor Jessie und streckte ihr die Hand hin.

„Mrs. King, ich heiße Sie offiziell in Fort Kearney willkommen.

Dennison hier wird Sie zu Ihrer neuen Unterkunft führen und Sie Gilda vorstellen, die die Wäscherei leitet. Wenn es irgend etwas gibt, was ich noch für Sie tun kann, dann zögern Sie nicht, es mir mitzuteilen!"

Jessie folgte Pierre und dem Soldaten zu einer langen, niedrigen Lehmhütte. Der Soldat öffnete die Tür, und sie betraten einen staubigen Raum, der Jessies neues Zuhause werden sollte. Beim Anblick von Jessies entsetztem Gesicht begann der Soldat hastig, sie zu beruhigen: „Keine Sorge, Madam. Der Captain hat schon den Befehl gegeben, es für Sie zu säubern, und das wird auch sofort passieren. Wir werden Ihnen auch ein paar Möbel besorgen. Es ist zwar kein Palast, aber wohnlich wird's schon werden. Der Lehm sieht nach nichts aus, aber er hält im Sommer schön kühl und im Winter warm. Außerdem bauen wir ja bald ein neues Haus für die Wäscherei, Madam. Das sagt jedenfalls Mrs. Woodbury." Er grinste Jessie an. „Und eine Sache, die wir alle hier sehr schnell gelernt haben, ist folgendes: Mrs. Woodbury mag zwar klein sein, aber was sie sagt, wird gemacht!"

Pierre brachte die Packpferde und begann Susettes Sachen abzuladen, die er Jessie aufgeschwatzt hatte. Dann zeigte er Jessie, wo Roter Stern untergebracht werden sollte. Er selbst würde noch ein paar Tage bleiben, um die neue Warenlieferung abzuwarten, und das freute Jessie.

Als sie sich vergewissert hatten, daß die Tiere gut untergebracht waren, gingen sie noch einmal in den kleinen Laden, und Pierre bestand darauf, ein weiches Biberfell gegen einige Bahnen Stoff, Nadeln und verschiedene kleinere Stücke bunten Baumwollstoffs für Jessie einzutauschen.

„Ich habe doch gesehen, wie gut die Arbeit Ihnen tut", sagte er. „Es ist ein Geschenk für Sie und die Kleine, also nehmen Sie's."

Jessie nahm die Sachen dankbar an.

Als sie wieder zu der Lehmhütte zurückkamen, hatten drei Soldaten den Raum gesäubert, zwei grobe Stühle, einen Tisch, einige Haushaltsgerätschaften herbeigeschafft und einen Schaukelstuhl „mit den besten Empfehlungen von Mrs. Woodbury" vor die Feuerstelle gestellt. Jessie ließ sich mit einem tiefen Seufzer in den Stuhl sinken und wiegte Elisabeth in ihren Armen, die bald einschlief.

Pierre räusperte sich und wandte sich zum Gehen.

„Wir sehen uns doch sicher noch, bevor Sie . . .?" begann Jessie.

„Natürlich! Falls Sie jetzt diese Gilda treffen möchten, werde ich mit Vergnügen die Kleine hüten." Ganz offensichtlich fühlte er sich als Besucher in ihrem Haus unwohl. Die Situation war einfach ungewohnt.

Jessie machte sich also auf die Suche nach Gilda, die sie auf der anderen Seite des Gebäudes vorfand. Sie schrubbte gerade den speckigen Kragen einer Uniformjacke.

„Aha, Sie sind also der Grund für all die Aufregung!" war ihre etwas schroffe Antwort auf Jessies Gruß. Jessie blieb verunsichert in der Tür stehen.

„Wo ist das Baby?"

„Es schläft. Mr. Canard paßt auf sie auf."

„Wie wollen Sie mit einem Baby am Rockschoß vernünftig arbeiten?" Die Frau hatte noch nicht einmal aufgesehen, sondern attackierte mit unverminderter Heftigkeit die Jacke.

„Das schaff' ich schon."

„Erwarten Sie keine Ausnahmebehandlung."

„Nein."

„Das Wasser muß bis fünf Uhr kochen. Wissen Sie, wie man Feuer macht?"

Jessie mußte lächeln. Wenn Sie etwas konnte, dann Feuer machen. „Ja."

„Dann ist das jetzt Ihre Aufgabe."

Zwei Tage später hatte Pierre seine Felle verkauft oder gegen Lebensmittel eingetauscht und machte sich auf den Heimweg. Er nahm Jessies Hände in seine. „Dieses Handarbeiten hat Ihnen so gut über Ihren Kummer und Ihre Einsamkeit hinweggeholfen – vielleicht hätten Sie es mir auch beibringen sollen . . ."

Er räusperte sich, küßte Jessie sanft auf die Wange, streichelte Elisabeth über ihr dichtes, dunkles Haar und ging dann steif zu seinen Pferden.

Kapitel 21

Als Elisabeth zu krabbeln anfing, wünschte sich Jessie oft eine Tragewiege, wie sie bei den Lakota üblich gewesen war. Zuerst hatte sie es grausam gefunden, daß die Kinder darin praktisch gefesselt waren, doch inzwischen war ihr klargeworden, daß dies die beste Methode war, die Kleinen zu beschützen, wenn man nicht ständig auf sie aufpassen konnte.

Irgendwie gelang es ihr auch jetzt, die kleine Elisabeth von den Gefahrenquellen der Wäscherei fernzuhalten. Sie hatte in einer Ecke eine Art Laufstall gebaut, doch als die Kleine größer wurde, brachte sie das provisorische Gebilde derart ins Wanken, daß Jessie fürchtete, sie könnte sich verletzen. Als nächstes band sie Elisabeth ein Seil um die Taille und knotete es an sich selbst fest. Sie ignorierte die Zurufe der Soldaten, die Elisabeth daraufhin ihr „kleines Hündchen" nannten. Ab und zu bot jemand an, ihr das Kind eine Weile abzunehmen, doch sie lehnte jedesmal ab. Erstens traute sie niemandem so recht über den Weg, und zweitens konnte sie den Gedanken nicht ertragen, die Kleine nicht immer um sich herum zu haben.

Sobald Elisabeth sicher auf ihren eigenen Beinen stand, durfte sie überall herumlaufen, da sie sich als durchaus gehorsam erwies.

Das Leben in Fort Kearney wurde bald zu einer monotonen Routine. Jessie stand um vier Uhr morgens auf, zog sich im Dunkeln an und steckte sich, ohne einen Gedanken an ihr Aussehen zu verschwenden, irgendwie die Haare hoch. Dann fachte sie das Feuer an, machte Frühstück für sich und die Kleine, die noch schlief, und eilte dann hinüber in die Wäscherei, um dort ebenfalls das Feuer anzufachen.

Als Elisabeth alt genug war, durfte sie morgens aufstehen, wann sie wollte. Sie machte dann ihr Bett, aß das vorbereitete Frühstück, spülte danach ihre Tasse und den Teller und ging hinüber zur Wäscherei.

Dort nahm Jessie immer ihre Hände in ihren und sprach ein kurzes Gebet für den Tag, der vor ihnen lag. Dieses kleine Ritual gab ihnen beiden ein Gefühl der Sicherheit und des Trostes. Jessie vergaß nie, Gott für seine Hilfe und ihr Zuhause zu danken. Diese Dankbarkeit geriet nie ins Wanken, und vielleicht wirkte Elisabeth auch deshalb so zufrieden. Sie schien nicht zu merken, daß ihr Leben sich deutlich von dem der anderen Kinder im Fort unterschied.

Jessie tat es oft leid, daß sie so wenig Zeit für ihre Tochter hatte. Sie hätte ihr so gern all die Dinge beigebacht, die ein Mädchen wissen mußte, aber die Arbeit schien nie zu enden. So blieb ihr gerade genug Zeit für ein paar grundsätzliche Lektionen. Jessie lehrte Elisabeth lesen und schreiben, und zwar mit Hilfe der Bibel, ihrem einzigen Buch. Sie lernte auch die Hausarbeit, allerdings mehr vom Zuschauen, und sobald sie alt genug war, übernahm sie einige Pflichten. Sie sah sehr wohl, daß sich die Falten im Gesicht ihrer Mutter jeden Tag tiefer einprägten, und sie versuchte mit den Mitteln, die ihr zur Verfügung standen, ihr zu helfen.

Jessie versuchte nicht, ihrer Tochter den Glauben an Gott aufzudrängen. Doch das morgendliche Gebet lehrte Elisabeth den Nutzen einer täglichen Gebetszeit, und sie erkannte an der Art, wie Jessie mit Gott sprach, was lebendig gelebter Glaube war. Jedes Problem besprach ihre Mutter mit ihrem Herrn, und manchmal sagte sie mitten in einem Gespräch: „Darüber sollten wir jetzt mal mit Gott reden, Elisabeth." Dann brachte sie ihr Anliegen vor, ohne auch nur die Augen zu schließen oder den Kopf zu neigen: „Herr, wir brauchen Stoff für ein neues Kleid" oder „Vater, bitte laß Jimmy doch erkennen, daß er Elisabeth weh tut, wenn er ihr an den Haaren zieht."

Kein Anliegen war zu klein oder zu unwichtig, um es vor Gott auszubreiten, und Elisabeth lernte auf diese Weise Gott als einen Vater kennen, der nicht irgendwo in den Wolken saß, sondern den jedes Problem seiner Kinder interessierte und der auch oft ganz praktisch half.

„Wir haben keinen Papa, der für uns sorgen könnte", erklärte Jessie oft. „Aber unser Vater im Himmel weiß genau, was wir brauchen, und er weiß am besten, was gut für uns ist."

Nach den langen Tagen in der Wäscherei schleppte sich Jessie in ihre kleine Wohnung und ließ sich erschöpft in den Schaukelstuhl sinken. Sie war erst vierzig, doch sie merkte bereits, daß sie alt wurde.

Wenn sie sich ein bißchen erholt hatte, lauschte sie Elisabeths Erzählungen von den Abenteuern des Tages. Sie kannte jede Ecke des Forts, jeden Soldaten und jedes Pferd mit Namen, und Jessie hatte sie noch nie über Langeweile klagen hören. Sie hatte Gott schon oft dafür gedankt, daß er ihr ein Kind geschenkt hatte, das sich so gut selbst beschäftigen konnte und ihr dabei eine solche Hilfe war.

Elisabeth war eigentlich von Anfang an ein Segen gewesen. Schon als kleines Kind hatte sie nur selten geschrien, und ihre dunklen Augen erinnerten Jessie oft an ein anderes Augenpaar, das genauso intensiv jede ihrer Bewegungen verfolgt hatte.

Wenn es dunkel wurde, holte Jessie die Bibel hervor und las laut daraus vor. Dies war die einzige Gelegenheit, wo sie streng mit Elisabeth war.

„Es ist ein großer Segen, daß wir Gottes Wort so deutlich vor uns haben", mahnte sie beim ersten Anzeichen von Unruhe. „Wir sollten das zu schätzen wissen, und wir sollten beachten, was er sagt. Laß uns mal sehen, was der Herr uns heute mitteilt." Jessie liebte noch immer ganz besonders die Psalmen.

„Dein Vater mochte sie auch am liebsten", erklärte sie Elisabeth, und die Augen ihrer Tochter leuchteten bei dem Gedanken, daß ihr Papa dasselbe Buch gelesen hatte wie sie. „Er konnte sie zwar nicht selbst lesen, aber ich habe ihm jeden Abend daraus vorgelesen, genauso wie jetzt dir."

Jessie achtete darauf, daß sie die Konzentrationsfähigkeit ihrer Tochter nicht überforderte, denn sie wollte, daß Elisabeth sich auf die abendlichen Lesestunden freute und sich nicht langweilte.

Elisabeth saß still neben ihr und hörte zu. Und Jessie betete jeden Abend leise: „Herr, du hast gesagt, daß dein Wort niemals leer zurückkommt. Ich tue mein Bestes, um Elisabeth zu dir zu führen, aber du allein kannst das Entscheidende tun. Bitte laß es in ihrem Herzen Wurzeln schlagen."

Tagaus, tagein war der Tagesablauf derselbe, und es gab nur wenig Abwechslung in Jessies Leben. Nur der Sonntag bildete eine Ausnahme. Sie begannen den Tag mit einem Gottesdienst, und Jessie schämte sich oft dafür, daß sie diese Gottesdienste nur mühsam über sich ergehen ließ. In Wirklichkeit liebte sie die Sonntage, weil sie ihr die Möglichkeit gaben, aus dem Fort zu entfliehen, hinaus in die Prärie zu reiten und sich zu erinnern.

Gleich nach dem Gottesdienst zogen Mutter und Tochter sich um, holten Roter Stern und ritten zu zweit in die Prärie hinaus. Je weiter das Fort hinter ihnen lag, desto höher stieg Jessies Stimmung. Oft ritten sie zum Fluß hinunter und picknickten an seinem Ufer.

Dann gingen sie spazieren, sangen Lieder, pflückten Blumen, redeten und lachten. Manchmal brachte Jessie eine Handarbeit mit und zeigte ihrer Tochter, wie man häkelte, stickte oder nähte, und sie half ihr, für ihre geliebte alte Puppe Emily ihr erstes eigenes Puppenkleid aus alten Uniformresten zu nähen. Zwar gerieten die Säume etwas krumm und schief, so daß das Kleid auf der einen Seite ein gutes Stück länger war als auf der anderen, aber Jessie lobte es trotzdem überschwenglich.

Immer, wenn sie dort draußen waren, suchte Jessie unbewußt mit den Augen den Horizont ab. *Er ist jetzt schon neunzehn - ein erwachsener Mann*, dachte Jessie und versuchte sich Wilder Adler vorzustellen, wie er mit seinen Freunden auf die Jagd ging. Der Nachmittag war viel zu schnell vorbei. Langsam ritten sie bei Sonnenuntergang zurück zum Fort, zurück zu einer weiteren Woche mit Seifenlauge und Waschbrettern.

Wenn Jessie überhaupt auffiel, wie einsam ihre Existenz war, sprach sie nie darüber. Und wenn Elisabeth sich nach einer Freundin sehnte, sagte sie ebenfalls nichts. Ihr war aufgefallen, daß ihre Mutter zwei Arten zu lächeln hatte. Da war das sanfte Lächeln, das sie normalerweise zeigte, und das nie bis zu den Augen zu reichen schien. Aber es gab noch ein anderes Lächeln, das das ganze Gesicht ihrer Mutter aufleuchten ließ und ein Licht in ihre Augen zauberte. Dieses Lächeln sah Elisabeth nur an Sonntagen, und sie fragte sich manchmal, warum.

*

Elisabeth saß auf der Bank vor der Wäscherei und ließ die Beine baumeln. Sie murmelte etwas vor sich hin und wischte sich mit einer schmuddeligen Hand unwillig die Tränen aus dem Gesicht. „Ich werde nicht weinen ... nicht weinen!" beschwor sie sich selbst.

Jessie setzte sich neben sie und fragte: „Du bist aber früh zurück! War es dir zu heiß zum Spielen?"

Elisabeth nickte und wandte ihr Gesicht ab, aber Jessie hatte die Tränenspuren auf ihren staubigen Wangen längst gesehen.

„Was ist los, Elisabeth? Hast du dir weh getan?"

Die Kleine schüttelte den Kopf. Sie zog die Beine an, betrachtete eingehend ihre Knie und wartete offenbar, daß Jessie wieder ging. Aber diese gab nicht so leicht auf. „Elisabeth! Du mußt mir sagen, was passiert ist."

Plötzlich brach ein ganzer Wortschwall aus Elisabeth hervor: „Ich hasse Jimmy Callaway, ich hasse ihn, ich hasse ihn! Er ist so eingebildet, und er denkt, er wäre etwas Besseres als ich! Er wollte mich nicht in seiner Mannschaft haben, weil ich keinen Papa habe!" Sie schaute ihrer Mutter in die Augen. „Er hat ein böses Wort gesagt!"

Jessie umarmte ihre Tochter, und sie flüsterte: „Jimmy ist nur ein dummer kleiner Junge. Er weiß gar nichts! Du *hast* einen Papa, Elisabeth. Er ist jetzt im Himmel, das ist alles. Trotzdem ist er dein Vater."

Elisabeth wand sich aus Jessies Umarmung. „Erzähl mir von meinem Papa", bat sie schlicht.

Jessie hatte ihr immer nur eine stark verstümmelte Version ihrer Geschichte erzählt. Wieder und wieder hatte sie sich vorgenommen, Elisabeth nun endlich die ganze Wahrheit zu sagen, doch irgend etwas hatte sie immer im letzten Moment zurückgehalten. *Sie muß die Wahrheit wissen*, hatte sie sich stets angespornt, doch dann hatte sie daran gedacht, was es bedeutete, ein Halbblut zu sein. Fast alle im Fort haßten die Indianer. Jessie hatte Angst um ihre Tochter, und wieder verging ein Tag, an dem Elisabeth glaubte, daß ihr Vater Homer King hieß. Jessie wollte das korrigieren. Sie wollte ihr sagen, daß ihr Vater ein wunderbarer, stolzer, schöner, liebevoller Lakota-Krieger namens Der den Wind reitet gewesen war – doch sie brachte es nicht über sich, heute so wenig wie letzte Woche.

„Dein Papa war der netteste, zärtlichste und mutigste Mann,

den ich je getroffen habe", begann sie. „Er hatte schwarzes Haar und dunkle Augen, und er hinkte ein bißchen, weil er sich mal das Bein gebrochen hatte. Er konnte fantastisch reiten und war ein besonders guter Jäger..."

Elisabeth ergänzte: „... und er hat dich ganz, ganz doll liebgehabt."

„Das stimmt, Liebling", nickte Jessie. „Er hat mich sehr geliebt."

„Und du warst ganz, ganz traurig, als er gestorben ist."

„Ich bin ganz, ganz lange Zeit sehr, sehr traurig gewesen. Aber dann wurdest du geboren, und du hast deinem Papa so ähnlich gesehen, daß es fast so war, als wäre er zurückgekommen. Wir mußten von da weggehen, wo ich mit deinem Papa gelebt habe. Und dann kamen wir hierher, nach Fort Kearney. Gott hat uns ein gutes Zuhause gegeben. Wir haben genug zu essen, ein Dach über dem Kopf und Sachen zum Anziehen. Dafür sollten wir Gott dankbar sein."

Jessie schaute ihrer Tochter in die Augen. „Und jetzt gehst du zu Jimmy Callaway und erzählst ihm von deinem Papa. Du mußt dich ganz sicher nicht schämen. Und renn nicht weg. Leute sagen solche bösen Sachen, weil sie es nicht besser wissen. Vielleicht kennt Jimmy Callaway Gott ja gar nicht. Ich weiß, es tut sehr weh, wenn jemand so böse zu dir ist, aber wenn du Jesus um Hilfe bittest, dann fällt ihm bestimmt etwas ein."

Elisabeth dachte über diese Idee ein Weile nach. Dann sprang sie auf und lief singend in Richtung auf den Platz davon, wo die anderen Kinder spielten. Ihre Stimme piepste: „Jimmy kennt Gott nicht, und er kennt Jesus nicht, und er weiß nichts von meinem Papa, und er weiß überhaupt, überhaupt nichts..."

Jessie kehrte lächelnd zu ihrer Arbeit zurück. Doch insgeheim wünschte sie, daß sie endlich den Mut aufbringen würde, Elisabeth die Wahrheit zu sagen.

Kapitel 22

An einem besonders monotonen Tag in Elisabeths zwölftem Lebensjahr rumpelte Jessies Vergangenheit auf einem alten Planwagen ins Fort. Jessie war gerade vor die Tür der Wäscherei getreten und wischte sich mit ihrer Schürze den Schweiß von der Stirn. Es war fast fünfundzwanzig Jahre her, daß Jessie ihn das letzte Mal gesehen hatte, doch George Wood sprang noch immer leichtfüßig vom Kutschbock.

Er schob seinen speckigen Hut aus der Stirn und sah sich um. Jessie stand da wie angewachsen, die Schürze noch halb erhoben, und starrte ihn an. Verwirrung, dann Überraschung und schließlich pure Ungläubigkeit wechselten sich auf Georges Gesicht ab, und dann stürmte er auf sie zu: „Jessie? Jessie King? Bist du das wirklich?“ Dann fügte er hinzu: „Ich kann's nicht glauben! Nach all den Jahren ...!“

Jessie streckte ihm die Hand entgegen. „Hallo, George.“

Da sie anscheinend nichts weiter zu sagen gedachte, übernahm George ihren Teil der Konversation gleich mit. „Jessie - aber wie ...? Wir haben damals nach dir gesucht! Als ihr nicht nachkamt, sind wir zurückgefahren. Wir haben Homer gefunden - den Wagen, die Pferde, aber du, du warst verschwunden. Lavinia hat sich fast zu Tode gesorgt. Aber nach dem Platzregen gab es nicht die winzigste Spur. Was ... wo ...?“ Er brach ab.

Elisabeth kam angelaufen und ergriff Jessies Hand. Als Jessie sie George vorstellte, schaute er sie lange an. Ihr schwarzes Haar floß ihren Rücken hinab, ihre Haut war von der Sonne gebräunt, und innerhalb von Sekunden hatte George kombiniert, was mit Jessie King passiert war, nachdem sie die Suche aufgegeben hatten. „Oh Jessie, es tut mir so leid! Wir hätten weitersuchen sollen -“

Jessie unterbrach ihn. „Der Herr sorgt für seine Kinder, George.“ Die grauen Augen schauten ihn ruhig an und schienen eine unausgesprochene Botschaft zu senden. „Du brauchst dir keine Vorwürfe zu machen, George. Ich habe viel Gutes erfahren in dieser Zeit. Gott hat wirklich alles so eingerichtet, daß es zu meinem Besten gedient hat."

George war verwirrt. Er wechselte das Thema: „Oh, wie wird Lavinia sich freuen, dich zu sehen! Sie wollte eigentlich mitkommen, aber ich habe ihr geraten, zu Hause zu bleiben. Es gibt zuviel Ärger mit den Rothäuten. Wir wohnen im Willamette-Tal drüben in Oregon. Sie wird es nicht glauben, wenn ich ihr erzähle, daß ich dich hier getroffen habe."

„Willst du zum Abendessen zu uns kommen?" fragte Jessie. „Wir wohnen gleich da vorne. Ich kann dir nichts Besonderes bieten, aber ich würde sehr gern hören, wie es euch so ergangen ist."

„Kannten Sie meinen Papa?" wollte Elisabeth wissen.

Bevor George antworten konnte, sagte Jessie: „Nein, Elisabeth. Mr. Wood hat deinen Papa nie kennengelernt. Aber er kommt heute zum Abendessen zu uns, und dann hören wir sicher viele Neuigkeiten von ihm." George war einverstanden.

Elisabeth rannte davon, hocherfreut über die Aussicht auf einen Gast. Das war etwas ganz Neues für sie. Sie hatten noch nie jemanden zu Besuch gehabt, und die Idee gefiel ihr.

Sobald sie außer Hörweite war, sagte George: „Hör zu, Jessie, ich kümmere mich jetzt erst mal um mein Gespann. Wenn du hier fertig bist, laß es mich wissen. Und Jessie – dein Geheimnis ist bei mir in guten Händen."

„Danke, George. Wir essen um sechs."

*

Das Abendessen war einfach, aber Jessie hatte ihr Bestes getan. Sogar eine Tischdecke hatte sie aufgetrieben, und Elisabeth hatte ein paar Wildblumen gepflückt, die den Mittelpunkt der kleinen Tafel bildeten. George bestritt den größten Teil der Konversation. Von den vielen Fragen Jessies und ihrer Tochter angespornt, war er ganz in seinem Element und lachte und scherzte, als ob der Treck nach Westen ein einziges fantastisches Abenteuer gewesen wäre. Lavinia ging es gut, und die Kinder gediehen prächtig. Im Frühjahr hatten sie ein Fieber gehabt, und die kleine Esther wäre fast gestorben. „Doch der Herr hat ihr hindurchgeholfen", sagte George. „Das scheint er immer zu tun."

„Ja", bestätigte Jessie. „Manchmal benutzt er zwar etwas ungewöhnliche Methoden, aber er hilft uns immer hindurch."

George war auf dem Weg in den Osten, um Lavinias Schwester und ihren Schwager zu überreden, auch nach Oregon zu kommen. Er war von der Gegend so begeistert, daß sich Jessie an Marcus Whitman erinnert fühlte.

„Hast du das von Dr. Whitman gehört?" fragte George, als hätte er ihre Gedanken gelesen.

Jessie schüttelte den Kopf, und er erzählte ihr, daß Dr. Whitman, seine Frau und ihre Mitarbeiter von den Indianern getötet worden waren, denen sie hatten dienen wollen.

Seufzend schloß George: „Was für eine Verschwendung! So viele junge Leben auf diese Weise verloren ..."

„Menschen, die Gott gedient haben, haben ihr Leben niemals verschwendet, George", erinnerte ihn Jessie. „Irgendwann werden wir all das verstehen."

George schien es bei der Aussicht auf eine theologische Debatte unbehaglich zu werden. Er erhob sich und ergriff Jessies Hände. „Jessie, wenn Lavinia hört, daß du am Leben bist, wirst du ihr lautes Halleluja vermutlich bis hierher hören. Hast du Zukunftspläne?"

„Nur den, meine Tochter anständig großzuziehen, George."

„In ein paar Wochen komme ich mit den anderen wieder hier vorbei. Warum Lavinia erst erzählen, daß ich dich wiedergefunden habe? Es wäre viel schöner, wenn du und Elisabeth gleich mitkommen würdet! Du könntest dir dort ein gutes Leben aufbauen. Du und Lavinia, ihr standet euch doch so nahe wie Schwestern. Du würdest zur Familie gehören. Was sagst du?"

Jessie zögerte, und George drängte sie nicht. „Nun, denk darüber nach! Du kannst es dir ja überlegen, bis ich wieder hier bin. Und ich hoffe, daß du dann schon gestiefelt und gespornt vor der Tür sitzt!"

„Ich weiß nicht, George ... ich muß das erst gründlich durchdenken."

In dieser Nacht lag Jessie lange wach und versuchte sich vorzustellen, wie es wäre, mit den Woods in Oregon zu leben.

„Was soll ich tun, Herr?" betete sie. Die Prärie hatte ihr den Mann genommen, den sie liebte, doch sie war dennoch so etwas wie ihre Heimat geworden, und sie verspürte kein Verlangen, in die Waldgebiete des nordwestlichen Oregon zu ziehen. Doch andererseits war ihr klar, daß das Leben, das sie hier führte, eine Katastrophe war und daß auch Elisabeth auf die Dauer eine andere Umgebung brauchte. Die Möglichkeit einer Veränderung war als Same in Jessies Herz gefallen, und ohne daß sie es wußte, war ein neuer Lebensabschnitt für sie und Elisabeth eingeläutet worden.

*

An einem Morgen nicht lange nach Georges Aufbruch kam Gilda mit Neuigkeiten in die Wäscherei. Es hatte einen Zwischenfall mit den Sioux gegeben. Ein Spähtrupp des Forts war mit einer Gruppe Sioux aneinandergeraten, und es hatte Verletzte gegeben, die meisten auf der Seite der „diebischen Rothäute", doch auch ein junger Leutnant war ernsthaft verwundet worden.

„Corporal Donovan ist gerade mit den Gefangenen angekommen. Er sagt, er reitet zurück und löscht den Rest der Schufte auch noch aus", stieß Gilda haßerfüllt hervor.

Jessie schaute hinaus und sah, wie einige Soldaten das Grüppchen der Gefangenen durch den Hof trieben. Am Schluß der kleinen Prozession alternder Krieger ging eine Squaw in einem etwas mitgenommenen Rehlederkleid, die ihr Gesicht hinter einer Decke verbarg. Doch Jessie hatte bereits einen Blick auf das einst wunderschöne Gesicht geworfen, das von einer grausamen Narbe entstellt war.

Sie keuchte vor Überraschung und rannte in den Hof hinaus. „Prärieblume!" rief sie auf Lakota, schubste die Soldaten unsanft beiseite und berührte ihre Freundin an der Schulter. Diese wirbelte herum und stammelte: „Die durchs Feuer geht! Bist du es wirklich?"

Ein Soldat unterbrach sie. „Mrs. King, kennen Sie diese Frau?" Er schien es kaum glauben zu können.

Jessie überlegte fieberhaft, wie sie ihm ihre Bekanntschaft mit Prärieblume erklären konnte, ohne Elisabeth zu gefährden.

„Äh ... ja, Corporal Donovan. Vor vielen Jahren, als ich mit meinem Mann auf dem Treck nach Westen war, hatten wir einen Unfall. Eine Büffelherde trampelte unseren Planwagen nieder. Ein kleiner Stamm der Sioux hat uns damals sehr geholfen, und Prärieblume hier gehörte dazu. Sie war sehr freundlich zu mir, und ich habe sie nie vergessen."

Corporal Donovan lächelte schmierig. „Prärieblume, ja? Hat nicht mehr viel von einer Blume, oder? Für mich sieht sie aus wie eine dreckige Indianerschlampe, und die anderen sind noch schlimmer!" Donovan stieß einen der Krieger vorwärts, und dieser bemühte sich, die Wut in seinen dunklen Augen zu verbergen. Er murmelte: „Weißer Hund! Die Adler sollen dein räudiges Fleisch fressen!"

Donovan drehte sich zu dem Pawnee-Scout um, der die Soldaten begleitete. „Was hat er gesagt?"

Jessie antwortete schnell: „Er sagte, daß er den Anführer der Männer sprechen will, die heute gegen ihn gekämpft haben."

Donovan sah überrascht aus, doch als der Pawnee schwieg, erklärte Jessie: „Wir haben lange genug bei den Lakota gelebt, um ein wenig von ihrer Sprache und ihren Bräuchen zu erlernen. Sie schätzen Mut und Tapferkeit sehr, und Sie müssen ihn wohl beeindruckt haben, wenn er Ihren Anführer sprechen will. Das ist ein Zeichen großen Respekts." Jessie betete still, daß Donovan ihr glauben würde und daß Gott ihr die Lügen verzieh.

Donovan schaute den Pawnee-Scout an. „Stimmt das?"

Der Scout warf einen langen Blick auf Jessie, dann auf Prärieblume. Schließlich antwortete er: „Sie sagt Wahrheit. Indianer schätzen Tapferkeit."

Donovan starrte auf Jessies Füße in den Mokassins hinunter und schlug sich mit der Reitpeitsche gegen den Stiefel. „Also gut, Sie sagen diesen Rothäuten, daß sie sich anständig zu benehmen haben. Vielleicht kriegen sie ja dann den Captain zu sehen."

Jessie drehte sich zu den Kriegern um und erkannte plötzlich Redet viel, Prärieblumes Vater. Langsam begann sie zu sprechen. Es war lange her, daß sie das letzte Mal Lakota gesprochen hatte, und sie hatte einige Schwierigkeiten, die richtigen Worte zu finden. „Der weiße Hund sagt, daß ihr Geduld haben müßt. Er ist ein widerlicher, arroganter Nichtsnutz, aber der Captain ist ein guter Mann. Ich werde versuchen, ihn so schnell wie möglich herzuholen."

Noch während sie das sagte, fragte sich Jessie, wie sie dieses Versprechen einlösen sollte. Redet viel sagte nichts, doch Jessie sah seine Augen aufleuchten. Donovan nickte zufrieden über ihre Rede, und Prärieblume senkte den Kopf, damit er ihr Lächeln nicht sah.

„Gut“, sagte Donovan. „Gehen wir.“ Seine Männer schoben die Indianer weiter.

„Corporal“, sagte Jessie, „könnte die Frau nicht mit mir kommen?“

„Mrs. King“, schnarrte Donovan, „diese Rothäute sind offizielle Gefangene der U.S.-Regierung. Ich kann sie nicht einfach irgendwem anvertrauen, der Mitleid mit ihnen hat. Ganz davon abgesehen, woher soll ich wissen, daß Sie ihr nicht zur Flucht verhelfen?“

Jessie errötete leicht, denn dieser Verdacht war gar nicht so abwegig. Doch sie hatte sich schnell wieder unter Kontrolle. „Sie als Gentleman werden doch diese arme Frau nicht mit lauter Männern einsperren, oder?“

Donovans Lippen kräuselten sich zu einem süffisanten Lächeln. „Madam, wir reden hier über ein paar Rothäute. Das ist nicht wie bei Weißen, mit Moral und dem ganzen Kram. Ich glaube kaum, daß es ein Problem ist, sie alle zusammenzustecken.“ Donovan sah die Zornesröte auf Jessies Wangen mit dem größten Vergnügen. Das Ganze entwickelte sich zu einer interessanten Sache. Diese Frau war offenbar tiefer in die Sioux-Geschichte verwickelt, als sie selbst zugab. Seine Neugier war geweckt. Es war ein verflixt langweiliger Sommer gewesen, und dies hier versprach ein wenig Abwechslung. Wieder starrte Donovan auf Jessies Mokassins herunter. Unwillkürlich versteckte sie ihre Füße unter ihren Röcken.

„Einen schönen Tag noch, Ma'm“, sagte Donovan höhnisch und tippte sich mit der Reitpeitsche an seine Kappe. Jessie beobachtete, wie Prärieblume ihr Gesicht vor den Gaffern verhüllte, während Redet viel selbstbewußt voranschritt. Das lange graue Haar umfloß seine Schultern, und er hielt den Kopf stolz erhoben.

Jessie kehrte zu ihrer Arbeit zurück und unterband Elisabeths neugierige Fragerei mit ungewohnter Schärfe. Sie fragte sich, wie sie den Lakota helfen konnte, und sie betete während des ganzen arbeitsreichen Nachmittages. Doch es kam keine Antwort.

*

Während des Abendessens war Jessie auffallend still. Später setzte sie sich schweigend in ihren Schaukelstuhl und rang um eine Antwort. Dabei fiel ihr ein, daß sie noch keine Gelegenheit gehabt hatte, die anderen nach Wilder Adlers Ergehen zu fragen. *Oh bitte, Herr, gib mir etwas Zeit!*

„Mama, wieso hat die Indianerin so eine schlimme Narbe im Gesicht?" unterbrach Elisabeth Jessies Überlegungen.

„Das erzähle ich dir ein anderes Mal, Liebes."

„Mama, kennst du den Indianer mit den grauen Haaren?"

„Ja."

„Wann hast du gelernt, so zu reden wie sie?"

Diesmal kam gar keine Antwort. Elisabeth war von ihrer Mutter noch nie so aus ihren Gedanken ausgeschlossen worden. Ziemlich aufgebracht bereitete sie sich darauf vor, ins Bett zu gehen. Zu ihrer eigenen Überraschung schlief sie jedoch fast sofort ein.

Sobald Jessie sah, daß Elisabeth fest schlief, sprang sie auf und eilte hinaus. Der Horizont war in dunkles Violett getaucht, und mit einem Seufzen erinnerte sich Jessie daran, wie sie mit Der den Wind reitet den Sonnenuntergang beobachtet hatte.

Die Erinnerungen an ihr früheres Leben und die körperliche Sehnsucht nach Der den Wind reitet überfluteten sie und erschwerten ihr das Denken. Warum war da diese Feindschaft zwischen Weißen und Indianern? Und wie sollte sie Elisabeth je die Wahrheit sagen?

Jessie atmete tief durch und kehrte in die Hütte zurück. Kaum hatte sie sich mit ihrer Handarbeit ans Feuer gesetzt, als plötzlich Präriebiume hereinstürmte. Schluchzend warf sie sich vor Jessie auf die Erde. Das Geräusch schwerer Schritte kündigte Corporal Donovan an, bevor seine umfangreiche Silhouette den Eingang füllte. Hinter ihm erscholl das Johlen betrunkener Soldaten.

Jessie stand auf und sammelte ruhig die Stoffstücke ein, die ihr heruntergefallen waren. Sie hatte zwischen Präriebiumes Schluchzern genug verstanden, um zu wissen, was vorgefallen war. Ihre Hände zitterten kaum.

Elisabeth war aufgewacht und schaute nun mit großen Augen verständnislos von einem zum anderen. Jessie umklammerte ihre Schere und trat vor Corporal Donovan. Ihre Stimme war ganz ruhig.

„Corporal Donovan, was gibt es?"

Das Gejohle hinter Donovan hörte abrupt auf, und er antwortete lallend: „Es gipp nur ein Problem, und dassiss diese Rothaut... rennt die einfach weg, dabei wollten wir doch nur bißßßchen nett zu ihr sein..."

Prärieblume fluchte leise, und Jessie sagte: „Vielleicht hat sie ja schon genug von den Nettigkeiten weißer Männer erlebt. Vielleicht möchte sie nicht, daß Sie nett zu ihr sind."

Donovan rülpste laut, kratzte sich unter der Achsel und murmelte eine Antwort, während Jessie sich die Gesichter der anderen Soldaten genau einprägte.

„Ist diese Frau eine Gefangene der U.S.-Armee?" fragte Jessie dann kühl.

„Gef –? Nee, die iss keine Gefangene. Ist einfach hinterhergelaufen, als wir die anderen Ratten gefangen haben."

„Dann verlangt die Armee doch sicherlich nicht, daß Sie eine Indianerin bewachen, die gar keine Gefangene ist. Der Captain wäre sicher nicht sehr erfreut zu hören, daß Sie sie belästigt haben."

Donovan streckte das Kinn vor und blinzelte Jessie mühsam an. „Was scher'n Sie sich überhaupt um diese dreckige Rothaut? Die ist doch alt und häßlich, mit dieser Narbe und so. Also meinetwegen könn' Sie sie haben." Er drehte sich schwerfällig zu seinen Kumpanen um und wiederholte lauter: „Mich interessiert sowieso keine dreckige alte Indianerschlampe."

Die Männer begannen sich zu zerstreuen.

Jessies Herz machte einen Satz, und sie betete, daß Donovan nicht sah, wie ihre Hand mit der Schere zitterte. Die Erwähnung des Captains hatte gewirkt. Donovan war zwar betrunken, aber nicht dumm, und es war ihm durchaus bewußt, daß seine Zukunft in der Armee sehr stark von der Meinung seines Vorgesetzten abhing.

Jessie wagte einen Vorstoß: „Also dann, gute Nacht, Corporal Donovan. Danke, daß Sie Prärieblume hergebracht haben. Ich werde mich um sie kümmern, und Sie werde ich sicher morgen im Büro des Captains sehen, nicht wahr?" Damit trat sie vor, schloß die Tür und drängte Donovan damit aus der Hütte. Leise fluchend wich er zurück, und Jessie beeilte sich, die Tür zu verriegeln. Dann lehnte sie sich dagegen und atmete aus.

Der ganze Raum stank nach Donovans Alkoholfahne und dem Schweißgeruch seines ungewaschenen Körpers. Elisabeth saß aufrecht im Bett und starrte Prärieblume an, und diese starrte unverwandt zurück. Dann verstand sie, und ihre Augen leuchteten, als sie sagte: „Sie hat die Augen ihres Vaters!“

Jessie nickte. „Ja. Und wenn sie lacht, erinnert sie mich oft an Wilder Adler.“

Elisabeth wollte etwas fragen, doch Jessie kam ihr zuvor. „Elisabeth, du mußt jetzt ganz still sein. Prärieblume und ich müssen überlegen, was jetzt zu tun ist, und ich habe ihre Sprache sehr lange nicht mehr gesprochen. Ich muß mich sehr konzentrieren, deshalb darfst du mich nicht stören, ja?“

Elisabeth öffnete den Mund, doch dann nickte sie und kauerte sich schweigend zusammen. Jessie setzte sich zu Prärieblume auf den Boden. „Oh, Prärieblume, ich muß wissen, wie es Wilder Adler geht! Warum hat er nicht nach mir gesucht? Was ist passiert?“

„Als Die alt an Jahren ist wieder zu sich kam und Alarm schlug, hatte der Blizzard schon angefangen.“

Jessie jubelte innerlich – Die alt an Jahren ist war also damals nicht getötet worden. „Wilder Adler und die anderen Jäger wurden im Schnee eingeschlossen, und sie kamen erst nach vielen Tagen zurück. Trotzdem hat Wilder Adler geschworen, dich zurückzuholen, und ist sofort aufgebrochen. Doch der Schnee war so tief, daß er nicht durchs Tor der Büffel gelangen konnte. Er hat es immer wieder versucht, aber zuletzt überredeten ihn die Stammesältesten, daß er warten sollte, bis der Schnee schmolz, um dann mit einem Suchtrupp loszureiten.“ Prärieblume machte eine Pause und lächelte grimmig. „Als der Schnee viele Tage später schmolz, fanden sie zuerst Heulender Wolfs Leiche. Wir dachten, daß er dich und Roter Stern getötet hätte. Es gab keine Spuren.“

Jessie nickte. Es war jetzt ohnehin zu spät. Doch sie wollte mehr hören. „Jetzt erzähl mir von Wilder Adler! Wie geht es meinem Sohn?“

Elisabeth saß mit angezogenen Knien da und beobachtete die beiden Frauen. Sie hatte noch nie einen solchen Ton in der Stimme ihrer Mutter gehört. Sie klang überglücklich, traurig und fast verzweifelt zugleich. Ihre Augen sahen aus, als wäre sie am Verhungern. Worüber redeten die beiden bloß?

„Als wir dachten, du wärst tot, trauerten wir alle sehr, Die durchs Feuer geht. Wilder Adler schnitt seine Haare ab und sang die große Totenklage."

„Und jetzt? Was ist mit ihm? Kämpft er gegen die Soldaten?"

Prärieblume hob die Hand, um die Fragenflut zurückzuhalten. „Er ist ein Jäger, kein Krieger. Aber die Weißen werden immer gieriger. Viele Jäger sind bereits Krieger geworden. Doch Wilder Adler weiß sehr gut, daß seine Mutter eine Weiße war. Es ist sehr schwer für ihn."

Prärieblume warf Elisabeth einen Blick zu und fuhr fort: „Ich werde ihm von seiner Schwester erzählen, und von dir, Die durchs Feuer geht. Du kannst deiner Tochter sagen, daß ihr Bruder ein großer Jäger geworden ist wie sein Vater."

Jessie zögerte, bevor sie flüsterte: „Meine Freundin, ich habe ihr nicht gesagt, daß ihr Vater ein Lakota war. Wir leben jetzt hier unter den Weißen, und sie würden es nicht verstehen."

Prärieblumes sanfte braune Augen blitzten, als sie antwortete: „Man muß sich nicht dafür schämen, die Tochter von Der den Wind reitet und die Schwester von Wilder Adler zu sein!"

Jessie versuchte, sich herauszureden. „Ich weiß . . . ich erzähle ihr ja auch von ihm. Sie weiß nur nicht, daß er ein Lakota war."

Prärieblume war entsetzt. „Du meinst, sie glaubt, daß ihr Vater ein *Weißer* war? Der, mit dem du zusammen warst, bevor du zu uns kamst?"

Jessie nickte schwach.

„Du hast also die Erinnerungen genommen, die Der den Wind reitet gehörten, und hast sie einem wertlosen weißen Mann gegeben?"

Gefühle stiegen in Jessie hoch, die sie längst überwunden zu haben glaubte. Erinnerungen, die sie wieder und wieder an Gott abgegeben hatte, durchfluteten ihr Denken. Nur mit ihrer ganzen Willenskraft gelang es Jessie, die Tränen zurückzuhalten.

Sie räusperte sich und wollte das Thema wechseln. Sie hatte noch gar nicht gefragt, wie es Die alt an Jahren ist ging.

Doch Elisabeth hatte nun so lange geschwiegen, wie sie konnte. „Mama, wie heißt sie denn in ihrer Sprache?" wollte sie wissen.

Dankbar für den Ausweg, erklärte ihr Jessie die Aussprache des Lakota-Wortes, und dann brachte sie Präriebume Elisabeths Namen bei.

„Mama", fragte Elisabeth dann, „glaubst du, daß der Captain Präriebume helfen wird? Wird er die Indianer freilassen?"

„Der Captain ist ein guter Mensch, Elisabeth, aber Redet viel und die anderen haben gegen die Soldaten gekämpft. Ich fürchte, er muß sie dafür bestrafen. Präriebume hat zwar nichts getan, aber sie wird ihren Vater nicht allein lassen."

Während sie sprach, begutachtete Jessie den langen Riß in Präriebumes Kleid und versuchte ihn zu flicken. Doch ihre Nadel war zu schwach für das Leder, und deshalb nahm Jessie ihr einziges anderes Kleid vom Haken und hielt es Präriebume hin. Diese schüttelte abwehrend den Kopf, doch Jessie sagte: „Als Der den Wind reitet mich geheiratet hat, habe ich dein Kleid getragen, weißt du noch? Jetzt kann ich dir helfen, also nimm es."

Präriebume schwankte zwischen ihrer Abneigung, irgend etwas von den Weißen auch nur anzufassen, und der Dankbarkeit gegenüber Jessie, die einmal ihre Freundin gewesen war. Schließlich nahm sie widerstrebend das Kleid und zog es ungeschickt an. Die vielen Häkchen und Knöpfe machten ihr zu schaffen, und die langen Ärmel waren ebenfalls ungewohnt.

Als sie fertig war, schauten die beiden Frauen sich eine Weile schweigend an. Dann sagte Präriebume: „Dieser Mann, von dem du geredet hast – Captain? –, wenn er wirklich ein guter Mensch wäre, dann würde er nicht die Lakota von ihrem Land vertreiben, und er würde den Weißen nicht helfen, die es uns wegnehmen. Und er würde keine Soldaten aussenden, um Frauen und Kinder zu töten. Ich werde jetzt mit Redet viel sprechen. Sie haben ihn und die anderen hinter eine Tür gesperrt, die sich nicht öffnen läßt. Ich muß sie befreien, und dann gehen wir zurück zu unserem Stamm." Sie war schon aus der Tür geeilt, bevor Jessie noch etwas sagen konnte.

Es blieb keine Zeit zum Denken oder Beten, und Jessie wußte, was zu tun war.

„Elisabeth", sagte sie fest. „Zieh dich an. Pack alles halbwegs Wertvolle zusammen und wickle es in diese Decke hier. Vergiß die Bibel nicht! Dann wartest du hier, bis ich zurückkomme."

Irgend etwas in der Stimme ihrer Mutter erstickte die Fragen, die aus Elisabeths Mund quellen wollten. Sie wirkte so entschlossen. Elisabeth nickte nur gehorsam und sprang aus dem Bett, während Jessie in der Dunkelheit verschwand.

Jessies Füße in den Mokassins eilten geräuschlos über den Hof des Forts auf den Vorratsraum zu, in dem die Indianer eingesperrt waren.

Sie sah keine Spur von Prärieblume, aber sie wußte, daß diese irgendwo in der Nähe war. Lautlos betete sie, daß Donovan inzwischen irgendwo seinen Rausch ausschlief. Sicher erwartete er in all seiner eingebildeten Selbstzufriedenheit keinen Fluchtversuch der Indianer.

Jessie fiel beinahe über die schlafende Wache. Sie griff in die Tasche ihrer Schürze und mußte über die Ironie des Schicksals lachen, die Gilda verleitet hatte, ausgerechnet Jessie die Schlüssel für fast alle Gebäude des Forts anzuvertrauen. Sie sei die zuverlässigste Person im Fort, hatte Gilda gemeint. Jessie schüttelte den Kopf, während sie die Tür aufschloß. Die Wache schnarchte laut, und Jessie blieb fast das Herz stehen vor Schreck. Doch dann kratzte der Mann sich nur die Nase und schnarchte leise weiter.

Jessie sah Prärieblume, die hinter dem nächsten Gebäude gewartete hatte und nun vorsichtig um die Ecke lugte. In diesem Moment kam eine starke Hand durch den Türspalt und zerrte Jessie nach innen. Eine andere Hand ergriff ihren Hals und drückte zu.

Verzweifelt kämpfte Jessie dagegen an, und dann spürte sie, daß die Hand losließ. Redet viel hatte Jessie erkannt. In Zeichensprache begannen sie, einen eiligen Fluchtplan zu entwerfen, und in wenigen Sekunden waren die Krieger lautlos in der Dunkelheit verschwunden.

Nur Redet viel blieb zurück. Prärieblume machte Jessie Zeichen, daß sie Elisabeth holen und mitkommen sollte.

Doch Jessie schüttelte den Kopf. Aus einem Impuls heraus nahm sie ihr goldenes Kreuz ab und legte es in Prärieblumes Hände. Die Indianerin versuchte es abzulehnen, denn sie wußte, wieviel es Jessie bedeutete. Der den Wind reitet hatte es gesehen und sie deshalb mit ins Lager gebracht. Und Jessie hatte ihr oft von dem Mann erzählt, der an diesem Kreuz gestorben und dann wieder lebendig geworden war. Prärieblume hatte gesehen, daß der Glaube an diesen Mann zwischen Der den Wind reitet und Die durchs Feuer geht ein besonderes Band entstehen lassen hatte. Doch sie selbst hatte nie so recht verstanden, warum das so war.

Und nun gab Die durchs Feuer geht ihr das Kreuz, das einzige, was sie noch an die Zeit mit Der den Wind reitet erinnerte. Im Dämmerlicht sah Jessie, wie Prärieblume die Arme vor der Brust zu dem vertrauten Zeichen für „Liebe“ kreuzte. Dann wurden auch Prärieblume und ihr Vater von der Dunkelheit verschluckt.

Kapitel 23

Jessie eilte zurück zu ihrer Hütte und fand Elisabeth mit fertig gepackten Sachen gehorsam auf dem Bett sitzend vor. Jessie kontrollierte lediglich, ob die Bibel eingepackt war, dann ergriff sie Elisabeths Hand und rannte mit ihr zu den Ställen. Ein paar Pferde wurden unruhig, als sie den Stall betraten. Jessie pfiff leise, und sie beruhigten sich wieder. Aus der hintersten Ecke erscholl ein leises Wiehern von Roter Stern.

Eilig sattelte Jessie die kleine Stute, hob Elisabeth in den Sattel und führte sie nach draußen. Schweigend verließen sie das Fort, und Jessie rannte eine Weile neben Roter Stern her.

Erst als das Fort bereits ein gutes Stück hinter ihnen lag, saß Jessie vor Elisabeth auf und begann den hastigen Aufbruch zu erklären: „Elisabeth, ich habe etwas getan, was du vielleicht nicht verstehen wirst. Aber ich mußte es tun. Ich habe meinen Freunden geholfen zu fliehen, und jetzt müssen wir machen, daß wir wegkommen, bevor die Soldaten es bemerken. Falls sie uns schnappen ... nun, Gott wird schon auf uns aufpassen. Aber ich bete, daß sie uns nicht finden. Ich habe schon seit einiger Zeit das Gefühl, daß wir das Fort verlassen sollten. Deshalb habe ich überlegt, ob wir Mr. Woods Angebot annehmen und mit ihm nach Oregon gehen. Aber jetzt können wir nicht mehr auf ihn warten. Wir müssen uns beeilen."

Elisabeth dachte eine Weile über die Worte ihrer Mutter nach. Dann sagte sie: „Ich bin froh, daß wir weggehen, Mama. Mir gefällt's im Fort sowieso nicht. Ich würde gern irgendwo wohnen, wo es Bäume gibt und wo wir Freunde haben und so sein können wie alle anderen ... Aber, Mama, wo gehen wir denn jetzt eigentlich hin?"

„Nach Dobytown", sagte Jessie kurz.

„Was?" Elisabeth hatte von diesem Ort so viele schreckliche Geschichten gehört, daß sie gar nicht glauben konnte, daß ihre Mutter anscheinend tatsächlich vorhatte, dorthin zu gehen. Dobytown war nur etwa fünf Kilometer vom Fort entfernt, aber der schlechte Ruf der Stadt reichte viel weiter. Sie galt als Hochburg der Glücksspieler, Huren und Kriminellen, und die wenigen gottesfürchtigen Leute der Gegend mieden sie wie die Hölle.

Genau das war auch der Grund, warum Jessie nach Dobytown gehen wollte. Niemand würde sie dort vermuten. Sie würden erst die Siedlercamps westlich des Forts absuchen, und dadurch würde Jessie einen kostbaren Vorsprung gewinnen. Zwar hatte Jessie keine Ahnung, wohin dieser Vorsprung sie bringen sollte, doch sie vertraute fest darauf, daß Gott ihr einen Weg zeigen würde. Die Angst, daß sie erwischt und womöglich von Elisabeth getrennt werden könnte, schnürte ihr fast die Kehle zu. Wo war der Mut geblieben, der ihr eben noch geholfen hatte, die Indianer zu befreien?

Elisabeth klammerte sich an sie, und Jessies Angst wuchs, während Roter Stern gleichmäßig in Richtung Dobytown trabte. *Was habe ich nur getan? Was habe ich mir bloß dabei gedacht?* hämmerte es in ihrem Kopf. Und doch war sie ganz sicher, daß sie das Richtige getan hatte.

Fürchte dich nicht ... Fürchte dich nicht – da waren sie wieder, die vertrauten Worte, die dem Rhythmus von Roter Sterns Hufschlag zu entspringen schienen. Und wie schon so oft fühlte sich Jessie getröstet. Ihr Gehirn begann wieder zu funktionieren. Wo konnte eine alleinstehende Frau mit einer halbwüchsigen Tochter in diesem Land ein neues Leben aufbauen? Sie brauchten eine Schule, eine Kirche und ... Freunde.

Plötzlich blieb Roter Stern stehen und schnaubte mißtrauisch. Ihre kleinen Ohren spielten nervös. Jessie erkannte vor sich den Schein eines Lagerfeuers und mußte sich eingestehen, daß sie Dobytown wohl verfehlt hatten.

Ein anderes Pferd wieherte Roter Stern entgegen, und ein Mann erhob sich vom Lagerfeuer, das Gewehr angelegt. Seine tiefe Stimme durchschnitt die Dunkelheit: „Wer ist da?"

Elisabeth klammerte sich ängstlich an Jessie, und sie rief: „Nicht schießen! Ich bin nur eine Frau mit meiner kleinen Tochter!"

Das Gewehr senkte sich, und er brüllte: „Woher soll ich wissen, daß das stimmt und ihr nicht irgendwelche Mißgeburten aus Dobytown seid, die mich ausrauben wollen?"

„Ich verspreche es beim allmächtigen Gott, der Himmel und Erde erschaffen hat. Weit und breit sind nur wir zwei!"

„Dann kommen Sie hier ins Licht, wo ich Sie sehen kann!"

Jessie drängte Roter Stern in den Lichtkegel. Elisabeth zog beim Anblick des Fremden scharf die Luft ein und flüsterte: „Mama, der Mann ist ja schwarz!"

Der Mann hatte sie nur allzu gut verstanden. Er streckte seine Arme aus, musterte sie scheinbar erstaunt und rief aus: „Wahrhaftig! Na, das ist ja ... Wie konnte das passieren?" Er grinste Elisabeth breit an, und Jessie entspannte sich ein wenig.

Elisabeths helle Stimme ertönte hinter ihr. „Meine Mama hat gesagt, daß Gott die Menschen in unterschiedlichen Farben gemacht hat, damit es nicht so langweilig ist. Ich kenne weiße und braune Menschen, aber einen Schwarzen habe ich noch nie gesehen. Wir sind auf der Flucht, wissen Sie, weil wir unseren braunen Freunden geholfen haben."

Jessie brachte Elisabeth zum Schweigen und ergriff selbst das Wort. „Meine Tochter und ich wollten eigentlich nach Dobytown. Mein Name ist übrigens Jessie King."

Der Mann schob sich den Hut aus der Stirn. „Dobytown? Was um alles in der Welt wollen Sie denn da? Das ist kein Ort für 'ne Frau und 'n kleines Mädchen."

„Ja, ich weiß ... und unter normalen Umständen wäre ich natürlich niemals ... aber –" stotterte Jessie.

„So, so. Dann ist also jemand hinter Ihnen her, ja?"

„Ich ... ich weiß es nicht genau. Aber wenn, dann –"

Er unterbrach sie: „Wenn, dann würden sie Sie nicht in Dobytown vermuten, richtig?“

Jessie fragte sich, ob Gott ihren Hilfeschrei wirklich so schnell erhört hatte. „Genau“, antwortete sie.

„Und was sind das für ‚braune Freunde‘, denen Sie geholfen haben?“

„Lakota. Äh, Sioux. Im Fort. Ich habe ihnen geholfen zu fliehen.“

Der Mann sagte leise: „Dann sehen Sie besser zu, daß Sie schnell aus der Gegend verschwinden.“ Er wandte seine Aufmerksamkeit Elisabeth zu. „Na, kleine Lady? Hast du Hunger? Komm, bedien dich. Ich habe heute ein Kaninchen geschossen, und es ist noch eine ganze Menge davon übrig.“ Er hob Elisabeth von Roter Stern, und aus irgendeinem Grund machte Jessie keinen Versuch, ihn davon abzuhalten. Sie stieg ebenfalls ab und stand unschlüssig da mit Roter Stern am Zügel, während Elisabeth dem Schwarzen etwas steifbeinig zum Feuer folgte.

Plötzlich drehte der Mann sich zu Jessie um und sagte: „Ich hab' wohl meine sämtlichen Manieren vergessen, Madam! Mein Name ist Joseph Freeman. Ich bin Schmied und habe ein paar Wochen in Dobytown gearbeitet. Aber mir gefällt's da nicht. Das ist keine Stadt für einen ... nun ja, für einen, der was auf die Gebote des Herrn hält und so. Oben am Salt Creek bauen sie 'ne neue Stadt. Soll Lancaster heißen. Da können sie bestimmt 'nen Schmied brauchen. Ich denke, ich schau' mir den Ort mal 'ne Weile an und entscheide dann, ob's mir da besser gefällt.“

Während er sprach, hatte er Jessie ans Feuer geführt und Roter Stern abgesattelt. Er kontrollierte den Sitz ihrer Hufeisen mit geübtem Griff und hobbelte sie dann mit einer Fußfessel an, die er aus seinem Wagen holte. Seine Stimme war angenehm, und Jessie fühlte, wie ein ungewohnter Frieden sie überkam, während sie sich am Feuer aufwärmte.

Joseph Freeman hatte bereits Pläne für sie gemacht. „In Lancaster wohnt eine Witwe, Mrs. Augusta Hathaway. Das ist eine sehr nette Lady, und eine gute Christin noch dazu. Ich hab' noch nie ein schlechtes Wort über sie gehört. Es heißt, daß die Stadt sehr schnell wächst, und Mrs. Hathaway wird Ihnen sicher gern helfen, sich dort einzugewöhnen. Falls Sie nichts dagegen haben, mit einem Farbigen gesehen zu werden, nehm' ich Sie gern mit. Es wäre einfach nicht richtig, wenn Sie nach Dobytown gehen würden ... nein, Madam. Das wäre ganz falsch."

Freeman hielt inne. Die Frau war eingeschlafen, das Kind eng an sich geschmiegt.

„Du meine Güte, Joseph, wann wirst du endlich lernen, mal den Mund zu halten? Jetzt hast du die arme Frau doch wahrhaftig in den Schlaf geredet!" murmelte er zu sich selbst. Dann rollte er seine Decke in gebührendem Abstand am Feuer aus. Er nahm die Decke vom Sattel der roten Stute, um die Frau damit zuzudecken. Dabei fiel die Bibel heraus, und er wischte sie sorgfältig ab, bevor er sie neben Jessie auf den Boden legte.

*

Am nächsten Morgen erwachten Jessie und Elisabeth vom Duft frisch gebrühten Kaffees. Elisabeth war voller Begeisterung über die Freundlichkeit ihres nächtlichen Bekannten, und Freeman lachte gutmütig über ihr fröhliches Geplauder. Als er Jessie eine Tasse dampfenden Kaffee reichte, sagte er: „Ich würde sehr gern ein paar Worte aus Ihrer Bibel da hören, wenn's Ihnen recht ist, Madam."

Jessie lächelte ihn an und fühlte sich sofort wohler in seiner Gegenwart. Egal, wo er herkam – wenn er Gottes Wort liebte, war er ein Freund.

„Haben Sie eine Lieblingsstelle, Mr. Freeman?"

„Oh, nein, Madam. Ich habe nie lesen gelernt. Ich höre nur so gern zu, wenn jemand aus der Bibel vorliest." Er war aufgestanden und hatte den Hut abgenommen, als ob er eine Segnung erwartete.

Jessie schlug ihre geliebten Psalmen auf. „‚Ich traue auf dich, oh Herr...'" Leise las sie den Psalm vor, und Joseph schien die Worte geradezu aufzusaugen. Als Jessie geendet hatte, flüsterte er ein tief empfundenes „Amen!". Er setzte den Hut wieder auf und machte sich dann mit neu erwachter Energie daran, Roter Stern und sein eigenes Gespann einzufangen und zu versorgen.

„Wie ich gestern schon sagte, Madam, bin ich unterwegs nach Lancaster. Das ist etwa 250 Kilometer von hier, am Salt Creek. Ich kenne da eine Frau, Mrs. Hathaway. Sie ist eine sehr nette Lady. Witwe. Sie würde sich sicher freuen, Sie zu Besuch zu haben. Der Ort ist gerade im Entstehen, es wohnen vielleicht so dreißig Leutchen da. Wer immer Ihnen auf den Fersen ist, würde Sie wohl kaum dort suchen, denke ich."

„Ich wäre Ihnen sehr dankbar, wenn wir Sie begleiten dürften, Mr. Freeman. Es scheint wirklich so, als hätte Gott selbst Sie geschickt. Wenn Sie wirklich glauben, daß Mrs. Hathaway nichts gegen zwei Pilger hätte, die einfach bei ihr hereinplatzen, dann kommen wir sehr gerne mit Ihnen."

Mit diesen Worten hatte Jessie Roter Stern bestiegen und winkte Elisabeth, hinter ihr aufzusitzen. Doch Elisabeth hatte ihre eigenen Vorstellungen von der Weiterreise. „Ich will nicht die ganze Zeit reiten, Mama. Kann ich nicht bei Mr. Freeman im Wagen mitfahren?"

Peinlich berührt von Elisabeths Dreistigkeit wollte Jessie sie zum Schweigen bringen, doch Freeman sagte: „Ich würde mich geehrt fühlen, Miss!"

Jessie zögerte, und Freeman verstand das falsch. „Tja, kleine Lady, es wäre wohl nicht passend für dich, mit einem fremden Mann auf dem Wagen zu fahren. Deine Mama hat ganz recht. Los, los, steig auf das Pony, und mach deiner Mama keinen Ärger."

Als Elisabeth zögerte, hob er sie kurzerhand hinter Jessie aufs Pferd, wo sie mürrisch sitzen blieb. Dann machten sie sich auf den Weg.

Die meiste Zeit ihres Lebens war Jessie gegen ihren Willen irgendwohin mitgeschleppt worden, eine unfreiwillige Teilnehmerin der vielen Ereignisse und Aufbrüche, die ihr Leben bisher geformt hatten. Erst die neuerliche Begegnung mit Prärieblume hatte das geändert. Das erste Mal hatte Jessie, ohne lange nachzudenken, etwas getan, was ihr ganzes Leben veränderte. Als sie jetzt hinter Freemans Wagen herritt, hatte sie Zeit, über die Folgen dieser Entscheidung nachzudenken. Es schien ihr, als ob Gott diesen Weg unterstützte. Immerhin hatte er Joseph Freeman genau im richtigen Moment aus dem Hut gezaubert, und er führte sie nun zu einem neuen Ort und vielleicht einem neuen Lebensabschnitt.

Während der Tag verging, verstärkte sich in Jessie das Gefühl, auf dem richtigen Weg zu sein. Es schien ihr vollkommen richtig,

Joseph Freeman zu folgen, und ihr Herz floß auf einmal vor unerwarteter Freude und Zuversicht über. Sie begann zu summen. Freeman erkannte die Melodie und stimmte mit ein, und bald darauf sangen sie zu dritt alle Kirchenlieder, die sie auswendig konnten. Während sie gemeinsam sangen, begann sich das warme, unbeschreibliche Band zwischen ihnen zu knüpfen, das man Gemeinschaft nennt.

*

Am nächsten Tag saß Elisabeth neben Mr. Freeman auf dem Kutschbock. Jessies Angst vor ihren Verfolgern schwand immer mehr. Wenn der Herr für sie war, wer konnte da gegen sie sein? Sie erzählte Freeman sogar etwas mehr über ihre Flucht aus Fort Kearney. Er hörte schweigend zu, doch schien seinerseits nichts aus der Vergangenheit berichten zu wollen.

Als die Stille ungemütlich wurde, sagte Elisabeth: „Sie reden ganz anders als die Leute in Fort Kearney, Joseph. Warum?“

„Mr. Freeman, Elisabeth!“ korrigierte Jessie.

Freeman lächelte. „Schon in Ordnung. Du kannst mich ruhig Joseph nennen. Schließlich sind wir Reisekameraden, da muß es ja nicht so formell zugehen. Aber jetzt zu deiner Frage: Ich rede anders, weil ich nicht aus der Gegend hier komme. Ich rede so, wie alle Leute reden, die da herkommen, wo ich herkomme.“

„Und wo ist das?“

„South Carolina.“

„Ist das sehr weit weg?“

„Oh ja.“

„Noch weiter als Illinois?“ Jessie nickte, und Elisabeth sagte: „Mama sagt, daß sie und Papa den ganzen Weg von Illinois bis hierher gekommen sind, daß es eine sehr anstrengende Reise war und Monate gedauert hat. Dann ist Papa gestorben, und wir mußten hier in Nebraska bleiben und im Fort arbeiten. Mama sagt, der Herr hat sie stark gemacht, damit sie hart arbeiten kann, deshalb konnte sie auch ganz allein für uns sorgen. Sie wollte nach Papas Tod keinen anderen Mann heiraten, deshalb sind wir im Fort geblieben. Und warum sind Sie den ganzen weiten Weg von South Carolina nach Nebraska gekommen, Mr. Joseph?“

„Elisabeth! Mr. Freeman hat keinerlei Anlaß, uns seine persönlichen Angelegenheiten mitzuteilen. Und du, junge Dame, hast wohl deine Erziehung vollkommen vergessen, daß du hier einfach unsere ganze Lebensgeschichte erzählst!“ rief Jessie aufgebracht.

Freeman sagte beschwichtigend: „Ist schon in Ordnung, Madam. Es gibt sowieso nicht viel zu erzählen. Ich hab' fast vier Jahre bei der Armee gedient. Dann hat's mich bei einem Kampf erwischt. Kopfverletzung. Als ich zu mir kam, lag ich mutterseelenallein in einem Heuhaufen. Da hab' ich mich dann nach Westen aufgemacht. Hab' nicht einmal angehalten, bis ich den Missouri überquert hatte. Und jetzt bin ich hier.“

Elisabeth war noch nicht zufrieden. „Und kommt Ihre Familie nach, wenn Sie sich hier niedergelassen haben?“

„Elisabeth!“ Jetzt war Jessie wirklich wütend.

Elisabeth verteidigte sich. „Aber Mama, Corporal Donovan hat mir erzählt, daß er seine Frau und die Kinder in den Westen holt, wenn er sich hier ein Leben aufgebaut hat, und ich dachte, vielleicht hat Mr. Freeman das auch vor.“

Bei der Erwähnung des Wortes „Familie“ war Freemans Gesicht zu einer Maske erstarrt. Das milde Lächeln war verschwunden, und er starrte krampfhaft auf seine Hände hinunter. Doch er antwortete Elisabeth trotzdem ehrlich auf ihre Frage. „Ich hatte eine Frau und zwei Jungen. Sie wurden verkauft, bevor der Krieg anfing“, murmelte er.

Jessie tat der Mann unendlich leid. Sie wollte seine traurige Geschichte gar nicht hören, aber es schien ihm zu helfen, daß er sie jemandem erzählte. Elisabeth sah ihn nur entsetzt und verständnislos an. Sie hatte von der Sklaverei gehört, doch erst jetzt wurde sie sich der Grausamkeit und Unmenschlichkeit der ganzen Angelegenheit bewußt.

Freeman fuhr fort: „Der Massa hatte versprochen, daß er nie eine Familie auseinanderreißen würde, aber als die Zeiten hart wurden, hat er sein Wort gebrochen. Schätze, das tut wohl jeder irgendwann mal. Als der Krieg losging, bin ich sofort abgehauen und hab' mich auf die Suche nach Mattie und den Jungs gemacht. Aber es hatte keinen Zweck. Sie waren wie vom Erdboden verschwunden. Ich hoffe, sie sind durchgekommen ...“ Seine Stimme verlor sich in einer Vergangenheit, die Jessie und Elisabeth nie verstehen würden.

Schließlich atmete er tief ein, wischte sich mit der Hand übers Gesicht und sagte freundlich zu Elisabeth: „Sei Gott dankbar, daß du bist, was du bist, Kleine. Du hast es zwar nicht leicht, aber wenigstens warst du immer frei. Du mußtest nie Angst haben, daß deine Mama verkauft wird und du sie nie wiedersiehst. Oder daß du selbst verkauft werden könntest. Dafür kannst du wirklich dankbar sein."

Elisabeth nickte ernst. „Mr. Joseph ... Sir, ich werde für Ihre Mattie und die Kinder beten. Mama sagt, daß Gott für seine Kinder sorgt. Manchmal, wenn ich mich ganz stark nach meinem Papa sehne, dann stelle ich mir vor, wie ich ihn mal im Himmel sehen werde, und wie er mich dann ganz fest in die Arme nimmt, dann fühle ich mich gleich besser. Vielleicht ..." Ihre Stimme zitterte, und sie wußte nicht mehr weiter.

Ein leichtes Lächeln stahl sich auf Freemans Gesicht. „Weißt du, Elisabeth, genau so mache ich's auch. Wenn ich es nicht mehr aushalten kann, dann rufe ich Gott um Hilfe an, und irgendwie schafft er es immer, daß es nicht mehr so weh tut. Heute zum Beispiel hilft er mir, indem er dich all diese schönen Sachen sagen läßt über den Himmel und so. Ich freue mich wirklich auf den Tag, an dem ich durch dieses Tor gehe und die drei schwarzen Gesichter mich begrüßen!" Er schrie jetzt fast. „Herrgott, was wird das für ein Fest geben!" Dann stand er auf, um nach den Pferden zu sehen.

Kapitel 24

Am Morgen des neunten Tages ihrer Reise überwanden die müden Pilger einen niedrigen Hügel und hielten dann inne, um das Bild in sich aufzunehmen, das sich ihnen bot. Joseph Freeman war der Anblick wohlbekannt.

„Das ist die Salzebene", erklärte er.

Die öde, baumlose Fläche vor ihnen war teilweise von einer grellweißen Schicht bedeckt, die wie polierter Marmor aussah. Das Land war mit einer dicken Salzkruste bedeckt, die jede Form von Vegetation im Keim erstickte.

„Wo kommt denn das ganze Salz her, Joseph?" wollte Elisabeth wissen.

„Siehst du die Risse da?" Er zeigte auf einige tiefe, schwarze Spalten in der ausgetrockneten Ebene. „Die sind der Grund, warum wir außen um das ganze Ding rumfahren statt mittendurch. Wenn der Wagen in so eine Spalte rutscht, dann kann das ganz schön gefährlich sein. Und ob du's glaubst oder nicht, zweimal am Tag wird diese ganze Fläche hier überflutet. Pünktlich, wie mit der Uhr gemessen. Das Wasser kommt irgendwo aus dem Boden und steigt durch die Risse nach oben. Es ist nur ganz flach, aber jedesmal, wenn es dann wieder versickert, bleibt eine Schicht Salz zurück. Und von überall her kommen dann die Leute und sammeln es ein."

Joseph hatte ihnen von dem florierenden Geschäft mit dem Salz erzählt, und Jessie sah nun, daß das Salz tatsächlich die Zukunft dieser Gegend bedeutete. In einer Stadt zu wohnen, deren Existenz so gut abgesichert war, bedeutete viele Vorteile, vor allem für Elisabeth.

Sie zogen am Rand der Ebene entlang in Richtung Südosten.

Als sie Lancaster schließlich erreichten, sank Jessie das Herz. Die „Stadt" bestand bisher lediglich aus ein paar Gebäuden: Ein zweistöckiges Gebilde aus rotem Sandstein, zwei Holzhütten, ein Häuschen mit Grasdach, ein winziges Steinhaus und ein paar Ausschachtungen. Als sie näher kamen, entdeckte Jessie noch ein paar weitere Hütten, doch es schien keine Hauptstraße, keine Kirche und auch keine Bäume zu geben. Sie durchquerten ein ausgetrocknetes Bachbett. Ein Kojote kreuzte ihren Weg, schaute sie neugierig an und trottete dann ohne Eile weiter.

Vor einer der größeren Holzhütten hatte sich eine kleine Menschenmenge angesammelt. Joseph lenkte das Gespann dorthin, doch niemand schien ihre Ankunft zu bemerken. Alle konzentrierten sich auf die Worte eines großen, bärtigen Mannes, der offensichtlich eine Art Rede hielt.

„Meine Herren ... und Damen ... obwohl dies keine offizielle Kundgebung ist, meine ich doch, daß es unsere Pflicht ist, Sie davon in Kenntnis zu setzen, daß die Kommission einhellig beschlossen hat, Lancaster zur Hauptstadt dieses großartigen Bundestaates Nebraska zu ernennen." Hurrarufe wurden laut, und einige der Männer warfen ihre Hüte in die Luft. Ein paar kleine Jungen, die offenbar gerade vom Fischen kamen, trotteten vorbei, hörten kurz zu, verloren aber bald das Interesse und schlenderten weiter.

Eine große, schwarzgekleidete Frau hatte die Neuankömmlinge entdeckt und kam nun auf sie zu. Mit tiefer Stimme rief sie: „Bist du das, Joseph Freeman?"

„Jawohl, Mrs. Hathaway. Und ich habe zwei arme Seelen mitgebracht."

Jessie rutschte nervös im Sattel herum, während Augusta Hathaway sie musterte. Die Frau wußte offensichtlich genau, was sie wollte. Sie schaute von Jessie zu Elisabeth, dann zu Roter Stern, ihrem Gepäck und Jessies Füßen in den Mokassins. Jessie kam sich vor, als sei sie gewogen und für brauchbar befunden worden.

Das runde Gesicht der Frau zerknautschte sich zu einem freundlichen Grinsen, und sie zwinkerte Elisabeth zu. „Was für ein bunter Haufen! Tja, dann auf nach Hause. Ich habe jede Menge zu essen im Haus", sagte sie fröhlich. Dann zwinkerte sie Jessie zu: „Und dort erzählen Sie mir, wie Sie dazu gekommen sind, mit diesem bemitleidenswerten Lumpensack herumzuziehen!"

Augusta Hathaway war es offensichtlich gewohnt, daß man ihre Anweisungen umgehend und ohne Rückfragen befolgte. Bevor Jessie sich noch vorstellen konnte, hatte sie bereits ihre Röcke gerafft und ging mit großen Schritten auf ein zweistöckiges Holzhaus zu. Jessie stieg steifbeinig vom Pferd, und schon wurde sie von Augusta Hathaway am Arm gepackt, in das Haus gezerrt und auf einen Stuhl gedrückt. In Windeseile stand ein dampfender, hochbeladener Teller vor ihr auf dem großen Tisch. Dann stützte Augusta die Hände in die Hüften und befahl Joseph, daß sie ihm jetzt sofort erklärte, wie er dazu kam, hier so einfach mir nichts, dir nichts aufzutauchen und ihr zwei neue Mäuler zum Stopfen aufzuhalsen.

Doch bevor er irgend etwas sagen konnte, wandte sie sich bereits an Elisabeth: „Du kannst so viel Milch haben, wie du willst, Kleine. Ich hab' jede Menge davon."

Joseph öffnete den Mund, um zu einer Erklärung anzusetzen, doch wieder unterbrach ihn Augusta. Diesmal sprach sie zu Jessie: „Dieser Mann ist der beste Schmied, den ich je gesehen habe. Er wollte mir nicht glauben, als ich ihm gesagt habe, daß Dobytown kein Ort für einen rechtschaffenen Mann ist. Er mußte es erst am eigenen Leib erfahren. Typisch Mann."

Ohne eine Antwort von Jessie zu erwarten, wandte sie sich an Joseph: „Also, raus mit der Sprache, Kerl! Was um alles in der Welt hast du diesmal vor? Hast du's endlich kapiert und läßt dich hier nieder? Jetzt sind wir sogar Hauptstadt, na, wenn das keine Aussichten sind!"

Jessie begann sich zu fragen, ob Augusta wohl je eine Antwort auf ihre Fragen erwartete. Sie redete immer noch: „Meine Güte, Joseph, jetzt setz dich endlich hin und iß! Vor lauter Zukunftsmusik habe ich ganz vergessen, dir einen Teller zu holen. Tut mir leid."

Damit holte sie eine weitere Riesenportion Kartoffeln und Fleisch, stellte sie ohne Umstände vor Joseph hin und reichte ihm ein Besteck in einer blütenweißen Serviette.

Gehorsam begann Joseph zu essen.

„Tja, sieht so aus, als würde er mir nichts erzählen wollen. Also, meine Liebe, dann reden Sie doch wenigstens mit mir. Wie sind Sie denn nach Lincoln gekommen? Das ist übrigens der neue Name der Stadt, Joseph – Lincoln! Im Gedenken an unseren armen Präsidenten, Gott hab' ihn selig." Sie zerdrückte eine Träne. „Na ja! Jedenfalls sind wir jetzt ein offizieller Bundesstaat, und Lincoln hier ist die Hauptstadt. Ach, und noch was, Joseph. Es wird dich sicher interessieren, zu hören, daß die Schwarzen in Nebraska Wahlrecht haben."

Joseph schaute ungläubig von seinem Teller hoch, und Augusta versicherte ihm, daß es stimmte.

Jessie wartete immer noch auf eine Gelegenheit, Augustas Fragen zu beantworten. Allerdings – welche der vielen Fragen sollte sie beantworten, falls sie je die Möglichkeit dazu hatte?

Wie üblich ergriff Elisabeth die Initiative und sagte: „Wir haben uns im Dunkeln verirrt, und Roter Stern ist zu Mr. Josephs Lagerfeuer gelaufen. Ich hatte zuerst Angst vor ihm, weil er schwarz ist und ein Gewehr in der Hand hatte. Aber dann hat er gelächelt, und ich wußte sofort, daß er mein Freund werden würde. Ich mag Leute mit lauten Stimmen. Sie haben auch eine ganz schön laute Stimme, Mrs. Hathaway, aber Sie haben mir zugezwinkert, und ich glaube, Sie könnten auch meine Freundin sein."

Augusta lachte leise in sich hinein. „Nun, es scheint, als ob mein etwas... wüstes Auftreten bei dir nicht viel Wirkung zeigt, junge Dame. Ich muß wohl noch etwas an meiner furchterregenden Ausstrahlung arbeiten. Laß bloß nicht bekannt werden, daß Augusta Hathaway in Wirklichkeit ein weichgekochtes Ei ist!" Sie grinste Elisabeth breit an und wandte sich dann Jessie zu.

Jessie bezweifelte, daß irgend jemand sie nicht respektieren könnte. Trotz ihrer donnernden Stimme und ihrer etwas schroffen Art verbreitete sie allerdings so viel Herzlichkeit um sich her, daß man sie sofort mögen mußte.

Zu guter Letzt fragte sie Jessie noch einmal nach ihrer Geschichte und wartete auch tatsächlich ihre Antwort ab. Schweigend faltete sie die rauhen Hände, während Joseph lautstark Kaffee schlürfte, um die plötzlich eingetretene unangenehme Stille zu entschärfen. Elisabeth baumelte mit den Beinen und nippte an ihrer Milch, und Augusta wartete geduldig auf Jessies Erklärungen. Schließlich raffte sich Jessie zu einer Antwort auf.

„Meine Tochter und ich haben viele Jahre in Fort Kearney gelebt. Ich habe dort als Wäscherin gearbeitet, seit Elisabeth noch ein Säugling war. Mein Mann starb vor Elisabeths Geburt, und so mußte ich mich allein durchschlagen. Dann ... traten ... nun, gewisse Umstände ein, die es für mich nicht ratsam machten, länger im Fort zu bleiben. Wir schlichen uns in der Nacht davon, und Gott führte uns direkt an Mr. Freemans Lagerfeuer. Er bot uns an, ihn hierher zu begleiten. Wir brauchen ein neues Zuhause. Joseph scheint der Ansicht zu sein, daß Lancaster – Lincoln – noch eine große Zukunft vor sich hat. Ich muß an meine Tochter denken. Eine große Stadt, das bedeutet eine Schule, eine ... eben eine Chance für ein besseres Leben."

Augusta Hathaway war sich völlig darüber im klaren, daß dies nur ein Bruchteil der wahren Geschichte gewesen war. Doch die grauen Augen ihres Gegenübers warnten sie, nicht weiter zu fragen. Die Frau war nicht dumm, entschied Augusta, und sie hatte

Rückgrat. Es erforderte eine Menge Mut, die gewohnte Umgebung zu verlassen und ein neues Leben anzufangen. Das sagte sie auch zu Jessie.

„Mut? Nein, Mrs. Hathaway. Ich habe keinen Funken Mut in mir. Ich hasse es, Entscheidungen zu treffen, aber Gott scheint mich trotz meiner Schwäche immer geführt zu haben. Es schien mir richtig, hierher zu kommen."

„War es denn nicht auch das einzige, was Sie tun konnten?" fragte Augusta.

„Ehrlich gesagt - nein. Bevor wir Fort Kearney verließen, erwarteten wir die Rückkehr eines alten Freundes, der uns gefragt hatte, ob wir ihn nach Westen begleiten wollten. Aber... wir konnten nicht auf ihn warten. Und ich hatte ohnehin beschlossen, nicht mit ihm zu gehen."

„Warum um alles in der Welt, wenn er doch ein Freund war?"

Jessie bemühte sich, die richtigen Worte zu finden. „Ich weiß es nicht genau. Es schien mir nur nicht richtig zu sein. Elisabeth ist hier geboren worden, in der Prärie. Und irgendwie hänge ich an dem Land. Es geht einem in Fleisch und Blut über, finden Sie nicht? Ach, das klingt dumm, ich weiß!"

Augusta fiel ihr ins Wort. „Nein, das tut es nicht. Mir geht es genauso. Ich bin in Minnesota aufgewachsen, umgeben von Bäumen. Man sah überhaupt nichts von der Gegend vor lauter Bäumen. Sie schlossen einen ein und waren immer für Überraschungen gut. Als ich den Missouri überquert hatte, wußte ich sofort, daß ich hierher gehöre. In der Prärie kann man bis zum Horizont sehen und manchmal noch weiter." Ihre Stimme wurde weich. „Das Land hat mir meinen Mann, meine Schwester und ihre Kinder geraubt... die Cholera... eigentlich müßte ich es hassen, aber so ist es nicht. Es paßt zu mir. Lincoln wird eines Tages eine große Stadt sein, und das Hathaway-Hotel wird dazugehören!"

Josephs Interesse erwachte neu. „Das Hathaway-Hotel?"

Augustas Lebensgeister schienen zurückgekehrt. Sie sprang auf und gestikulierte lebhaft. „Genau, Joseph. Das Hathaway-Hotel. Bald werden hier jede Menge Leute aufkreuzen, Steinmetze und Schreiner und so weiter. Erst mal müssen sie eine Stadtverwaltung oder so was bauen, dann eine Kirche, eine Schule und so weiter.

Diese Leute müssen auch alle irgendwo schlafen. Ich sehe schon, wie ich hier jeden Abend zwei Dutzend Leute verköstige. Das Hathaway-Hotel wird das beste Haus am Platz sein, ach, was red' ich, das beste in der ganzen Gegend! Nun, Joseph, wirst du jetzt endlich den Schuppen nehmen, wie ich es dir schon hundertmal gesagt habe, und eine Schmiede daraus machen? Als du weg warst, habe ich sogar noch eine Idee gehabt: Wir könnten das Ganze noch zu einem Mietstall erweitern."

Joseph grinste sie breit an. „Mrs. Hathaway, ich habe tausendmal darüber nachgedacht, und mir scheint, ich kann wohl gar keine bessere Gelegenheit kriegen, meinen Weg zu machen. Und wenn sie mich hier sogar wählen lassen, dann würde ich doch sagen, daß Nebraska von jetzt an mein Zuhause ist!"

Augusta drehte sich mit funkelnden Augen zu Jessie um. „Mrs. King, ein Hotel macht einen Haufen Arbeit. Wenn Sie der elenden Armee als Wäscherin gedient haben, wissen Sie ja, was harte Arbeit ist. Wenn Sie für mich arbeiten möchten, dann kann ich Ihnen und Elisabeth Kost und Logis und ein Gehalt anbieten, wenn es auch am Anfang nicht sehr viel sein wird. Na, wie sieht's aus?"

Elisabeths Gesicht erhellte sich, und sie schaute ihre Mutter erwartungsvoll an. Jessie zögerte nur kurz. Die Aussicht, weiter in der Gegend umherzuziehen, gab den Ausschlag. „Es wäre mir eine Ehre, für Sie zu arbeiten, Mrs. Hathaway."

„Es gibt da allerdings eine Bedingung, die Ihnen vielleicht nicht gefällt."

Jessie sah erschrocken zu der älteren Frau auf.

„Sie müssen sofort aufhören, mich Mrs. Hathaway zu nennen und vor allem, mich zu siezen. Für die kümmerlichen dreißig Einwohner von Lancaster-Lincoln bin ich einfach Augusta, und dieses ganze Gesieze kann mir sowieso gestohlen bleiben. Soviel dazu. Und du, junge Dame", meinte sie zu Elisabeth, „du wirst mich Tante Augusta nennen, ist das klar? Das wird auch gleich alle neugierigen Fragen verhindern."

Der 22. Juni 1867 ging in die Geschichte des Staates Nebraska als der Tag ein, an dem Lincoln zur Hauptstadt erklärt wurde. Es steht jedoch nirgendwo geschrieben, daß an diesem Tag noch ein anderes wichtiges Ereignis stattfand: An diesem Tag wurden Elisabeth und Jessie King von Augusta Hathaway, der Besitzerin des renommierten Hathaway-Hotels, in Anwesenheit des ehemaligen Sklaven Joseph Freeman, offiziell adoptiert.

Kapitel 25

Augusta und Joseph behielten mit ihren Prognosen recht. Immer mehr Leute strömten in die Stadt, und Jessie und Augusta hatten mehr zu tun, als sie je zu hoffen gewagt hatten. Von morgens bis abends kochten, putzten und lächelten sie, ohne sich kaum einmal eine Pause zu gönnen. Augusta hielt alle über das aktuelle Geschehen auf dem laufenden, indem sie die Artikel der Lokalzeitung vorlas, wobei sie sich nicht enthalten konnte, ihre Kommentare dazu abzugeben.

Zur gleichen Zeit prophezeite der im 80 Kilometer entfernten Omaha gedruckte *Republikaner:* „Kein Mensch wird nach Lincoln gehen . . . es gibt keinen Fluß, keine Eisenbahn, nichts . . . und das hundert Kilometer weit weg von irgendeiner Zivilisation."

Augusta nahm dies persönlich. „Pah! Diese Sauertöpfe! Sie wollten, daß Omaha Hauptstadt wird, und jetzt können sie sich nicht wie gute Verlierer benehmen!"

Sie hatte gerade den Mund wieder geschlossen, als vor dem Hotel eine feine Kutsche vorfuhr. Drei Herren in steifen Hüten und gut geschnittenen Anzügen entstiegen dem edlen Gefährt und schauten sich um, bis einer schließlich auf das Hotel zuging. Er klopfte sorgfältig den Staub von seinem Hut und fragte: „Wäre es wohl möglich, heute abend in diesem Etablissement zu speisen?"

Augusta, stets bereit, geschäftliche Chancen wahrzunehmen, versicherte ihm, daß er und seine Begleiter ein vorzügliches Abendessen bekommen würden – in etwa zwei Stunden. Er verneigte sich steif und ging nach draußen, um seine Mitreisenden zu informieren.

„So was!“ regte sich Augusta auf. „Habt ihr gesehen, wie er die Nase gerümpft hat? Das Hathaway-Hotel ist ihm wohl nicht fein genug!“

„Augusta!“ schalt Jessie. „Sei nicht ungerecht! Du kennst den Mann doch gar nicht.“

„Oh doch, und ob ich den kenne! Das ist Jonathan Daniels aus Omaha. Ich wüßte zu gern, was der Kerl vorhat. Schnell, Jessie – was könnten wir ihm heute abend auftischen, das ... elegant ist? Er wird jede Gelegenheit nutzen, irgend etwas Übles über Lincoln zu verbreiten. Einer von den dreien ist mit Sicherheit ein Reporter, und sie brennen bestimmt schon darauf, einen netten kleinen Artikel über die schlechte Küche im Westen zu schreiben. Also, meiner Meinung nach ist es unsere Pflicht als Bürger von Lincoln, diesen drei Gestalten das beste Essen aufzutischen, was sie je gegessen haben!“

Jessie hatte dieser Argumentation nichts entgegenzusetzen. Joseph wurde sogleich beauftragt, einige Präriehühner zu schießen, und Jessie und Elisabeth eilten vor die Tore der Stadt, um die nötigen Kräuter und Wurzeln zu sammeln.

„Elisabeth, halt Ausschau nach einer buschigen Pflanze mit orangen Blüten ... ah, da! Siehst du? Grab ihre Wurzeln aus, die brauchen wir, um die Suppe zu würzen. Und hiervon auch ein paar ...“ Sie streifte einige Blätter von einem Busch und stopfte sie in den sich langsam füllenden Beutel.

„Mama, woher weißt du denn das alles über diese Pflanzen?“

Jessie lächelte. „Ich habe dir doch erzählt, daß die Indianer mir und deinem Papa damals geholfen haben. Na ja, und da haben sie mir auch einiges über Pflanzen und Heilkräuter beigebracht. Und glaub mir, die schmecken wunderbar. Diese feinen Herren aus Omaha werden staunen. So etwas haben sie bestimmt noch nie gegessen.“

Elisabeth schaute Jessie skeptisch an. Jessie lachte jetzt. „Ich habe übrigens auch gelernt, wie man einen köstlichen Hundefleisch-Eintopf zubereitet ... aber das wäre doch wohl nicht ganz das richtige!“ Elisabeth starrte sie entsetzt an und verzog angeekelt das Gesicht.

Später in der Küche nahm Elisabeth die Hühner aus, während Jessie einen Salat aus Wildkräutern und Zwiebeln zubereitete.

Dann schoben sie die Hühner zusammen mit einem Pflaumenkuchen in den Ofen.

Gerade als der Kuchen fertig war, betraten die drei hohen Gäste das Hotel und bekamen einen Tisch etwas abseits von den anderen zugewiesen. Sie besprachen irgendwelche Geschäfte, während das Küchenmädchen den Tisch deckte.

Peter Young stellte als erster fest, daß irgend etwas an dieser Mahlzeit anders war. Seufzend schaute er auf seinen Teller hinunter und stocherte in den Kräutern herum. Schließlich siegte der Hunger. Er nahm einen Bissen, dann einen zweiten. Inzwischen hatten die beiden anderen bereits angefangen, ihre Präriehühner mit größtem Appetit zu verzehren.

Die geplante Geschäftsbesprechung mußte warten, während die drei Gentlemen aus Omaha ganz vergaßen, daß sie Gentlemen waren. Jessie und Augusta brachten nun auch den anderen Gästen große Teller mit den köstlichen Präriehühnern, und alle taten überzeugend so, als wären sie es gewohnt, jeden Abend derart verwöhnt zu werden.

Jessie hätte den jungen Tim Mason umarmen können, als er laut sagte: „Das Essen ist ja wieder ganz hervorragend, Mrs. King. Ich sage immer, die im Hathaway-Hotel, die wissen, wie man ein richtig leckeres Essen macht."

„Danke, Mr. Mason", sagte Jessie gekonnt selbstverständlich, während ihre Augen vor Vergnügen funkelten. Augusta schlug Tim begeistert auf den Rücken und fragte ihn, ob er einen Tee wolle.

„Tee?" fragte Jonathan Daniels vom anderen Ende des Raumes.

„Importierter!" bellte Augusta und schenkte ihm eine Tasse voll ein. „Paßt viel besser zum Nachtisch als Kaffee, Sie werden sehen." Und damit stellte sie ein riesiges Stück Kuchen vor ihn hin.

Zusehends wurde die Einstellung der drei Männer der Stadt Lincoln gegenüber positiver. Peter Young überlegte bereits, ob sein Leitartikel vielleicht doch nicht ganz so vernichtend ausfallen würde, und Jonathan Daniels bedauerte, daß er keine hübschen Anekdoten für den Club mit nach Omaha bringen würde.

„Ach, was war das für eine köstliche Suppe, die Sie uns da beschert haben, Mrs. King?" fragte er schmeichelnd.

Jessie konnte nicht anders. „Hundefleisch-Eintopf, Sir. Eine Spezialität des Hauses", sagte sie mit ernsthaftem Gesicht.

Die drei Männer starrten sie entsetzt an. Peter Young umklammerte die Tischkante und mußte sich sichtlich zwingen, das Abendessen bei sich zu behalten. Jessie hob die Augenbrauen und lächelte ein wenig, und aus der Tür zur Küche hörte man Elisabeths Kichern.

„Aha, ein kleiner Scherz, wie spaßig..." Mr. Daniels lachte gekünstelt. „Hundefleisch-Eintopf, also wirklich!" Da hatte er seine Anekdote für den Club. Auch gut. Die anderen sahen erleichtert aus.

Nachdem sie das Abendessen beendet hatten, erklommen die drei Gentlemen die Treppe zu ihren Zimmern. Endlich durften die anderen Gäste ihrer Schadenfreude mit Gelächter Luft machen, und Jessie und Augusta tauschten ein siegessicheres Lächeln aus.

*

Einige Tage später erschien im *Omaha-Republikaner* ein kleiner Artikel, den Augusta laut vorlas.

„Die Betreiber des Hathaway-Hotels in Lincoln machen keine halben Sachen. Man nutzt die Schätze der Prärie, um Mahlzeiten zuzubereiten, die der Verfasser als durchaus erfreulich bezeichnen kann."

Na, das will ich meinen!" schnaubte Augusta. „Er hat zwei Teller Salat gefuttert und auch sonst nichts umkommen lassen!" Der Artikel schloß mit den Worten:

„Der Autor ist vor allem beeindruckt vom raschen Wachstum der Stadt. Dank solcher Einwohner wie den Betreibern des Hathaway-Hotels und mit der Weiterentwicklung der Salzindustrie könnte sich Lincoln tatsächlich zu einer respektablen Stadt entwickeln."

*

Trotz dieser Zukunftsmusik hatte Lincoln durchaus seine Schwierigkeiten. Es gelang den Verantwortlichen einfach nicht, die fünfzigtausend Dollar aufzutreiben, die für den Bau des neuen Verwaltungsgebäudes notwendig waren. Augusta ging zu der ersten eigens zu diesem Zweck eingeführten Landversteigerung, kaufte einige Hektar und empörte sich über die mangelnde Beteiligung der anderen Bürger.

„Wie kann man nur so blöd sein! Sie haben die ganze Gegend schon verplant, und wenn man jetzt Land kauft, kann man später damit Riesengewinne erzielen. Ich kann einfach nicht verstehen, warum die Leute hier so kurzsichtig sind. Typisch Männer – tun nur das, was sie schon immer getan haben. Willst du dir nicht wenigstens ein Stück Land kaufen, Jessie? Ich würde dir das Geld natürlich gerne leihen."

„Ach, nein, Augusta. Es ist nicht so, daß ich an der Zukunft Lincolns zweifle, ich bin nur ganz zufrieden so, wie es ist", erklärte Jessie. „Je mehr man besitzt, um so mehr muß man sich auch Sorgen darum machen. Elisabeth und ich haben genug."

Augusta verstand das nicht, doch sie wußte, daß Jessies Entschlüsse unumstößlich zu sein pflegten.

Also hörte sie auf, Jessie zu bedrängen, und versuchte es stattdessen mit Schmeicheleien.

„Weißt du, Jessie, ich neige manchmal ein wenig zu Übertreibungen. Anscheinend ergänzen wir uns ganz gut, du und ich. Du willst gar nichts besitzen, und ich hätte am liebsten die ganze Stadt. Also paßt du auf, daß ich nicht über die Stränge schlage, und dafür kann ich dich vielleicht dazu bringen, ein bißchen an die Zukunft deiner Tochter zu denken."

Jessie versteifte sich sichtlich. „Augusta, der Herr ist durchaus in der Lage, für Elisabeth zu sorgen. Ich glaube kaum, daß das Ansammeln von irdischen Gütern der richtige Weg ist, ihr ein Gefühl von Sicherheit zu geben. Ich möchte, daß sie ganz auf Gott vertraut."

„Der Herr hilft denen, die sich selbst helfen, Jessie."

„Ach ja? In der Bibel steht aber etwas ganz anderes: ‚Meine Hilfe kommt von dem Herrn, der Himmel und Erde gemacht hat.'"

„Das ist wirklich schrecklich mit dir, Jessie. Immer hast du auf alles eine Antwort, und meistens auch noch aus der Bibel ... und dann klinge ich wie ein alter Heide, wenn ich etwas dagegen sage!" Augusta wechselte abrupt das Thema. „Wo bleibt denn bloß Joseph mit diesen blöden Fischen?"

*

Inzwischen hatte das Hathaway-Hotel neben den ständig wechselnden Durchreisenden zwölf Dauergäste zum Abendessen. Die meisten waren Bauarbeiter, die beim Bau des neuen Verwaltungsgebäudes gebraucht wurden. Einige kamen sogar aus Chicago, und ihre Meinung über das Leben im Westen bildete die Grundlage für so manche lebhafte abendliche Debatte.

Jedesmal verteidigte Augusta ihren geliebten Westen voller Leidenschaft.

Einmal beschwerte sich jemand über die etwas primitiven Häuschen aus Lehm, und Augusta hielt ihm entgegen: „Ihr schwächlichen Ostküstler wärt doch hier längst eingegangen, wenn wir nicht wären! Wir hier draußen wissen, wie der Hase läuft, und wenn der Herr keine Bäume hierhergepflanzt hat, dann muß man eben schauen, was sonst so da ist. Und ich sag' euch was: Diese Lehmhütten werden noch stehen, wenn eure Kinder bereits Kinder haben!"

Während Augusta sich temperamentvoll in die Diskussionen ihrer Gäste einmischte und Jessie servierte, hielten sie Elisabeth immer in der Küche beschäftigt. Sie wurde jetzt langsam eine junge Frau, und weder Jessie noch Augusta lag besonders viel daran, daß das jemandem auffiel.

*

Augustas Befürchtungen, daß Jessie sich nicht genug Gedanken um Elisabeths Zukunft machte, waren unbegründet. Als Jessie die Anzeige von Hortensia Griswall in der Zeitung sah, war sie begeistert. „Privatunterricht im kleinen Rahmen", stand da.

„Schau mal, Elisabeth", rief Jessie. Elisabeth sah ihr über die Schulter und verzog das Gesicht.

„Oh Mama, ich bin doch schon zu alt, um in die Schule zu gehen!"

„Unsinn, Elisabeth. Sieh doch, sie lehren englische Literatur und Latein! Und wir können es uns sogar leisten. Sieben Dollar für 12 Wochen. Ich wüßte zu gern, was sie für Musik und Französisch nehmen."

Elisabeth kehrte zu ihrer Strickarbeit zurück. „Ich brauche doch gar nicht mehr zur Schule zu gehen! Ich weiß doch alles, was ich wissen muß. Ich kann sogar Tante Augustas Buchführung erledigen und kochen und putzen ..."

„Ja, und das war's dann aber auch schon", unterbrach Jessie.

„Aber Mama, ich will doch sonst auch gar nichts wissen! Du hast doch selbst gesagt, daß es die höchste Berufung für eine Frau ist, eine Familie zu haben. Und genau das will ich auch. Oder hast du plötzlich deine Meinung geändert?"

„Natürlich nicht, Liebes, aber –"

„Aber was? Soll ich mich darauf vorbereiten, daß ich vielleicht keinen Mann abbekomme? Das ist es doch, oder?"

„Aber nein, Elisabeth, ich ..." Jessie sah sich plötzlich in die Verteidigungsposition gedrängt.

Wieder änderte Elisabeth die Strategie. „Mutter, wenn wir Gott wirklich zutrauen, daß er das Beste für mich tut, warum soll ich mir dann einen Plan zurechtlegen, was ich mache, falls er es doch nicht tut? Das ist doch kein wirkliches Vertrauen. Du hast mir immer gesagt, daß Gott alles zu seiner Zeit tut. Na, dann sollten wir das doch abwarten, oder nicht?"

Jessie wußte darauf keine Antwort. Ihr schwirrte der Kopf, und sie gab vor, zur Toilette zu müssen. Als sie zurückkam, hatte sie ihre Antwort.

„Elisabeth, natürlich vertrauen wir darauf, daß Gott unsere Bitten erhört. Aber das heißt doch nicht, daß wir in der Zwischenzeit nur dasitzen und gar nichts tun sollen! Gott kann dir natürlich einen Ehemann schenken, aber für deine Bildung und deinen Horizont bist du selbst verantwortlich. Wenn du der Gesellschaft angehören willst, dann mußt du gewisse Dinge einfach wissen ... Dinge, die ich nie lernen konnte, und auch Augusta nicht, weil wir beide so damit beschäftigt waren, ums nackte Überleben zu kämpfen. Aber du mußt dir darum keine Gedanken machen. Du darfst all diese Dinge lernen, und ich will, daß du sie lernst. Gott hat dir diese Möglichkeit gegeben, also nutze sie!"

„Okay, Mama, ich gebe auf. Ich werde zu dieser Mrs. Griswall gehen. Aber wehe, sie ist nicht nett!"

Hortensia Griswall war sogar sehr nett. Sie war kaum älter als Elisabeth und trug immer wunderbare Kleider. Leider war das auch das einzig Hübsche an ihr. Doch sie war wirklich nett, und obwohl sie das Unterrichten der kleineren Kinder sehr anstrengend fand, war sie eine gute Lehrerin.

Als sie Elisabeth sah, fürchtete sie zunächst, daß sie das Mädchen nicht würde kleiden können, weil es so hübsch war. Doch Elisabeth war so unvoreingenommen, natürlich und wißbegierig, daß sie sich bald auf ihre Unterrichtsstunden mit ihr freute.

*

Eines Abends, als Elisabeth schon längst im Bett lag, wurden Jessie und Augusta durch ein lautes Klopfen an der Tür aufgeschreckt.

„Wer ist da?“ donnerte Augusta und griff nach der Flinte, die sie über die Tür gehängt hatte.

„Ich bin's Madam, Tim Mason.“

Sie hängte das Gewehr wieder an seinen Platz und ließ ihn herein. „Meine Güte, Tim, du hast uns fast zu Tode erschreckt! Was willst du denn zu so einer nachtschlafenden Zeit?“

„Tut mir wirklich leid, Mrs. Hathaway... haben Sie vielleicht noch ein Zimmer frei? Egal, was für eins, ich halt's einfach nicht mehr aus in dieser Lehmhütte! Heute nacht ist doch wahrhaftig eine Schlange aus dem Dach gekrochen und mitten auf mein Bett gefallen! Bitte, Mrs. Hathaway, ich schlaf' auch auf dem Boden, ist mir ganz egal... Hauptsache, ich muß nicht mehr in so einem Dreckloch übernachten!“

Jessie hatte bereits begonnen, die Schaukelstühle vom Feuer wegzurücken, und Augusta sagte: „Also gut, Tim. Die Zimmer sind zwar alle vergeben, aber wenn dir so viel daran liegt, kannst du hier vor dem Kamin schlafen.“

Der junge Mann grinste und holte seine Decke, die er vor der Tür deponiert hatte, wohl wissend, daß Augusta ihn nicht abweisen würde.

Als die beiden Frauen früh am nächsten Morgen hinunterkamen, um das Frühstück vorzubereiten, war Tim bereits draußen, um die Kuh zu melken, während Elisabeth den Kaffee aufsetzte.

„Na, da brat mir einer 'nen Storch! Endlich mal ein Mann, der was taugt, scheint mir. Wäre allerdings der erste, den ich kenne!“

brummte Augusta. „Mit Ausnahme natürlich von Mr. Hathaway, Gott hab' ihn selig."

„Und Joseph", fügte Elisabeth hinzu.

„Der auch", stimmte Augusta zu.

An diesem Morgen eröffnete Augusta den Anwesenden ihren neuesten Plan. „Falls einer von euch daran interessiert ist, mir abends nach Feierabend bei meinem Anbau zu helfen, dann biete ich demjenigen freie Kost und Logis, und zwar solange ihr wollt, falls ihr in Lincoln zu bleiben gedenkt!"

„Klar! Ich mach' das Fundament, Mrs. Hathaway!"

„Und ich helfe Joseph beim Holzholen, wenn Sie mir sagen, wo er steckt!"

„Ich bin ganz gut im Schreinern."

Sie alle waren nur zu begierig darauf, aus den Lehmhütten herauszukommen, und als alle zur Arbeit verschwunden waren, war Augusta ihrem Anbauplan schon ein ganzes Stück näher gekommen. Sie erläuterte Jessie genau, wie sie sich die Erweiterung dachte und wo die neuen Räume für Elisabeth und Jessie hinkommen sollten.

„Wird zwar ein bißchen zusammengestoppelt aussehen", schloß sie, „aber was soll's."

„Augusta, ich weiß deine Großzügigkeit wirklich zu schätzen", sagte Jessie. „Aber ich könnte dir niemals die Kosten für einen solchen Aufwand hereinbringen, so hart ich auch arbeiten kann. Bitte, fühle dich nicht verpflichtet, so etwas zu tun!"

„Jetzt hörst du mir mal zu, Jessie King. Du und die Kleine, ihr seid meine Familie, und ich will, daß es euch gutgeht, und deshalb hältst du jetzt den Mund und läßt mich machen, ja? Ich weiß, ich bin manchmal ein bißchen schroff, aber denk bloß nicht, ich wüßte Elisabeths Blumensträuße nicht zu schätzen, und bilde dir bloß nicht ein, daß ich nicht mitgekriegt habe, was für wunderbare Tagesdecken du für alle Betten dieses Hotels gemacht hast. Meine Güte, Jessie! Du hast dir das wahrhaftig verdient!" Aufgebracht wendete sie sich von Jessie ab und bearbeitete wild die Treppe mit einem Scheuertuch. „Ihr habt euch beide einen ganz besonderen Platz in diesem alten Herzen verdient. Also sei jetzt endlich still. Dieses Haus gehört mir, und ich baue an, was ich will, ist das klar?"

Jessie streichelte ihr sanft über den Rücken und sagte leise: „Mich hast du ohnehin nie getäuscht, Augusta. Du bist schroff, das stimmt, aber innendrin hast du ein goldenes Herz. Und ich danke Gott, daß ich es sehen durfte."

Augusta war plötzlich sehr ernst. „Manchmal wünschte ich, daß ich in dich auch mal hineinsehen könnte, Jessie King. Du bist immer so beherrscht, so diszipliniert. Du erhebst noch nicht mal deine Stimme. Das macht mich ganz verrückt. Hast du noch nie das Bedürfnis gehabt zu schreien? Wie kommt es, daß du immer so ... so weit weg zu sein scheinst?" Augustas klare blaue Augen bohrten sich in Jessies. Diesmal wollte sie es wissen.

Jessie sah weg und flüsterte: „Oh doch, Augusta, ich hatte durchaus auch solche Momente." Plötzlich fühlte sie eine solche Einsamkeit, daß sie Augusta liebend gern ihre Geschichte erzählt hätte. Von vorn bis hinten, mit allen Details. Doch die Angst hielt sie zurück. Würde Augusta sie wirklich verstehen? Jessie traf ihre Entscheidung. Sie straffte die Schultern und schloß Augusta aus. Wieder einmal.

Augusta verstand die Geste und lächelte. „Du kannst nicht darüber reden, nicht wahr? Deine Sorte kann das nie. Aber ich bin eine gute Menschenkennerin, Jessie, und ich sehe das Feuer hinter deinen Augen. Da ist viel mehr, als du herauslassen willst." Sie seufzte und wechselte das Thema. „Wir müssen uns jetzt ums Mittagessen kümmern, sonst kriegen wir Ärger."

Kapitel 26

Im Jahre 1868 war die Einwohnerzahl von Lincoln von dreißig auf fünfhundert Menschen angewachsen.

„Jetzt haben wir sogar unsere eigene Bank, Jessie! Findest du nicht auch, daß das Hathaway-Hotel eine Veränderung braucht? Was hältst du von Backsteinmauern? Und einem richtigen Speisesaal, mit ordentlichen Tischen statt dieser alten Bretter, das wär doch was!" Augusta schnappte sich einen Stift und begann sich Notizen zu machen.

Dann rief sie: „Joseph! Joseph!" Der Gerufene eilte keuchend herbei, und sie erläuterte ihm ihre Pläne: „Wenn du mal ein bißchen Zeit übrig hast, könntest du dann herauskriegen, wo der Steinmetz ist, der für George Atwood gearbeitet hat?"

„Klar, Mrs. Hathaway! Ich hab' gerade die braune Stute neu beschlagen. Ist für morgen vermietet."

Augusta seufzte. „Vermutlich wieder dieser Winston Gregory, stimmt's?"

„Jawohl."

„Ich wünschte, dieser Knilch würde sich anderswo vergnügen."

„Tja, Mrs. Hathaway, andererseits sind seine Dollars so grün wie alle anderen, nicht wahr?"

Jessie mischte sich ein. „Joseph, er behandelt dich wie einen Sklaven!"

„Wo er herkommt, Mrs. King, *war* ich ja auch ein Sklave."

„Aber jetzt bist du ein freier Mann."

Joseph schaute ihr gerade in die Augen. „Sie wissen das, und ich weiß es auch, aber es gibt nicht viele andere Leute, die so denken, Madam. Ich bin vielleicht frei, aber nicht frei genug, um sein Geld auszuschlagen, nur weil er ein arroganter Mistkerl ist."

Jessie wußte, daß das stimmte. Joseph klappte seine kurz geöffnete Seele wieder zu und machte sich auf die Suche nach dem Steinmetz.

Jessie kehrte zu ihrer Handarbeit zurück. Elisabeth saß neben ihr und tat so, als stricke sie Socken. In Wirklichkeit durchlebte sie aber wieder und wieder die Szene, die ihr heute in Pattons Gemischtwarenladen widerfahren war. Winston Gregory hatte sie mit seinem begehrten Lächeln bedacht, und Elisabeth konnte an nichts anderes mehr denken.

*

Winston Gregory war im Grunde ein bedauernswerter junger Mann. Sein Vater, ein erfolgreicher Anwalt, hatte sich im Westen einen großen Namen machen wollen. Nebraska schien ihm alle Möglichkeiten dazu zu bieten, und so brach er seiner verwitweten Mutter das Herz, indem er seine jammernde Gattin und seinen verwöhnten halbwüchsigen Sohn in eine Kutsche packte und sich auf den Weg in den Wilden Westen machte. Sein guter Instinkt hatte ihn veranlaßt, sich in der blühenden Stadt Lincoln niederzulassen, doch das Schicksal machte ihm einen Strich durch die Rechnung, indem es ihn just in dem Moment dahinraffte, als sein eindrucksvoller Wohnsitz an der 13. Straße Ecke Jay Street fertig geworden war.

Sofort nach der Beerdigung packte Lillian Winston ihre Siebensachen. Jetzt mußte sie nur noch das Anwesen verkaufen. Winston teilte den Wunsch seiner Mutter, so bald wie möglich in die Zivilisation zurückzukehren... doch dann hatte er diese dunkelhaarige Schönheit vor dem Laden gesehen.

Er hatte ihr zugelächelt, und sie hatte sein Lächeln erwidert. Er folgte ihr unauffällig und rümpfte die Nase, als er sah, wo sie lebte. Die Tochter des Hausmädchens vom Hathaway-Hotel. Das waren ja gute Aussichten. Zwar war dies kein Material zum Heiraten, aber vielleicht gerade das Richtige für ein bißchen Spaß, bevor sie abreisten. Warum nicht?

Am Sonntag überraschte Winston seine Mutter mit dem Angebot, sie zur Kirche zu begleiten. Er sah in seinem besten Anzug und dem steifen Hut einfach umwerfend aus, und er wußte es. Gerade in dem Moment, als er seiner Mutter aus der Kutsche half, kamen Jessie und Elisabeth vorbei. Winston tippte sich lässig an den Hut und deutete eine Verbeugung an. Elisabeth errötete anmutig, doch Jessie preßte die Lippen zusammen und eilte in die Kirche.

Winston manövrierte seine Mutter unauffällig in dieselbe Bank, in der auch Jessie und Elisabeth saßen. Er sang viel zu laut und warf viel zu viel in den Kollektenteller. Jessie legte ihr mageres Opfer darauf und fühlte sich furchtbar.

Nach dem Gottesdienst halfen Jessie und Elisabeth Augusta bei der Zubereitung des Essens. An Sonntagen gab es im Hathaway-Hotel nur eine warme Mahlzeit um drei Uhr nachmittags. Jessie hatte darauf bestanden, daß der Tag des Herrn heilig sei und das berücksichtigt werden müsse, Geschäft hin oder her. Augustas

Glaube wurde zwar kein bißchen geschwächt, wenn sie auch sonntags gutes Geld verdiente, doch sie kannte Jessies Dickschädel. Also hatte sie nach einiger Diskussion die Drei-Uhr-Mahlzeit als Kompromiß vorgeschlagen, und so war es geblieben. Überraschenderweise hatte dies keine Proteste bei den Gästen hervorgerufen.

Winston Gregory hatte nicht mehr viel Zeit. In nur zwei Tagen würde er diese Bühne hier verlassen, und er hatte es bisher noch nicht einmal geschafft, Elisabeth King zu küssen. Doch heute hatte er die beste Kutsche gemietet, die in der Stadt aufzutreiben war, und er tauchte damit vor dem Hotel auf, als Elisabeth gerade dabei war, den Tisch zu decken.

Er räusperte sich, als er hinter ihr stand, und sie schrak zusammen. „Entschuldige ... ich habe dich in der Kirche gesehen, und ich habe mich gefragt, ob du vielleicht Lust hättest, mich heute abend auf einen kleinen Ausflug in der Kutsche zu begleiten."

Elisabeth errötete erfreut. „Ich ... da muß ich erst meine Mutter fragen."

Winston lächelte milde. „Natürlich."

Elisabeth schwebte in die Küche, wo Jessie Möhren putzte.

„Mama! Oh Mama, gerade hat Winston Gregory mich gefragt, ob ich mit ihm in der Kutsche ausfahren will!"

Jessie blickte auf. „Elisabeth, du bist erst dreizehn Jahre alt!"

„Aber Mama, das weiß er doch nicht. Ich sehe älter aus, das sagt jeder." Elisabeth sah am Gesichtsausdruck ihrer Mutter, daß das nicht der entscheidende Punkt war.

Jessie sagte freundlich, aber bestimmt: „Du hast noch so viel Zeit, Elisabeth. Genieße es doch noch ein bißchen, ein Kind zu sein! Ich werde Winston sagen, daß du nicht mitkommst."

„Nein, Mama. Ich ... ich sage es ihm selbst. Ich weiß ja, daß es nicht richtig wäre. Aber es ist auf jeden Fall schön, wenn einen jemand beachtet, nicht wahr? Weißt du noch, wie das damals bei dir war, als die Jungs angefangen haben, dich zu bemerken und zu fragen, ob du mit ihnen ausgehst?"

Die Frage war in aller Unschuld gestellt worden, aber für Jessie brachte sie alle alten Verletzungen und die Einsamkeit zurück, die sie empfunden hatte, als kein junger Mann sie beachtet und gefragt hatte ...

Sie räusperte sich und log: „Ja, natürlich, Liebes, das ist sehr schön. Du bist bloß einfach noch zu jung. Aber das mußt du Winston ja nicht erzählen. Sag ihm, daß du noch in der Küche helfen mußt, oder tu so, als wäre ich ein giftiger alter Drachen, wenn du willst."

Elisabeth umarmte ihre Mutter schnell und flüsterte: „Eigentlich wollte ich auch gar nicht mit ihm ausfahren, Mama. Es war mir ein bißchen unheimlich." Damit eilte sie in den Speisesaal zurück, wo Winston sie schon etwas ungeduldig erwartete.

„Vielen Dank für die Einladung, Winston, aber...", sie seufzte dramatisch, „meine Mutter besteht darauf, daß ich ihr noch in der Küche helfe. Es wäre natürlich ganz wunderbar gewesen, mit dir auszufahren!"

Winston drehte seinen Hut in den Händen und suchte nach einer Alternative. „Dann laß uns ein Stück spazierengehen, später, wenn du fertig bist und deine Mutter schon schläft!"

Elisabeth zögerte, und er sagte: „Komm schon, Elisabeth! Ich fahre übermorgen ab, und ich würde mich gern ein bißchen mit dir unterhalten. Ich fühle mich einsam, und ... nun, ich dachte, du würdest das vielleicht verstehen."

Elisabeth wäre beinahe weich geworden, doch in diesem Moment kam Jessie herein. Sie hatte die letzten Sätze gehört, und sie war wütend. Ihre Augen sprühten grüne Blitze, als sie zischte: „Wir sind vielleicht einfache Leute, Mr. Gregory, aber das heißt noch lange nicht, daß meine Tochter nichts als ein netter Zeitvertreib ist für Leute wie Sie! Ich hoffe, Sie merken sich das ... oder ich sehe mich gezwungen, Ihre Mutter zu informieren!"

Winston Gregory lief vor Zorn rot an, preßte sich den Hut wieder auf den Kopf und verschwand.

Elisabeth versuchte böse auf ihre Mutter zu sein, doch ein Blick auf den davoneilenden Winston ließ sie laut auflachen. „Oh Mama, da hat er sich so bemüht, erwachsen zu wirken, und ich war schon ganz beeindruckt. Und jetzt schau ihn dir an, wie er wegrennt, weil du gedroht hast, es seiner Mama zu sagen! Was für ein Anblick!"

In einer plötzlichen Anwandlung fiel sie Jessie um den Hals und sagte: „Danke, Mama, daß du mich vor allen bösen Geistern und Monstern beschützt ... und vor Winston Gregory!"

Doch Jessie war ernst. „Elisabeth, irgendwo hält Gott einen Ehemann für dich bereit, da bin ich ganz sicher. Ich habe dafür gebetet, seit du geboren wurdest, und wenn er kommt, wirst du es wissen. Aber bis dahin mußt du aufpassen, daß du nichts von dir an einen verschenkst, der es nicht wert ist, versprichst du mir das? Deine Träume und innersten Gedanken und deine Zärtlichkeit sollen dem Mann gehören, den Gott für dich bestimmt hat."

„Hast du all das für Papa aufgehoben, Mama?"

Jessie dachte über die Fage nach und vermied es, sie direkt zu beantworten. „In jeder Frau steckt etwas ganz Besonderes, Elisabeth, das nur darauf wartet, ans Tageslicht geliebt zu werden. Auch in mir war es, und ich habe es nicht gewußt, bis ich deinen Vater getroffen habe."

Elisabeth sah, wie sich das Gesicht ihrer Mutter veränderte. Da war wieder dieses Lächeln, das Lächeln der Sonntage in Fort Kearney, und es tat Elisabeth tief innen sehr weh. Als sie dieses Lächeln wieder sah, sehnte sie sich so nach ihrem Vater, den sie nie kennengelernt hatte, daß sie fast aufgeschrien hätte. Und Jessie verstand.

„Oh Liebes, denk immer daran: Wenn du dich nach deinem Papa sehnst, dann sag' es Gott. Er hat gesagt, daß er unser Vater ist, und er wird dich niemals verlassen."

„Ich weiß ... aber manchmal scheint das einfach nicht zu reichen, Mama."

Jessie drückte Elisabeths Hand. „Das weiß ich, Schatz. Mir geht es auch manchmal so, weißt du? Aber dann kann ich nur tief Luft holen und weitermachen mit meinem Leben, und irgendwie geht es dann. Gott gibt mir immer die Kraft weiterzumachen. Wenn der richtige Mann für dich kommt, Elisabeth, dann wird er diese Lücke in deinem Herzen heil machen, die dein Papa hinterlassen hat, und er wird dich so erfüllen, daß du überfließen wirst vor lauter Liebe, glaub mir. Und bis dahin verschwendest du kein Fitzelchen von Elisabeth Kings Herz an solche Leute wie Winston Gregory, ja?"

Jessie lächelte ihre Tochter unter Tränen an. Sie war jetzt fast erwachsen. Bald würden die Männer bei ihr Schlange stehen, und irgendwann würde sie einer heiraten ... und vielleicht mitnehmen, irgendwohin ... Jessie legte ihrer Tochter einen Arm um die Taille und sagte: „Komm, wir müssen uns ums Essen kümmern."

*

Winston Gregory und seine Mutter verließen Lincoln am Mittwoch morgen um sieben Uhr. Und irgendwie schaffte es die Stadt, auch ohne sie weiterzuleben.

Kapitel 27

Jetzt wird es endlich fest, Mama!" rief Elisabeth und wischte sich den Schweiß von der Stirn, während sie weiter in dem Topf mit der dunkelroten Flüssigkeit rührte.

Jessie kam mit einigen Einmachgläsern herbeigeeilt, und zusammen gossen sie die frische Holundermarmelade in die Gläser, schlossen dann die Deckel und besahen sich stolz das Ergebnis ihrer Arbeit.

„Na, bist du jetzt nicht auch froh, daß wir die ganzen Holunderbeeren gepflückt haben?" fragte Jessie. „Es gibt doch einfach wenig Befriedigenderes als ein ganzes Regal frisch eingekochter Marmelade!"

„... außer vielleicht eine Aussteuertruhe vollzufüllen, nicht wahr?" beendete Elisabeth den Satz.

Jessie lachte. „Das habe ich wohl schon öfter gesagt, was?"

„Nur so ungefähr jedesmal, wenn du ein Stück hinzugefügt hast. Jetzt ist das Ding schon fast voll, aber bisher ist noch kein Ende abzusehen."

Jessie wußte, daß Elisabeth die Sache nicht so scherzhaft sah, wie sie es jetzt darstellte. Sie hatte erlebt, wie nach und nach fast alle Mädchen ihres Alters in der Stadt geheiratet hatten, nur für sie selbst hatte sich noch kein potentieller Ehemann gefunden. Jessie setzte gerade dazu an, ihr etwas Tröstendes zu sagen, als Augustas dröhnende Stimme sie unterbrach.

„Kommt her, Mädels! Schaut euch das an . . .!“

Jessie und Elisabeth eilten auf die Veranda, wo Augusta stand. Die Sonne war hinter einer dunklen Wand verschwunden, und das Gebäude wurde von heftigen Windstößen geschüttelt. Aber es war kein Gewitter, was da herankam. Die drei Frauen beobachteten, wie sich die dunkle Wolke etwas außerhalb der Stadt zu Boden senkte, und dann kamen ein paar Heuschrecken die Straße hinaufgehüpft.

„Komisch“, sagte Augusta. Die drei Frauen kehrten zu ihrer Arbeit zurück und vergaßen die dunkle Wolke bald wieder.

*

Doch am nächsten Morgen wurden sie wieder daran erinnert, als die ersten Siedler mit ihren unglaublichen Geschichten über die Heuschreckenplage die Stadt erreichten.

„Keine zwei Stunden, da hatten die Biester alles aufgefressen, was nicht niet- und nagelfest war!“ – „Ich bin ruiniert. Alles, was sie übriggelassen haben, sind ein paar Löcher im Garten, wo die Rüben waren!“ – „Die Viecher haben die Erde kniehoch bedeckt!“ – „Die haben sogar die Vorhänge von meinem Fenster gefressen!“ – „Mein Vieh ist vor Angst durchgedreht und in alle Himmelsrichtungen davongerast!“

Jessie und Elisabeth waren froh, daß sie in der Stadt wohnten. Sie beteten für die Siedler, für die der Heuschreckenschwarm das Ende aller Träume bedeutete. Sie hatten die große Dürre dieses Jahres überlebt und auch die wiederholten Präriebrände, sie hatten gegen Unwetter und Schneestürme bestanden, und nun waren sie von den gefräßigen kleinen Insekten vernichtet worden.

Nur ein paar Tage später erreichte ein wahrer Strom von deprimierten Siedlern Lincoln, um den nächsten Zug nach Westen, zurück nach Osten oder sonstwohin zu nehmen – Hauptsache, weg aus dieser Stadt!

An einem Freitag fuhr ein etwas ramponierter Wagen vor dem Hathaway-Hotel vor. Der junge Fahrer rief seinem bereits etwas altersschwachen Gespann ein lässiges, aber eigentlich überflüssiges „Hooo!“ zu, als die Pferde bereits die Köpfe in den Wassertrog gesenkt hatten. Langsam stieg der junge Mann vom Bock. Dann blieb er eine Weile vor dem Wagen stehen, beide Hände an die wacklige Seitenwand gestützt, und schien seine Gedanken zu sammeln.

Elisabeth beobachtete ihn aus dem Fenster des Speisesaals. Er hatte den Kopf von ihr abgewandt, so daß sie sein Gesicht nicht sehen konnte, aber sie bemerkte, daß seine Schultern sich ruckartig hoben und senkten, und sie sah auch, daß er mit der Faust zornig gegen den Wagen schlug.

Dann machte er einen halbherzigen Versuch, den Staub aus seinem Flanellhemd zu klopfen, bevor er die Stufen zur Tür des Hotels erklomm und klingelte.

Augusta bat ihn herein, und Elisabeth lauschte unauffällig, was sie zu bereden hatten. Die Stimme des jungen Fremden war tief und angenehm, und sie fragte sich sofort, ob er wohl so gut aussah, wie seine Stimme klang. Schnell schalt sie sich selbst für ihre Gedanken und konzentrierte sich wieder aufs Lauschen.

Er sprach ruhig, aber irgendwie bedrückt. „Haben Sie vielleicht irgendeine Arbeit für mich, die mich in die Lage versetzen würde, ein Zimmer zu bezahlen, Madam? Joseph Freeman hat mir gesagt, ich solle mich an Sie wenden.“ Seine Stimme versagte, und er mußte sich räuspern. „Ich... äh, wir – ich meine, die Heuschrecken haben unsere gesamte Ernte vernichtet, und ich... nun, ich würde jede ehrliche Arbeit tun, die man mir anbietet. Ich bin ein guter Arbeiter, aber es sieht so aus, daß ich einfach kein Geld habe, um ein Zimmer und das Essen zu bezahlen, solange ich keinen Job finde.“

Das Alter hatte so manchen Tribut von Augusta verlangt, doch sie war durchaus noch in der Lage, ein gutgeschnittenes Gesicht mit ebenmäßigen weißen Zähnen, tiefblauen Augen und einem schwarzen Haarschopf darüber zu erkennen und als ausgesprochen attraktiv einzuordnen. Doch das Alter hatte sie ebenfalls gelehrt, nicht allzu schnell mit ihrer Großzügigkeit zur Stelle zu sein.

Später versicherte sie Jessie, Elisabeth und sich selbst, daß es keineswegs sein unverschämt gutes Aussehen gewesen war, das

Augusta für den jungen Ken Baird eingenommen hatte. Sie behauptete hartnäckig, es hätte nur damit zusammengehangen, daß er das Zauberwort „Joseph Freeman" benutzt hatte, das schon zahllosen Hilfesuchenden Tür und Tor im Hathaway-Hotel geöffnet hatte. Wenn Joseph Freeman jemanden zu Augusta schickte, dann half sie ihm, so einfach war das.

Und so kam es, daß sich Ken Baird wenige Augenblicke nachdem er sich bemüht hatte, seine Bitte möglichst gefaßt vorzutragen, in einem blitzsauberen Hotelzimmer wiederfand. Eine rothaarige Frau kam herein, gefolgt von einem bildhübschen dunkelhaarigen Mädchen, lieferte einen Riesenstapel schneeweiße Handtücher und Bettwäsche ab und teilte ihm mit, daß es in zwei Stunden Abendessen gebe. Das Mädchen warf ihm einen verstohlenen Blick zu, lief dunkelrot an und eilte dann aus dem Raum.

*

Elisabeth rannte die Straße entlang, die der Regen in ein einziges Schlammloch verwandelt hatte. Mit hochgehobenen Röcken kämpfte sie sich zum Stall durch und atmete tief den wunderbaren Geruch nach Pferden und Heu ein. Vom Heuboden starrte die Stallkatze finster auf sie herab.

„Hallo, Kitty! Komm, komm", lockte Elisabeth, doch die Katze ignorierte sie. Elisabeth kletterte geschickt die Leiter hoch und ließ sich ins duftende Heu fallen. Die Katze beachtete sie immer noch nicht. „Oh Kitty! Du wirst es nicht glauben! Ich habe ihn getroffen! Ich habe den Mann kennengelernt, den ich mal heiraten werde!"

Kitty war keine besonders gute Zuhörerin. Eine Bewegung am anderen Ende des Stalles ließ sie aufhorchen, und blitzschnell war sie die Leiter hinuntergejagt und verschwunden.

Elisabeth ließ sich nicht entmutigen. „Na gut, dann glaubst du mir eben nicht. Aber ich weiß es genau, und du wirst es ja sehen. Mama und ich haben Ewigkeiten gebraucht, um diese blöde Aussteuerkommode vollzukriegen, und ich hatte die Hoffnung schon fast aufgegeben. Aber jetzt... *Ken Baird*. Ken Baird..."

Sie übte den Namen ein paarmal. Dann erklangen Schritte in der Stallgasse, und sie hielt den Mund.

Es war Joseph, der Kens Gespann hinter sich herzog.

„Aber Joseph... ich kann das nicht bezahlen. Ich könnte sie doch irgendwo auf eine Weide stellen oder so. Du mußt doch deine Ställe nicht mit meinen Pferden vollstellen."

„Hältst du jetzt endlich den Mund? Ich habe gesagt, daß ich dir helfe, und dabei bleibt es auch. Das ist eine schreckliche Sache, und so etwas sollte weiß Gott niemand erleben, der so jung ist wie du. Aber der Herr hat mir gesagt, daß ich dir zur Seite stehen soll, und das werde ich auch tun, klar?"

In der friedlichen Stille des Stalles brach Kens Selbstbeherrschung zusammen. Er hatte sich gegen den schrecklichen Anblick gestählt, der ihn zu Hause erwartet hatte, nachdem er von der Viehsuche zurückgekehrt war, und er hatte es ertragen. Aber gegen Josephs Freundlichkeit war er nicht gewappnet.

Unfreiwillig zum Lauschen verurteilt, wurde Elisabeth zur Mitwisserin der zerbrochenen Träume des jungen Farmers, die er nun schluchzend vor Josephs großem Herzen ausbreitete.

„Warum hat er das getan, Joseph? Ich kann das einfach nicht verstehen! Wir hätten doch noch mal ganz von vorne anfangen können, wir..."

Joseph unterbrach ihn. „Ich weiß nicht, warum sich jemand das Leben nimmt, Junge. So was ist keine Lösung. Es läßt bloß eine Menge Leute mit einem großen Loch im Herzen und einer Riesenladung Schuldgefühle zurück."

„Es war vielleicht einfach zuviel für ihn."

„Tja, als deine Mama letzten Winter starb, das hat ihn schwer getroffen."

„Ja. Danach schien er an nichts mehr Interesse zu haben. Es ist seitdem ständig bergab mit ihm gegangen, aber ich hätte nie gedacht... Gott, ich wäre doch nie weggegangen und hätte ihn allein gelassen, wenn ich gewußt hätte –" Seine Stimme zitterte, und Joseph legte dem jungen Mann eine Hand auf die Schulter.

„Hör auf, dich zu quälen, Sohn. Du hast genau das richtige getan. Dein Papa war es, der den falschen Weg genommen hat, nicht du. So ist es nun mal. Sicher, das Leben hat ihm übel mitgespielt, aber der Herr sorgt für die, die auf ihn vertrauen. Schau mal, Ken, du weißt nicht viel über mich, und ich werde dir auch nicht viel erzählen. Aber ich weiß ganz sicher, daß das Leben hart sein kann, und ich weiß auch, daß es keinen Zweck hat, an der Vergangenheit zu kleben. Ich sage dir, ich habe viel schlimmeres erlebt als Heuschrecken. Ich habe auch meine Frau verloren, und meine Söhne dazu, aber nicht durch eine Krankheit, sondern weil ein Mistkerl meinte, er hätte das Recht, Menschen zu verkaufen wie Vieh. Ich habe damals gedacht, ich müßte verrückt werden, aber das wurde ich nicht. Ich habe gesungen und gebetet, bis es nicht mehr so sehr weh getan hat ..."

Ken schaute in das ernste schwarze Gesicht und krächzte: „Und wie lange hat das gedauert, Joseph?"

„Das weiß ich nicht genau, denn ich bete und singe immer noch, Junge. Diese Art von Schmerz geht nicht weg, sie wird bloß schwächer, du wirst schon sehen. – Sag mal, kannst du lesen?"

„Ja. Ich sollte nächstes Jahr zur Universität gehen."

„Dann bete, sing und lies die Bibel, und dann wirst du's sehen. Der Herr wird dir da durchhelfen. Wenn es aber wieder schlimm wird, dann kommst du her und erzählst es dem alten Joseph. Der Herr ist zwar der einzige, der deine Probleme wirklich lösen kann, aber manchmal muß man einfach mit einem Menschen darüber reden."

„Mit wem hast du denn darüber geredet?"

„Ich hab' in meinem Leben erst zwei Leute getroffen, denen ich was davon erzählen wollte, und das waren Mrs. King und ihre Tochter Elisabeth. Du hast sie bestimmt schon gesehen, drüben im Hotel. Nun, Mrs. King ist keine Frau, die viel über ihre Gefühle spricht, das ist sicher. Aber sie hat es nie vergessen, das weiß ich."

„Woher weißt du das?"

„Ich seh' es an ihren Augen. Mrs. King macht nicht viele Worte, weißt du. Sie hält einfach den Mund und tut, was richtig ist. Letzte Woche zum Beispiel, da ist die alte Jubilee Jamison gestorben, und die Familie hatte nicht genug Geld für 'ne anständige Beerdigung. Und auf einmal stand Mrs. King vor der Tür, mit einem Umschlag, und sagte: ‚Der Herr sorgt für Jubilee. Aber erzählen Sie's niemandem, ja?' Und weg war sie. Und wenn du sie nun auf diese Sache ansprichst, dann wird sie bloß aus dem Fenster schauen, lächeln und sagen: ‚Ist es nicht wunderbar, wie der Herr für die Seinen sorgt?' Tja, siehst du, so ist sie. Sie hat meine

Geschichte gehört, und sie hat sie nie vergessen. Es interessiert sie, was ich zu sagen habe, und ich kann mit ihr über alles reden. Sie hört mir zu, und das macht mich innendrin heil. Das ist auch eine Art Liebe, und die Liebe hat große Macht, weißt du. Du hast eine Menge schlimmer Sachen erlebt für dein Alter, Junge, und wenn du mal das Bedürfnis hast, darüber zu reden, dann weißt du ja, wo ich bin." Er räusperte sich. „Na, jetzt solltest du dich aber auf den Weg machen. Mrs. Hathaway braucht meistens nicht lange, um jemandem einen Job zu besorgen, und ich wette, sie hat bereits einen für dich. Also los!"

Kapitel 28

Letzten Endes war es Jessie, nicht Augusta, die Ken einen Job besorgte. Jessie hatte bei Mr. Miles, dem Inhaber eines kleinen Ladens, ein gutes Wort für ihn eingelegt, und Ken hatte vom ersten Tag an dort gearbeitet. Mit seinem Eifer, seiner Bescheidenheit und seinen hervorragenden Manieren hatte er die drei Frauen vom Hathaway-Hotel im Sturm erobert, und Jessie und Augusta befanden, daß er ein „sehr netter junger Mann" sei.

Als er am Sonntag darum bat, die drei Damen zum Gottesdienst begleiten zu dürfen, bestärkte sich Jessies gute Meinung über ihn fast genauso sehr, wie sich Elisabeths Herzschlag beschleunigte. Obwohl er offiziell Augustas Begleiter war und obwohl er am anderen Ende der Kirchenbank saß, war Elisabeth an diesem Tag nicht in der Lage, sich auch nur eine Minute auf die Predigt von Reverend Samuel zu konzentrieren.

Der Zustand ihrer Tochter blieb Jessie nicht verborgen, und sie beobachtete Elisabeth von da an genauer.

Ken erhielt bei Tisch die größten Portionen, die gelungensten Desserts und den frischesten Kaffee. Und jedesmal, wenn er in Elisabeths Richtung schaute, errötete ihre sonst so selbstbewußte

Tochter bis unter die Haarwurzeln und begann doch tatsächlich zu stottern.

*

Als Ken etwa zwei Wochen in Lincoln war, verkündete er eines Tages, daß er in die Schwarzen Berge gehen wolle, sobald er ein bißchen Geld zusammengekratzt hatte, um dort sein Glück in den Goldminen zu versuchen.

„Lincoln ist eine nette Stadt", sagte er. „Aber ich bin einfach nicht für das Stadtleben geschaffen. Ich halte es nicht aus, noch lange in diesem düsteren Laden zu stecken." Er drehte sich zu Jessie um und fügte hastig hinzu: „Das heißt natürlich nicht, daß ich Ihnen nicht für Ihre Hilfe zutiefst dankbar wäre, Mrs. King."

Augusta unterbrach ihn. „Die Minen sind nicht gerade der beste Platz, um sein Glück zu machen, Ken."

Jessie stimmte ihr zu. „Ich verstehe deine Liebe zur Natur voll und ganz, Ken, glaub mir. Aber warum gehst du nicht auf eure Farm zurück? Mr. Miles ist sehr zufrieden mit dir, und er würde dir sicher einen Kredit gewähren. Dann könntest du dort draußen noch mal von vorn anfangen. Land zu besitzen ist eine gute Sache, und du bist damit außerdem in der Lage, eine Familie zu ernähren ... äh, ich meine, falls das deinen Zukunftsplänen entspricht." Jessie war es peinlich, ein so persönliches Thema angeschnitten zu haben, und schnell kam sie auf Augustas Bedenken zurück. „Die Lakota in den Schwarzen Bergen sind schon sehr weit von ihrem Land zurückgedrängt worden, und sie werden sich das nicht mehr lange gefallen lassen. Die Goldsucher werden dann die ersten sein, die ihre Rache zu spüren bekommen ..."

Die anderen Männer im Speisesaal mischten sich nun ungefragt in die Unterhaltung ein. „Ja, seit dem Massaker '66 glauben die, sie könnten machen, was sie wollen!" – „Man sollte zehn dieser Bastarde für jeden Weißen hängen, den sie getötet haben!"

Jessies Gesicht lief vor Wut purpurrot an. Sie öffnete den Mund, doch dann schluckte sie ihre zornige Antwort hinunter und floh in die Küche.

Augusta hatte sie sehr genau beobachtet, und jetzt hörte sie, wie Jessie in der Küche lautstark rumorte. Als ein Teller klirrend auf dem Boden landete, stand Augusta auf und ging in die Küche, während die Männer sich weiter über das Indianerproblem ausließen.

Augusta fand ihre sonst so ruhige und beherrschte Freundin völlig aufgelöst in der Küche vor, während Elisabeth erfolglos versuchte, sie zu beruhigen.

Ein weiterer Teller landete auf dem Boden, und Jessie rief wütend: „Verdammt noch mal!"

„Jessie!" sagte Augusta erstaunt.

Jessie schaute auf und schien erst jetzt zu bemerken, daß sie nicht allein in der Küche war. Es wurde sehr still. Schließlich brach Joseph das Schweigen, der mit einer Ladung Holz für den Ofen durch die Tür kam.

Er schaute erst die Scherben auf dem Boden, dann das schweigende Trio an und rief aus: „Heimatland! Endlich habt ihr's getan! Ich habe mich schon gefragt, wie lange ihr es noch aushalten werdet, so eng aufeinander zu hocken und euch nie in die Haare zu kriegen! Also, worum geht's?"

Jessie holte tief Luft und sagte dann mit der gewohnt beherrschten Stimme: „Joseph, ich habe mich soeben völlig gehen lassen und einen kompletten Narren aus mir gemacht. Würden Sie hier bitte etwas aufräumen, während Augusta und Elisabeth den Nachtisch auftragen? – Tut mir leid, Augusta, aber ich kann den Speisesaal nicht mehr betreten, solange dieses Thema auf dem Tisch ist. Wenn du dein Hotel nicht wegen der plötzlichen Geisteskrankheit einer Angestellten schließen möchtest, gehe ich jetzt besser an die frische Luft."

Jessie wartete Augustas Antwort nicht ab, sondern eilte hinaus und knallte die Tür hinter sich zu. Kopfschüttelnd half Joseph den beiden anderen Frauen, den Nachtisch in Schälchen zu verteilen.

*

Nachdem der letzte Gast gegangen war, stand Ken auf und half Elisabeth beim Abräumen. Als Jessie danach immer noch nicht erschien, rollte er seine Ärmel hoch und begann zu spülen. Joseph wischte die Tische sauber, und Elisabeth und Augusta trockneten das Geschirr ab. Dabei stellten sie einen persönlichen Rekord im Schweigen auf.

Als alles erledigt war, eilte Elisabeth auf ihr Zimmer, offensichtlich völlig verwirrt über den Ausbruch ihrer Mutter. Joseph versprach Augusta, sich auf die Suche nach Jessie zu machen. Ken ging ebenfalls auf sein Zimmer und starrte aus dem Fenster, bis er Jessie die Straße entlangkommen sah. Er hörte, wie die Tür sich quietschend öffnete und Stimmen erklangen. Er konnte zwar keine einzelnen Worte verstehen, aber das Gespräch klang ruhig und freundlich. Beruhigt machte Ken sich zum Schlafen fertig.

Augusta konterte Jessies Entschuldigung mit einem herzhaften: „Blödsinn! Du brauchst dich nicht zu entschuldigen. Ich habe ewig darauf gewartet, dich mal ausrasten zu sehen, Jessie King! Hat mir gut getan." Sie grinste breit, wünschte Jessie eine gute Nacht und verschwand in ihre Räume.

Als Jessie die Treppe hinaufging, hörte sie ein unterdrücktes Schluchzen aus Elisabeths Zimmer, und sie öffnete leise die Tür. Elisabeth lag auf ihrem Bett, das Kissen umklammert, und flüsterte: „Mama, er darf nicht weggehen! Wenn er jetzt geht, wird er nie erfahren, was ich für ihn empfinde!"

Jessie streichelte ihren Arm und sagte leise: „Weißt du, ein junger Mensch wie Ken muß selbst herausfinden, wie sein Weg im Leben aussieht. Er muß deshalb einfach weggehen, aber er wird bestimmt wiederkommen, wenn er etwas für dich empfindet."

Elisabeth setzte sich auf und antwortete ernst: „Natürlich will ich ihm dabei nicht im Weg sein. Aber..."

„Elisabeth", seufzte Jessie. „Ken ist ein sehr, sehr netter junger Mann, und ich könnte mir keinen besseren Schwiegersohn wünschen – wenn der Herr ihn für dich bestimmt hat. Aber soweit ich weiß, hat er bisher keine Anstalten gemacht, ... nun, um dich zu werben, oder?"

„Natürlich nicht, Mama. Er würde das nie tun, weil er keine Möglichkeit hätte, für eine Frau zu sorgen."

„Er hat doch die Farm seiner Eltern."

„Aber er wird nie dorthin zurückkehren." Elisabeths Stimme zitterte.

„Warum denn nicht, um Himmels willen? Joseph sagt, es sei gutes Land."

Elisabeths Augen füllten sich mit Tränen. „Ach Mama, es ist so schrecklich traurig!" Und sie erzählte Jessie, was sie im Stall mitangehört hatte. Jessies Herz schwoll vor Sympathie und Mitgefühl für Ken, der in seinem jungen Leben schon so viel Leid erlebt hatte. „Mama, ich kann das nicht erklären, aber... als ich das gehört habe und gesehen habe, wie er gelitten hat, da... da mußte ich ihn einfach lieben. Meinst du, daß das echte Liebe sein kann? Kann das so schnell gehen? War das bei dir und Papa auch so?"

Wie immer schaute Jessie zu Boden, als sie über eine Antwort nachdachte. „Ich weiß es nicht mehr, Elisabeth. Es ist einfach passiert, aber ich weiß nicht mehr genau, wann es passiert ist."

Impulsiv unterbrach Elisabeth sie. „Oh Mama, du bist immer so... so überlegt. Heute war es das erste Mal, daß ich dich richtig aufgelöst gesehen habe. Manchmal frage ich mich, ob du mich überhaupt verstehen kannst."

Jessie stand auf und schaute in den Spiegel. Dann antwortete sie langsam: „Ich habe vielleicht einige Sachen vergessen, Elisabeth, aber ich weiß sehr wohl noch, wie es ist, jung und verliebt zu sein. Weißt du, was ich eben gedacht habe? *Wer ist diese alte Frau da im Spiegel, die mein Gespräch mit meiner Tochter stört?* – Weißt du, ich fühle mich nicht als alte Frau, obwohl ich eine bin. Ich fühle mich noch ganz genauso wie damals, als ich jung war. Und innendrin bin ich es auch noch. Natürlich war ich nie so hübsch wie du und ganz bestimmt nicht so impulsiv, aber jung war ich auch mal. Und ich habe auch starke Gefühle. Ich bin nur sehr geübt darin, sie vor anderen Leuten zu verstecken..." Jessie zögerte. „Ich will nicht, daß jemand anders mein wahres Ich sieht. Aber glaub nicht immer, was du von außen siehst. Ich habe auch mal eine Aussteuerkommode gefüllt und gewartet und gewartet, und niemand kam, um meine Hoffnungen zu erfüllen. Und dann habe ich einen Mann lieben gelernt, den ich mir nicht ausgesucht habe... Gott, und wie ich ihn geliebt habe! Ich habe ihn verloren, und es hat schlimmer weh getan, als du dir vorstellen kannst. Ich habe gelernt, Gott in alledem bedingungslos zu vertrauen, daß er alles zu seiner Zeit recht macht. Und das ist wahr, Elisabeth." Ihre Hände begannen zu zittern, als sie weitersprach. „Elisabeth, ich glaube, es ist jetzt an der Zeit, daß du die Wahrheit über deine Mutter, deinen Vater und dich selbst erfährst. Wasch dir das Gesicht, und dann komm in die Küche."

Jessie verließ das Zimmer, und Elisabeth spritzte sich kaltes Wasser ins Gesicht, eilte dann in die Küche und fachte das Feuer an. Jessie klopfte an Augustas Tür. Als Augusta „Herein!" rief, sagte Jessie: „Augusta, ich bin im Begriff, etwas zu tun, was ich vielleicht später bereuen werde, aber ich muß es tun, bevor mich der Mut verläßt. Kommst du bitte mit in die Küche und bist einfach da, während ich Elisabeth etwas erzähle?"

Augusta kam an die Tür, sah die Tränen in Jessies Augen und ergriff wortlos einen Kerzenständer. Zusammen gingen sie hinunter in die Küche, wo Elisabeth schon auf sie wartete.

Jessie räusperte sich, aber dann fiel ihr etwas ein. „Einen Moment", mumelte sie und eilte aus der Küche. Als sie zurückkam, hatte sie die alte Decke in der Hand, die immer auf ihrem Bett lag. Elisabeth hatte schon oft versucht, sie zu einer neuen Tagesdecke zu überreden, doch Jessie hatte das nicht zugelassen. „Sie paßt zu mir", hatte sie stets gesagt.

Jetzt stand sie damit zittrig in der Küchentür. „Elisabeth, du hast mir schon oft gesagt, ich soll das alte Ding endlich wegwerfen, aber ich wollte es nicht. Nun, jetzt wirst du erfahren, warum ich so daran hänge. Ich denke, es ist Zeit, daß du die Geschichte dieser Decke hörst."

Sie breitete die abgewetzte Decke auf dem Boden aus, und Elisabeth und Augusta lehnten sich neugierig in ihren Stühlen nach vorn. Das Feuer warf ein warmes Licht, und Jessie legte ihre Hand in die Mitte der Decke und begann: „Hier fängt es an, Elisabeth. Dieses Balkenmuster hier steht für das Haus meiner Eltern in Illinois. Da gab es Mama und Papa, meine Schwester Betsy und mich." Jessie beschrieb ihrer Tochter das Haus, den Garten und die Landschaft von Illinois, doch dann unterbrach sie sich. „Elisabeth, all das verrät dir nicht, wer ich bin, nicht wahr?"

Und sie begann von ihren Träumen und Sehnsüchten und ihrer gefüllten Aussteuerkommode zu erzählen, auch davon, wie sie immer wieder enttäuscht worden war und schließlich Homer King geheiratet hatte.

„Aber Mama", warf Elisabeth ein. „Du hast mir doch immer erzählt, wie sehr du Papa geliebt hast, und –"

„Elisabeth, bitte hör mir einfach nur zu, und unterbrich mich nicht, sonst schaffe ich es nie! Du wirst alles erfahren, aber es ist ziemlich schwer für mich, mich an all das zu erinnern." Ihre Hand glitt über den fadenscheinigen Stoff. „Dies ist dasselbe Muster, aber nur halb so groß. Ich habe das so gemacht, weil es mir so vorkam, als würde mein ganzes Leben auseinandergerissen, als Homer beschloß, in den Westen zu gehen. Und diese runden Flächen hier verkörpern die Räder der Planwagen, die mich von allem wegbrachten, was ich kannte und liebte."

Jessies Stimme wurde fester, während sie von den Wochen des Trecks erzählte, von Flußüberquerungen und gebrochenen Achsen und dem Tod des kleinen Jakob.

Elisabeth schnappte nach Luft. „Ich hatte einen Bruder? Das hast du mir ja nie erzählt, Mama! Und was bedeutet denn dieses Rautenmuster hier?"

Jessie sandte ein Stoßgebet zum Himmel und bat um Mut. Dann räusperte sie sich und stürzte sich kopfüber in den nächsten Abschnitt. „Das steht für die Zeit in meinem Leben, die am schwierigsten zu erzählen ist. Ich weiß, daß ich es längst hätte tun sollen, aber jedesmal habe ich kurz vorher den Mut verloren."

Elisabeths Augen wurden groß, während sie sich die schrecklichsten Gründe für Jessies Schweigen ausdachte.

„Elisabeth, diese Rauten sind so zusammengestellt, daß sie ein Dreieck bilden, siehst du? Und dieses Dreieck steht für die Tipis der Lakota . . . die ich einmal fürchtete, aber die mir ein Zuhause gaben . . . nachdem Homer tot war. Die Lakota fanden mich, und ich lernte deinen Vater kennen." Jessie schaute auf und sah in Elisabeths Augen. Eine steile Falte erschien auf der Stirn ihrer Tochter, während sie versuchte zu begreifen, was Jessie da gesagt hatte.

Augusta lehnte sich so weit nach vorn, daß sie fast von ihrem Stuhl fiel. Jessie faßte sich ein Herz und erzählte ihre Geschichte weiter, versuchte all die Jahre in ein paar Momenten zusammenzufassen, bevor der Mut sie verließ oder eine der beiden sie unterbrach. Doch weder Augusta noch Elisabeth hatten die Absicht dazu. Gebannt schauten sie Jessie an, doch welche Gefühle sie schweigen ließen, konnte Jessie nicht sagen. Sie konzentrierte sich auf die Decke und redete weiter.

Sie beschrieb Die alt an Jahren ist und Zwei Mütter, der Wilder Adler wurde, und Präriebume, und sie erzählte, wie Der den Wind reitet gewesen war, wie er gelebt und geliebt hatte und wie er gestorben war, und all das Glück und das Leid dieser Zeit stiegen wieder in ihr hoch. Sie sprach von Roter Stern, von Wind und den anderen, von dem großen Feuer, den Büffeln und den Festen. Und schließlich kam sie zu der Nacht, in der Heulender Wolf sie weggeschleppt und zu Pierre Canard gebracht hatte.

„Und das war die Nacht, in der du geboren wurdest, Elisabeth, dort in Pierre Canards Hütte."

Jessie fuhr fort, erklärte ihrer Tochter, wie schwierig es gewesen war, einen passenden Namen für sie zu finden. Sie verriet ihr, daß das W. in ihrem Namen für den Wind stand und daß sie beinahe „Tochter des Windes" geheißen hätte. Sie erzählte ihr auch von ihrer tiefen Depression und davon, wie die Arbeit an dieser Decke ihr den Lebensmut zurückgegeben hatte. Und dann kam sie zum letzten Abschnitt.

„Dies hier ist ein Weinstock, und er steht für Jesus, meinen Herrn, der in allem war und ist, was je mit mir geschehen ist, und der alles zu seiner Zeit wunderbar gemacht hat."

Geschafft. Jessie fühlte sich erschöpft. Sie preßte die Decke an sich und saß einfach nur da. Immerhin weinte sie nicht.

Elisabeth starrte ihre Mutter ungläubig an. Dann folgten ihre Augen den Mustern der Decke, blieben einen Moment an Jessies Händen hängen und richteten sich schließlich auf die kühlen grauen Augen dieser Frau, die auf einmal nicht mehr einfach ihre Mama war, sondern eine Frau, die geliebt und gelitten hatte und dennoch ihrem Gott und sich selbst treu geblieben war.

Als die Stille zu drückend wurde, hielt Jessie es nicht mehr aus. „Nun, Elisabeth, so bist du also auf diese Welt gekommen." Ängstlich musterte sie das Gesicht ihrer Tochter, dessen Ausdruck kaum die vielen Fragen verbarg, die in ihr tobten. Ein bißchen war sie auch ärgerlich, und sie wollte Jessie beschuldigen, daß sie sie angelogen hatte.

Doch während sie das dachte, wurde ihr klar, daß es nicht stimmte. Sie hatte nur immer aufgehört zu erzählen, bevor die ganze Geschichte ans Licht kam. Aber sie hatte nie wirklich gelogen.

„Warum hast du mir nie etwas von alledem erzählt?"

„Ich hatte Angst, Elisabeth."

„Du hast dich geschämt!" platzte Elisabeth heraus.

Jessie blieb fest. „Ich habe mich nie dafür geschämt, Elisabeth. Ich habe versucht, Gott und deinem Vater treu zu bleiben, aber um dich zu schützen, habe ich es dir verschwiegen." Jetzt brach ein ganzer Schwall von Fragen aus Elisabeth hervor.

„Wie war er? Was war mein Vater für ein Mensch?" wollte sie wissen.

Jessies alterndes Gesicht strahlte. „Er war liebevoll und sanft, klug und schön und stark. Er war alles, was ich dir je über ihn erzählt habe, und noch viel mehr. Alles, was ich dir über deinen Vater gesagt habe, stimmte, Elisabeth, nur daß er nicht Homer King hieß, sondern daß er ein Lakota-Krieger mit Namen Der den Wind reitet war. Das war das einzige, was ich dir nicht gesagt habe. Und wahrscheinlich das wichtigste", fügte sie zerknirscht hinzu.

„Die Frau in Fort Kearney, das war Prärieblume, richtig?"

Jessie nickte, und endlich verstand Elisabeth, was in dieser Nacht passiert war.

„Was ist aus Wilder Adler geworden?"

Jessie erzählte ihr, was sie wußte. Die ganze Nacht gingen Fragen und Antworten hin und her, bis Elisabeth schließlich nichts mehr aufnehmen konnte und Jessie vollkommen heiser war.

Schließlich schaute Elisabeth die alte Decke an und sagte: „Jetzt verstehe ich auch endlich, warum du das Ding nie hergeben wolltest."

Jessie hob den Kopf. „Bist du mir böse?"

„Oh Mama, zuerst wollte ich dir böse sein, aber ich kann es nicht. Du hast gesagt, du hättest geschwiegen, weil du mich liebst. Ich weiß, daß du mich wirklich liebst, Mama. Wie kann ich auf dich böse sein, wo du das Geheimnis all die Jahre bewahrt hast? Die ganze Zeit warst du für mich einfach nur meine Mama, aber jetzt gibt es da auf einmal eine ganze Welt von Dingen, die ich nicht wußte. Gegen das, was du erlebt hast, erscheinen mir meine Sorgen auf einmal so blöd und kindisch – wie könnte ich dir da böse sein?" Impulsiv nahm Elisabeth ihre Mutter in die Arme und weinte ihre ersten Tränen als Frau.

Augusta konnte die Tränen ebenfalls nicht mehr zurückhalten, und nach einer langen Weile lächelte Jessie müde und sagte: „Augusta, ich habe dir einmal gesagt, daß auch ich manchmal schwache Momente habe, und nun weißt du alles über sie. Du warst mir immer eine gute Freundin, und ich fand, daß es dein Recht war, dies hier zu hören. Ich hoffe, daß es nichts zwischen uns verändert, aber wenn doch ... ich habe dafür Verständnis, glaub mir." Jessie straffte sich, um gegen jeden Schmerz gewappnet zu sein, jetzt, wo Augusta wußte, was für eine Frau sie da unter ihrem Dach beherbergt hatte.

„Jessie King", begann Augusta kopfschüttelnd, „ich bin kein Vollidiot. Ich habe mir bereits gedacht, daß du ein paar Geheimnisse hütest. Und glaub ja nicht, daß ich nicht zwei und zwei zusammenzählen kann. Dieser ganze Ärger mit den Indianern und deine Reaktionen darauf – meine Güte, ich habe durchaus kapiert, daß du mehr mit den Indianern zu tun hattest, als du uns wissen lassen hast. Vielleicht denke ich nicht ganz so wie du, Jessie, aber ich weiß, daß du eine durch und durch gute, zuverlässige, christliche Frau und Mutter bist, daß du deine Tochter zu einer ebensolchen Frau erzogen hast, und ... nun, was jemand nicht weiß, macht ihn nicht heiß, nicht wahr? Von mir aus braucht niemand deine Geschichte zu erfahren. So! Das dazu."

Also begaben sich Elisabeth, Jessie und Augusta zu einer verkürzten Nachtruhe auf ihre Zimmer.

*

Jessie betrachtete bis zum Morgengrauen die alte Decke und erlaubte sich endlich, in Erinnerungen zu schwelgen, die nur ihr und Der den Wind reitet gehörten. Auch Augusta lag den Rest der Nacht wach und machte sich Sorgen um die Zukunft.

Elisabeth fand sowieso keinen Schlaf. Wieder und wieder lief der heutige Abend vor ihrem inneren Auge ab, und langsam wurden ihr die Konsequenzen dieser Enthüllungen klar. *Wie kann ich auch nur daran denken, Ken zu heiraten, jetzt, wo ich es weiß? Wie kann ich mich überhaupt jemals einem halbwegs respektablen Mann zumuten?* Elisabeth hatte durchaus das Gerede im Speisesaal gehört und die Zeitungsartikel über die „Indianerfrage" gelesen. Dort war oft von „räudigen Rothäuten", „unmenschlichen Bastarden" und ähnlichem die Rede gewesen. Doch Mama hatte ihren Vater als einen klugen, mutigen, wunderbaren Mann beschrieben, der seine Frau und seinen Sohn wirklich geliebt hatte. Es war alles so verwirrend! Sie hatte auch mitbekommen, wie mit Halbblutindianern umgegangen wurde ... und nun war sie selbst einer. Ihr Leben sah auf einmal genauso verworren aus wie Mamas alte Decke. Doch Mama war damit fertiggeworden. Elisabeth beschloß, tapfer zu sein, so wie es ihr Vater gewesen war. *Der den Wind reitet*. Sie beschloß, ihre Angst und ihren Schmerz für sich zu behalten. Und so wurde Elisabeth eine Frau wie ihre Mutter.

Kapitel 29

Okay, Ken, du kannst den Laden jetzt schließen!" brüllte Mr. Miles so laut, daß Ken ihn im Verkaufsraum hören konnte, obwohl Mr. Miles im Lager war. Der Befehl hatte den gewünschten Effekt, denn die beiden Mädchen, die schon geraume Zeit unschlüssig in der Süßigkeitenecke herumlungerten, erschraken und eilten hinaus, und Mrs. Bond entschied sich endlich, drei Meter von dem rosa Stoff zu nehmen und nicht von dem goldenen, „obwohl Charity ja darin sooo süß aussehen würde, glauben Sie nicht auch, Ken?"

Als Ken nicht reagierte, versuchte sie es noch einmal.

„Sie kommen doch zum Kirchenfest, nicht wahr, Ken?"

Angestrengt konzentrierte er sich darauf, den Stoff korrekt abzumessen, und Mr. Miles rettete ihn, indem er hereinkam und mit seiner Donnerstimme fragte: „Soll ich Ihnen das auf die Rechnung setzen, Mrs. Bond?"

„Oh ja, bitte. Und Ken, ich weiß, Sie sind neu in der Stadt, aber Charity und ihre Freunde würden sich sicher freuen, Sie auf dem Kirchenfest begrüßen zu können. Charity könnte Sie mit den anderen jungen Leuten bekanntmachen. Dazu hatten Sie doch bisher bestimmt noch keine Gelegenheit, oder?"

Mr. Miles schüttelte auffällig seine Schlüssel. „Einen schönen Tag noch, Mrs. Bond. Danke für Ihren Einkauf, und beehren Sie uns bald wieder", sagte er und komplementierte sie sanft aus der Tür.

Doch Mrs. Bond ließ sich nicht so einfach loswerden. „Also, Ken, ich werde veranlassen, daß Charity morgen einmal vorbeikommt. Dann könnt ihr ja alles weitere besprechen."

Mr. Miles schnitt hinter ihrem Rücken eine Grimasse.

Endlich raffte sich Ken zu einer Antwort auf. „Vielen Dank, Mrs. Bond. Ich werde sicher an dem Kirchenfest teilnehmen, aber ich werde wohl erst später kommen, weil ich zuerst noch den Laden schließen muß und all das. Ich möchte Charity nicht zumuten, daß sie so lange warten muß." Während er sprach, nahm Ken Mrs. Bonds Arm und geleitete sie unauffällig auf die Straße hinaus. Und ehe sie sich's versah, fand sich Agnes Bond auf dem Gehsteig vor der Ladentür wieder. Mr Miles hatte bereits die Tür verriegelt und die Fensterläden geschlossen. Mrs. Bond ergriff ihr Paket und machte sich auf den Heimweg. Ein leichtes Lächeln umspielte ihre Mundwinkel. Dummerweise würde Charity der rosa Stoff überhaupt nicht gefallen, und dummerweise würde ihre Mutter in den nächsten Tagen keine Zeit haben, ihn umzutauschen, dann würde sie es wohl selbst tun müssen.

Als Mr. Miles die Tür verriegelt hatte, schlug er Ken auf die Schulter und lachte. „Gut gemacht, Junge! Jetzt laß mich dir einen guten Rat fürs Leben geben. Wenn du es zu etwas bringen willst, dann kauf zu einem günstigen Preis Waren ein, verkaufe sie wieder zu einem guten Preis, und laß niemals – niemals, hörst du! – zu, daß sich Leute wie Agnes Bond in dein Leben einmischen! Eine Mutter auf Schwiegersohnpirsch ist etwas, das man wie der Teufel das Weihwasser fürchten sollte!"

Ken grinste ihn an. „Ach, Charity ist gar nicht mal so übel. Bloß ein bißchen verwöhnt."

„Ein bißchen ist gut! Du bist ja ein richtiger Charmeur, Junge!"

Ken wechselte das Thema. Er zog ein Buch unter dem Ladentisch hervor und sagte: „Ich muß hierfür noch bezahlen, Sir."

Miles nahm das Buch und las den Titel laut vor: *„Erinnerungen an den Wilden Westen* von Francis Day. Seit wann interessierst du dich denn für die Indianerkriege?"

„Ich habe eine Rezension über das Buch gelesen, und da hieß es, die Autorin verstünde etwas davon. Da dachte ich, es kann nicht schaden, es zu lesen. Schließlich hat das Ganze schon angefangen, als ich noch ziemlich klein war."

Mr. Miles nahm kommentarlos das Geld entgegen, dann schlichen sie sich gemeinsam durch die Hintertür aus dem Laden, immer noch auf der Hut vor Agnes Bond.

Ken trabte zum Hotel hinüber und ging geradewegs in die Küche, wo Elisabeth und ihre Mutter das Abendessen zubereiteten. Jessie grüßte ihn freundlich, doch Elisabeth schaute nicht einmal auf, bis er leise ihren Namen sagte. Ken war verständlicherweise etwas verwirrt. Anstelle des schüchternen, aber ihm offenbar sehr zugetanen Mädchens, als das er Elisabeth kennengelernt hatte, stand hier nun eine junge Frau, die ihm gegenüber schlichtweg völlig desinteressiert wirkte. So ging das nun schon tagelang, und er mußte zugeben, daß es ihm erstaunlich viel ausmachte. Außerdem machte es Elisabeth mindestens doppelt so interessant und attraktiv, wie sie ohnehin schon war.

Er streckte ihr das Paket hin. „Das habe ich drüben im Laden entdeckt. Ich dachte, es gefällt dir vielleicht."

Elisabeth nahm das Geschenk halbherzig an und packte es aus. Als sie den Titel des Buches sah, lief sie rot an und drehte sich zu Jessie um. „Es ist das Buch von dieser Francis Day. Wieder so eins, in dem die Indianer als blutrünstige Bestien dargestellt werden, die die hilflosen Weißen grausam niedermetzeln." Sie schaute Ken an und fügte bitter hinzu: „Ich frage mich, Mr. Baird, ob diese Mrs. Day auch erwähnt, daß die Weißen den Indianern wieder und wieder ihr Land geraubt haben, wieder und wieder ihre Verträge gebrochen und wehrlose Frauen und Kinder getötet haben?"

„Elisabeth!" sagte Jessie scharf. „Ken hat dir lediglich ein Geschenk gemacht. Wo sind deine Manieren?"

„Vielen Dank, Ken", sagte Elisabeth mechanisch.

Ken starrte das Buch reuevoll an. „Es tut mir leid, ich ... ich wollte nur - ich meine, ich habe gedacht ..." Er beschloß, das Thema zu wechseln. „Eigentlich bin ich gekommen, um dich zu fragen, ob du mich zum Kirchenfest begleiten willst. Aber ich schätze, dazu wirst du jetzt wohl keine Lust mehr haben. Es tut mir leid ..."

Jessie unterbrach ihn. „Ken, du mußt dich wahrhaftig nicht dafür entschuldigen, daß du meiner Tochter ein Geschenk gemacht hast. Das war sehr nett von dir, und wenn sie zuwenig Anstand hat, dir dafür zu danken, dann tue ich es für sie." Sie drehte sich zu Elisabeth um und erwartete augenscheinlich, daß diese das Gespräch nun fortsetzte.

Doch Elisabeth nahm schweigend ihre Schürze ab, legte sie sorgfältig zusammen und verließ die Küche.

Ken schaute ihr nach, dann nahm er das Buch und schickte sich ebenfalls zum Gehen an.

„Ken, warte bitte", sagte Jessie. „Laß mich mit ihr reden. Ich weiß ganz genau, daß sie nichts lieber tun würde, als dich zum Fest zu begleiten. Ich werde schon herauskriegen, was plötzlich in sie gefahren ist."

Ken grinste erleichtert. „Danke, Mrs. King. Ich ... ich verstehe das nicht. Ich dachte, sie mag mich irgendwie. Nicht, daß sie mit mir geflirtet hätte oder so, aber..."

„Elisabeth müßte sehr dumm sein, wenn sie dich nicht mögen würde, Ken. Und ich habe keinen Dummkopf großgezogen, da bin ich sicher. Also warte bitte hier, und ich versuche sie zur Vernunft zu bringen, ja?"

Ken krempelte die Ärmel hoch. „Haben Sie so lange etwas für mich zu tun? Dann fällt mir das Warten nicht so schwer. Ich würde nämlich verflixt gern mit ihr zum Fest gehen, wissen Sie?"

Augusta kam herein und stellte ihm einen riesigen Korb Bohnen vor die Füße. „Arbeit haben wir immer, junger Mann. Hier, die kannst du auspalen!" Sie schlug ihm herzhaft auf den Rücken und verschwand wieder im Garten, während Jessie die Stufen zu Elisabeths Zimmer erklomm.

*

Sie hörte Elisabeths Schluchzen schon auf der Treppe. Beim Quietschen der Türangeln schreckte Elisabeth hoch und rief dann höchst dramatisch aus: „Oh Mutter! Ich wollte so tapfer sein, so erwachsen. Ich habe einfach beschlossen, daß es mir nichts ausmacht, daß ich Ken nicht heiraten kann. Ich habe mir vorgenommen, ihn nicht mehr anzuschauen, und manchmal habe ich sogar nicht einmal an ihn gedacht. Kann ich nicht auf die Universität gehen, Mama? Irgendwo ganz weit weg? Dann könnte ich Lehrerin werden, so wie Hortensia. Der Beruf wäre mein Leben, und dann würde es mir gar nichts ausmachen, daß ich nicht verheiratet bin. Ich hatte das alles so schön geplant, und es scheint doch auch ganz richtig zu sein, oder? Und außerdem hat Ken sich bisher doch überhaupt noch nicht für mich interessiert. Er hat gar nicht gemerkt, daß es mich gibt. Warum tut er das jetzt auf einmal? Kommt an und schenkt mir dieses blöde Buch und lädt mich zum Kirchenfest ein. Gerade jetzt, wo ich beschlossen hatte, daß er mir egal ist!"

„Aber er ist dir doch gar nicht egal, Elisabeth", sagte Jessie ruhig.

Elisabeth verzog das Gesicht. „Natürlich nicht", murmelte sie. „Aber das ändert doch nichts. Weil nämlich ein Mensch wie Ken mich sowieso niemals heiraten würde."

„Ach, und warum nicht?"

Elisabeth zögerte. Sie wollte es nicht aussprechen, doch es hing zwischen ihnen in der Luft, und schließlich faßte sie sich ein Herz und sagte es. „Weil ich ein Halbblut bin, deshalb. Ich kann doch lesen, und ich weiß, was die Leute sagen werden, wenn es bekannt wird. Wenn Ken es erfährt, wird er nicht mal dieselbe Straßenseite benutzen wie ich, ganz zu schweigen von gemeinsamen Besuchen beim Kirchenfest. Und ans Heiraten will ich gar nicht erst denken."

Jessie wurde ungeduldig. „Elisabeth, meinst du nicht, daß du da ein kleines bißchen übertreibst? Bisher hat er dich doch bloß gebeten, ihn zum Kirchenfest zu begleiten, mehr nicht."

„Du verstehst mich nicht, Mama", gab Elisabeth wütend zurück. „Ich werde nie ein normales Leben führen können, weil ich kein normales Mädchen bin. Mein Vater ist halb nackt über die Prärie gerannt und hat seine Feinde skalpiert. Wie würde sich das wohl in einer Hochzeitsanzeige lesen?"

Elisabeth hatte die Worte zu hastig ausgesprochen, um sie wieder zurücknehmen zu können. Die Reaktion ihrer Mutter war bemerkenswert. Jessie umklammerte den Bettpfosten mit beiden Händen so fest, daß ihre Knöchel weiß hervortraten. Ihre grauen Augen sprühten grüne Funken, und sie sagte gefährlich leise:

„Dies ist das erste Mal seit deiner Geburt, daß ich mich für dich schäme, Elisabeth. Dein Vater trug Kleidung aus Leder und nicht aus Stoff, und er sprach eine andere Sprache als du. Er sah auch anders aus als die Männer hier in Lincoln. Aber wenn es um den *Wert* eines Mannes geht, dann gibt es überhaupt keine Unterschiede zwischen ihm und anderen, im Gegenteil. Du denkst doch auch nicht schlechter von Ken, nur weil du weißt, daß sein Vater ein schwacher Mann war, der Selbstmord begangen hat. Also, warum sollte Ken dann schlecht von dir denken, weil dein Vater ein Lakota-Krieger war? Ich glaube nicht, daß er so dumm ist. Aber ich weiß, daß er etwas Besseres verdient, als von dem Mädchen, das er mag, einfach so und ohne Erklärung vor den Kopf gestoßen zu werden! Vielleicht ändert er ja tatsächlich seine Meinung über dich, wenn er die Wahrheit erfährt. Aber das Risiko mußt du schon eingehen. Benutze deine Herkunft nicht als Entschuldigung, um feige zu sein. Deine Zukunft liegt in deiner Hand. Ich lasse mich nicht dafür verantwortlich machen, wenn du dir selbst deine Chancen verbaust. Ich bin mir nämlich ganz sicher, daß es Gott selbst war, der deinen Vater und mich zusammengeführt hat, und du hast nicht das geringste Recht, daran herumzukritisieren. Der den Wind reitet war ein wunderbarer, zärtlicher und guter Mann, und ich liebte ihn von ganzem Herzen. Ich liebe ihn immer noch so sehr, daß es weh tut, und du würdest ihn ebenso lieben, wenn du die Chance gehabt hättest, ihn kennenzulernen." Jessie senkte ihre Stimme und fügte scharf hinzu: „Ich werde nicht dulden, daß du jemals wieder in dieser Weise von ihm sprichst. Ist das klar, Elisabeth?"

Die ungewohnte Länge und Schärfe von Jessies Monolog hatten Elisabeth völlig überrumpelt. Sie bekam ein wenig Angst. Jessie fügte in ihrem normalen Tonfall hinzu: „Nun, dort unten in der Küche sitzt ein sehr gut aussehender junger Mann und wartet auf dich. Ich habe dich zur Ehrlichkeit erzogen, also faß dir ein Herz, erzähl ihm alles, und akzeptiere, was immer seine Antwort sein wird. Wenn er dich liebt, so wie du bist, dann ist das vielleicht ein Wink von Gott, wer weiß. Und wenn nicht, dann ist es gut, wenn du es so früh wie möglich erfährst. Mach nicht denselben Fehler wie ich, als ich Homer King geheiratet habe. Es gibt nichts Schlimmeres, als an einen Mann gebunden zu sein, der dich nicht wirklich annimmt, wie du bist. So, und jetzt gehst du hinunter und entschuldigst dich. Vielleicht bekommst du keine zweite Chance."

Jessie zitterte wie Espenlaub, und sie stürmte aus Elisabeths Zimmer direkt in ihr eigenes. Dort verkroch sie sich unter ihrer Decke und lauschte in die Stille des Hauses hinein.

Bald hörte sie Elisabeths Tür knarren und dann ihre Schritte auf der Treppe.

*

Ken und Augusta unterhielten sich angeregt, während Augusta in der Küche herumwuselte und Ken die Bohnen auspalte. Elisabeth blieb unbemerkt in der Küchentür stehen und sah ihm zu. Sein dichtes schwarzes Haar fiel ihm ins Gesicht, und seine kräftigen, aber dennoch schönen Hände taten geschickt ihre Arbeit.

Als er mit der Schüssel fertig war, streckte er sich herzhaft. Mitten in der Bewegung erblickte er Elisabeth und erstarrte. Seine Arme sanken herab, und er schaute sie unsicher an.

„Ken", sagte Elisabeth zittrig. „Kann ich dich einen Moment sprechen?"

„Klar." Er warf Augusta einen fragenden Blick zu, und als diese nickte, gingen die beiden jungen Leute nach draußen.

Bei fast allen ihren bisherigen Begegnungen hatte Ken an einem Tisch gesessen, und Elisabeth hatte ihn bewirtet. So war ihr bisher noch gar nicht aufgefallen, wie groß er war. Das gefiel ihr. Es gefiel ihr auch, daß er taktvoll schwieg, während er darauf wartete, daß sie ihre Gedanken sortierte.

Schweigend wanderten die beiden zum Stall hinüber. Die inzwischen an die dreißig Jahre alte Stute Roter Stern wieherte leise, und sie gingen zu ihr, um sie zu streicheln.

„Roter Stern war alles, was wir besaßen, als wir hierher gekommen sind", sagte Elisabeth. „Damals hieß Lincoln noch Lancaster. Wir kamen am Tag der Umbenennung."

„Ja, als meine Familie herkam, hieß es auch noch Lancaster."

„Was, so lange wohnt ihr schon hier? Warum seid ihr nie in die Stadt gekommen?"

„Papa hat alle Besorgungen in Nebraska City gemacht. Er hat gedacht, aus Lancaster würde nie etwas."

Elisabeth begann gedankenverloren, Roter Sterns Mähne einzuflechten. Sie flüsterte: „Ich weiß das mit deinem Vater, Ken. Ich war an dem Tag auf dem Heuboden, als du es Joseph erzählt hast, und ich habe es mitangehört. Ich habe nicht lauschen wollen, das schwöre ich. Ich gehe manchmal dort hinauf, wenn ich allein sein will, und als ich euch bemerkt habe, wart ihr schon mittendrin."

„Ist schon okay, denke ich", murmelte Ken. „Aber du wirst es doch keinem erzählen, nicht wahr? Ich meine –"

„Natürlich nicht, Ken. Das geht niemanden etwas an."

Er dankte ihr, dann schluckte er hart und starrte angestrengt auf die rote Mähne der Stute, während er fragte: „Also, willst du nun mit mir zu diesem Kirchenfest gehen? Wenn nicht, kann ich das gut verstehen. Schließlich ist es nicht sehr angenehm, mit jemandem auszugehen, der einen durchgedrehten Vater hatte." Seine Stimme klang gepreßt.

„Oh, Ken, das ist mir doch ganz egal! Du kannst doch nichts dafür! Stell dir bloß mal vor, was passieren würde, wenn wir alle Fehler unserer Vorfahren ausbaden müßten! Dann würde wohl keiner mehr etwas mit irgend jemandem zu tun haben wollen!"

Ken lächelte sie an. „Dann gehst du also mit?"

Es fiel ihr jetzt leichter, mit ihm zu reden. Sie schaute ihm in seine blauen Augen und sagte ernst: „Erst muß ich dir etwas erklären, und vielleicht willst du dann gar nicht mehr, daß ich mitkomme. Wenn das so ist, dann verstehe ich es vollkommen. Aber ich hoffe, es macht dir nichts aus."

Sie erzählte ihm alles, was sie wußte und so schnell, wie sie konnte. Sie wurde immer zorniger auf sich selbst, weil sie sich gedrängt fühlte, ihre Mutter zu verteidigen, und schließlich brach sie ab, ergriff einen Striegel und bürstete Roter Stern so heftig, daß die Stute die Ohren anlegte. Tränen verschleierten ihren Blick. Sie striegelte eine ganze Weile, als plötzlich eine Hand ihre Hand mit der Bürste ergriff und sanft drückte. Ken nahm ihr den Striegel ab und küßte ihr formvollendet die staubige Hand.

„Nun, Miss King, würden Sie mir die Ehre geben, mich zum Kirchenfest zu begleiten?"

Und Miss King rief so laut „Ja!", daß die Pferde in ihren Ställen hochschraken und schnaubend gegen die Bretter traten. Sie mußten beide lachen, dann nahm Ken Elisabeth in die Arme und wirbelte sie übermütig herum.

Kapitel 30

Es war an einem Samstag abend. Die Gäste waren satt, und Augusta und Jessie ließen den Tag in gewohnter Weise ausklingen. Jessie saß in ihrem Schaukelstuhl am Herd und arbeitete an einer Decke, und Augusta las laut aus der Zeitung vor. Der *Commonwealth* war nicht mehr das einzige Blatt von Lincoln, aber Augusta blieb der Zeitung treu. „‚Schon lange wurde in Nebraska nicht mehr ein so gleichermaßen von jeder Vulgarität und Verkrampftheit unberührtes religiöses Theaterstück vorgeführt wie die Darbietung der Damen von Lincoln beim diesjährigen Kirchenfest . . .‘ Das ist ja nicht zu fassen!“ rief Augusta aus. „Ha! ‚Von jeder Vulgarität und Verkrampftheit unberührt‘ – zumindest kann man das nicht von dem Gesicht behaupten, das Charity Bond gemacht hat, als sie Elisabeth an Kens Arm hereinkommen sah, nicht wahr?“

„Aber Augusta!“ schalt Jessie lächelnd.

Sie ließ die Zeitung sinken. „Ich sage lediglich, wie's war, Jessie. Du hast es doch selbst gesehen. Die kleine Ziege hat ihre Schillerlöckchen für jeden halbwegs passablen jungen Mann der Gegend geschüttelt; und auf Ken hatte sie es besonders abgesehen, das weißt du so gut wie ich. Ich werde jedenfalls ihren Gesichtsausdruck nie vergessen, als sie Elisabeth zusammen mit Ken gesehen hat. Sie sah aus, als hätte sie einen Stock verschluckt, und sie hat sich sofort auf Ken gestürzt, um ihn von Elisabeth wegzuzerren. Ziemlich dreist, wenn du mich fragst.“

Jessie versuchte sie zu beschwichtigen, doch Augusta ließ sie nicht zu Wort kommen. „Ja, ja, ich weiß, sie wollte ihn nur ihren

Freunden vorstellen. Klar, und dazu mußte sie sich zwischen ihn und Elisabeth drängeln, und dann hat sie noch ganz zufällig vergessen, auch Elisabeth mit ihnen bekanntzumachen. Die Manieren dieser jungen Dame sind alles andere als gut. Sie sollte sich was schämen!"

„Augusta, was steht denn sonst noch über das Fest in der Zeitung?" lenkte Jessie vom Thema ab.

Augusta schnaubte abfällig und las weiter: „‚Die Gäste durften sich an verschiedenen kurzen Stücken mit biblischer Thematik unter der bewährten Leitung von Mrs. Agnes Bond und Miss Hortensia Griswall erfreuen. Unter anderem wurden ‚Petrus im Gefängnis', ‚Königin Esther' und ‚Die Versuchung' gezeigt.' – Bewährte Leitung! Die Qualitäten von Agnes Bond bestehen doch nur darin, ihre Tochter möglichst in den Vordergrund zu drängen. Sie hat alles so arrangiert, daß Charity das Herzstück jeder Szene war, abgesehen von der, die eigentlich am besten zu ihr gepaßt hätte ... ‚Die Versuchung'. Dafür wäre sie die perfekte Besetzung gewesen. Schade."

„Augusta, bitte! Lies doch einfach nur die Zeitung, ja?"

„Schon gut, schon gut. Aber es wäre trotzdem richtig gewesen, wenn Elisabeth auch eine Rolle bekommen hätte!"

„Augusta, du warst doch selbst dabei, als Elisabeth darum gebeten hat, nicht mitspielen zu müssen. Sie hat nun mal kein Interesse an der Schauspielerei."

Augusta überhörte dies geflissentlich und fuhr mit Vorlesen fort. „‚Die Szenen wurden von Mrs. Bonds Pianospiel gekonnt begleitet' ... Was ihr natürlich die Gelegenheit gab, jeden Auftritt ihrer Tochter lautstark anzukündigen ... ‚Der Publikumsliebling war allerdings die kleine Birdie Pound in der Rolle der Fee. Auf jeden Fall gebührt allen teilnehmenden Damen das höchste Lob für ihre Mühe, ihren Ideenreichtum und ihre künstlerische Leistung.' – Puh! Also, eine Leistung war es schon, wie Charity versucht hat, Kens Aufmerksamkeit auf sich zu lenken. Die Krönung des ganzen war ja, daß sie ihren Punsch über Elisabeths neues Kleid ausgeschüttet hat. Aber Gott segne Ken dafür, daß er sie nach Hause begleitet und gewartet hat, bis sie sich umgezogen hatte. Er ist wirklich ein Prachtkerl!"

Sogar die sanftmütige Jessie konnte sich einen Kommentar zu

dieser Schandtat Charitys nicht verkneifen. „Ja, das war wirklich ziemlich frech von Charity. Sie hat sich nicht mal bemüht, so zu tun, als sei es ein Versehen gewesen. Aber auf Elisabeth war ich sehr stolz. Sie hat keinen Augenblick die Beherrschung verloren."

Augusta nickte. „Ja, und das, wo sie früher wegen jeder Kleinigkeit auf die Barrikaden gegangen ist! Es scheint, als wäre sie in letzter Zeit richtig erwachsen geworden. Wir können wirklich stolz auf sie sein." Augusta machte keinen Hehl daraus, daß sie sich selbst zumindest einen Teil dieser positiven Entwicklung zuschrieb.

„Ach, Augusta, du hast uns beiden so viel geholfen. Ich habe dem Herrn schon oft dafür gedankt, daß er uns zu dir geschickt hat. Du bist ein wahrer Segen!"

Augusta räusperte sich geräuschvoll und wandte sich wieder einem angenehmeren Thema zu: Elisabeth und Ken. „Meinst du, wir können bald Hochzeit feiern?"

Jessie betrachtete lange ihre Decke, bevor sie antwortete. „Nun, doch wohl noch nicht so bald, hoffe ich. Sonst bekomme ich diese Decke gar nicht fertig."

Augusta freute sich. „Du hast also auch schon daran gedacht! Warum hast du denn nichts gesagt? Ich habe schon Stielaugen gemacht, um die beiden unauffällig zu beobachten und rauszukriegen, wie weit sie sind."

Jessie seufzte. „Laß ihnen doch ein bißchen Zeit, Augusta. Wir wollen nichts überstürzen. Das ist eine Entscheidung für's Leben, und je länger sie es sich überlegen, desto mehr kann ich für sie beten ... und desto mehr Zeit habe ich für mein Meisterstück!" Sie lächelte glücklich. „Ich gehe jetzt zu Bett, Augusta. Ich habe morgen viel vor."

*

Jessie arbeitete den ganzen Winter wie besessen an ihrem Meisterstück. Elisabeth warnte: „Mama, du ruinierst dir noch die Augen!"

Aber Jessie arbeitete weiter.

Ken schüttelte den Kopf über die vielen Stunden, die sie vor dem Kaminfeuer sitzend und handarbeitend verbrachte. „Ich will mich ja nicht einmischen, Madam“, sagte er eines Tages. „Aber in der Zeit, in der Mrs. Hathaway die ganze Zeitung durchgelesen hat, haben Sie bloß dieses winzige Stückchen da geschafft. Wie halten Sie diese Puzzlearbeit bloß aus? Ich meine, es sieht wirklich toll aus, aber ich hätte für so was gar nicht die Geduld.“

Jessie lächelte. „Wenn man etwas liebt, kostet es keine Geduld, Ken.“

Am nächsten Abend, als Elisabeth und Ken von der Chorprobe heimkamen, kam Jessie noch einmal auf das Thema zu sprechen. Kens Frage hatte sie den ganzen Tag beschäftigt, und sie war nun zu einem befriedigenden Schluß gekommen.

„Ken, du hast mich gestern gefragt, wie ich diese Arbeit aushalte. Ich habe darüber noch nie nachgedacht, aber heute habe ich mir den ganzen Tag überlegt, warum ich das tue. Wenn ein Mann seinen Weg in der Welt machen will, baut er etwas. Vielleicht ein Haus oder einen Laden, oder er baut Getreide an. Jedenfalls kann er nachher auf etwas zeigen und sagen: Das ist meins, das habe ich gemacht, das bin ich. Nun, eine Frau verbringt meistens ihren Tag damit, zu kochen, zu putzen und so weiter, alles ziemlich vergängliche Sachen. Mit meinen Handarbeiten ist es etwas anderes, siehst du. Sie werden noch da sein, wenn ich einmal nicht mehr bin ... aber bisher war mir das noch nicht so klar. Es verschafft mir eine große Befriedigung, so eine Decke fertigzustellen und zu sagen: Das ist mein Werk. Ein bißchen so muß sich Gott gefühlt haben, als er am sechsten Tag der Schöpfung alles anschaute und sah, daß es sehr gut war.“

Ken schwieg eine Weile. Dann strich er fast ehrfürchtig mit der Hand über die Decke und sagte: „Mrs. King, wäre es wohl vermessen, zu fragen, ob Sie vorhaben, diese hier zu Elisabeths Aussteuerkommode hinzuzufügen?“

„Dazu könnte ich mich eventuell hinreißen lassen, wenn ich mir ganz sicher wäre, daß sie und ihr zukünftiger Ehemann dieses Geschenk wirklich zu schätzen wüßten“, lächelte Jessie.

Ken räusperte sich. „Nun, Madam, ich bin mir nicht sicher, ob ich dessen würdig bin, aber es wäre mir eine Ehre. Ich habe Elisabeth heute gefragt, ob sie meine Frau werden will, und sie hat ja gesagt, wenn –“ Augusta war von ihrem Sessel aufgesprungen und hatte Elisabeth und Ken in einer gewaltigen Umarmung an sich gepreßt, so daß der Rest des Satzes nur sehr gedämpft hervorkam. „- wenn Sie einverstanden sind!"

Jessie schwieg so lange, daß die anderen nervös wurden. Tränen stiegen ihr in die Augen, sie kämpfte sie zurück und sagte: „Ken, du hast in Worten und Taten bewiesen, daß du ein ehrlicher, liebenswerter und fleißiger junger Mann bist. Doch davon gibt es viele. Was viel wichtiger ist - ich habe seit Elisabeths Geburt dafür gebetet, daß sie eines Tages einen Mann heiraten wird, der Gott von ganzem Herzen liebt und versucht, ihm nachzufolgen. Und ich habe dich sehr genau beobachtet, junger Mann. Mir scheint, daß du all das bist, und ich weiß, daß der Herr dir die Kraft geben kann, meine Tochter zu lieben und zu ehren, solange ihr beide lebt. Es ist mir eine Ehre, dir die Hand meiner Tochter zu geben." Sie lächelte das junge Paar an. „Gott segne euch!"

Einen Moment herrschte ehrfürchtiges Schweigen, dann bollerte Augusta: „Das schreit nach einem Fest! Wo ist Joseph?"

Kapitel 31

Der Rest des Winters verging mit Hochzeitsvorbereitungen. Die drei Frauen arbeiteten viele Stunden, und Augusta verblüffte die anderen, indem sie Nadel und Faden zur Hand nahm und ein paar Taschentücher bestickte.

„Meine Güte! Nur weil ich nie handarbeite, heißt das schließlich noch lange nicht, daß ich es nicht kann! Also her mit dieser Tischdecke dort!" bollerte sie und wurde damit zum offiziellen Hofbesticker des Hathaway-Hotels ernannt.

Ken übernahm das abendliche Vorlesen aus der Zeitung, wenn er nicht allzu spät von der Arbeit kam. Er schuftete soviel wie er nur konnte, weil er ein Haus kaufen wollte. Er hatte sich geschworen, nie mehr auf die unheilverfolgte Farm seiner Eltern zurückzukehren und hatte bereits einen Makler mit deren Verkauf beauftragt.

Elisabeth fand es etwas beunruhigend, noch nicht zu wissen, wo sie in Zukunft leben würden. Doch Jessie beruhigte sie: „Ken ist ein verantwortungsbewußter junger Mann, Elisabeth. Wenn die Farm erst mal verkauft ist, wird er sich bestimmt schnell nach etwas Neuem umsehen. Du mußt nur noch ein bißchen Geduld haben."

In der Tat hatte Ken seine Pläne. Doch der Abend, an dem er sie den anderen mitteilte, hätte ihn fast seine Braut gekostet. Nach dem Abendessen erklärte er lapidar: „Ich gehe zur Armee."

Elisabeth ließ ihre Tasse fallen, Jessie hielt mitten im Sticken inne, und Augusta setzte die Teller, die sie gerade hereintrug, mit einem lauten Knall ab.

„Ken!" rief Elisabeth. „Wozu denn das?"

„Na, um unseren Lebensunterhalt zu verdienen natürlich", verteidigte er sich. „Im Westen brauchen sie gute Männer, und ich halte es einfach nicht mehr aus, in diesem Laden eingepfercht zu sein. Außerdem werde ich es auf diese Art nie schaffen, genug Geld zusammenzubekommen. Und die Farm werde ich auch nicht los. Ich muß doch irgend etwas unternehmen, um uns eine Zukunft zu bieten!"

Er hatte sich diese Sache lange überlegt und dachte nicht daran, sie so leicht wieder aufzugeben. Elisabeth war schockiert. „Aber Ken ... die Armee, der Westen – das ist doch gefährlich! Und du willst doch sicher keine Indianer töten müssen, um dein Geld zu verdienen, oder?"

„Natürlich nicht, Elisabeth. Ich will ja gar kein Soldat werden. Die brauchen doch auch jede Menge Handwerker, Schmiede, Steinmetze und so weiter. Vielleicht kann ich mich ja irgendwo nützlich machen. Schau mal, Elisabeth, irgendwann müssen die Weißen und die Indianer sowieso mit diesem ganzen Wahnsinn aufhören und Frieden schließen. Vielleicht können wir sogar dabeisein ... irgendwie mithelfen, daß es ein echter, dauerhafter Frieden wird."

Jessie unterbrach ihn. „Ken, ich bewundere deinen Idealismus wirklich, aber ich glaube kaum, daß du diese hehren Ziele verwirklichen kannst, wenn du der Armee beitrittst."

Ken blieb stur. „Bei allem Respekt, Madam, ich glaube, das ist eine Sache zwischen Elisabeth und mir."

Jetzt war die Reihe an Elisabeth. „Ich wäre dir dankbar, wenn du nicht so mit meiner Mutter sprechen würdest, Ken!"

Jessie sagte schnell: „Laß nur, Elisabeth, Ken hat ja vollkommen recht. Er muß das tun, was er für das Richtige hält. Ich sollte mich da wirklich raushalten, solange meine Meinung gar nicht gefragt ist, und ihr zwei solltet das unter euch ausmachen. Ich lasse euch jetzt besser allein."

Sie verließ den Raum, und auch Augusta murmelte etwas von „meine Ruhe haben" und verschwand in ihrem Zimmer.

Elisabeth und Ken hatten ihren ersten richtigen Krach. Keiner von beiden schaffte es, rational zu bleiben, und keiner gewann. Am Ende hockten sie beide in ihren Zimmern, schmollten und dachten über den Streit nach.

Jessie zwang sich, sich nicht in die Sache einzumischen. Sie hatte starke Vorbehalte gegen die Armee, und sie haßte den Gedanken, daß Elisabeth wieder in einer Umgebung wie Fort Kearney leben müßte. Doch sie hatte auch eine bestimmte Meinung über die Rolle, die eine Ehefrau zu erfüllen hatte, und diese Meinung bestimmte ihre Antwort auf Elisabeths Hilfegesuch.

„Mama, West-Nebraska ist die absolute Wildnis. Ich kann da nicht hingehen!"

„‚Wo du hingehst, da will auch ich hingehen' – so sieht Gottes Vorstellung von der Ehe aus, Elisabeth."

„Aber Mama, Ken war nicht ehrlich zu mir. Er hat nie ein Wort davon gesagt, daß er zur Armee gehen wollte. Ich habe gedacht, wir würden hier wohnen ..."

„Ken hat nie ein Geheimnis daraus gemacht, daß er den Job im Laden haßt, und vom ersten Tag an hat er gesagt, daß er fortgehen will, sobald er genug Geld zusammengekratzt hat."

„Aber ich dachte, er meint es nicht ernst!"

Jessie wurde ungeduldig. „Elisabeth, du denkst wohl besser noch einmal sehr ernsthaft über dein Verhältnis zu Ken nach. Die Ehe ist eine Sache fürs Leben, Liebes. Als du dich mit Ken verlobt hast, da hast du ihm nicht versprochen, ihn nur so lange zu lieben, wie du mit allem einverstanden bist, was er tut."

„Nein, natürlich nicht, aber ich habe nicht gedacht –"

„Genau. Du hast nicht gedacht. Aber jetzt denk zur Abwechslung mal nach, und zwar scharf. Und versuche nicht, Ken ändern zu wollen. Wenn du nicht bereit bist, ihm zu folgen, wohin auch immer er geht, dann wärst du ihm eine schlechte Ehefrau. Aber er verdient etwas Besseres."

„Auf wessen Seite bist du überhaupt, Mama?" jammerte Elisabeth, die die Welt nicht mehr verstand.

„Ich bin auf der Seite dessen, was gut für euch beide ist, Liebes. Ich habe dich sehr lieb, und deshalb sage ich dir, was du hören mußt. Mach dich darauf gefaßt, daß du Ken folgen mußt, wohin auch immer der Herr euch führt, bis ans Ende deiner Tage. Und wenn du das nicht kannst, dann heirate ihn nicht. Bleib hier in Lincoln und sage Ken Lebewohl. Ich mag Ken sehr, sehr gern. Aber wenn er wirklich im Westen seinen Weg machen will, dann braucht er eine Frau mit Rückgrat, wie Augusta sagen würde. Wenn du ehrlich bist und feststellst, daß du dieses Rückgrat nicht hast, dann gib es jetzt zu, bevor es zu spät ist. Stell dich nicht zwischen Ken und das, was er braucht, um glücklich zu sein!"

„Aber ich dachte, er braucht mich, um glücklich zu sein!"

„Du redest wie ein sehr junges und sehr dummes Mädchen, Elisabeth. Zu einer Ehe gehört mehr als dieser romantische Unsinn, von dem du in deinen Romanen gelesen hast. Ihr müßt gemeinsam für euren Traum kämpfen, eure Beziehung pflegen und verlieren, was ihr liebt und es gemeinsam zurückerobern. Es ist der Alltag, der die Liebe prüft, Elisabeth. Wenn du nicht bereit bist, jeden langweiligen, anstrengenden und traurigen Alltag an Kens Seite zu verbringen, dann sei um Gottes Willen fair genug, ihn nicht zu heiraten, bloß weil er so gut aussieht und dein Herz zum Flattern bringt!"

„Mama!" Elisabeth war peinlich berührt.

„Elisabeth, ich habe dir das schon mal gesagt. Ich weiß sehr gut, wie sich das anfühlt, die Schmetterlinge im Bauch und all das. Ich war auch mal jung. Aber das hatte herzlich wenig mit der Liebe zu tun, die stärker ist als der Tod. Die Frage ist doch: Welche Art von Liebe willst du? Die rosarote, kuschelweiche ... oder die dauerhafte?"

„Ich will beide Arten, Mama!"

„Und die kannst du auch haben, Liebes. Ken ist wahrhaftig Manns genug dazu. Aber das geht nur, wenn ihr den selben Traum habt. Also, Elisabeth – entweder, du machst seine Träume zu deinen und steigst in den Planwagen nach Westen... oder du verschwindest so schnell wie möglich aus Kens Leben."

Elisabeth war sprachlos. Jessie riet ihr: „Mach am besten einen langen Spaziergang, und denk über die Sache nach. Das ist keine Entscheidung, die man leichtfertig fällen sollte."

Die Natur half Elisabeth bei ihrer schwierigen Entscheidung. Als sie sich auf den Weg machte, begannen bereits die ersten Schneeflocken eines gewaltigen Blizzards zu fallen, und bald kehrte sie wieder um und eilte zum Hotel zurück. Augusta rief ihr aus der Küche zu: „Falls du Ken suchst, der ist vor ein paar Minuten weggefahren!"

Sofort wirbelte Elisabeth die Treppe wieder hinunter und rannte nach draußen, wo der Schnee inzwischen in dichten Flocken vom Himmel fiel. Augusta ging ihr nach und rief: „Komm zurück, Kleine! Er wollte nur raus zur Farm und ein paar Sachen holen. Morgen früh ist er wieder da!"

*

Doch am nächsten Morgen kam Ken nicht zurück. Elisabeth hatte die ganze Nacht nicht schlafen können, und im Morgengrauen schlich sie in die Küche, wo sie zu ihrem Erstaunen Jessie vorfand, die über eine ihrer Näharbeiten gebeugt vor dem Herd saß. Draußen heulte der Sturm wie ein Rudel hungriger Wölfe.

„Es geht ihm bestimmt gut", beruhigte Jessie Elisabeth. „Er hat einen gesunden Menschenverstand und paßt schon auf sich auf." Sie schaffte es tatsächlich, ruhig und sicher zu klingen, dabei schnürte ihr die Angst um Ken das Herz ab.

Der Schneesturm tobte drei Tage. Es kostete Jessie und Augusta alles, was sie an Einfallsreichtum aufzubieten hatten, um die hungrigen Gäste sattzubekommen, die müßig im Speisesaal herumsaßen und Karten spielten oder alte Zeitungen lasen.

Als der Schneefall schließlich aufhörte, war die ganze Welt in gleißendes Weiß getaucht. Alle Einwohner machten sich ans Schneeschaufeln, und bald hatten sie in gemeinsamer Anstrengung einen Hohlweg in die Schneewand zwischen den Häusern gebuddelt, wo einmal die Hauptstraße verlaufen war, und die ersten Kutschen konnten passieren.

Der Schnee machte Kaninchen und Rehe zu leichten Zielen. Joseph machte sich täglich mit seinen Schneeschuhen auf den Weg und brachte immer reiche Beute heim. Langsam gingen ihnen die Lebensmittel aus, doch in Kürze wurde ein Versorgungszug erwartet, so daß kein Grund zur Panik bestand.

Als sie es nicht mehr aushielt, nahm Jessie Joseph beiseite und flüsterte: „Joseph, meinst du, du könntest es schaffen, zur Farm von Kens Eltern hinauszureiten und nach ihm zu sehen? Ich weiß nicht, wie lange Elisabeth diese Ungewißheit noch ertragen kann."

Joseph schüttelte traurig den Kopf. „Ich glaube ehrlich gesagt nicht, daß er es geschafft hat, Madam. Ich wollte Sie gerade fragen, ob ich mal nachschauen soll. Aber was, wenn er..."

„Wenn Sie ihn finden, bringen Sie ihn her, Joseph. Wir müssen jetzt endlich Bescheid wissen." Sie fror plötzlich, weil sie sich an das Gefühl erinnerte, wie sie vor Der den Wind reitet gestanden hatte, der im Sterben lag. „Es ... ich ..."

Elisabeth kam herein, und Jessie brach ab. Joseph verließ schweigend das Haus, und Elisabeth, die spürte, was vor sich ging, rief ihm nach: „Danke, Joseph!"

Die Stunden schlichen dahin, während Jessie, Elisabeth und Augusta warteten. Ihre Nerven lagen bloß, und sie schrien sich wegen Kleinigkeiten an. Schließlich beschloß Jessie zu beten.

„Lieber Herr", sagte sie schlicht. „Du allein weißt, wo Ken jetzt ist. Wenn er Hilfe braucht, dann laß Joseph ihn bitte schnell finden. Wenn es ihm gutgeht, dann bring ihn uns bitte bald zurück. Und Herr... wenn er bei dir ist, dann hilf uns, es zu ertragen." Lautlos fügte sie hinzu: *Oh bitte, Herr, Elisabeth ist noch so jung. Bitte konfrontiere sie noch nicht mit so großem Leid... bitte!*

Die drei Frauen warteten die ganze Nacht. Jessie arbeitete tapfer an ihrer Decke, obwohl ihre Hände erbärmlich zitterten und sie nachher alle krummen Nähte wieder auftrennen mußte. Augusta las vor, bis sie heiser wurde und aufhören mußte.

Plötzlich schreckten sie hoch. Vor dem Haus hörte man Trensen rasseln und Pferde stampfen. Elisabeth stieß einen kleinen Schrei aus, als zwei vermummte Gestalten die Küche betraten und sich den Schnee von den Kleidern schüttelten.

Joseph grinste über das ganze Gesicht, und Ken öffnete den

Mund, um etwas zu sagen, doch er wurde von Elisabeth unterbrochen, die quer durch die Küche in seine Arme schoß und vor Freude weinte. Dann begannen alle gleichzeitig zu reden, Fragen zu stellen und zu lachen.

„Der Junge hat Verstand!" brüllte Joseph. „Es gibt auf dem ganzen Weg bloß eine alte Baracke, und er ist geradewegs da hingefahren, hat die Pferde mitsamt Wagen reinbugsiert und hat die vier Tage dort abgesessen."

„Für die Pferde war's am schlimmsten!" lachte Ken. „Sie haben vor Verzweiflung praktisch jedes Möbelstück angeknabbert und wollten sich gerade das Strohdach vornehmen, als der Schnee endlich aufhörte. Ich bin dann rüber zur Farm gefahren und habe ewig gebraucht, bis ich einen alten Heuschober ausgegraben hatte. Danach ging's den Pferden gut."

„Und was hast du gegessen, Ken?" wollte Jessie wissen.

„Kaninchen ... vier Tage lang!"

Elisabeth wollte etwas sagen, doch Ken hob die Hand. „Elisabeth, es tut mir leid, daß ich nicht auf dich gehört habe. Aber es ist nun mal so, daß ich nicht in der Stadt leben kann. Ich mußte noch mal auf die Farm zurückkehren und über alles nachdenken. Ich dachte, vielleicht könnte ich es ja doch noch mal mit der Farm probieren." Es schüttelte ihn. „Aber es geht nicht. Vielleicht bin ich ja albern, aber ich halte es da draußen einfach nicht aus. Es ist der falsche Platz, er ist voller Erinnerungen an Tod und Traurigkeit. Da kann man kein neues Leben anfangen." Er wendete sich Elisabeth zu. „Ich liebe dich, Elisabeth, und ich will dich heiraten. Aber sobald der Schnee schmilzt, gehe ich nach Westen. Wirst du mit mir kommen?"

Elisabeth schaute ihm ernst in die Augen. „Ken Baird, ich habe Gott letzte Nacht versprochen, daß ich dir eines sagen werde, wenn ich eine zweite Chance kriege. Und zwar das hier: ‚Wo du hingehst, da will auch ich hingehen, und wo du bleibst, da bleibe ich auch.'"

Von der anderen Seite der Küche erklang ein höchst uncharakteristischer Jubelruf von Jessie.

Und vier Wochen später las man in der Zeitung folgende Anzeige:

„Miss Elisabeth King und Mr. Ken Baird haben heute den heiligen Bund der Ehe geschlossen. Miss King ist die Tochter von Mrs. Jessie King, einer Witwe, die im Hathaway-Hotel angestellt ist. Sie ist uns allen als fleißige und gottesfürchtige junge Frau von bestem Charakter bekannt. Mr. Baird ist zwar erst seit kurzem Bürger von Lincoln, hat sich aber als ehrlicher Mann und damit als großer Gewinn für unseren Staat erwiesen. Das Paar hat sich sogleich auf den Weg nach Westen gemacht, wo Mr. Baird die Armee unseres Landes in dem Bemühen unterstützen möchte, die Grenzen zu sichern. Wir wünschen den Jungvermählten alles Gute und Gottes Segen."

Kapitel 32

Augusta und Jessie waren überrascht, wie leer das Leben ohne Elisabeth war. Sie waren zwar immer beschäftigt, und Augusta machte Jessie offiziell zu ihrer Teilhaberin, doch es war nicht mehr dasselbe wie früher. Das Hathaway-Hotel war das beste in Lincoln und das erste, das elektrisches Licht hatte, obwohl Jessie der Technik nicht vertraute und nach wie vor ihre bewährte Kerosinlampe benutzte.

Elisabeths Abwesenheit lehrte Jessie eine neue Art der Einsamkeit. Sie hatte in ihrem Leben oft Lebewohl sagen müssen, und jedesmal hatte es weh getan. Aber jedesmal hatten ihr das Gebet und das Bibelstudium über den Schmerz hinweggeholfen. Dieses Mal war es anders, aber besser, denn Elisabeth und Ken waren ja nicht tot oder für immer fort, sondern sie konnte nach wie vor für sie beten und an sie denken, und sie hatte nach wie vor an ihrem Leben teil.

Briefe hielten den Kontakt aufrecht. Elisabeth schrieb oft lange, sehr detaillierte Briefe, in denen sie Land und Leute beschrieb. Sie klang noch genau wie damals, als sie ein kleines Mädchen gewesen war, das gar nicht so schnell reden konnte, wie die Dinge geschahen. Jessie und Augusta lasen die Briefe meist mehrmals, bevor Jessie sie sorgfältig in einem Kästchen in ihrem Zimmer verstaute.

Es hatte nur ein paar Tage gedauert, bis sie festgestellt hatten, daß sie eine Hilfe einstellen mußten. Augusta wurde langsam alt, und auch Jessie schaffte es einfach nicht, Elisabeths Arbeit mitzutun. Abends war sie sogar zum Handarbeiten zu müde. Sie sank einfach auf ihr Bett und schlief sofort ein.

Augusta setzte eine Anzeige auf, und als Jessie hinüber zum Büro der Zeitung ging, wurde sie an der Ecke Kandstreet fast von einer jungen Frau umgerannt, die ein Kind auf dem Arm hatte. Hinter der Frau rannte mit fliegenden Röcken eine aufgebrachte ältere Dame her und rief: „Sarah! Sarah Biddle, du kommst sofort zurück!“

Doch Sarah Biddle lief weiter. Ihre Verfolgerin hielt keuchend inne und stampfte wütend mit dem Fuß auf. „So was! Da versucht man, diesen Kreaturen zu helfen, und was ist der Dank dafür? Nichts als Ärger!“ Die Frau schüttelte ihren Sonnenschirm in Jessies Richtung. „Aber ich habe es ja gleich gesagt! ‚Nehmen Sie nicht diese Sarah Biddle‘, habe ich gesagt. ‚Die ist ein Miststück, und dann schleppt sie noch dauernd diesen kleinen Krüppel mit sich herum.‘ Na, ich habe ja recht behalten, nicht wahr? Soll sich die Polizei um sie kümmern – ich habe die Nase voll von ihr. Soll sie doch hingehen, wo der Pfeffer wächst. Ich will nichts mehr damit zu tun haben!“ Und damit verschwand sie schimpfend in die Richtung, aus der sie gekommen war.

Jessie rückte ihren Hut zurecht, machte ihre Erledigung und kehrte ins Hotel zurück.

*

Als Joseph am Abend alle Pferde versorgt hatte und gerade die Stalltür abschließen wollte, hörte er plötzlich ein Geräusch aus dem hinteren Teil des Stalles. Er zog die Tür zu und eilte die Leiter zum Heuboden hinauf. Aus dem Augenwinkel sah er gerade noch einen Zipfel bunten Stoff hinter einem Heuballen verschwinden.

Joseph packte die Heugabel fester und sagte ruhig: „Sie können genausogut gleich herauskommen, denn dies hier ist der einzige Ausgang, und ich werde hier nicht weggehen, bevor ich weiß, wer sich da versteckt."

Langsam schob sich ein Kopf über den Heuballen, und eine rauhe weibliche Stimme sagte: „Dann werden wir hier eben verhungern, denn ich laß mich auf keinen Fall zurück nach New York schicken!"

Und eine Kinderstimme echote: „Genau, wir gehen nicht zurück!"

Joseph ließ sich im Heu nieder und versuchte es noch einmal. „Ich wollte gerade hinüber ins Hathaway-Hotel gehen und zu Abend essen. Heute gibt's Hühnchen. Jede Menge. Und Bratkartoffeln dazu. Und uiuiuiuiui... diese Mrs. King, die macht vielleicht einen Nachtisch! Zu schade, daß Sie nicht mitkommen können."

Schweigen. Dann eine zaghafte Stimme: „Diese Mrs. King verteilt bestimmt keine kostenlosen Mahlzeiten, oder? Wir haben kein Geld, also werden wir wohl auch kein Hühnchen mit Bratkartoffeln kriegen. Außerdem lauert da draußen bestimmt schon diese schreckliche Mrs. Gramp oder wie die heißt mit der Polizei."

Joseph sprach genauso mit ihr, wie er mit einem nervösen Pferd redete, mit einer tiefen, sanften und beinahe ausdruckslosen Stimme. „Tja, wissen Sie, soweit ich weiß, hat Mrs. Granwich angeordnet, daß eine Sarah Biddle und ihr Bruder Tom gesucht und mit dem nächsten Zug zurück nach New York verfrachtet werden sollen, falls sich niemand findet, der sie haben will. Sie hat das Geld für die Zugfahrt beim Sheriff hinterlegt. Aber ich glaube eigentlich nicht, daß Sie es brauchen werden. Zufällig weiß ich nämlich, daß Mrs. King und Mrs. Hathaway im Hotel dringend eine Hilfe brauchen. Und soweit ich das beurteilen kann, ist das ein verflixt guter Job."

Wieder Stille. Dann eine vor Verzweiflung heisere Stimme: „Keine Mrs. King der Welt will uns haben, Mister. Mein Bruder ist ein Krüppel und kann nicht arbeiten. Niemand will uns beide zusammen, und ich werde ihn niemals verlassen – niemals, hören Sie?"

Joseph versuchte, ihr die Angst zu nehmen. „Das wollen wir doch erst mal sehen, was die beiden Damen dazu sagen. Hmm, ich kann das Huhn schon riechen, Sie auch?"

Nun tauchten zwei Augenpaare über dem Heuballen auf. Langsam erhob sich Sarah, ergriff die Hand ihres Bruders und zog ihn ebenfalls hoch. Dann setzte sie ihn auf den Heuballen und legte ihm ihren Arm um die Schultern.

„Ihr zwei haltet ganz schön fest zusammen, was?“ sagte Joseph.

Sarah nickte. „Wir gehören zusammen. Daran wird niemand etwas ändern. Auch keine Mrs. Granwich. Vielleicht gehen wir doch zurück nach New York. Ein Mann da hat mir einen Job angeboten. Er hat gesagt, ich müßte mich bloß hübsch anziehen. Tom könnte sogar bei mir bleiben, hat er gesagt, aber er müßte in der Kammer bleiben, wenn ich Besucher empfange. Das klingt doch ganz gut, oder? Hier gefällt's mir sowieso nicht. Die Leute behandeln uns, als wären wir Ni –“

Joseph beendete das Wort für sie. „Als wärt ihr Nigger? Na ja, ich schätze, ich weiß, wie sich das anfühlt. Aber es gibt schlimmere Städte als Lincoln.“

„Das werden wir wohl nie erfahren. Also los, bringen Sie uns schon zur Polizei.“

„Nicht so schnell, junge Dame“, sagte Joseph. „Dafür ist doch immer noch Zeit. Der Zug kommt sowieso erst morgen. Jetzt kommen Sie schon mit zum Essen!“

„Ich hab' Ihnen doch schon gesagt, wir haben kein Geld.“

„Das brauchen Sie auch nicht.“

Sarah schaute ihn mißtrauisch an. „Und wie soll ich bezahlen, wenn ich kein Geld habe?“ Sie umklammerte ihren Bruder noch fester.

„Ihr müßt gar nichts bezahlen. Es gibt da eine Sitte in Lincoln: Jeder Besucher erhält eine Gratismahlzeit im Hathaway-Hotel. Das zahlt die Stadt. So wollen sie Leute anlocken, die dann vielleicht hierbleiben.“

„Ist das wahr?“

„Das schwöre ich bei meiner Freiheit.“

Sarah zögerte, doch Tom nahm die Sache in die Hand. „Ich will Hühnchen essen, Sarah! Hab' Hunger!“

„Na gut, Mister“, sagte Sarah widerwillig. „Dann werden wir mitkommen.“

Joseph stand auf. „Ich nehme Ihren Bruder.“

„Nein!“ Mit weit aufgerissenen Augen sprang Sarah auf und

stellte sich schützend vor Tom. „Niemand außer mir faßt meinen Bruder an!"

Joseph hob beschwichtigend die Hände. „Okay, okay, Miss. Ich gehe jetzt die Leiter hinunter, und wenn Sie Hilfe brauchen, dann rufen Sie einfach nach mir."

Joseph stieg in den Stall hinunter und beobachtete fasziniert, wie das zierliche Mädchen ihren Bruder die Leiter hinunterschleppte, immer eine Sprosse nach der anderen. Jetzt sah Joseph auch, was Toms Problem war. Eines seiner Beine war einige Zentimeter kürzer als das andere, und eine riesige Narbe zog sich von seinem Knöchel über das ganze Bein und verschwand dann unter seiner kurzen Hose. Joseph beschloß, es nicht zu beachten, und gemeinsam gingen sie zum Hotel hinüber.

Als sie die Küche betraten, kam Joseph Augustas Fragenflut zuvor. „Mrs. Hathaway, dies hier sind Sarah Biddle und ihr Bruder Tom. Sie sind zu Gast hier in Lincoln, und ich habe ihnen von unserem schönen Brauch erzählt, unseren Besuchern eine freie Mahlzeit zu spendieren, um ihnen Appetit auf Lincoln zu machen, also haben sie beschlossen, heute abend zu uns zu kommen, wenn das geht."

Augusta blinzelte kurz und ließ sich dann auf die Geschichte ein. „Aber natürlich, Joseph, das geht wunderbar." Sie lächelte Sarah zu. „Wollen Sie sich vielleicht vor dem Essen ein wenig frischmachen?"

Sarah schüttelte den Kopf, und Jessie ergriff die Initiative. „Kommen Sie, mein Kind, wir haben hier ein schönes Zimmer extra für Neuankömmlinge. Früher hat meine Tochter hier gewohnt, aber jetzt..." Sarah folgte ihr in Elisabeths ehemaliges Zimmer und staunte über das massive Bett mit den frischen, sauberen Laken, das blitzsaubere Waschbecken und die gebügelten Leinenhandtücher. Jessie goß frisches Wasser ins Waschbecken, Sarah ließ Tom aufs Bett fallen, und Jessie sagte: „Das Essen ist bald fertig, Miss Biddle. Kommen Sie einfach herunter, wenn Sie fertig sind."

Als sie den Raum verlassen hatte, hopste Tom begeistert auf dem Bett herum. „Sarah, es ist ganz weich!" rief er. „Mir gefällt's hier!"

Sarah schrubbte sich Gesicht und Hände und begann dann, auch von Toms Händen den gröbsten Dreck zu entfernen. Sein widerspenstiges Haar glättete sie mit etwas Wasser, was aber nicht viel nützte.

„Nun, ich denke, so wird es gehen", sagte sie schließlich.

„Können wir nicht hierbleiben, Sarah?" fragte Tom.

„Das glaube ich nicht, Tom. Wir nehmen nur diese Gratis-Mahlzeit mit und dann . . ."

„Aber ich will hierbleiben!"

„Das geht nicht, Tom", sagte Sarah traurig. „Hör jetzt auf zu quengeln. Wir kriegen immerhin ein anständiges Essen, oder? Das ist doch auch schon was. Also komm jetzt."

Sarah und Tom vertilgten eine äußerst beeindruckende Menge Hühnchen mit Kartoffeln. Das Leben hatte sie gelehrt, zu essen, wenn es etwas gab, denn wer wußte, was morgen war?

Jessie und Augusta versorgten die Gäste, und die Blicke von Sarah und Tom folgten ihnen interessiert.

„Gehört den beiden Frauen das Hotel?" fragte Tom, wenn er sich nicht gerade gigantische Bissen in den Mund schob. „Die sind nett, glaube ich. Guck mal, die Leute lassen ja alle was übrig! Wann kommt eigentlich morgen der Zug?"

Joseph beantwortete geduldig jede Frage, bis Tom fragte, ob sie nicht bleiben könnten. Da stieß ihm Sarah den Ellbogen in die Rippen und zischte: „Psst!"

Nachdem sie soviel Essen hinuntergeschlungen hatten, wie sie nur konnten, saßen die beiden schläfrig am Tisch.

Als Jessie und Augusta mit den Gästen fertig waren, nahm Jessie Sarah beiseite und sagte: „Miss Biddle, Sie können gern in dem Zimmer übernachten, das ich Ihnen vorhin gezeigt habe. Sie sind herzlich eingeladen für heute nacht."

„Geht nicht", war die knappe Antwort. „Hab' kein Geld. Können wir nicht vielleicht auf dem Heuboden schlafen?"

„Miss Biddle, ich kenne das Problem. Ich habe in meinem Leben oft genug selbst kein Geld gehabt. Wie wäre es, wenn Sie uns als Gegenleistung ein bißchen zur Hand gehen?"

Sarah beäugte sie mißtrauisch. „Was soll ich tun?"

Jessie sagte ruhig: „Nun, Joseph könnte ein bißchen Hilfe beim Versorgen der Pferde brauchen, und normalerweise bringt er auch das Holz für den Herd in die Küche. Vielleicht könnten Sie das heute übernehmen?"

Sarah sprang eifrig auf. „Gern! Ich mag Pferde!" Sie ergriff Toms Hand.

„Oh, lassen Sie nur, Miss Biddle, Tom kann hier in der Küche bleiben", bot Jessie an.

„Nein. Tom kommt mit mir."

Tom schreckte hoch und rieb sich die Augen.

„Bin so müde, Sarah. Ich will ins Bett."

Jessie legte ihm die Hand auf den strubbeligen Haarschopf und sagte: „Warum bringen wir ihn nicht gemeinsam zu Bett, bevor Sie mit Joseph in den Stall gehen?"

Sarah zögerte. „Sie meinen, da drin in dem Zimmer?"

„Ja."

„Und Sie nehmen ihn nirgendwohin mit, solange ich weg bin?"

„Sarah, ich würde nie, nie, nie zwei Geschwister trennen. Familien gehören zusammen." Sie kniete sich vor Sarah und Tom auf den Boden. „Du bist eine sehr liebe Schwester, daß du dich so um Tom kümmerst. Komm, bringen wir ihn ins Bett."

Sarah spürte, wie sich in ihr etwas löste, was vorher ganz fest angezogen war. Es war nicht genug, um endlich all die Tränen zu weinen, die sich in vierzehn Jahren in ihr aufgestaut hatten. Aber es reichte, um ihr das Gefühl zu geben, daß es nach allem vielleicht doch Leute auf der Welt gab, denen sie vertrauen konnte.

*

Sarah schrak hoch und setzte sich im Bett auf, als sie das Pfeifen und Stampfen des Zuges hörte. Sie schüttelte Tom heftig und rief: „Tom, wach auf! Der Zug kommt!"

Jessie und Augusta hörten sie und kamen in das Zimmer geeilt. „Sarah, Sarah, es ist alles in Ordnung. Es kommen jeden Tag mehrere Züge durch Lincoln, und der Zug nach New York hält hier erst am Nachmittag. Du kannst dich wieder beruhigen."

Tom kuschelte sich hochzufrieden wieder in die Decken, doch Sarah stieg aus dem Bett. „Trotzdem... wir müssen jetzt gehen, Tom. Wo sind denn meine Sachen?"

Jessie antwortete: „Hier. Ich habe sie gewaschen. Ich dachte, Sie haben nichts dagegen." Sie reichte Sarah die sauberen Kleider. Augusta räusperte sich.

„Sarah . . . Miss Biddle, wir möchten Sie gern etwas fragen. Kommen Sie doch bitte hinunter in die Küche, wenn Sie fertig sind, ja?"

Vorsichtig betrat Sarah wenig später die Küche, wo es sich Jessie und Augusta bei einer Tasse Kaffee gemütlich gemacht hatten.

„Sie wollten etwas von mir?"

Jessie war auserkoren worden, das Reden zu übernehmen. „Bitte, Sarah - falls ich Sie so nennen darf -, setzen Sie sich doch."

„Danke, ich stehe lieber." Sie wollte es ihr nicht zu einfach machen.

„Augusta hier und ich, uns gehört dieses Hotel, Sarah. Meine Tochter hat uns früher geholfen, aber sie hat vor kurzem geheiratet, und wir brauchen dringend eine Hilfe. Wir haben schon eine Anzeige in die Zeitung gesetzt, aber sie ist erst heute erschienen, und bis jetzt haben wir noch keine Antwort. Möchten Sie vielleicht den Job haben? Sie müßten Elisabeths Aufgaben übernehmen. Das heißt, Sie würden uns beim Kochen helfen und beim Sauberhalten der Zimmer. Außerdem ein bißchen Gartenarbeit und was sonst noch so anfällt. Dafür würden Sie freie Kost und Logis bekommen, und -"

Sarah fiel ihr ins Wort. „Was ist mit Tom?"

„Tom kann natürlich auch hier wohnen."

Sarah schaute ungläubig von Jessie zu Augusta und wieder zurück zu Jessie. „Aber er ist ein Krüppel und kann nicht arbeiten."

„Das wissen wir, Sarah."

„Warum wollen Sie ihn dann hierbehalten?"

Vor Jessies innerem Auge erschien das Bild eines kleinen Grabhügels aus Steinen. Ehrlich antwortete sie: „Vor vielen Jahren habe ich einen kleinen Sohn gehabt. Sein Name war Jakob, und er sah Tom ein bißchen ähnlich. Er ist gestorben, und wenn Tom hierbleiben würde, dann wäre das fast so, als ob Gott mir meinen kleinen Jungen zurückgegeben hätte."

Sarah schaute sie eindringlich an. „Was ist denn mit ihm passiert?"

„Er fiel vom Planwagen und wurde überrollt."

Sarahs Augen wurden groß. „Tom ist auch von einem Planwagen überrollt worden! Bloß ist er nicht gestorben, sondern hat sich nur das Bein verletzt."

Jessie blinzelte den Tränenschleier fort, und Augusta sagte: „Sarah, ich bin nicht so gut im Reden wie Jessie, aber ich würde mich auch freuen, wenn du und Tom hierbleiben würdet."

Sarah dachte angestrengt nach. „Könnten wir dieses Zimmer haben?"

„Das gehört dazu."

„Lassen Sie das Bett drin?"

Jessie unterdrückte ein Lächeln. „Natürlich, Sarah. Es wäre deins und Toms. Obwohl, wir könnten auch Joseph bitten, ein Hochbett daraus zu machen, dann hättet ihr jeder eins."

Ein eigenes Bett bedeutete für Sarah mehr Luxus, als sie sich je erhofft hatte. Das gab den Ausschlag. „Na gut, wir bleiben", sagte sie. „Was soll ich als erstes machen?"

„Zuerst mal", sagte Jessie weich, „lassen wir Tom noch ein bißchen schlafen. Dann zeige ich dir das Hotel, die Zimmer und alle anderen Räume."

Augusta fachte das Feuer im Herd an, während Jessie und Sarah das Hotel besichtigten. „Wir würden gern noch anbauen", erklärte Jessie, „aber dann müßten wir noch mehr Leute einstellen, und wir werden ja auch nicht jünger. Nun, wir werden sehen."

„Sie sind doch noch jung, Madam. Sie haben zwar ein paar Falten, aber Ihr Haar ist noch nicht richtig weiß, und die Treppen sind Sie auch gut hochgekommen. Da können Sie doch gar nicht alt sein."

Jessie verkniff sich ein Lachen und dankte Sarah für das Kompliment.

Augusta fand bald heraus, daß Sarah ganz gut in der Küche und kein bißchen im Speisesaal Bescheid wußte. „Sie wird wohl eine Weile hinter den Kulissen bleiben müssen", erklärte Augusta. „Schaffst du den Speisesaal allein?"

„Natürlich. Es wird sowieso besser sein, wenn sie erst mal in Toms Nähe bleibt, bis er sich ein bißchen an uns gewöhnt hat."

Doch Tom fühlte sich sofort zu Hause im Hathaway-Hotel. Er half, wo er konnte, bis ihm sein Bein so weh tat, daß er sich hinsetzen mußte. Jessie und Augusta baten Doktor Patton, sich ihn mal anzusehen.

„Ein klarer Fall von Pfuscherei", ereiferte sich der Arzt. „Es gibt eigentlich keinen Grund, warum dieser Junge nicht wieder ganz gesund geworden ist. Da hat irgendein Quacksalber sich nicht die Mühe gemacht, den Bruch ordentlich zu richten. Jetzt ist es natürlich viel zu spät. Er wird wohl Zeit seines Lebens hinken, der arme kleine Kerl."

Jessie lächelte. „Schon gut, Doktor. Er hat trotzdem eine Chance, denke ich. Morgen stelle ich ihn Miss Griswall vor, ich glaube nämlich, daß er durchaus intelligent ist. Vielleicht hat Gott ja einen ganz bestimmten Plan mit Tom Biddle."

Und sie erinnerte sich an einen anderen Menschen mit einem verkrüppelten Bein, mit dem Gott einen ganz bestimmten Plan gehabt hatte.

Kapitel 33

Tante Jessie! Was ist denn?" Sarah und Jessie wuschen Bettlaken in dem kleinen Schuppen, den Joseph hinter der Küche errichtet hatte. Plötzlich wurde Jessies Gesicht weiß, und sie sank mit geballten Fäusten auf eine Bank.

Sarah bekam Angst. „Ich hole Tante Augusta!"

„Nein!" keuchte Jessie. „Das wirst du schön bleiben lassen. Sie würde nur vor Besorgnis um mich zur Glucke werden und mich in den Wahnsinn treiben. Laß mir nur einen Moment Zeit, dann geht es bestimmt vorüber."

Sie atmete tief ein und aus, und wie sie gesagt hatte, ließ der Schmerz nach ein paar Minuten nach. Jessie lächelte Sarah breit an. „Siehst du? Jetzt laß uns das hier schnell zu Ende bringen, sonst gerbt uns Augusta das Fell!" Sie machten sich wieder an die Arbeit, und als sie fertig waren, fühlte Jessie sich entsetzlich müde.

„Sarah, ich lege mich jetzt für ein Viertelstündchen hin. Ich muß wohl gestern abend zu lange an dieser Decke gearbeitet haben."

Sarah war besorgt und fragte sich, was sie tun sollte. Als Tom aus der Schule kam, legte sie sich einen Finger an die Lippen und zog ihn in ihr Zimmer. „Mit Tante Jessie stimmt was nicht, Tom. Aber sie will nicht, daß es Tante Augusta erfährt. Ich glaube aber, sie braucht einen Arzt."

Tom verarbeitete diese Neuigkeit mit gerunzelter Stirn. Dann erhellte sich sein Gesicht. „Ich weiß was! Ich sage einfach, daß mein Bein ganz schlimm weh tut. Dann holen sie bestimmt den Doktor, und er kann nach Tante Jessie sehen."

*

Am nächsten Tag kam Tom jämmerlich hinkend aus der Schule und setzte sich mit schmerzlich verzogenem Gesicht an den Tisch.

„Was ist denn, Tom?" fragte Jessie sofort.

„Och, nichts", sagte Tom und zog eine beeindruckende Grimasse.

„Tut dir dein Bein weh?"

„Na ja, ein bißchen vielleicht."

Augusta donnerte: „Ich werde sofort Dr. Patton holen!"

„Ach, Tante Augusta, ich brauch' keinen Doktor. Der kann doch sowieso nichts machen."

„Das ist Unsinn, Tom. Wenn es so weh tut, dann stimmt etwas nicht. Der Doktor hat gesagt, es dürfte nicht sehr weh tun." Und schon war sie aufgesprungen und aus der Tür geeilt. Sarah und Tom grinsten sich verstohlen an, während Jessie Tom besorgt vorschlug, sich hinzulegen, bevor der Doktor kam.

„Du verwöhnst ihn, Tante Jessie", sagte Sarah.

„Ich weiß, Kind, ich schätze, ich will sein Herz gewinnen."

Sarah war sehr ernst, als sie sagte: „Du hast schon so viel für uns getan. Tante Augusta und du, ihr habt uns ein Zuhause gegeben und seid so nett zu uns gewesen, obwohl wir von nichts eine Ahnung hatten. Weißt du, ich bin jetzt richtig froh, daß wir in diesem Waisenzug gesessen haben."

Jessie lächelte warm. „Wir sind auch froh, Sarah. Ihr zwei habt eine große Lücke in unseren Herzen ausgefüllt. Und ... wir können eure selbstlose Hilfe hier ausgesprochen gut brauchen!"

Sarah hatte so viel Selbstbewußtsein bekommen, daß sie auf den kleinen Scherz einging. „Ja, ihr laßt uns hier schuften wie zwei Ackergäule. Wenn sich das nicht bald ändert, muß ich mir wohl einen anderen Job suchen!"

„Das probier ruhig mal, junge Dame!" schimpfte Jessie. „Wir lassen euch hier nie mehr weg!" Sie umarmte Sarah zärtlich. „Dazu haben wir euch nämlich viel zu lieb."

Sarah wußte darauf nichts zu sagen. Sie konnte Scherze über ihre neue Heimat machen, aber das Wort „Liebe" gehörte nicht zu ihrem Vokabular - noch nicht.

Augusta kam mit dem Arzt zurück, und er eilte zu Tom, um sich sein Bein anzusehen, Jessie, Augusta und Sarah im Schlepptau.

„Wo tut es denn weh, Tom?"

„Oh, am meisten hier", sagte Tom und zeigte auf sein Knie. Der Doktor untersuchte das Bein gewissenhaft auf Schwellungen oder Entzündungen ... und fand nichts.

„Wann hat das denn angefangen, Junge? Hast du etwas Ungewöhnliches gemacht, als es anfing - bist du von einem Baum gesprungen oder so etwas?"

„Ich habe geredet, als es anfing", sagte Tom wahrheitsgemäß.

„Geredet?"

„Ja. Mit Sarah."

„Und über was habt ihr geredet?"

„Über Tante Jessie."

„Und dann hat dein Bein angefangen weh zu tun?" Der Arzt war verwirrt.

„Nein, nicht direkt."

„Wann denn dann?" Dr. Patton wurde langsam ungeduldig.

Tom holte tief Luft. „Na ja, wir haben darüber geredet, daß Tante Jessie krank ist und nicht zum Arzt gehen will, und dann habe ich gedacht, wenn Sie wegen mir herkommen, könnten Sie auch gleich nach Tante Jessie sehen und herausfinden, was sie hat."

Augusta starrte Jessie vorwurfsvoll an, und Dr. Patton tätschelte Tom anerkennend die Schulter. „Ganz schön schlau, Tom. Ganz schön schlau!"

Er drehte sich zu Jessie um und sagte: „Nun, Mrs. King, vielleicht möchten Sie ja diese Angelegenheit jetzt aus der Welt schaffen?"

Jessie fühlte sich in die Enge getrieben. „Nun ja, wenn ich ehrlich bin, hatte ich in letzter Zeit ein paar... Schwächeanfälle."

Augusta lief vor Wut rot an. „Und warum weiß ich davon nichts?"

„Weil es vermutlich gar nichts weiter ist. Bloß der Kreislauf oder so", murmelte Jessie.

„Was für Symptome hatten Sie denn, Mrs. King?" wollte Dr. Patton wissen.

„Ein bißchen Schwindelgefühl, ein Stechen in der Herzgegend. Nichts Dramatisches jedenfalls."

„Du warst in letzter Zeit dauernd müde", erinnerte sich Augusta.

„Ach, das kommt von der vielen Arbeit. Ich muß eben mal etwas langsamer treten, das ist alles."

„Jessie King", donnerte Augusta. „Wenn du sogar zu müde bist, um abends deine geliebten Handarbeiten zu machen, dann muß etwas mit dir nicht stimmen. Die Decke da hast du jetzt schon wochenlang liegen, und du bist noch immer ganz am Anfang. Denk bloß nicht, ich hätte das nicht bemerkt!"

„Na gut, na gut. Ich werde wohl nicht drumherum kommen, Doktor. Morgen komme ich zur Untersuchung zu Ihnen. Die drei hier werden sonst keine Ruhe geben, fürchte ich."

Zufrieden stand der Arzt auf und ging, und Jessie schalt Tom und Sarah: „Was für ein schlechtes Benehmen! Die kostbare Zeit des Doktors zu stehlen... zu lügen und Tante Augusta Sorgen zu machen!"

Tom grinste. „Aber es hat doch geklappt, nicht wahr?"

Jessie mußte lachen. „Ja, das hat es wohl."

*

Wie versprochen suchte Jessie am nächsten Tag den Arzt auf. Er stellte ihr einige Fragen, hörte sie ab und machte ein sorgenvolles Gesicht. Dann verordnete er ihr einige Tage Bettruhe und gesunde Ernährung.

Jessie dankte ihm für seine Mühe, bezahlte die Rechnung und ignorierte seine Anweisungen. Sie überzeugte sich selbst davon, daß sie sich schon viel besser fühlte, und tatsächlich schienen die Beschwerden fort zu sein.

Sie machte wieder Fortschritte mit ihrer Decke, als eines Abends Sarah mit der Abendausgabe der Zeitung hereingestürmt kam und rief: „Tante Jessie, Tante Augusta! Hört mal!"

Die Überschrift lautete: „Blutige Neuigkeiten vom Indianerkrieg – General Custer und sein gesamtes Heer niedergemetzelt!"

Augusta schnappte sich die Zeitung und rief nach Jessie, die die Tische fürs Abendbrot deckte.

„Jessie! Was hast du noch gesagt, unter wessen Befehl Ken jetzt steht?"

Jessie zögerte. „Oh, ich weiß gar nicht genau. Er ist so viel herumgekommen, daß ich den Überblick völlig verloren habe. Die arme Elisabeth hat es so satt, herumzuziehen. Nun, vielleicht bekommt er ja bald Urlaub. Ich wünschte, Sitting Bull und Crazy Horse würden endlich auf die Vermittlung von Red Cloud hören und das Kriegsbeil begraben. Ach ja, ich glaube, Kens Vorgesetzter heißt Custer. Ja, das ist er. General George Custer." Jessie hatte Augusta nicht angesehen, deshalb entging ihr der Ausdruck auf deren Gesicht. Sie plauderte fröhlich weiter: „Elisabeth sagt, er wäre ein ganz besonders gutaussehender Mann. Sie hat auch seine Frau kennengelernt." Nun drehte sich Jessie endlich um und schaute Augusta an.

„Was ist denn, Augusta?" Sie hob unwillkürlich die Hand an den Hals. „Ist etwas passiert?"

„Setz dich lieber hin", war die knappe Antwort.

Jessie spürte, wie ihr Herz aus dem Takt geriet, während Augusta mit zittriger Stimme den Zeitungsartikel vorlas:

„‚Am 25. fand am Little Big Horn eine Schlacht statt. Custer griff eine Siedlung der Indianer an, in der sich etwa 2500 bis 4000 Krieger befanden. Custer, seine fünfzehn Offiziere und jeder einzelne Soldat seiner fünf Kompanien wurden getötet. Der Schauplatz der Kämpfe sah aus wie –'"

Augusta brach ab.

„Lies weiter, Augusta", befahl Jessie. Unbewußt preßte sie sich eine Hand auf die Brust, um den Schmerz zu erdrücken, der sich dort langsam aufbaute.

„‚Der Schauplatz der Kämpfe sah aus wie ein Schlachtfeld, was es ja auch im wahrsten Sinne des Wortes war. Die Leichen waren größtenteils völlig verstümmelt. Den Auskünften eines Berichterstatters des *Herald* zufolge ...'"

Während Augusta weiterlas, traten Tom und Sarah an Jessies Seite und legten ihr die Arme um die Schultern.

Sarah sagte: „Ach, Tante Jessie, vielleicht ist Ken ja wieder versetzt worden. Das wird er doch ständig."

Tom wußte nichts zu sagen und streichelte bloß Jessies verkrampfte Schultern.

Jessies Herz klopfte wild. Sie dachte an Elisabeth. Elisabeth, die erst ein Jahr mit Ken verheiratet war. Elisabeth, die bis über beide Ohren in Ken verliebt war. *Oh Herr, bitte laß Elisabeth nicht dasselbe durchmachen wie mich. Sie ist so jung, sie wird es nicht ertragen.*

Jessie schaute auf.

„Vielleicht ist Ken wirklich nicht dabeigewesen, Jessie", sagte Augusta.

„Ich hoffe es", krächzte Jessie. „Aber vielleicht hat Elisabeth auch gerade erfahren, daß ihr Mann dort draußen in der Wildnis gestorben ist, in die sie nie gehen wollte."

Da war es, dieses Gefühl. Es tat nicht weh, es war nur... irgendwie komisch. Jessie raffte sich vom Stuhl hoch und schleppte sich in ihr Zimmer. Sarah und Tom deckten die Tische fertig. Augusta brauchte jemanden zum Reden.

„Joseph!" Der treue Freund war nie weit entfernt. Er eilte in die Küche. „Joseph, wir haben gerade von der Schlacht am Little Big Horn erfahren. Ken könnte dabeigewesen sein. Oh, Joseph, wie sollen wir das nur ertragen?"

Joseph dachte einen Moment nach. „So wie alle anderen, schätze ich. Immer eine Stunde nach der anderen, beten und sich fragen, warum, und darauf vertrauen, daß Gott schon weiß, was er tut." Draußen hörte man es donnern. „Gut. Wir brauchen Regen", murmelte Joseph.

Das Gewitter kam und peitschte solche Mengen von Wasser durch die Straßen von Lincoln, daß sie sich innerhalb kürzester Zeit in die reinsten Schlammlöcher verwandelten.

Sarah eilte nervös im Haus herum und lauschte ab und zu an Jessies Zimmertür. Kein Laut drang heraus. *Wenigstens weint sie nicht*, dachte Sarah. *Das ist doch schon mal was.*

Augusta versuchte ihre Sorgen in Arbeit zu ersticken. Gleichzeitig versuchte sie alles aufzuschnappen, was sie von den Gästen über die Schlacht hörte, als ob sie dadurch erfahren könnte, was mit Ken passiert war.

Das wußte nur Elisabeth. Die hübsche junge Elisabeth, die noch gar nicht lange wußte, daß ihr Vater ein Indianer gewesen war, und die gehofft hatte, die Versöhnung zwischen Indianern und Weißen mitzuerleben.

Elisabeth hatte gerade vom Schicksal ihres Mannes erfahren und saß nun an ihrem Schreibtisch, um ihrer Mutter mitzuteilen, daß sie bald nach Hause kommen würde.

*

Jessie lag auf ihrem Bett und starrte aus dem Fenster. Während draußen der Donner grollte, schüttete sie Gott ihr Herz aus.

Als das Gewitter vorüber war, kehrte Stille ein, und von unten konnte Jessie die vertrauten Geräusche der Abendmahlzeit hören – Gläser klirrten, Stimmen redeten durcheinander, Stühle scharrten über den Boden.

Du mußt jetzt aufstehen, sagte Jessie sich. Unter großer Anstrengung richtete sie den Oberkörper auf. *Los, Die alt an Jahren ist braucht Hilfe!*

Warum fiel ihr nach all der Zeit plötztlich Die alt an Jahren ist ein? Erinnerungen stiegen in ihr auf: Ein Kind in einer Tragewiege, eine alte Frau, die Getreide zerstampfte ... ihre Gedanken überschlugen sich, und sie schalt sich selbst dafür. *Ich muß Augusta helfen, damit alles fertig ist, wenn Elisabeth nach Hause kommt. Warum bin ich bloß so müde? Faule alte Haut!*

Sie wußte genau, daß sie es nicht schaffen würde aufzustehen. Die Müdigkeit hüllte sie ein wie eine Decke aus Blei, und ein dumpfer Schmerz entfaltete sich in ihrer Brust und im linken Arm. Nun gut, dann würde sie sich heute eben einmal ausruhen.

Der Himmel hatte sich dunkelgrau verfärbt, und weiße Wolken preschten über die Prärie. Die Abendsonne ließ sie aufleuchten.

Wieder kamen die Erinnerungen. Ein französischer Trapper mit lachenden Augen, ein langer Ritt durch die Nacht, und, ganz weit weg, ein kleiner Grabhügel in der Prärie, der immer kleiner wurde, während der Planwagen davonrumpelte.

Und dann kam *er*. Ein großer, schlanker Lakota-Krieger, eins mit seinem schneeweißen Pony. Zusammen galoppierten sie über die Prärie, und mit jedem Galoppsprung schlug Jessies Herz höher.

Sie stand im Freien, ihr langes, rotes Haar war zu Zöpfen geflochten und mit Federn geschmückt. Sie hob eine zitternde Hand zum Gruß, doch er war fort, und Jessie stellte fest, daß es nur ein Traum gewesen war. Sie war eine alte Frau, die zu müde war, um beim Abendessen zu helfen, weiter nichts.

Wieder rasten die Wolken über die Prärie, und wieder erinnerte sie sich an den Mann, der einst den Wind geritten hatte. Diesmal kam er direkt auf sie zu und hob grüßend eine Hand.

Jessie setzte sich im Bett auf. Ihr Gesicht leuchtete in einem neuen Licht. Der den Wind reitet lächelte sie strahlend an. „Ich habe dir doch gesagt, ich komme dich holen!"

Und er streckte seine Hand aus, um sie hinter sich aufs Pferd zu ziehen.

Und der Vater rief sie heim.